学生作成カルタ

（三宅晶子「感じる『百人一首』」参照）

よをおもふゆへに
物思ふ身は
今
人もおし
人も恨めし
あざきな
く
後鳥羽院

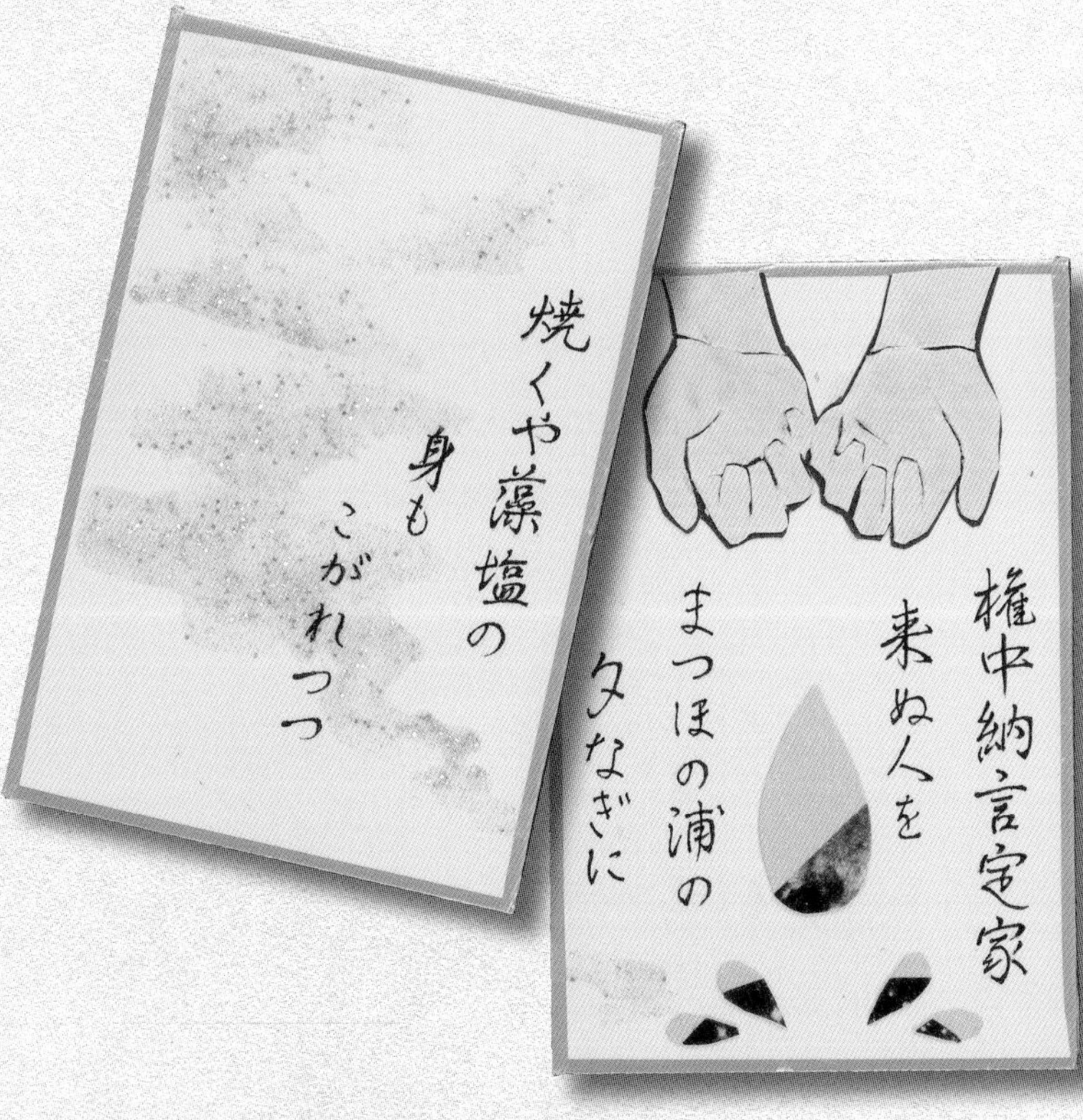

焼くや藻塩の
身もこがれつつ
権中納言定家
来ぬ人を
まつほの浦の
夕なぎに

もう一度読みたい日本の古典文学

三宅晶子〈編〉

勉誠出版

〈もくじ〉

第一部◉日常のどこかで出会った古典文学

第二部◉学校で学んだ古典文学

第三部◉現代社会で再生される古典

楽しい古典文学と出会うために

三宅晶子

はじめに

古文・漢文が高等学校において受験対策としてしか取り上げられなくなってきている昨今、本当は面白い古典文学、本当は現代につながっている古典の世界を、改めて体験していただきたい。

誰かに強制されるのではなく、現代語訳の丸暗記だとか、無理矢理行う品詞分解という苦行とは無関係に、ほんの出来心とか、ちょっとした興味から、古典文学の扉を気軽に開けてみてほしい。古典文学の楽しさを伝えたい。そのような思いから、立場・専門・興味の違いを越えて賛同してくださった方たちに、それぞれのお薦めの古典文学観を書いていただいた。

私自身は、横浜国立大学教育学部と大学院教育学研究科において、日本古典文学担当教員として教鞭を取って四半世紀を超えた。教育について本格的に体系的な勉強をしたということはない。だから長い間、それについて何かものを言うことなどできないと考えていた。一方古典文学の宝庫である能を研究対象としており、能の題材となっている作品を中心に、ということは代表的なものを網羅する形で、受験とは無関係に古典文学の世界に親しんできた。知れば知るほど深くて面白い世界が拡がっている。ところが四半世紀のうちに、だんだん古典を知らない、無関心な学生が多くなって来たのである。親の世代が日本の伝統文化に冷淡で、それが子供に影響を与えている面が大きいだろうと、最初のうちは考えていたのだが、問題はそれだけではなく、高校までの学校教育の中で、品詞分解と現代語訳の丸暗記以外の思い出を持たない学生たちがとても多いのである。どうも学校教育そのものがおかしなことになってきている。遅まきながらそのことに気づいた時、奉職して一〇年以上が経過していた。

それ以来、学校教育における古典文学の扱い方がどうなっているのか、学生たちの実力や意識はどうなのか、楽しく興味を持って取り組める古典教育のあり方について、真剣に考えるようになった。そこでまず行ったことが、大学生になったばかりの学生たちの実態調査である。

良い先生と出会える幸運

二〇〇五年度に国立教育政策研究所によって行われた、高等学校第三学年を対象とする「教育課程実施状況調査」によると、高等学校において古典嫌いの生徒は七割を超えている（国立教育政策研究所ホームページ https://www.nier.go.jp より）。国立教育政策研究所の実態調査と軌を一にして、教育学部（二〇一六年度以前は教育人間科学部）学校教育課程に在籍する新入生を対象に、二〇〇七年度から一一年間、「古典力」アンケートを実施した。科学研究費助成金の交付を受けて実施したものであり、その集計・分析・考察などを担当してくれた人たちは、私のゼミに所属した院生・修了生たちである。詳細は「大学生の古典力調査報告」Ⅰ～Ⅹ（『横浜国大　国語教育研究』30・32・34・36・38・40～44号、最後の一年分は『古典教育デザイン』5号掲載予定）に掲載されているので、参照されたい。

これは一年生の学校教育課程に入ってきた人、つまり初等・中等の免許を取る人たちを対象としている。実際には半分くらいしか教師にならないが、とりあえず教員免許を取る人たちがどの程度の古典の実力を持っているか、どういう意識を持っているかを調べるアンケートである。実力というのは、例えば『枕草子』と『徒然草』、漢文、故事成語などの簡単な問題をやってもらう。本当に驚くほどできない。ほとんど忘れている。「国立大学に来るのならある程度古典を勉強して来たのだろう」と思うのだが、国語を専門に勉強する人だけではなく、保健体育や理科・音楽など各教科や教育学・心理学などを専攻する予定の人たちも一緒に受けているので、ろくに古典を勉強したことのない人もいるし、大嫌いという人ももちろん混じっている。とはいえまだ二カ月前までは高校生だったという人たち、浪人している人もいるだろうが、信じ難いくらい全然身に付いていないのである。

一方「古典が好きかどうか」というアンケートに対して、半分くらいは「好き」と答える。大学に入っているからみんな気楽で、先生の気に入るように答えようと思ってしまう傾向があるので、信憑性がどのくらいあるかは問題だろうが、意外と古典が嫌いとは言わないことは重要ではないだろうか。古典が好きだと答えた人の好きな理由は、大半が「良い先生に恵まれてすごく面白かった」、これに尽きる。古典の世界だけでなく、当時のこと、面白い言葉など、その時にいろいろなことを教えてもらえたから楽しかった、ということである。「昔ってこんなに面白かったのだ」という感触である。不思議だということと、今と同じだという両方の感覚で面白かったという受け止め方をしている。「受験勉強でなければ好きだと思う」という人は多数存在する。「嫌い」な理由は、「文法と現代語訳が嫌だった」「訳も分からずさせられていただけで、どうしてやらなければいけないか意味が分からなかった」ということである。受験勉強ではなく、楽しいのだったらまた古典を読んでみたいと思っている人は、八割を越える。やはり受験勉強的なものが駄目なのだろう。毎年二三〇人前後に、一一年間アンケートを取り続けていて、その意識はそんなに変わっていない。ただ、気になる傾向もある。「将来古典を教える場合に不安な点は」という問いかけに対して「古典作品をあまり読んでいない」がもっとも多くて、六割弱の人の抱く不安である。「古典が嫌いだ」の三割強の倍近くである点、大変興味深いことである。嫌いだと断言するほど古典を知らないということなのであろう。

二〇〇二年度から高等学校における国語教育の内容が大きく変更し、一年次に必修「国語総合」が導入された。選択科目として「古典A・B」は設置されたが、全員が選択するわけでなく、受験科目的な扱いとなってしまい、受験に有利なてっとりばやい教授法、つまり徹底的な品詞分解と、固定的な現代語訳の暗記が基本的な教育法となってしまったのである。受験でなければ楽しく学べるかもしれないのにという思いも当然であろうし、受験対策はしているが古典文学そのものをあまり読んでいないという不安感も納得できる。

「受験」という呪縛からの解放

「中等国語科教育法」（中学校・高等学校の国語免許のための必修科目）という大学二年生を対象とする授業での

エピソードをご紹介したい。『雨月物語』、こんなに易しくて面白いのに、「浅茅が宿」がごく一部の教科書に採用される程度で、ほとんど無視されている状況である。それに疑問を持った学生たちがいろいろ調査考察した結果、彼らの出した答えは「易し過ぎるから」であった。「こんなに易しいと駄目で、まずは難しい古文を勉強しなければいけない、ということだと思った」と言う。これが古典教育の現状なのではなかろうか。学生たちは「古文は難しいものを勉強するのだ」と思って高校を卒業する。だからよほどの物好きか、よほど良い先生に出逢って面白いお話を聞かせてもらったものでない限り、古典はもううんざりということになる。

しかし、そうではなくて古典は楽しいものなのである。

楽しくさっと読めるものから入って、古文に慣れることが大事である。そのための仕掛けがいろいろあるテキストが望ましい。もちろん現代語訳や絵、頭注なども多く入り、解説文も楽しいものがよい。たやすい感じがして自分で分かったと思いながら読めることが必須である。原文を読み解ける必要はないと思う。現代語訳を見ていればよい。それは外国文学を翻訳で読むのと似ている。その道の専門家ならいざ知らず、一般人として古典に触れるということなのだから、自分で読み解ける必要はない。ただ、せっかくの日本語なのだから、全然わからない外国語で書かれているわけではないので、原文も意識の一部に入れておくのは望ましい。左目で原文を、右目で現代語訳を同時に読んでいくような感じがよい。やはり原文の言葉、表現、ニュアンスなどの面白さは、切り捨てるにはあまりにも素晴らしすぎるから。現代語訳だけで読むのでは、古典とはいえない。

受験勉強で苦しんだ文法は気にする必要はない。忘れてよい。そんなことは気にせず、現代語訳を確認しながら、こういう意味なのだと確認していけばよい。慣れてくると、自分でこの表現だとこの意味になるなとわかるようになってくる。そうすると現代語訳を見なくても、古文が読めるようになる。微妙な言い回しであったり、難解で意味が通りにくい文章に出会ったとき、文法的理解をしてみる。つまり品詞分解をしてみて、意味を確定できることが多い。このとき始めて品詞分解の技術が生きる。厳密に読むためには、文法的知識は不可欠である。そのことに自分から気づける段階に来れば、楽しく文法も学ぶことができる。

もう一つの究極の状態は、いちいち現代語訳しなくても原文で意味が理解できる状態。これがやはり最高に望ましい状態なのだろうと思う。江戸時代の多くの作品は、かなり簡単にその状態までたどり着くことができる。室町時代・鎌倉時代の作品でも、平安時代のものに比べると、かなり容易である。ジャンルによってもわかりやすいものとそうでないものとがある。その意味では和歌は難しい。現状ではほとんどの高校生・大学生は和歌を現代語訳で理解しようとする。縁語・掛詞・序詞、体言止め、何句切れなどの技法を覚える。せっかくの原文はほとんど無視している。試験で正解するための方便として、手っ取り早く覚えるための手段なのだろうが、和歌的世界を「理解する」「味わう」ということにはなっていないから、全然面白くないだろう。和歌を好きだと感じる、もっと知りたいと思う人は、和歌独特の言葉・表現法を味わいながら、そこに描き出されている美的世界に感動しているのである。高校の授業においては、残念ながらその一番大切な部分が抜け落ちている場合が多い。そのために、和歌は一番嫌いだと思っている生徒が多いのである。

素敵な出会いを

二〇二二年度からまた科目編成が大きく変わり、今後どのような展開を見せていくのか、注目される時期である。学習指導要領や教科書が変わる、受験が変わるということに影響されて教育というものは揺れ動いているものだが、古典文学の良さは、不易流行、普遍的評価を勝ち得ているからこその古典であるから、どんな時代でも向き合って不足のない作品たちである。だから、もう一度古典文学を読んでみていただきたい。今たっぷり古典を学べた高齢者世代、受験古文・漢文でしか古典を知らないなと思っている中高年の方々、今受験も必要だし、でも古典文学は知りたいと思っている若い方たち、そして高校で受験勉強と戦っていらっしゃる先生や、古典は興味があるけれど、ちょっと苦手だと思っていらっしゃる小中学校の先生、古典に興味を持っていらっしゃるすべての方たちに、「受験」という不自然な縛りから解放されて、自由に興味の赴くままに古典と向き合う、古典を味わう楽しさを伝えたい。

❶ 日常のどこかで出会った古典文学

感じる『百人一首』

三宅晶子

はじめに

古典離れが進み、若い人達が古典を学ぶ意味を見いだせなくなっている昨今、私が特に大切だと考えているのは、固定的方法論からの脱却ということである。

①易しい古文と難し現代文の上手な利用
②現代語訳せずに理解する工夫
③習うより慣れろ
④摂取方法は文字情報に限定しない

受験体制の中での古文の授業は、かなり難しい文章を、短く区切って丁寧に読み解いていく方法を取ることが多い。初めて見る言葉や、複雑な言い回し、助動詞などもたくさん出てきて、品詞分解をいちいちチェックしながら、ゆっくり進んでいく。そうではなくて、あまり細部に拘らず、現代文に近い易しい古文を大量に読むのが、文章読解には役に立つし、古文を読み通したという快感にもつながり、楽しいと思えることが増える。むしろ現代文に区分される近代文学の方が、遙かに難しい内容や表現である場合も多い。それらを上手く組み合わせると、古文・現代文の区別ではなく、様々な文章を知らないうちに読みこなせるようになるのではないかと考えている。それが①である。

②は、受験で良い点を取るのでなければ、いちいち現代語に置き換えずに、何となく解れば良いということであるし、③の慣れることが大切という考え方は、私が二十歳のころから能の仕舞や謡を習った経験から、体に染みついていることである。理屈や頭で理解するというのも大切なのだが、生活の中で習慣となっているものこそ、その人にとって最も強いのである。今回特に重視したいのが④である。学校教育の中でも、最近少しずつは浸透してきているかも知れないし、小中学校用の国語教科書には多くのカラー頁があって、面白い絵や写真が掲載されるようになってきたが、教室で、国語の授業の中で、それらはどのくらい活用されているのだろう。積極的に活用して、文字を読むという多くの子供たちにとってはしんどい作業をできるだけ少なくして、絵や写真、地図を見たり、動画を鑑賞したりすることから古典を楽しく理解できるはずだと、考えている。

この①～④の提案に最も良く適合するものが、藤原定家撰『小倉百人一首』（以下『百人一首』）なのではなかろうか。江戸時代以来現代に至るまで、日本人が最も親しんでいる古典である。『百人一首』の歌は、文学作品や古典芸能にたくさん引用されているし、美術工芸品の図柄に歌が利用されたり、踏まえられたりしていることも多い。歌を知っていると、日常的な様々な場面で、「こんなところに『百人一首』の歌が引用されている」と発見する喜びも経験できるのである。

それだけではなく、和歌的表現、あるいは和歌の言葉というものは、日本語特有のものである。「歌語」という歌で使われる言葉が、日常語とは別の語彙・背景・ニュンスを持って特別なものとして存在し、和歌という特別な表現形式において用いられるのだということを理解すること、またその言葉や表現を味わい楽しむ、自分自身も使ってみるということは、日本の言語文化を知る上で、とても大切なことであるだろう。

一、『百人一首』の特色の確認

『百人一首』には、次のような特色がある。

(1) 十種類の勅撰和歌集からのアンソロジーであること

『古今和歌集』から『新古今和歌集』までの八代集と、藤原定家撰の『新勅撰和歌集』から歌を選んでいる。

99　後鳥羽院　人も愛し人も恨めしあぢきなく世を思ふゆゑにもの思ふ身は

100　順徳院　百敷や古き軒端のしのぶにもなほ余りある昔なりけり

のみは、勅撰集未所収歌であったが、特にこの二人の天皇としての述懐歌を、最後に配列したかったためか、例外的に撰歌している。後に定家の息子為家撰の一〇番目の勅撰集『続後撰和歌集』に所収されているので、結果的にはすべての歌が勅撰集から選ばれているということは可能である。

万葉・古今・新古今という三代集を学び、それぞれの特色を理解する、というのが一般的な高校までの授業内容であるが、実は『古今和歌集』成立の延喜五（九〇五）年から『新古今和歌集』元久二（一二〇五）年までに三三〇年もの隔たりがある。

1　天智天皇　秋の田のかりほの庵の苫をあらみわが衣手は露にぬれつつ

2　持統天皇　春過ぎて夏来にけらし白妙の衣干すてふ天の香具山

最初の二首は、『後撰和歌集』『新古今和歌集』にそれぞれの天皇歌として入集しているのであるが、いずれも伝承歌を天皇歌として伝えてきたものであると考えられている。実りの秋や衣替えの季節を無事に迎えることができる、平穏な国家を象徴するような歌であり、民衆の立場に立った理想的な天皇の歌が意図的に選ばれているのであろう。それから三〇〇年余が経過すると、同じ天皇の歌でも、随分印象が異なる。99・100はどちらも暗い印象で、現在の不幸を嘆いているような歌である。これだけ世の中が変わっていることが、最初と最後の天皇歌四首を比較するだけでも、明確に理解できる。万葉・古今・新古今の違いだけでは、和歌史の流れはあまりに大雑把な捉え方であると言わねばなるまい。

『百人一首』は、和歌史を理解するためにも、面白い材料なのである。

肝心の『万葉集』が抜けているではないかと、不満に感じるかも知れないが、実は持統天皇歌や、後述する山辺の赤人歌などは、原歌が『万葉集』にあって、長く愛唱されてきたものが、新古今時代に再評価された歌である。原歌との比較という方法で、万葉歌も勉強することが可能なのである。『万葉集』自体は勅撰集ではなく、用いられている言葉や表現法・内容が、後の勅撰集とかけ離れている場合が多いので、一部の愛唱歌以外は、歌人達にあまり返り見られなかったのである。

⑵ 藤原定家撰であること

最初の勅撰集である『古今和歌集』があまりに素晴らしい歌集であったため、長くその影響下から脱することができなかった。勅撰集の命名法をみてもそのことが伺える。『後撰和歌集』『拾遺和歌集』は『古今和歌集』の落ち穂拾い的命名、『後拾遺和歌集』は三代集をひとまとめにして、結構評価が高いので、その後に選んだという、謙遜しているような、悪く言えば消極性そのもののともいえる名前である。それに継ぐ『金葉和歌集』『詞花和歌集』『千載和歌集』は、ようやくその影響から脱して革新的な歌集を作ろうという気概が表れ始めている。そして『新古今和歌集』である。新しい古今集という、『古今和歌集』を強烈に意識しつつ、それを越えることを宣言している。新古今歌風形成に向けて、様々な工夫がなされていくが、その中心的存在として藤原定家がいる。その定家が、『古今和歌集』以降の勅撰和歌集から、一人一首ずつ選んだのが『百人一首』なのだから、定家がどのような意識でそれぞれの歌を選んでいるのか、定家の好む歌風は何かなど、定家とその時代の特色を推測するのに恰好の材料を提供してくれるのである。

⑶ 歌と作者だけの情報

勅撰和歌集は歌集名・巻名・巻のどこに位置するか・詞書・作者名・歌という情報が組み合わされて、意味がかなり限定的に特定出来るという特色がある。しかし『百人一首』は作者名と歌しか記されていない。

場合によっては作者が誰かも無視して、歌だけの世界を楽しむことができる。それによって、歌の意味の特定ができなくなる。むしろ特定出来ないことによって、様々な意味を読み取ることが可能となる。これこそが、『百人一首』最大の魅力ではないかと、私は考えている。

(4)　時代による解釈の変化がある事実

勅撰集であっても時代を経るに従って、解釈に揺れが生じる場合がある。まして意味の特定から自由になっている『百人一首』の室町後期以後の注釈書には、様々な解釈が示されていて、答は一つではないことが歴史的に明らかにされている。つまり固定的な現代語訳ではますますことのできない世界の広がりを実感できるのである。

(5)　媒体は文字テクストのみではない

江戸時代以来カルタとして楽しまれてきた『百人一首』であるから、歌の朗詠やカルタの絵が豊富に残されている。耳から聞いてどんなイメージが拡がるのか、絵の図柄はどのような解釈で描かれているのか、それを見ると何を感じるのか、様々な媒体を通じての情報を、どう受け取って楽しむか、十人十色なのである。

(6)　自分なりに歌と取り組む楽しさ

(1)〜(5)のような様々な観点からのアプローチが可能な和歌の世界である。自分の世界に引きつけて自由に歌を解釈する、歌の世界を感じる、まさにそれこそが『百人一首』最大の魅力であり、歌を感じることによって、古典的世界との交流が可能となる。

二、歌の世界を感じる

難しい言葉を調べ、文法を確認して逐語訳的に現代語訳し、それによって意味を理解するという方法が、ごく一般的な和歌の享受法であろう。普通の古文の読解もそのような場合が多い。しかし豊かな意味上の広がりを持つ歌語を組み合わせて作られている和歌の世界は、逐語訳では汲み取れないものが多く残ってしまう。あるいは、現代語訳では全然面白くない、何を言いたいかわからないということも多い。まして疑問の余地を挟む前に、これが正解というような固定的な現代語訳を与えられ、覚えさせられるという授業では、面白みを感じること自体、無理な話である。

歌の逐語訳的な意味にこだわらずに、自由に歌と向き合うと、様々なことがその歌から読み取れてくる。ここでは一例だけ示しておく。

61　伊勢大輔　いにしへの奈良の都の八重桜けふ九重に匂ひぬるかな

古都奈良から八重桜が届いて、今日は九重の宮中で美しく咲き誇っている。というよう意味だが、「七重・八重・九重」という縁語、「いにしへ」に対して「今日」の対比、九重に宮中の意味と満開近い状態を掛けるなど、技法を尽くした詠みぶりであることなどは、逐語訳的にでも把握できる世界であろう。

それだけにとどまらず、少し調査をして周辺の資料にあたると色々面白いことが解る。『伊勢大輔集』の詞書きによると、一条天皇・中宮彰子・道長など臨席するなか、紫式部に譲られて、新参者の伊勢が花の受け取り役を仰せつかり、即興で詠んだ歌だったのである。紫式部って、親切な人なんだとわかることも面白い。逆に窮地に陥れたかったのかも知れないと意地悪な見方をする人もあろう。それはともかく、晴れがましい席での即興の歌が見事に成功してデビューできた、素敵な体験の歌なのである。このことを踏まえると、何となく歌に晴れやかな気分が満ちあふれていると感じる理由がわかる気がする。出来事を知らないと、この晴れがましさに気づかないかもしれないが、出典を調べるだけで、この歌の命ともいうべき、晴れの場の雰囲気はしっかり受け止めることができるのである。それだけでも十分面白いことではあろう。

しかしそれに留まらないもっと面白いことがある。「光琳カルタ」（簡単に全部の札をカラーで見ることが出来て便利なのが、『光琳カルタで読む　百人一首ハンドブック』久保田淳監修、小学館二〇〇九年一二月刊である。本稿の『百人一首』本文は本書から引用している）の取り札には、それぞれ興味深い絵が描かれているが、伊勢大輔の歌の絵は、その中でも出色の出来である。満開の桜の枝の下に、黒と白の四角い物が置かれた絵である。これは一体何だろう。私は奈良から桜の枝を運んでくるときのパッケージだろうと考えている。上の白いのが直接枝を包む畳紙で、黒い方は折りたたみ式の箱になるのだろう。漆塗りに金泥で絵が描かれた豪華な箱である。奈良の八重桜は現在天然記念物に指定されている。株を増やすことが難しく、当時でも京の都には無い珍しい品種であったのだろう。それが美しく咲いて無事に届いたのである。天皇や中宮も臨席する晴れ舞台の様子を知って鑑賞するのも面白いが、それとは別のこととして、歌だけの世界で突き詰めてみて、花を運ぶ難しさに思い至ったのがこの絵なのだろう。私は絵の趣向に気付かなければ、どうやって散りやすい花を運んで来たのかということに疑問を持たなかった。絵の作者はなかなか読みが深いのだが、江戸期でも自動車や電車があったわけではないから、昔の人々はこの歌を見ればすぐ、どうやって運んだのかに思い至れたのかもしれない。しかし少なくとも現代人には、逐語訳ではけっして思い至ることはないだろう。今はたやすくはわからなくなっている、歌の大きな世界の一端を垣間見る思いがする。

このことを『百人一首』の授業で話したとき、奈良から京都まで実際どのような方法でどこを通って物が運ばれるのかということに興味を持った学生がいて、私も一緒に古代の道について調べたことがある。歌をきっかけとして、そのようなことにまで興味が拡がり、知識も増えていくことを実感した。ここまで行くと、もう逐語訳的理解からは遙かに遠くまで来ている。

絵を利用する古典鑑賞法は近年注目されているが、光琳カルタの絵は、あまり授業では活用されていないのではなかろうか。実に様々な興味深いことを投げかけてくれる面白い教材となり得ることを、ここで指摘しておきたい。このことに関しては「光琳かるた」の絵を読む」と題して、カルタの絵も掲載して発表した（『銕仙』六五四号　研究十二月往来〈337〉平成二八年一月　銕仙会のホームページのアーカイブにアップされているので、参照されたい）。

時代背景を調べる、作者の人となりを知る、歌枕の力を考える、序詞の役割に注目する、二首以上の歌を比較するなどを丁寧に行うと、現代語訳的把握では解らなかった歌の世界が立ち上がって来て、思いがけないリアリティーを感じて感動する。

次に紹介するのは、横浜国立大学などでの『百人一首』関係の授業で学生たちが作成したカルタの一部である。歌の世界を自由に感じて、それを自分なりにカルタで表現している。カルタのモデルは一応「光琳カルタ」なので、一枚は上句と作者名、もう一枚は下の句を描くことを原則としている。といっても、必ずしもその通りにはなっていない。

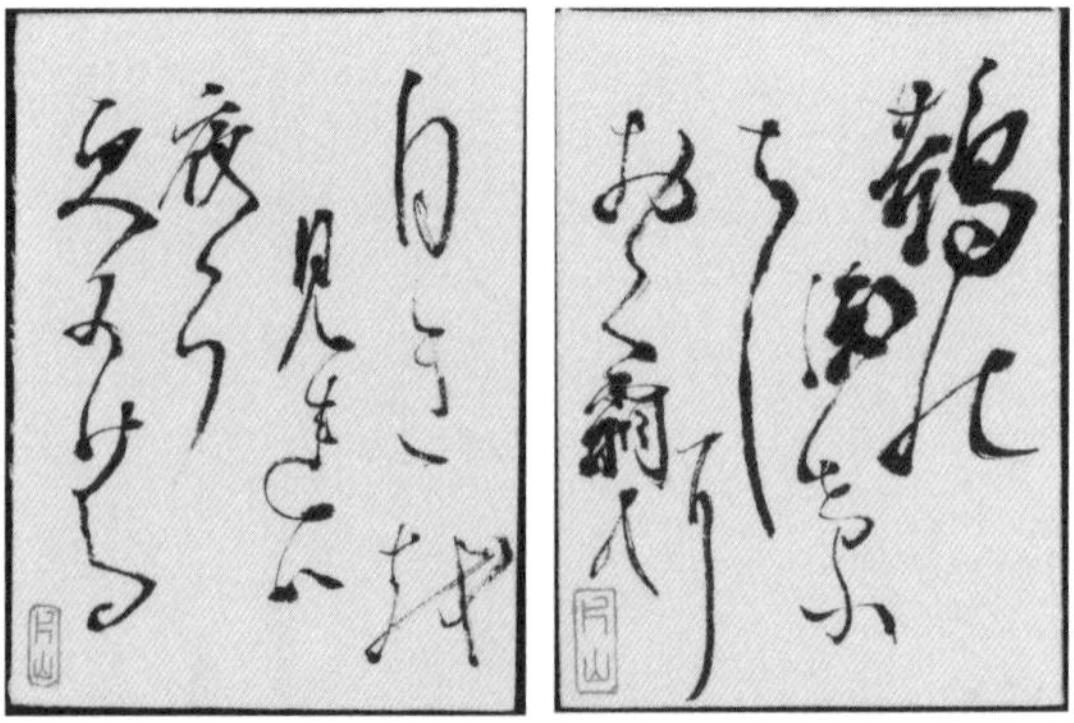

6　中納言家持　鵲の渡せる橋に置く霜の
白きを見れば夜ぞ更けにける

七夕伝説では、天の川にカサギが架けた橋を渡って、牽牛と織り姫が一年に一晩だけ会えるということになっているので、それをカルタの裏を利用して大胆に表現している。白い発泡スチロールの用紙に黒い紙を切り貼りすることで、白と黒の世界を鮮やかに作り出している。

17　在原業平朝臣　ちはやぶる神代も聞かず竜田川からくれなゐに水くくるとは

「ちはやふる」という漫画によって、若い人達もよく知っている歌である。唐紅の赤色の世界を、橙色とチャイニーズレッドの二色を使って、表現している。「水括る」か「水潜る」かなど解釈の変遷なども面白いのだが、それはさておいて神代にも聞いたことがないほどの紅葉の美しさが、華麗に表現されている。小さな紅葉形の色紙が散りばめられ、それが素晴らしい効果を上げている。私は最初自分で切り抜いたのかと思ったのだが、小学校用教材に存在することが判明した。確かにこれを作成した男子学生は、現在小学校教諭として活躍している。

11　参議篁　わたの原八十島かけて漕ぎ出でぬと人には告げよ海人の釣舟

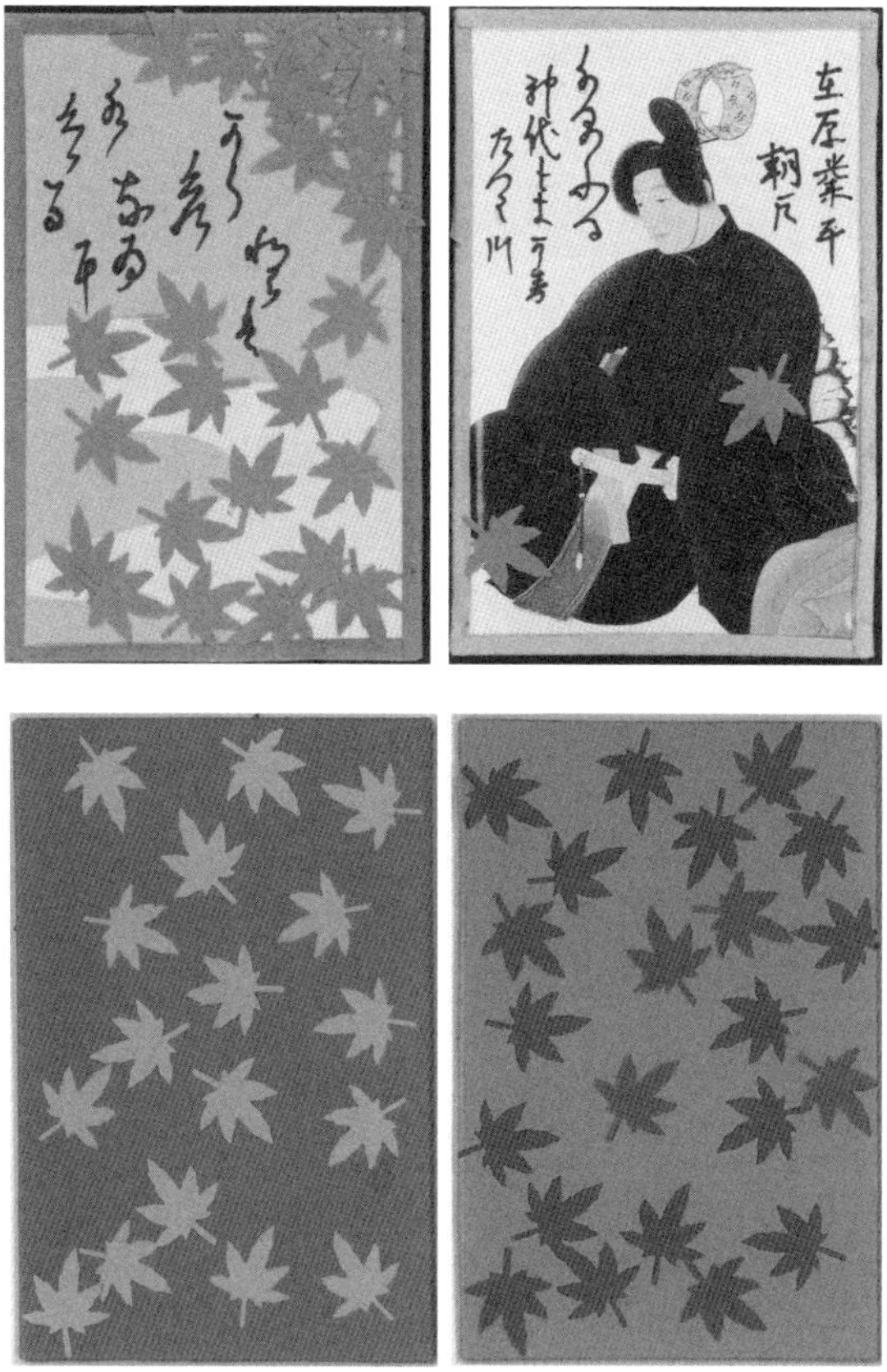

左のカルタは、小野篁の歌である（口絵参照）。遣唐副使に任命されたのだが、正使の方が良い船に乗ると知って乗船を拒んだため、隠岐へ配流となった。配流に際して都に残る人に送った歌だが、才気闊達で嵯峨天皇に愛された貴公子の複雑な心境が、様々な活字を組み合わせて散りばめられることで、言葉では上手く説明できないような複雑な心境を、見事に視覚化している。

次頁下のカルタは、前述（5頁）の後鳥羽院の歌である（口絵参照）。天皇という立場での歌という制約を離れて、一人の若者の個人的な青春の悩みが、小さなカルタの中に、ここまで顕著に表現できるものなのかと、本当に感心させられる一組である。

これらの作品は、歌を単に現代語訳的に置き換えて意味を理解しているので

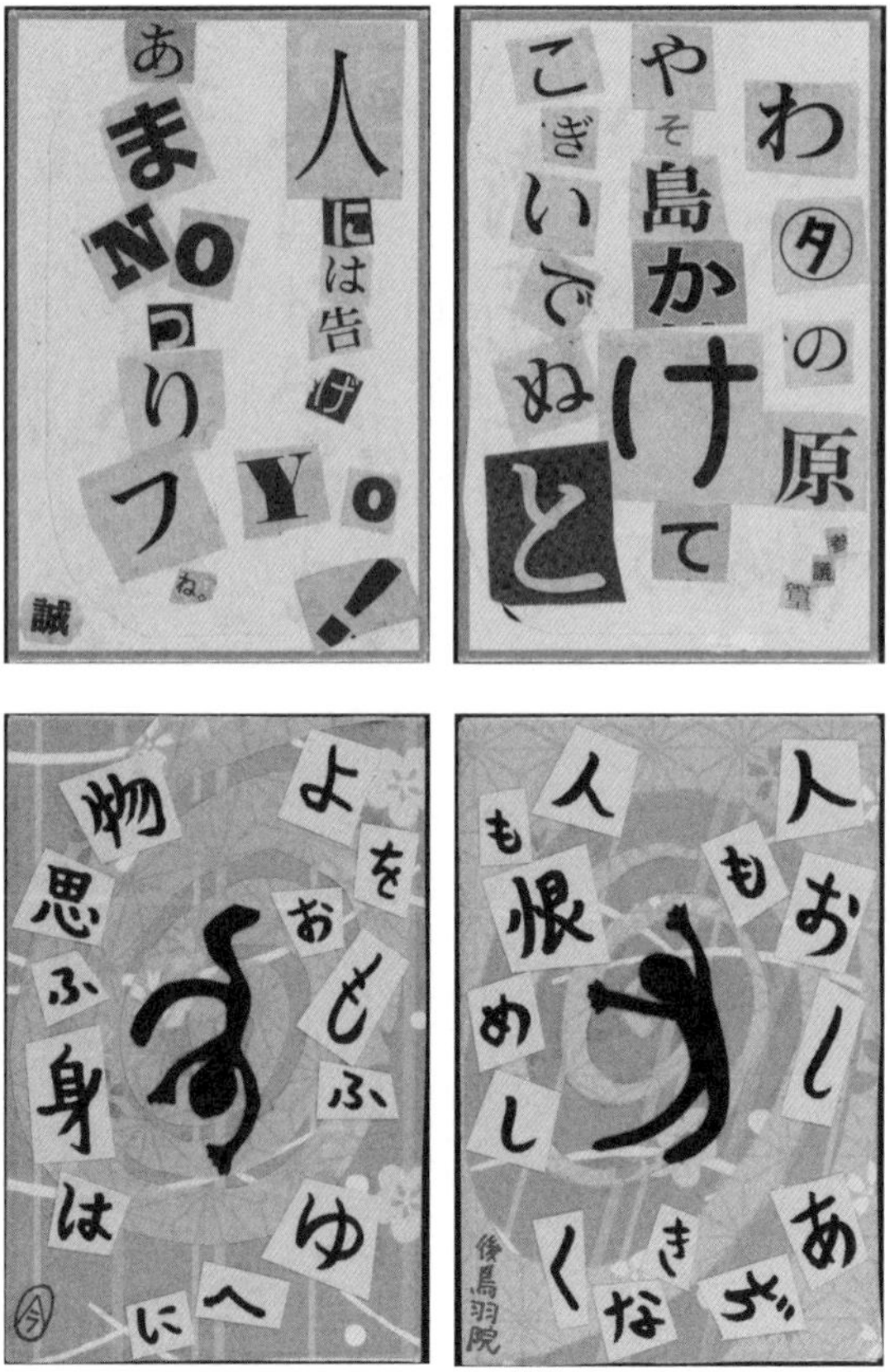

はなく、その描かれている世界に共感し、自分なりの理解をし、自分の世界に再構築するという作業をしているのである。絵心があるとか、アイディアがよいとか、器用だという本人の資質もカルタの出来には作用しているだろうが、その上で、作品を作ることを楽しんでいるに違いないと思えるような、生き生きとした活力が感じられるところに、最大の価値があるのではないだろうか。まずは歌を自由に感じること、そこがスタートだと思う。

三、比較することで感じる

40　平　兼盛　忍ぶれど色に出でにけりわが恋はものや思ふと人の問ふまで

41　壬生忠見　恋すてふわが名はまだき立ちにけり人知れずこそ思ひそめしか

この二首は「天徳四（九六〇）年三月三十日」内裏歌合における、「二十番　恋」で番《つが》えられ、兼盛の歌が勝となった。判詞は「左右共に優」で、判者の左大臣藤原実頼は判断不能、苦し紛れに主宰者である村上天皇をそっと窺い見ると兼盛の歌を口ずさんだので、兼盛を勝ちと決定したとされている。『沙石集』には後日談として壬生忠見はこの時の負けで気を病み、不食の病で死去したというエピソードを伝えている。それは後に尾鰭がついたお話にしても、歌合史上では初期のころの最も重要な催しである。天皇が主宰するという華やかさに加え、判者が理由を明らかにしてきっちりと勝ち負けの判定をしたという意味で、文芸的に真剣勝負の場であった点も重要である。この二首は『拾遺和歌集』においても並んで入首しており、優劣が付けにくい歌と考えられてきたのであろう。後世ではどちらが勝れているか、意見が分かれているのも事実である。定家もこの二首はペアで鑑賞するのが面白いという考えだったのだろう。

同じ「忍恋」の歌で、それが露見してしまった困惑を表現している。あえて逐語訳的に現代語訳してみよう。

40　こらえ忍んでいたけれど、私の恋心はとうとう素振りに表れてしまったようだ。「物思いをしておいでですか」と人が尋ねるまでに。

41　私が恋をしているという評判は、早くも立ってしまった。誰にも知られないくらい心密かに、あの人を思いはじめたのだったが。

本当にそっくりな歌だという印象が、先ず強く感じるところであろう。人目を忍んでの恋についてを「忍ぶれど」「恋すてふ」という印象的な一句目でまず示していて、次に露見した事実を述べ、下の句で補足説明をするという表現法まで似ている。

どちらが好みか、という目で二首を比較してみる。いろいろな人に好きな方を選んでもらうと、それぞれ様々な理由でどちらかを選んでくれる。倒置法的な言い回しが好きだという理由でそれぞれを選ぶ人もいる。一句目の面白さ、言葉の響きなどが、それぞれに好きだという人もいる。私なども「恋すてふ」の「チョウ」がちょっと嫌で、「忍ぶれど」の優しい響きの方が好きだなと長年思ってきた。40は根暗で41はあっけらかんとした感じ、40はずっと想い続けている真剣な恋で41は一目惚れという、恋の種類が違うことが、二首を比較し続けているうちに明らかになってくる。二首を比較するからその違いが浮き上がって見えてくるのである。

40　長年心に想い続けていた秘めた恋が露見
　　真面目で真剣な重い恋心

41　恋に落ちた瞬間に露見（本人も廻りからの反応で初めて自覚したか）
　　あっけらかんとした激しい恋

二首を比較してみると、差異が明らかとなる。それぞれの歌の世界の異なりは、「恋の内容」「言い回し」「語彙」「助動詞の役割　断定・婉曲・推量・強意等」「言葉の響き」「リズム」「表現技法」など様々な角度からの比較を自然に行っていて、そのような作業を通じて、歌が自分のものになっているのである。

四、時代によって変化する歌

歌は愛唱されることによって、少しずつ言い回しや歌の世界が変化していく。特に原歌が『万葉集』にあって、『新古今和歌集』で初めて撰歌された歌は、原歌の世界と全く違う、新古今風解釈がなされることで、新たな歌として蘇っているように感じられる歌が多くある。その一つをご紹介しよう。

4　山辺赤人　田子の浦にうち出でて見れば白妙の富士の高嶺に雪は降りつつ
（田子の浦で眺めた白く輝く富士山は、ずっと雪が降り続いている）

『新古今和歌集』巻六冬に「題知らず」で所収されている。原歌の『万葉集』巻三では

田子の浦ゆうち出でてみれば真白にぞ富士の高嶺に雪は降りける
（田子の浦から出て行って眺めた富士、山頂は真っ白に雪が積もっている）

傍線・点線・波線部が変化している部分である。原歌が、実際の富士山を見ての新鮮な感動を素直に表現した歌であるのに対して、『新古今集』所収歌は、都にいる人が遠く富士山を憧れる気持ちで美化しつつ情景を思い浮かべている歌であることは、三箇所の違いを確認するとすぐ気がつくことであろう。

「真白にぞ」、つまり「ああ真っ白だなあ」と、今目に飛び込んできた富士山の様子に感動したことが、素

直に表現されている。「ける」は詠嘆の助動詞で、「ああ雪がふったのだなあ」と目に飛び込んできた事実を頭で判断して確認しているのである。原歌は非常に素直でわかりやすい表現である。

それに対して新古今の方は、なかなか難しい。「白妙の」という、ただの白ではなく、「妙」つまり美しく優れた特別の白なのである。それは良いのだが問題は「つつ」、継続を表す助詞が付いているということである。今も雪が降り続いているのである。これはなんだかおかしい。富士山の山頂に雪が今降っていることが、どうしてわかるのだろう。望遠鏡で見ても解らないのではないだろうか。そのような疑問が浮かぶと、この歌の世界ががらりと変わって見えてくる。つまり「降りつつ」あるのは、富士山はもとより、作者の立っている場所も含めた、辺り一面なのではないのか。美しく雪が降り続いているこの場所から見て、富士山頂も白く輝くようにぼんやりとシルエットを見せている。辺り一面の雪景色の中にさらに白く見える富士。新古今時代の人々は、質感の違う白を重ねたり、色のない色を好んだり、なかなか新しいセンスの持ち主で、現代人に共感されやすい美意識を持っているのだが、この歌も、都から遠く冬の富士山を想像する時に、新古今的に最も美しい雪景色として、頭の中で想像した結果出てきた風景、それを認めたことによって、選ばれた一首なのではないかと、私には思えるのである。定家も少しひねりをきかせたそのような鑑賞法を認めての撰歌なのではないのかと考えると、多くの中からあえてこの歌を選んでいる理由が腑に落ちるのである。

五、意味の多重性の面白さに注目する

歌というものは、三十一文字の情報だけでは一つの意味に限定できない場合が多い。前述したように、歌

集名・巻名・詞書き・作者名などの情報を合わせると、かなり意味が固定的になるが、『百人一首』の場合、作者名は記してあるものの、それぞれの歌が独立して存在しているので、歌のみからの情報で自由に解釈したり、想像の世界を拡げることが可能なのである。「答えは一つ」に慣れている若者たちは戸惑い、早く答えを教えてくれという反応を示す。自由に解釈することが最初はとても苦痛で、自分で考えようとしない。繰り返している内に、感じたり考えたりすることが楽しくなってきて、どんどん大胆な自分なりの解釈に挑戦するようになる。

『百人一首』の歌は、意味が一つに限定できない場合が多い。多くの註釈書でも指摘されていることだが、出典である勅撰和歌集における意味と、その後解釈が変わった歌が多く見られる。定家の解釈や、室町・江戸期の解釈など、時代によって違う捉え方をしている歌が実に多いし、前述した光琳カルタの取り札の絵などにも、その時代の解釈や、光琳独自の解釈が反映していて、興味深い。様々な事柄を丁寧に拾うだけでも、言葉のもつ意味の多重性、日本語の表現の柔軟さや曖昧さなどを実感でき、日本語という言葉の学びには、実に良い教材となる。様々に思い浮かべる事柄や、疑問点、気に入った言葉、作者への思いなどを、気軽に言い合えると、お互いの感性に驚いたり共感したり、焦ったりという反応があって、自分一人で考えているよりも、はるかに面白いことが解ってくる。

答えが一つであることが絶対条件である試験を実施するとなると、こういうことは自ずと排除されてしまうだろう。答えを限定するために、どれだけ多くのことを犠牲にしているか、そのことに注目する必要もあるのではなかろうか。

時代性も無視して良いし、言葉遣いや読み方も現代風でも構わないけれども、日本語として文法的に正し

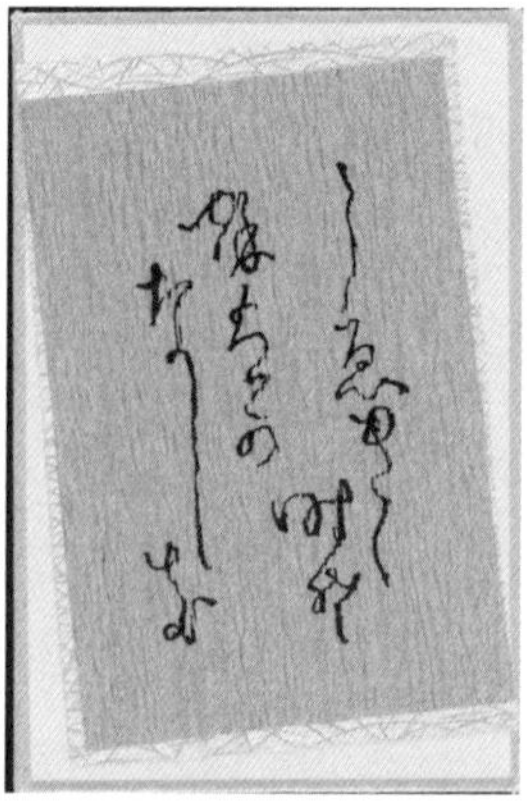

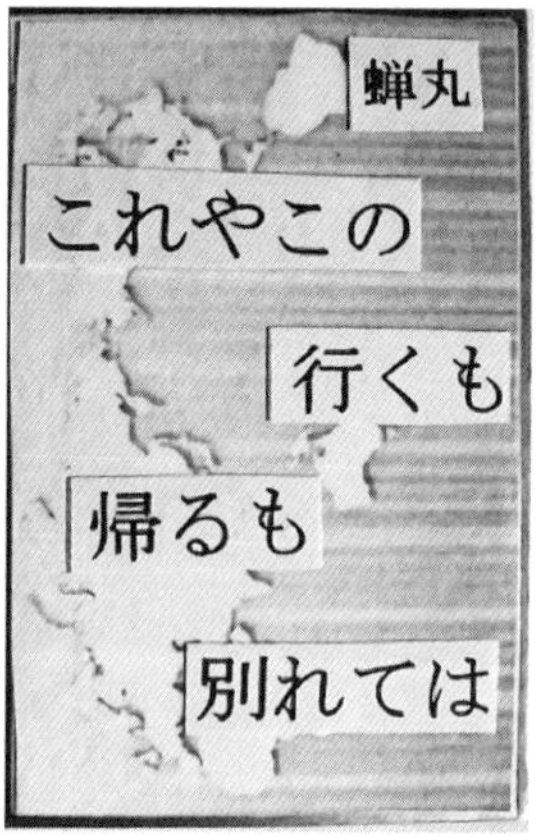

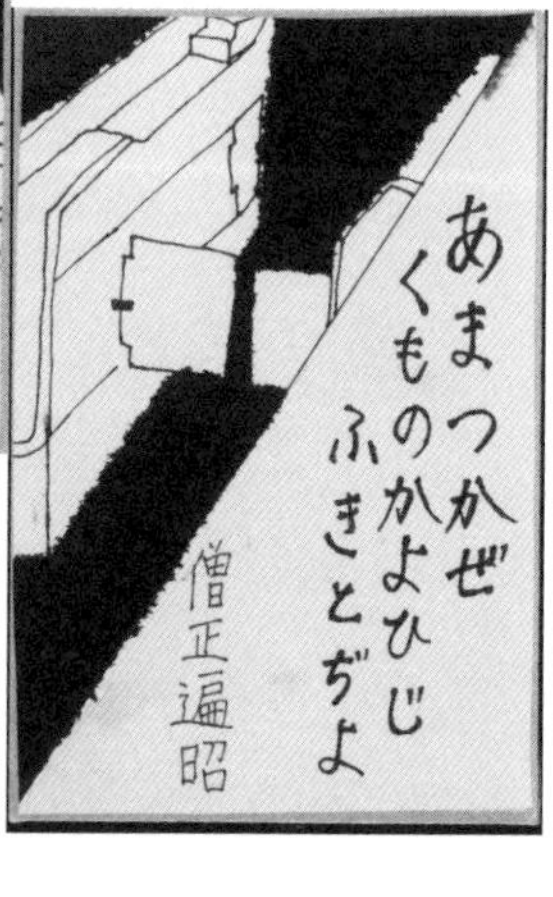

いことだけを条件として、自由に読み解いてカルタを作成してくれた学生たちの作品を幾つか紹介したい。

5　猿丸大夫　奥山にもみぢ（底本では「紅葉」）踏み分け鳴く鹿の声聞く時ぞ秋は悲しき

10　蝉丸　これやこの行くも帰るも別れては知るも知らぬもあふ坂の関

12　僧正遍昭　天つ風雲の通ひ路吹きとぢよ乙女の姿しばしとどめむ

右上段5は、「もみぢ」が萩の「黄葉」か楓の「紅葉」解釈が分かれる歌であることを、黄色と赤二色の

「もみぢ」で示している（口絵参照）。前頁中段10は、昔は逢坂の関での出会いと別れは日本の国内に限られた、もっと言えば京都文化圏からの出入りのみを念頭に置いたものだったが、現代では世界中を移動するのだという意識を表している。世界地図を横向きに置いているのも、新鮮な感覚である。前頁下段12は、遍昭が五節舞の舞姫に心を動かしたと詠んだのに対して、現代なら自動改札を軽やかに抜けていく少女を見かけた時に感じるのではないかという、捉え方である。女子学生の作品である。

46　曾禰好忠　由良の門を渡る舟人かぢを絶えゆくへも知らぬ恋のみちかな
50　藤原義孝　君がため惜しからざりし命さへ長くもがなと思ひけるかな
52　藤原道信朝臣　明けぬれば暮るるものとは知りながらなほ恨めしき朝ぼらけかな

次頁上段46は、私が大学生の頃美学の講義を聴いていて、先生の少年の頃の思い出として「この歌は大きな錦鯉が大海原を悠々と泳いでいく姿で捉えていた」と話されたことが強く印象に残っている。そのエピソードを授業中に話したので、それをカルタに表してくれた。「恋」と「鯉」は全く違う物だが、平仮名では同じ「こひ」である。「大海原を漕ぎ出した船頭が梶を失ったように」という比喩が「鯉」に適しているのかという問題はあるが、日本語としては成立する。「鯉の道」のダブルイメージで、恋路を捉えてみるのは、なかなか楽しい。次頁中段50は、「あなたのためにだったら綱渡りでも空中ブランコでもどんな危ないことだってできるけれども、共白髪まで長生きしたいわ」と具体的にイメージしてくれている。放送大学対面授業の受講生の作品である。人生経験を積まれた大人の方たちは、大学生よりも面白い捉え方をされるこ

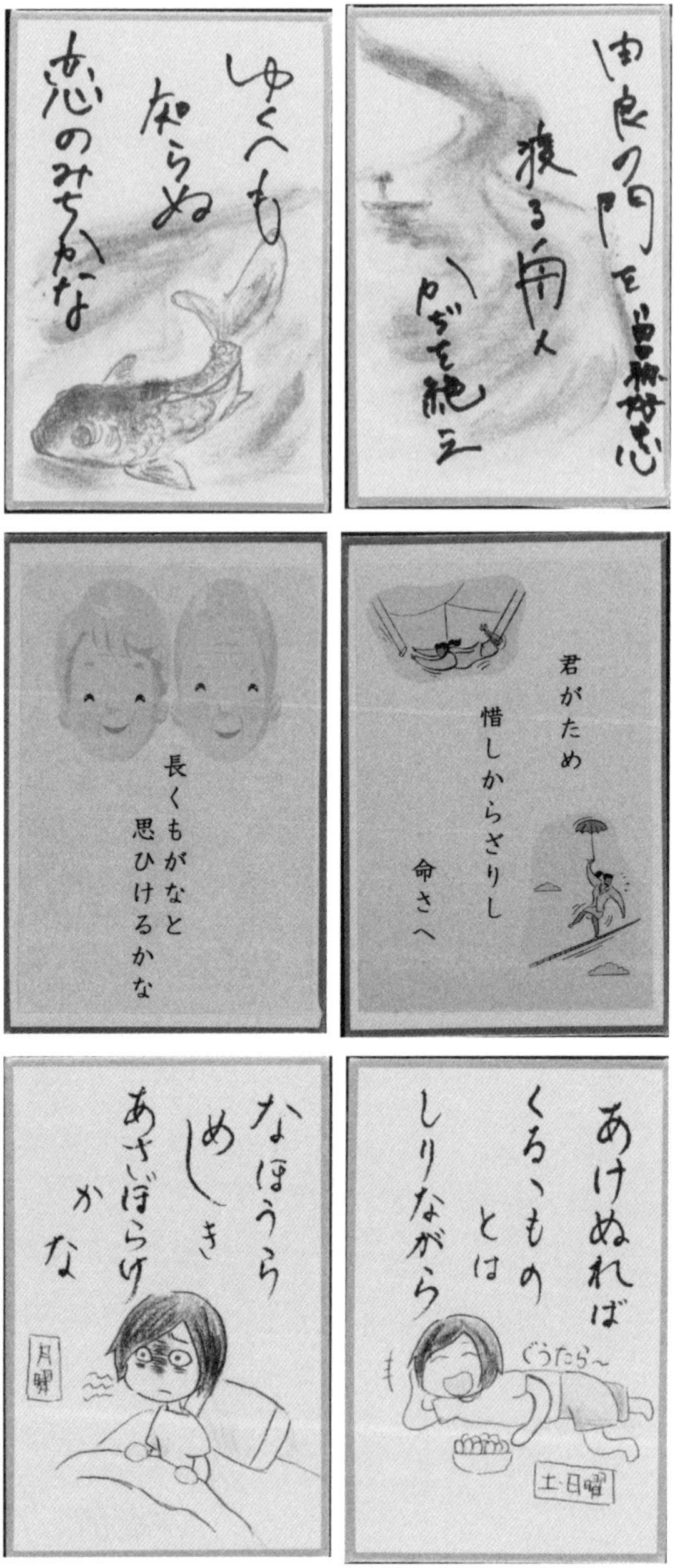

とが多い。右頁下段52はいかにも学生らしい捉え方で、絵もかわいくて大好きな一作である。説明は必要ないくらい、誰でも共感できるだろう。

56　和泉式部　あらざらむこの世のほかの思ひ出にいまひとたびの逢ふこともがな

62　清少納言　夜をこめて鳥のそら音ははかるともよに逢坂の関は許さじ

63　左京大夫道雅　今はただ思ひ絶えなむとばかりを人づてならでいふよしもがな

左上段56は、和泉式部作、たくさんの名歌を生み出している和泉式部の歌の中から、この一首が選ばれている。重病の時の作で、素直な気持ちが素直に歌われていて、これも誰もが共感する歌であるが、それをこんな風に受け取ったらしい。具体的な説明は必要ない、わかりやすい作品である。左中段62は、清少納言のイメージとこの歌の持っている不気味さがとてもうまく表現されていて、捨てがたい一枚である。左下段63も、誰でもわかる別れの歌だが、せめて別れの言葉だけは、携帯メールなんかではなく、直接会って伝えたいと、現代風に解釈している。この作品ができた当時はまだスマホは登場していない頃だったので、ガラケイの絵柄となっている。

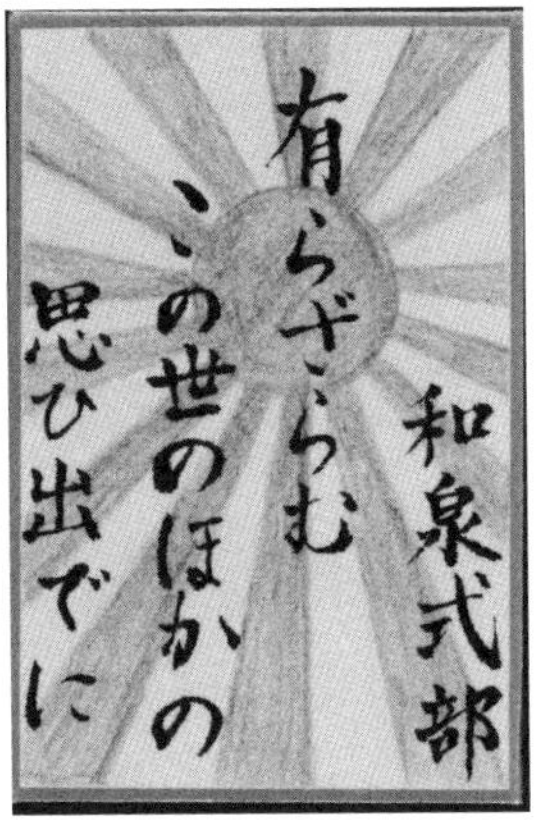

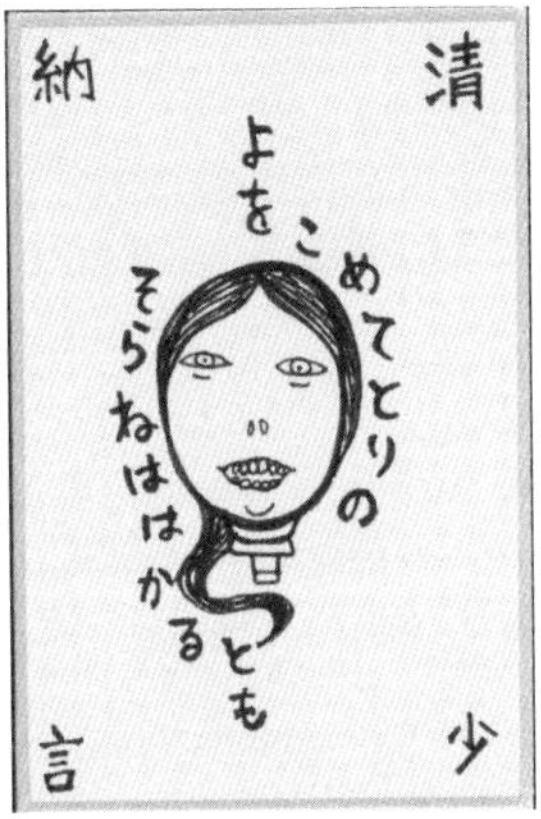

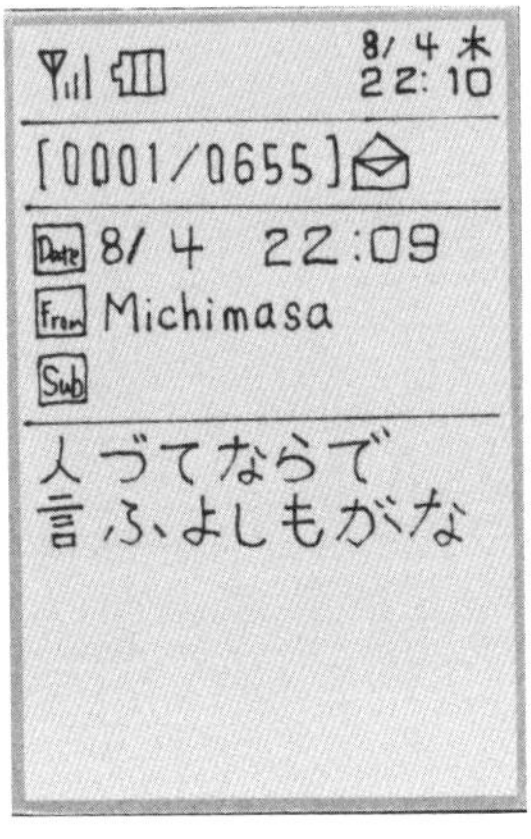

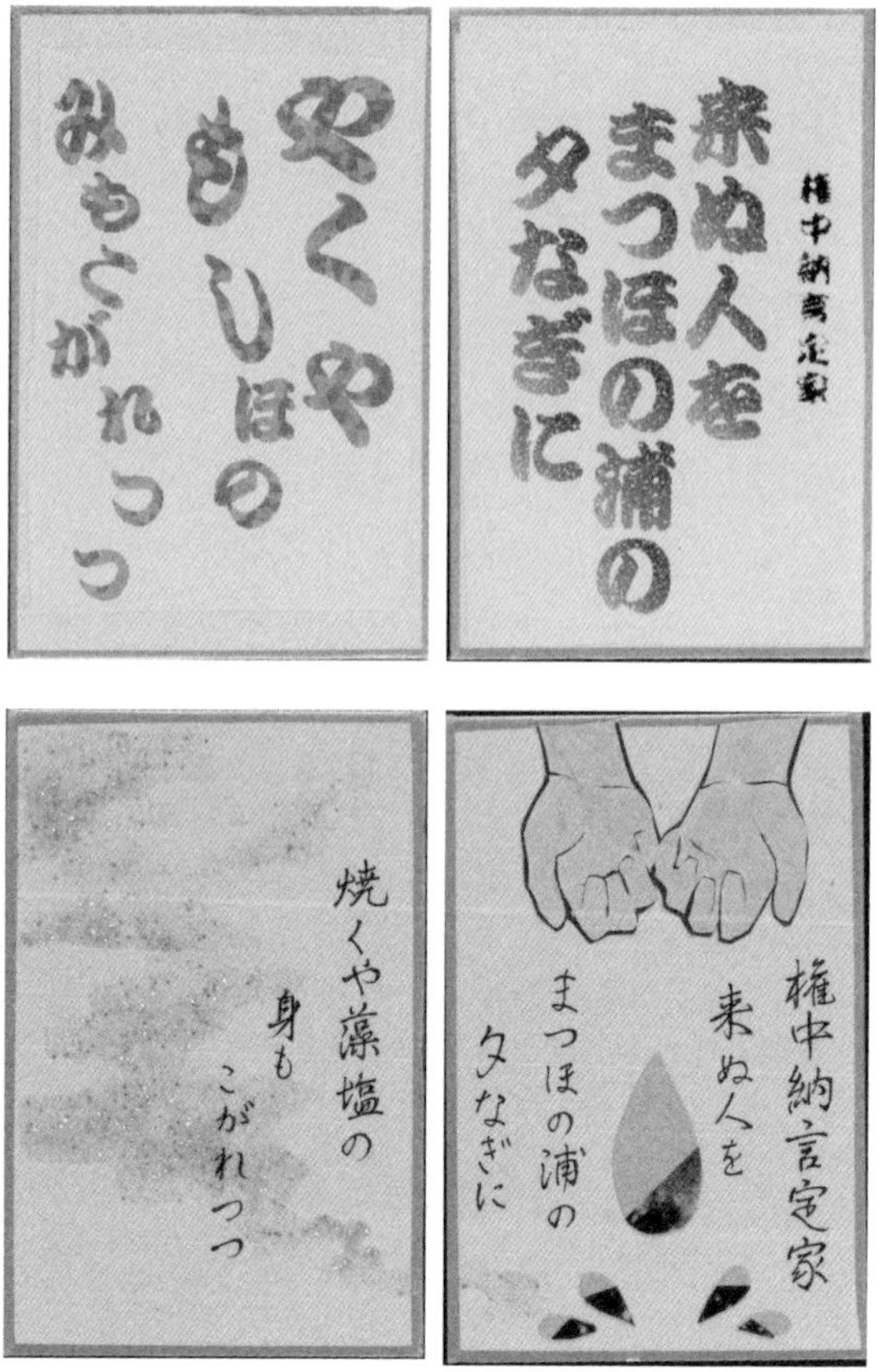

これらは歌を自分の世界に引きつけて、自分なりに解釈できていて、しかもカルタの完成度も高く、思わずうなってしまうようなすばらしい作品たちである。このほかにも、巧みな散らし書きを披露してくれている作品や、デザインがおしゃれで感心したり、絵がとても上手だったり、切り絵や砂絵や、フエルトを貼り付けた物、裏にまで黒髪が伸びていて、その線描きが繊細でびっくりしたり、時には時計の針を留めるために、実物の画鋲を使用していることもあって、紹介したい作品は多いのだが、ここには、鮮やかな解釈の面白さが際立つものに限定して掲載した。

最後に、『百人一首』なので、編者定家の歌の作品を二つ紹介しておきたい。

97　権中納言定家　来ぬ人をまつほの浦の夕なぎに焼くや藻塩の身もこがれつつ

新古今時代の歌は、四季の歌に恋のイメージが投影していたり、恋の歌が四季の歌のようにできていて一枚の絵のように風景を描写していて、部立を超越するような詠み方が魅力の一つである。この歌も、「松保の浦」という歌枕を巧みに使用して、「恋人を待っている」人の心の中が、夕凪の松保の浦の風景とダブルイメージで描かれている。恋する人の心の内と叙景が完全に一体化した、さすが定家だと言わざるを得ない巧みな歌である。それだけに、カルタで表すのは難しく、まだ年若い学生たちには、身を焦がす恋のイメージというのもピンとこない場合が多いのだろうが、この二作は叙景と心情表現の二重構造をカルタの絵柄として完璧に表現し得ている(口絵参照)。

おわりに

恋の歌なのか四季の歌なのか、早春の梅の花なのか春たけなわの桜の花なのかなどのように、どの巻のどの位置に置かれているかで意味が限定されたり、詞書によって詠んだ状況が説明されていることにより、勅撰集では可能な限り意味が特定されているので、その意味で堅苦しいということもできる。それに対して『百人一首』は、歌だけなので自由に自分なりに歌の世界を感じることが許されているのである。それはただ現代語訳だけ見ていたのでは多分できないだろう。五七五七七で表現されている歌語の世界が、豊かなイメージを投げかけてきている。現代語訳だけでは理解できない和歌の世界。ふりだけでもよいから、現代語訳から解放されると、豊かな世界が扉を開けてくれる。自発的に自由に取り組むことは、苦しいことでもあるし、いきなりは無理かもしれないのだが、こわごわ自分で和歌の世界に踏み込んでみると、目からうろこが落ちる瞬間が必ずある。それを一度でも体験すると、今度からはつい自発的に自由に取り組んでしまうようになる。

不死の薬に託されたかぐや姫の思い

岡田香織

はじめに

昔話の「かぐやひめ」と言えば、竹から発見された少女が、翁と嫗に大切に育てられて美しい女性に成長し、やがて月の都へ帰っていく物語である。この昔話の元となっているのが『竹取物語』である。「いまは昔、竹取の翁といふもの有けり。」から始まる冒頭部を、学生時代に暗誦した人は多いのではないだろうか。平安時代に書かれた『源氏物語』の作中では「物語の出来始めの祖」と称される。時代はくだって二〇一三年には『竹取物語』を元にしたスタジオジブリの映画「かぐや姫の物語」が公開され、話題となった。千年以上前から現代に至るまで、日本人にとって身近であり続けている古典文学作品の一つと言えよう。

ところで、映画「かぐや姫の物語」で監督を務めた高畑勲氏は次のように述べている。

いったい、かぐや姫が月で犯した罪とはどんな罪で、〝昔の契り〟、すなわち「月世界での約束事」とは、いかなるものだったのか。そしてこの地に下ろされたのがその罰ならば、それがなぜ解けたのか。なぜそれをかぐや姫は喜ばないのか。そもそも清浄無垢なはずの月世界で、いかなる罪がありうるのか。要するに、かぐや姫はいったいなぜ、何のためにこの地上にやって来たのか。

これらの謎が解ければ、原作を読むかぎりでは不可解としか思えないかぐや姫の心の変化が一挙に納得できるものとなる。

（「かぐや姫の物語」公式ＨＰ　https://www.ghibli.jp/kaguyahime/message.html）

高畑の指摘するように、『竹取物語』には多くの「謎」が残されており、本文に明確な答えは描かれていない。いわば「余白」が残されている。こうした「余白」の部分を想像で補いながら物語を読むところに、千年以上の長きにわたって人々を惹きつける面白さがあるのだろう。しかし「余白」を想像で埋める時、大きな勘違いをすることもある。

たとえば、かぐや姫が月の都へ帰る時、人間界に不死の薬を遺していくのはなぜだろうか。一般的には「翁や御門に長生きしてほしいから」というかぐや姫の願いとして解釈されているのではないか。しかし、どうも違和感があるのだ。

まずはクライマックスから見てほしい。月の都へ帰る日、かぐや姫は翁に対して次のように言う。

かの都の人は、いとけうらに、老いをせずなん。思ふ事もなく侍る也。さる所へまからむずるも、いみじくも侍らず。

（月の都の人は、例えようのないほど美しく老いず、物思いをすることもない。そのような楽土へ帰ろうとも嬉しくもございません。）

ここでかぐや姫は月の都の住人が不老不死であり、思い悩むこともないとする。一見理想的なようだが、彼女は帰郷を喜ばない。この言葉をひっくり返すと人間に対するかぐや姫の思いが読み取れる。すなわち、人間はいずれみにくく老いゆく存在であり、あれやこれやと物思いもする。しかし人間界で過ごした時間によって、かぐや姫はそのような「人間らしさ」に同情を寄せ、いとおしくさえ思うようになる。

ここで立ち止まってほしい。老いについて同情し、肯定的な理解を示すかぐや姫が、永遠の命を与えるために不死の薬を遺すのは変ではないか。何か別の意図があるのではないか。本稿では、この最後の場面でのかぐや姫の真意について考えてみたい。

前半では、かぐや姫が彼女を取り巻く人間との関わりを通して、人間の老いや死に対して理解を深め、徐々に心を寄せていく様子を確認する。後半では、人間らしさが出てきたかぐや姫が、月の都へ帰る際にとった行動から、不死の薬を遺した意図を読み取る。そして、かぐや姫が遺したものと、地上に残された翁や御門の反応を併せて考えることによって『竹取物語』のクライマックスについて、新しい見方を示したい。

なお、本文は岩波新日本古典文学大系（『竹取物語　伊勢物語』（堀内秀晃・秋山虔校注、一九九七年））を用い、現代語訳については原本の注釈を参照、引用した。

一、老いの象徴としての翁

かぐや姫の身近にいる人物でまず取り上げるべきは、彼女を竹から見つけた翁であろう。「翁」という呼称により、すでに年老いているのは分かるが、さらに物語の随所でこの老いの部分が強調されている。例えばかぐや姫に結婚をすすめる場面では、

翁、年七十にあまりぬ。今日とも明日とも知らず。
（私は七十歳を過ぎました。今日とも明日とも知れない命です。）

とあり、翁は晩年の老人で、その命がもうあまり長くないことがほのめかされる。また、かぐや姫が月に帰ることを知り、思い嘆いている場面では、

此事を嘆くに、鬚《ひげ》もしろく、腰もかゞまり、目もたゞれにけり。翁、今年は五十ばかりなりけれども、物思ふには、片時になむ老《おい》になりにける、と見ゆ
（かぐや姫が月の都へ帰ることを嘆き、髭も白く、腰も曲がり、目もただれてしまった。翁は五十ばかりにであるけれども、思い悩んでまたたくまに老人になってしまったものだと思われた。）

と、老人の見た目の描写を通して、次第に弱り果てていく翁が表現されている。ここで注目したいのは、傍

線で示したように、物語の前半では「七十にあまりぬ」と記されているのに対し、後半では「五十ばかり」となっており、表記がバラついていることである。この点については、翁の虚言、誤写、作者を異にするための矛盾など、諸説ある。ただ、年齢表記の整合性のなさによって、その見た目の老いが一層強調され、印象づけられる。さらに点線部を見ると、悩みの深まりとともに老いが深まるという翁の様子が示されている。人間の性質である「もの思い」と「老い」が関連づけて記述されている点は看過できない。かぐや姫は、自分を見つけ出して育てた、疑似的な父としての翁を見ることで、人間が時間とともに老いていき、いずれ死ぬ存在であることを認識していったのだと言えよう。

二、鉄の女、かぐや姫

『竹取物語』の大部分は、結婚にまつわる話である。ここには無理難題に対峙する貴公子たちの命への向き合い方と、それに対するかぐや姫のわずかな心の変化が描かれている。

美しく成長したかぐや姫のもとには、多くの男たちが言い寄ってくる。しかし、そもそもかぐや姫は、月の都の人であるゆえ、人間界の誰とも結婚することはできない。こうした事情から、解決できそうにない難題をあえてつきつけることで、男たちの求婚を拒否しようとする。男たちがいくら深い思いを伝えるために毎日家に通い、和歌を贈っても、彼女の心に響くことはない。

難題に挑むのは五人の貴公子たちである。獲得するよう命じられた品はそれぞれ、石作の皇子に仏の御石の鉢、くらもちの皇子に蓬莱山にある玉の枝、阿倍のみむらじに火鼠の皮衣、大伴御幸大納言に竜の頸に五色に光る玉、石上麻呂足に燕の子安貝である。いずれの品も実在するのかすら怪しく、手に入れようとすれば命の保証はない。しかしかぐや姫からすれば、結婚を拒否できればそれでいいのである。よって、かぐや姫は「何か難からん（何が難しいのかしら）」と、きわめて他人事な態度をとる。まともに難題に挑むのは命がけだということなど、気にもとめていない。この時のかぐや姫は血も涙もなく、人を人とも思っていないような、いわば〝鉄の女〟なのである。

一方五人の貴公子にしてみれば、自身の命とかぐや姫との結婚を天秤にかけられているようなものである。さて、五人の貴公子たちはどうするか。

三、口八丁な男たち

五人の貴公子たちの難題譚は、彼らの身分順に進行する。しかし、それだけではない。難題への向き合い方に注目すると、後に登場する貴公子ほど真剣に品を手に入れようとしていることが分かる。以下、それぞれのエピソードとかぐや姫の対応を、和歌のやり取りを中心に見ていこう。

石作の皇子、くらもちの皇子は、はじめから本物を求めるつもりなどないうえ、嘘でごまかそうとした男たちである。

計算高い石作の皇子は、天竺へ鉢を取りに行くと見せかけて三年ほど姿をくらませた後、すすけた鉢を小綺麗に包装して持ってくる。それと共に鉢を手に入れるために艱難辛苦を尽くしたことを訴える歌を贈る。

海山の道に心を尽くしはてないしのはちの涙ながれき

（筑紫の果てから天竺まで、海や山を越える果てしない旅に艱難辛苦をしつくして、仏の御石の鉢を求めるために泣きつくし、血の涙が流れたことでした。）

もちろん歌の内容は全て嘘であるうえ、掛詞を連ねて無理に「石の鉢」を詠み込んでいるところにこの男のずる賢さが表れている。これに対してかぐや姫は、

をく露の光をだにぞやどさましをぐら山にて何もとめけん

（本物の仏の石の鉢とおっしゃるのなら、苦労の涙の露ほどの光だけでもあってもよかったのに。後ろ暗くも小倉山でなにを求めて来られたのでしょう。）

と嘘を指摘し、鉢とともに突き返す。失敗に終わった石作の皇子は、

白山にあへば光の失するかとはちを捨てもたのまるゝかな

（この鉢も光はあったのですが、白山のように輝くあなたの光に逢って輝きが失せたのではないかと、役立たずの鉢を捨ててしまいましたが、この上は恥を捨ててもあなたのご好意の復活が期待されます。）

と、かぐや姫を持ち上げつつなんとか追いすがろうとする。しかし鉢が偽物と分かればかぐや姫の求婚拒否

は成功。その後は返事をすることもなかった。

二人目のくらもちの皇子は、石作皇子を超える大法螺吹きであった。鍛治工匠に玉の枝を作らせておきながら、さも自分が蓬莱に赴き命を懸けて玉の枝をとってきたかのような歌を贈る。

徒《いたづ》らに身はなしつとも玉の枝を手おらでたゞに帰らざらまし

（たとえ苦難を重ねてわが身をむなしくしようとも、あなたのために玉の枝を手折らずに手ぶらで帰るようなことはしなかったでしょう。）

さらに偽りの体験談まで滔々と語るのである。これには翁もかぐや姫も騙されかける。しかし、報酬をもらえていない工匠らの訴えによって嘘は発覚し、安心したかぐや姫は次の歌とともに玉の枝をつき返す。

まことかと聞きて見つれば言の葉を飾れる玉の枝にぞありける

（本物であろうかとお話を伺って信じてしまいましたが、実物をよく見ますと、金銀ならぬ言の葉を飾り付けた、偽りの玉の枝だったのでした。）

「本物かと思えば、偽りの言の葉を飾り付けた玉の枝だったのね！」という、かぐや姫の晴れやかな安堵感がうかがえる歌である。恥をかいたくらもちの皇子は深い山に入り消息が絶えてしまう。

石作の皇子も、くらもちの皇子も、情に訴えかけるために偽りの苦労話をした。しかし、かぐや姫の興味は品が本物か偽物か、つまりは求婚を拒否できるか否かにしかない。

四、金まかせの男

三人目の阿倍のみむらじは、一応本物の火鼠の皮衣を探し求めようとしたが、他人まかせ、金まかせの男である。彼は高い金を払って美しい皮衣を手に入れると、自信満々に歌を贈る。

限なき思ひに焼けぬ皮衣　袂《たもと》かはきて今日こそは着め

（限りもなく激しい私の恋の「思ひ」の火にも焼けない火鼠の皮衣を手に入れて、恋の涙に泣き濡れていた私の袂も晴れやかに乾いて今日こそ着られるでしょう。）

かぐや姫への熱い思いを、本物であれば焼けないはずの皮衣に託して詠んだものの、火にくべられた偽の皮衣はみるみるうちに燃えてしまった。またもや求婚を拒否したかぐや姫は、

なごりなく燃ゆと知りせば皮衣思ひの外《ほか》にをきて見ましを

（跡形もなく燃えてしまうものと知っていたら、この皮衣を心配などしないで、火の中にくべないでその美しさを眺めていたでしょうに。）

と、皮肉交じりの返歌をする。

阿部のみむらじも、これまでの二人の時と同様に、自らの思いを品に託して歌を贈る。しかしかぐや姫は「思い」に触れることなく歌を返す。この頃のかぐや姫は相手の気持ちを慮ることはない。結果的には慮る必要もない男たちだったのだが。

五、命をかけない男とかけた男

次の二人はこれまでと異なり、自分で品を手に入れようとする。違いが出るのは命をかけるか否かという点である。

大伴御幸大納言は、家臣総出で竜の頸の玉をとりにいかせる。しかし報酬を前払いしたため、家の者は各々好きな所へ逃げてしまった。そうとは知らず、待ちくたびれた大納言は自ら海に出るが、嵐に巻き込まれて死にかける。命からがら明石の浜に漂着するが、風病のために腹は膨れ、李をつけたように目が腫れる始末。彼はかぐや姫を「大盗人」と罵り、すっかり手を引く。つまり、大伴御幸大納言は、本物を得ようと自ら行動するものの、かぐや姫との結婚よりも自分の命を優先するのである。

ここまで四人の難題への取り組みとその末路について見てきたが、五人目の中納言石上麻呂足では姫の反応に変化が生じる。中納言石上麻呂足は、倉津麻呂という翁に聞いた方法で、燕の子安貝をとらせようとするが、上手くいかないため、自ら荒籠に乗ってとろうとした。しかし、転落したうえに握っていたものは糞だった。これが原因で彼は病床に臥せってしまう。これを聞いたかぐや姫は驚くべき行動に出る。初めて自分から歌を贈るのである。

年を経て浪《なみ》たち寄らぬ住の江の松かひなしと聞くはまことか

（何年たってもあなたのお立ち寄りがない私のところは浪の立ち寄らない住の江の松と同じこと、貝がないので待つ甲斐もないと噂に聞きましたが本当でしょうか。）

「松」と「待つ」、「甲斐」と「貝」を掛け、石上麻呂足の病状を窺った歌である。心から心配するというよりも、ことば遊びを交えたからかい半分の歌という雰囲気が読みとれる。とはいえ、姫が相手の身を心配するような内容で、自発的に歌を送っている点は注目に値する。姫の心も木石ではないという証しなのではなかろうか。

一方石上麻呂足としては、かぐや姫のせいで引き起こされた災難なのだから、彼女に怒りをぶつけることもできたはずである。しかし彼は、かぐや姫から便りがあったから、甲斐（貝）はあったと言う。

かひはかく有ける物をわびはてて死ぬる命をすくひやはせぬ

（「貝なし―甲斐なし」と姫様はおっしゃいますが、このとおりお便りをいただき、苦労した甲斐は確かにございました。いっそのこと、辛い思いを極めて死んで行く私の命を姫様の匙で掬い取って救済しては下さらないのですか。）

この歌を書き終わると同時に石上麻呂足は死んでしまう。彼は、本物の品を求めようとし、自分の命が絶えんとする時まで、かぐや姫を想いつづけた男であった。ここで初めて人間の死を目の当たりにしたかぐや姫の心中に次第に人間の心のようなものが出てくる。

これを聞きて、かぐや姫、すこしあはれとおぼしけり。

（石上麻呂足が死んだことを聞いて、かぐや姫はわずかに哀憐の情をお感じになった。）

とあるように、かぐや姫は自分が与えた難題の為に死んでしまった男に対して憐憫の情を「すこし」抱くのである。

以上、求婚難題譚の顛末をそれぞれ見てきた。かぐや姫はあくまで求婚拒否にこだわり、返歌などからもわかるように、初めの四人の貴公子たちの気持ちには見向きもしなかった。

しかし、誠実さを持って行動した石上麻呂足の死をうけて、初めて「あはれ」という感情を抱く。これを機にかぐや姫の言動に変化が見られる。「死」という概念を意識するようになるのである。

六、死を切り札にするかぐや姫

かぐや姫の存在はいよいよ御門の知るところとなり、宮仕えを命じられる。しかしかぐや姫は、自分の命を盾にしてまで拒否しようとする。以下、「死」を切り札にして宮仕えを拒むかぐや姫の言動を見ていこう。

御門の使いの内侍に、命令に背くなと強くたしなめられると、

国王の仰せごとを背かば、はや殺し給ひてよかし

（御門のご命令に背いているというならば、早く殺せばよいのです。）

と言う。かぐや姫が死んでしまっては元も子もない。次に御門はかぐや姫を宮仕えさせた暁には官位を与えると言い、翁を釣ろうとする。翁がそのことを嬉々としてかぐや姫に語ると彼女は、

もはら、さやうの宮仕へ、仕うまつらじと思ふを、しゐて仕うまつらせ給はば、消えうせなんず。御官《みつかさ》爵《かうぶり》仕うまつりて、死ぬばかり也

（御門の寵愛を受けるための宮仕えはいたすまいと思いますので、無理やり宮仕えをおさせになるならば、消え失せてしまいましょう。官職や位階を翁のためにご奉仕申し上げて死ぬだけです。）

と言う。宮仕えを強要しようものなら、翁に官位だけ与えて死ぬと言われて困惑する翁。かぐや姫はさらにたたみかける。

猶《なほ》そら事かと、仕うまつらせて、死なずやあると見給へ。あまたの人の、心ざしおろかならざりしを、空《むな》しくなしてこそあれ。昨日今日、御門のの給はんことにつかん、人聞きやさし

（やはり、嘘かとお考えなら、私に宮仕えさせて、それでも死なずにいるかどうか、様子をご覧なさい。大勢の人が、私への求愛の気持ちの並み一通りでなかったのを、結局無駄にしてしまったのですよ。それなのに、昨日今日求婚された帝の仰せ言に従うとしたら、人聞きが恥ずかしいことです。）

嘘だと思うなら宮仕えさせて、それでも死なずにいるかどうか見ろというのである。結局翁は、自分の名誉よりかぐや姫の命を選び、宮仕えさせるのをやめる。

ここまではかぐや姫の思惑通りの結果だろう。彼女は月の都の人であるため、本当に死ぬかは分からない。そのような中でこれほどに死を強調しているのは、人間にとって命は有限でかけがえのないものであることを五人の貴公子たちから学んだからであろう。また、人間にとっては愛する他人の命もまた大切だと理解しており、翁がかぐや姫の命を大事に思う気持ちを利用しているようにも見える。

この後の展開と、御門との和歌のやり取りに見られるかぐや姫の変化も確認しておこう。何とかしてかぐや姫を手に入れたい御門は、行幸のついでにかぐや姫を見ようと、翁と共に企て実行する。御門は「光みちて、きよら」な姿に心奪われ、かぐや姫の袖をとらえて連れ帰ろうとするが、彼女は影となり、実体を消してしまう。かぐや姫がこの世の者ではないと確信した御門は、連れ帰るのを断念しようとするが、なお諦めきれない。

かぐや姫の虜になった御門は、帰りがけに次の歌を贈る。

帰るさの行幸《みゆき》物うくおもほえてそむきてとまるかぐや姫ゆへ

（帰り道の行幸がなにかつらく思われて、振り返っては立ち止まってしまう。これも私の言葉に背いてここに留まるかぐや姫のせいなのだ。）

かぐや姫を連れ帰れず後ろ髪をひかれる思いを詠んだ御門の歌に対して、かぐや姫は

葎《むぐら》はふ下にも年は経《へ》ぬる身の何かは玉の台《うてな》をも見む

（山本近く、葎などが生い茂った中で長年暮らしてきたような私が、どうして玉に輝く高殿を見てそこで暮らせましょう。）

と返す。どのような心境の変化があったのかは分からないが、これまで五人の貴公子に返した歌とは明らかに違う。頭ごなしの拒絶ではなく、普通の女性が、恥じらいを持って求婚を断るときのような詠みぶりとなっているのだ。ここから三年間にわたり、御門とかぐや姫は和歌のやり取りし、心を通わせるようになる。

七、不死の薬をめぐる思い

翁や御門、五人の貴公子とのかかわりによって人間らしさが出てきたかぐや姫。ここで終われば、かぐや姫と御門の心は結ばれるわけで、それなりのハッピーエンドと言えるのだが、非情にも月からは迎えがやって来る。

月の都へ帰る日が近づくと、かぐや姫は自分がいなくなることで育ての親である翁と媼を悲しませること

を憂い、もの思いにふけるようになる。つまりかぐや姫は、まるで人間のように父母との別れを惜しみ、悩み嘆いているのである。

決して短くはない時間を地上で過ごす中で、かぐや姫は翁や嫗と人間の親子のような関係を築き、御門と心を通わせた。心ならずも月の都へ帰らんとする時、彼女はどのような行動をとり、そこにはいかなる真意が読み取れるのだろうか。

いよいよ別れの日、悲嘆に暮れる翁を前にして、いたたまれなくなったかぐや姫はとっさに手紙を書き置く。その中には次のような一節がある。

ぬぎをく衣《きぬ》を、形見と見給へ。月の出でたらむ夜は、見おこせ給へ。見捨てたてまつりて、まかる空よりも、落ちぬべき心地する。

（脱ぎ置いていく衣を形見にしてください。月の出た夜は見上げてください。お見捨てした形では、おいとましていく空からも、落ちてしまいそうな思いがします。）

かぐや姫は脱いだ衣を翁へ遺し、それを「形見」にするように言う。ここで「形見」の意味について確認すると、「遠く離れた人や、亡くなった人を思い出すよすがとなるもの。思い出の品。その人の形を見るものの意。」（『時代別　国語大辞典　上代編』三省堂、一九六七年）とある。つまり、脱ぎ置かれた衣は、かぐや姫が去ったあとで翁に遠く離れた娘を想起させるための品となる。かぐや姫の思いとして言い換えるならば、遠く離れた自分を思い出してもらうために衣を脱ぎ置いたのではないだろうか。

さらに次では、天人が、天の羽衣を持ってくる。これは着るともの思う心がなくなるという機能をもつ。また、人間界に染まったかぐや姫に対して不死の薬を与えることで地上の穢れを消し去ろうとする。不死の薬を差し出されると、かぐや姫は以下の行動をとる。

て、着せんとす。

わづか嘗《な》め給て、すこし形見とて、ぬぎをく衣に包まんとすれば、ある天人、包ませず、御衣《みぞ》をとり出

（不死の薬を少しばかりお嘗めになって、すこし形見として脱ぎ置く衣に包もうとしたが、そこにいる天人が包ませず、天の羽衣を取り出して、かぐや姫に着せようとした。）

先に「形見」として脱ぎ置いた衣に不死の薬を包み、翁に遺そうとする。それに気づいた天人は不死の薬を包ませず、無理矢理かぐや姫に天の羽衣を着せようとする。したがって不死の薬は翁の手には渡らなかった。ここでも再び「形見」という言葉が使われているのはなぜか。不死の薬も先の衣と同様、かぐや姫を思い出すための品として遺されようとしたことを意味するのではないか。

さて、いよいよ天の羽衣を着せられようとした時、かぐや姫はふと御門を思い出し、手紙をしたため歌を詠む。

今はとて天の羽衣きるおりぞ君をあはれと思ひいでける

（今はもう地上世界にお別れだといって天の羽衣を着るときになって、あなたをしみじみ慕わしく思い出したことでした。）

人間界への思いが消えてしまうその時になり、改めて御門への愛情を自覚し、別れを惜しむなんとも切ない場面である。そして手紙に不死の薬を添えて天人に託したかぐや姫は、天の羽衣を着せられることで翁や御門への愛情をもなくし、月の世界へ帰っていく。

ここまで昇天の場面におけるかぐや姫の行動を追ってきた。かぐや姫は月の都へ帰ることを運命として受け入れていた。帰郷の日はひと月以上前に分かっており、翁や御門への別れの手紙を書いておく時間は十分にあったはずである。それにも関わらず、旅立つ間際に手紙をしたためたのは、彼女自身も予想だにしていなかった人間的感情、すなわち、育ててくれた翁や媼との間にある家族的なつながりや、御門を慕わしく思う気持ちが別れの瞬間になって溢れ出たためではないか。そうした思いが「形見」を遺す行動として結実していると言えよう。

次に地上に残された翁や御門の様子を見てみよう。

地上に残された翁は、かぐや姫なき世界で生きている意味を見出すことができず、病床に臥すばかりである。かぐや姫の筆跡や香りの残る衣は彼にかぐや姫との思い出を蘇らせるばかりか、むしろ彼女のいない喪失感を強調するものとして働いてしまう。

一方、中将から不死の薬を受け取った御門も、かぐや姫の喪失に耐えることができない。そして彼女から受け取った不死の薬を飲むことなく、天に近い山の上で燃やすように命を下す。まるで不死の薬をかぐや姫に返すかのように。

逢《あふ》ことも涙にうかぶ我身には死なぬくすりも何にかはせむ

かの奉る不死の薬に、又、壺具して、御使にたまはす。（中略）御文、不死の薬の壺ならべて、火をつけて燃やすべきよし、仰せ給。

（かぐや姫に逢うこともなくなって、そのために流れる涙に浮かんでいるような朕の身にとっては、不死の薬もいったい何の役に立つだろう。

不死の薬に壺を添えてお使いにお預けになった。（中略）お手紙と不死の薬の壺をならべ、火をつけて燃やせとの旨をご命令なさった。）

かぐや姫の遺した不死の薬は、一見すると「御門に生きながらえてほしい」というメッセージのように思える。その願いを御門は拒否し、山で燃やさせるわけだが、そもそもかぐや姫の真意とはどこにあったのだろうか。

「不死」は天人特有の性質であるゆえ、不死の薬はかぐや姫自身を象徴するものともいえる。かぐや姫が天人である自分を象るものとして不死の薬を御門に遺したのだとしたら、彼女は自分の代わりとして御門のそばに不死の薬を置いてほしいと思ったのではないか。そして、月の都というはるか遠い場所で暮らす自分の存在に思いを馳せてほしいと考えたのではないか。

御門は不死の薬をかぐや姫の代わりの「形見」として受け取ることはしない。かぐや姫のいない世界で生きることの無意味さを悟り、不死の薬を燃やしてしまったのは見てきた通りだが、かぐや姫の側から見れば「形見」としていつまでも側に置いてほしいと思って不死の薬を遺したかもしれず、両者の思いは交わることがない。結果として人間とかぐや姫との間にはすれ違いが生まれてしまったのである。

おわりに

翁や五人の貴公子たちとの関わりを通して、老いや人間にとっての命の重さについて、かぐや姫が次第に理解を深める様子が見て取れた。また、かぐや姫自身も和歌によって御門と心を通わせたり、帰郷を憂いて嘆いたりするなど、人間らしい心の有り様が見られるようになった。特に最後の場面では、月の都へ帰る運命を表向きには受け入れていたかぐや姫が、むせび泣く翁を前に胸を痛め、いざもの思う心を失わんとする時に御門を思い出して手紙をしたためる姿からは大きな感情の動きがうかがえた。

本稿ではそうしたかぐや姫の心の変化を確認したうえで、翁や御門の記憶にあり続けるために、「形見」として不死の薬を遺そうとした可能性について指摘した。しかし、お気づきかもしれないが、実は御門に対しては「形見」という言葉が使われていない。これまでの話の流れからすると、彼女を思い出すよすがとして御門にも不死の薬を遺したと考えるのが自然だろう。しかし断定はできない。あるいは最期の瞬間に思い出されるほど大きな存在になっていた御門に、自分と一緒に永遠の時間を生きてほしいと思ったのかもしれない。

皆さんはこの「余白」をどう補うだろうか。『竹取物語』をもう一度手に取るきっかけとなれば嬉しい。

繋がっている今と昔

――昔話「こぶとりじいさん」と『宇治拾遺物語』「鬼に瘤取らるる事」

三宅晶子

はじめに

鎌倉初期には成立していたと考えられている説話集『宇治拾遺物語』は、比較的読みやすい古典作品として、中学校でも高校でも取り上げられているし、「古典を自分で読んでみたいのだけれど、何が良いでしょう」と聞かれた場合、この作品を薦めていたころもあった。

しかし注釈も少なく現代語訳も付いていないような文庫本で読もうとすると、薄めの一冊で済むということ以外には、あまり楽しさを感じられない、難しい作品でもある。短編が多いから内容が掴みやすいかというとかえって逆で、次々変わっていく別の話は、関連があるようで無く、その都度の状況把握や人間関係の理解は大変だし、結局何が面白いのか、共感がわかない、意味が分からないということの連続で、最後まで読み通すのはかなり困難が伴うだろう。

しかし、昔話としてよく知られているものや、芥川龍之介が近代小説に翻案している作品などを比較しながら読むと、その違いから思いがけなく広がっている古典の世界に触れることができて、面白いと感じられる。このような比較はよく用いられることではあるが、私自身が近年「小教専（小学校教科専門）国語」の授業で取り入れて、教育学部一年次生全員（約二三〇名。一クラス約六〇名で、春秋学期二クラスずつ）に試みていたやり方で、古典嫌いが多い最近の教員志望学生たちにも、楽しく取り組める方法なので、それを紹介したい。

一、比較するとわかること

たとえば巻第一、第三話として収められている「鬼に瘤取らるること」は、昔話の「こぶとりじいさん」との関連話である。「瘤取り爺」の話しは中国・朝鮮半島からヨーロッパなどで世界的に分布・伝承されているらしいし、「こぶとりじいさん」という昔話自体も細部が変形しながら現代に至っているので、比較する素材如何で、検討内容も違ってくるだろう。しかしここでは、表面的にはよく似た二つの話しを比較して読むことで、理解力が進み、さらに思ってもみない面白いことが浮かび上がってくる、ということを実感することが目的である。学問的興味によって様々な話形を収集するのではなく、面白い効果の狙える話形を一つ選択して基本話形とし、比較の材料としたい。

ということで「デジタル絵本サイト」（一般社団法人国際デジタル絵本学会（http://www.e-hon.jp/index.htm）提供）に掲載されている「こぶとりじいさん」を利用する。昔話の定型的話形の一つである「良いおじいさんと意地悪なおじいさん」がペアで登場すること、あらすじではなく、丁寧に物語の展開を表現していることなどから採用した。『宇治拾遺物語』の方は、新編日本古典文学全集版を用いる（49頁11行目（　）内参照）。一般人でも容易に理解できる読みやすい校訂本文であり、現代語訳・頭注付きで、安心して読み進められるからである。安心感というのは、親しみがない・苦手だ・難しいという印象によってハードルが高くなっている古典作品を読んでいく場合、なくてはならない重要な感覚だろう。

初めに「こぶとりじいさん」（以下「昔話」と略称する）を読む。現代版、たとえば「まんが日本昔話」版では、「のんきなおじいさんと心の狭いおじいさん」の話になっているように、細部に違いが多く見られるが、今はそのような差異にはこだわらず、一応誰もが知っている昔話を確認する。

次に『宇治拾遺物語』の「鬼に瘤取らるること」（以下「宇治」と略称する）を読む。できれば声に出して読む方が良い。意味が通りやすいように、難しいところは頭注や現代語訳で確認しつつ、でもなるべく原文で一気に読み通す。一気にというところも重要で、全体でどんな話かを大まかに掴むことが、古典を楽しむためにまず重要なことだと私は考えている。そのとき、昔話と違うなと思うところをマークしていくことも、物語理解の上で大切な方法だろう。

さて昔話とどんな違いがあるだろう。思いつくままに挙げていくよりは、系統だって把握する方が良いので、情景描写・構成・心理描写・人物造型・社会性（価値観）といった観点からまとめてみる。

二、情景描写

誰でもすぐ分かるのは情景描写法の違いだろう。昔話では簡潔に、まとめられている。

瘤　大きい
鬼との出会いのきっかけ　うっかり眠ってしまった
鬼の様子　赤鬼・青鬼
鬼の宴会　楽しそうに酒盛り
翁の踊り　鬼が面白いと喜ぶ

これに対して宇治では、様々な場面がテンポ良く活写されている点に特色がある。

瘤　大柑子の程
鬼との出会いのきっかけ　山奥で風雨が激しくなり帰れなくなる
鬼の様子　詳細で個別的「百鬼夜行と呼ばれた多様な怪物ども」と指摘されている（小学館新編日本古典文学全集『宇治拾遺物語』「鬼に瘤取らるること」頭注小林保治・増子和子校注・訳。一九九六年七月小学館刊）。
赤き色には青き物を着、黒き色には赤い物を褌《たふさぎ》にかき、大方目一つある者あり。口なき者など、大方いかにもいふべきにあらぬ者ども百人ばかりひしめき集まりて……

鬼の宴会　人間社会とそっくりな宴会の様子が活写

宗《むね》とあると見ゆる鬼横座にゐたり。うらうへに二ならびに居並みたる鬼、数を知らず。……酒参らせ、遊ぶ有様、この世の人のする定《ぢやう》なり。たびたび土器《かはらけ》始りて、宗との鬼殊の外に酔ひたる様なり。末より若き鬼一人立ちて、折敷《をしき》をかざして、何といふにか、くどきくせせる事をいひて、横座の鬼の前に練り出でてくどくめり。横座の鬼盃を左の手に持ちて笑みこだれたるさま、ただこの世の人のごとし。

翁の踊り　映像が浮かび上がるような具体的で詳細な描写

翁伸び上がり屈《かが》まりて、舞ふべき限り、すぢりもぢり、ゑい声を出して、一庭《ひとには》を走りまはり舞ふ。

昔話の簡略な記述は、それだけを見る限り、子供向けのおっとりした世界が拡がっていて楽しいものではあるが、いかにも単純で、詳しいことは何も語られていない。だからこそ幼児にも理解できる平易さがあるともいえる。それを下敷きにして宇治を見ると、躍動感溢れる生き生きとした描写法の魅力が、浮き彫りにされる。

宇治だけ読んでいるのでは、古文であることの違和感から、拒絶反応が起こってしまい、素直に内容を理解し鑑賞しようという気持ちになれないことが多い。また余程古文を読み込んでいるとか、作品分析を習慣としているような研究者でもない限り、そう簡単に特色を分析する判断基準を持ち合わせることもできない。面白い表現なのか、古文なら普通なのか、というようなことすら、わからないだろう。単純な昔話と比較するということは、もちろんストーリー展開をあらかじめ掴んでおけるという利点もあるのだが、単に内容把握の手がかりにだけ役立っているわけではない。比較することによって、宇治の優れた描写法が把握できるのである。

芥川龍之介の作品と、芥川が下敷きにしている『今昔物語集』『宇治拾遺物語』所収の原話を比較するという方法は、従来よく手掛けられている。これも面白いし、芥川の狙いとか近代性などを知る上で大変興味深いが、古文読解にはどのくらい役に立っているのだろう。全く役に立たないとは思わないが、多少疑問が残る。というのは、芥川の作品が俄然面白く、しかも内容はけっして平易ではないから、その分析にはかなりの力が必要とされる。古文読解が主目的のはずが、原作は理解した上で、じっくり芥川作品を読む方に、意識が傾いてしまう嫌いがあるのではないだろうか。中世文学研究を専門としている私自身が、芥川作品の方が面白いと感じているので、そう思うのかも知れないが。

それに比べると、単純な昔話を下敷きにして宇治を読むのは、逆の効果がある。物語世界が筆の力で立体的に浮かび上がっているのを、誰でも容易に納得できる。

三、構成

構成の違いもわかりやすい。昔話では善悪二人の翁が最初から登場する。良いお爺さんと意地悪なお爺さん、あるいは悪いお爺さん、という対立構造である。良いお爺さんはあらゆることで優れており、立派な行いによって、幸運を掴む。子供向けのお話の定型が、ここでも用いられている。しかしこの場合良いお爺さんは瘤をとってもらってラッキー、意地悪じいさんは瘤が二つになってアンラッキーという結果は、踊りという行為の差ではなく、初めから善悪のレッテルが貼られた二人の人物が当然受ける結果であるという、勧善懲悪の構図の中に収められているのである。

一方宇治の方では、初めは一人だけ翁が登場し、大活躍の結果瘤を取ってもらう。隣に住む二人目の翁は、最後に突然登場して、一人目の翁を羨んで真似をして失敗し、結果鬼を怒らせてしまって瘤を二つにされてしまうのである。

この比較から見えてくる重要な事柄は、子供向けの絵本などに収められている話形の大半が勧善懲悪で、良いことをした良い人には良い報いがあるから、良い子になりなさいという、教訓話になっていることに気付く、ということではなかろうか。昔話は善悪二人のペアという話形を持っているが、宇治はそうではないということから、絵本はそのような操作が行われているのだということを理解することは、非常に大切なことだろう。そして絵本を扱うときには、ちょっとそのあたりのことに気をつけたほうが良いということにまで考えが至ると、二つを比較して読むことの意味がはっきりと見えてくる。そしていっそう宇治が面白く感じられるようになる。「宇治っていったい、どんな世界を内包しているのだろう？」という興味が沸き上がるのである。

もう一つ忘れてはならないことがある。宇治には話末評語が付けられているのである。

物羨《ものうらや》みはすまじき事なりとか

昔話を基盤とする理解の中で読み進めてしまうと、肩すかしを食らうようなちょっと意外な話末評語である。説話の編者がこの話の中で最も重視している点が端的に表されている。

最初の翁はオリジナルのバイタリティーによって自ら幸運を掴み取ったのだが、二人目は真似ただけであった。そのことが重く扱われていることに注目させられる評語である。何が大切なのか、昔話では善悪という道徳的な価値基準に当てはめることが重要なのだろう。宇治では自分の判断で自分の能力を発揮することの大切さが重視されているのである。

四、心理描写

心理描写についてはどうであろう。昔話では、鬼を見たときに「びっくりしてこわくてふるえていました」や、鬼の踊りを目にしたとき「こわいのを忘れて」出て行ってしまったなど、ごく簡略な説明があるに過ぎない。最小限ではあるが、必要な気持ちはきちんと表現されているので、物語の展開が理解できるよう配慮はされているといえよう。

一方宇治では、きわめて巧みな心理描写が施されている。鬼を初めて目にしたとき、まずは深夜の山奥でただ一人居たので、「人のけはひのしければ、少しいき出づる心地」がすると、人が居ると思っただけで少し安心するという気持ちの動きを見せている。そのうえで、百鬼夜行そのもののような様々な鬼の出現には

大方いとど物覚えず

と、余りの恐ろしさに、思考能力が停止した、つまり生きた心地がしない状態であると記している。ほっと

安心したのもつかの間、一気に沸き起こる恐怖心という、逆転を描くことで、心の揺れがいかに大きかったかを鮮やかに描き出している。

それほど恐ろしいと思ったという事実をきっちり描くことは、続く場面における翁の行動が、どんなに不可思議であったかということと、それをしてしまえる翁が、いかにエネルギッシュでバイタリティーに富んでいるかを、強調する役割を果たしている。

注目したいのは、鬼たちの踊りを見たとき、自分も踊りたいという気持ちに駆られ、出て行ってしまう場面の心理描写である。

この翁物の憑きたりけるにや、また然るべく神仏の思はせ給ひけるにや、「あはれ、走り出でて舞はばや」と思ふを、一度は思ひ返しつ。

生きた心地もしなかったはずの恐ろしい鬼たちを差し置いて、自分も舞いたくなってしまったのである。何かの霊に取り憑かれたのか、あるいは神仏の思し召しか、人知では計り知れない心の動きだと、説明されている。

鎌倉初期ならではの古くさい考え方であると感じるか、訳の分からないことへの解決法は、昔も今も変わらないのだと親近感を持つか、いずれにしろ面白い表現である。

ここで翁は一旦思いとどまるのだが、さらに鬼どもがうち揚げたる拍子のよげに聞えければ、「さもあれ、ただ走り出でて舞ひてん、死なばさてありなん」

と、翁はとうとう踊りでてしまう。突き動かされるような心理状態が、死んでも良いという覚悟を引き出している。そして瘤を取ってもらうという後半の展開に繋がる、突拍子もない行動を起こさせているのである。根底には、この翁には、鬼たちの囃子に魅せられるという柔軟な感受性があるし、鬼たちがいかにわくわくするような音楽を奏でていたということも想像できる。そして翁は素敵に面白い舞踊で、鬼たちを虜にするのである。

以上のような不思議な心の動きと、それによって引き起こされる行動が、きっちり描写されているのが宇治なのである。昔話にはそのあたりの心情表現が抜け落ちているので、どうして踊り出してしまったのかは、よく分からない。

『宇治拾遺物語集』が心理描写に優れていることは定評のある事実であり、教科書定番教材である「稚児のそら寝」などもその最たるものなのだが、「稚児の気持ちはどうか」とか、「なぜ直ぐに返事をしなかったのだろう」という問いかけをして、それに答えさせるというような授業展開では、心情表現に注目して解釈する能力を養成することは可能かも知れないが、それだけで終わってしまうだろう。鎌倉初期には、散文体でここまでの心理描写法を獲得しているのだということに、ちょっと意識を向けてみてはどうだろう。

現存する文学作品群は、時代・作者・享受者層・作品形態などの違いによって、様々な文体や表現法が存在し、その中で心情表現や心理描写の方法も多種多様である。と同時に、人間を描くという意味では普遍性を有する。過去から現代まで繋がっている時の流れの中で捉えることは、古典文学を読む際に必要不可欠な認識である。

五、人物造型

それでは、この翁はいったいどんな人物なのであろう。最近の学生たちの傾向として顕著なのが、翁は機転の利く賢い人物であるのか、ずる賢い奴なのかで、判断が分かれるということである。

その判断の根拠となるのが、以下の場面である。翁の舞が気に入った鬼の親分はまた来て踊れと言い、必ず来させるために質として瘤を取ることにする。

「かの翁が面《つら》にある瘤をや取るべき。瘤は福の物なれば、それをや惜しみ思ふらん」といふに、翁がいふやう、「ただ目鼻をば召すとも、この瘤は許し給ひ候はん。年比《としごろ》持ちて候ふ物を故なく召されん、すぢなき事に候ひなん」といへば……

鬼は「瘤は福の物」であると考えているので、それを質に取ろうとするわけだが、それに対して翁は、目鼻を取られても、この瘤は嫌だと抵抗するのである。普通に考えれば当然、瘤は取って欲しいはずだから、わざと惜しむ様子を見せて、確実に取らせようとしている心理作戦であり、機転が利くと判断するところであろう。それはまた来て踊れと言われたときにも沙汰に及び候はず、参り候ふべし。この度にはかにて納めの手も忘れ候ひにたり。かやうに御覧にかなひ候はば、静かにつかうまつり候はん。

「もちろんです。今回は急のことで舞い納めの手も忘れてしまっていました。このようにお目に叶うのでしたら、次は落ち着いて舞いましょう。」などとぬけぬけと言っていることからも分かる。頭の回転が速く、臨機応変に相手の心理を上手く掴んで、言葉巧みに言える賢い人間である。

ところがこの様子を、だからずる賢いと判断する学生が、年々増加しているのである。要するにこの物語の中で、翁はプラス評価されているのかマイナス評価されているのか、この二者択一で挙手させると、毎年何人かはマイナスの方に手を挙げる。二〇一五年にはその割合が大きくて、半分くらいマイナス評価であると考えていた。きっちり本文を読み取れずに、いい加減にそう思ってしまう場合もあるが、断固としてそうだと考えている学生も多いのである。そこまでして汚い手を使わなくても良いではないかと感じるらしい。授業の流れの中に、そう受け取らせる何かがあったのかもしれないし、影響力の大きな学生の意見に周囲の学生が左右されるという可能性もあるだろう。しかしそれだけではなく、年度によって割合に変動があるので、学生気質の変化なのかもしれないし、どのような学校教育を受けてきたかも影響しているのであろう。「嘘をついてはいけない」という教育が徹底していると、「嘘も方便」なども許されないことと判断してしまうのであろう。

数年前最初にそう反応されたときは心底驚いてしまい、ちょっと慌ててしまったが、最近はもう慣れてしまって、この反応も授業展開に上手く使おうと思うようになった。

学生たちは、正反対の評価を聞いてそれぞれに驚き、もう一度本文をしっかり読んでみようという思いに駆られる。最初はおざなりで、いやいやお付き合いしていた多くの学生が、主体的に丁寧に物語展開を分析し出すのである。この時間がとても大切で、昔話の確認と、宇治の一読が済んでいるから、全体の内容はほぼつかめている状態だが、内容把握の精度にはかなり個人差がある。ここで物語への興味がかき立てられれば、この主人公はどんな人物なのかという、大事な問いかけに対して、できるだけ本文に即して正確に判断したいと、素直に本文と向き合ってしまうのが人情というものなのではないだろうか。

私はどちらが正しいかなどとは言わずに、できるだけたくさんの意見を聞いてみる。稚拙な発言には言葉を足し、必要な解説を補って、教室全体が徐々に、翁の置かれている状況と心情を明確に理解できるように努力する。

プラス評価であると考える割合が多くなるのだが、中には「それでもやっぱりずる賢くて嫌いだ」と反論する学生がいる。なかなか気骨があるではないかと、だんだんこちらが軟化して来てしまうくらいである。もしかして現代的に解釈するならば、そこまでして鬼を騙さなくても良いじゃないかという判断の方が正しいのかなという気持ちになってきてしまうくらいである。

中世という時代、あるいは説話文学というジャンルの特色や、『宇治拾遺物語』の描く世界の背景を基盤として見ると、あり得ない解釈なのだが、そういうことを全く無視して現代的にテクストの世界を読み解くだけなら、この翁は主役ではあっても、かなり汚い手を使うずる賢い奴だという設定が、不可能ではないだろう。

正解は一つという固定概念をはじめ、様々な制約から自由になって、日本語として成り立つか否かという基準だけでテクストを読み解いてみて、何が見えてくるのか。そういう作業は、未経験者や、固定概念に囚われていない人ほど得意だし、面白い解釈をしてくれる。そういう人が自分の世界観、自分の価値基準に引きつけて読み解いてよいということになったら、古典の世界は一気に距離をちぢめるだろう。従来の訓詁注釈的な固定的解釈の癖から抜け出せないのは、教師である自分の方なのではないか、最近そう思うことが多くなっている。

いずれにしろ翁の人間性については、説話文学研究の側面などから、もう少し検討してみる必要があろう。ところで、翁の善悪ではなく、この瘤をめぐっての鬼と翁のやりとりそのものを取り違えてしまう学生も、近年増加する傾向にある。翁の方便が理解できないのである。「瘤は福の物」とされているのだから、本当に取られたくなかったに違いないと考えてしまう学生が、かなりの数で存在している。「目鼻よりも大切だと本当におもっているのか？」「あなたは瘤を取られるよりも、目鼻を取られる方がよいのか？」と聞くと、「自分はもちろん瘤は邪魔な物で、なくなって欲しいし、目鼻が大切だけれど、この翁は違うのかも知れないと考えた」と二〇一七年度入学の学生の一人が答えたのにはびっくりした。翁のことを宇宙人のように理解しているということだろう。

このような反応こそが、古典離れを端的に現しているのだと、衝撃を受けつつ、納得した。自分の世界とは違う。同じ人間とは思えない。まして日本の古い時代が今に繋がっているとは全然考えずに、古典の授業を受け続けていたということなのだろう。あるいは古典の授業はほとんど受けていないということなのかもしれない。

いずれにしても、この瘤をめぐるやりとりは、近年どんどん面白くなっていて、ついこの間まで常識だったことがもう分からなくなり、新しい解釈が生まれていく、という時代の変遷を目の当たりにできる瞬間である。

六、社会性（価値観）

社会性についてはどうか。五つのチェックポイントは順番に検討していくのではなく、重要だと思うことを一つ言ってもらうという形を取るので、いきなり社会性についての意見が出てくることもあるが、学生たちが気付くのは昔話の善悪で二分されているお爺さんに対して、宇治ではどちらが良いというわけではないということである。話末評語に注目して、オリジナリティーを持っていることが大事で、人まねは評価されないのだと気付く場合も多い。これは中世という時代性との関連で大切な視点であろう。才覚と運に恵まれ、やる気さえあれば、出自に関係なく活躍できた時代に、何が重視されたかということに繋がっている。隣人の翁は、悪い人とはされていない。ただ何も考えず、真似をしたために失敗するし、そのことに編者の意識は集中しているのである。

これだけでも昔話との世界観に大きな隔たりが有ることがわかる。

このあたりまで確認が進んでいくと、学生たちは退屈な古文の授業という印象からすっかり抜け出して、興味津々という雰囲気が教室を支配しはじめる。もちろんそういう気配を無視して眠っている者が全然いないというわけではないが、結構楽しいじゃないかという明るさが漂ってくるのは、今のところ毎回のことで、内心はほっと胸をなで下ろしている。

授業時間も残り僅かとなってくるころ、最後にとっておきの問いかけをする。瘤は差別の対照になっているのか、ということである。

宇治は次の文章で始まる。

これも昔、右の顔に大きなる瘤ある翁ありけり。大柑子《おほかうじ》の程なり。人に交じるに及ばねば、薪をとりて世を過ぐる程に……

ここで「人に交じるに及ばねば」とあることから、瘤のために通常の社会生活ができないことが明記されている。このことに気付いて、差別されていると気付く学生は多い。宇治では瘤によって人間社会から疎外され、差別されているのである。

では現代はどうなのか。

少し以前までは当たり前のように、常識的に差別されると全員が思っていたが、最近はかなり事情が違ってきている。現代日本社会では、そういう差別は無いことになっているのであろう。学校では差別をしてはいけないと教え、差別は無いことが建前となっている。だから学生たちはそれを踏まえ、差別は無いと答える。学校教育の影響力の大きさに、改めて驚きを感じる。

整形技術が進んで、体に不必要な物は簡単に切除できるから、大きな瘤がある人を見ることがなくなっている昨今、具体的にどう見えるのか、もし眼にしたときどういう感情を抱くのか、あるいは自分に瘤があったらどうなのか、などということについて、実感がわかなくなってしまっているのも事実であろう。だから簡単に差別はしないと、答えてしまう。とはいえ、もし瘤があったら取り去りたいに違いないという思いは誰しも共通しているし、毛嫌いしないと言い切ることも難しいとも理解はしている。

結局、人間の負の感情ということにまで発展するような、重大なテーマがここには潜んでいたのである。いずれにしろこの問題を考えるとき、まず自分自身に引きつけて考える時間が必要となっているのが、近年の特色だろう。

自分自身への問いかけができた後、新たに「では、鬼の社会はどうなのだろう」と問いかける。これは難問らしく、まだ一度も正解を得られたことはない。そしてこれこそ私が、この説話を授業で取り上げ続けている最も大きな理由であり、私らしい切り口だと思っている部分でもある。

鬼の社会には、外見での差別は無いのである。最初の翁が気に入られたのは、踊りが上手かったし、機転が利いていて、鬼の喜ぶ受け答えができたからだろう。二人目の翁はどんくさくて踊りも下手、鬼をいらいらさせる要因があったから怒らせてしまった。瘤があるかないかは、全然問題にされていない。百鬼夜行のような異形の物の集団なのだから当然といえば当然である。外見で差別していたら鬼の社会は成り立たないだろう。鬼の社会でも人間と同じように階級もあるようだし、下の者が上の者に媚びへつらうのは酒宴の場面で描かれていた（50頁参照）が、それは外見の差別ではない点、注意しなければならない。

鬼の社会は実力主義なのだろう。山中深くしかも夜中にしかこの世に現れることのできない鬼たちが、実はまるでユートピアのような社会を形成している。その不思議さと一種あこがれのようなものが、宇治の世界を作り出しているのである。

この指摘は、学生たちを驚かせるらしい。そんなこと、まったく考えもしなかったのだという。この「目から鱗が落ちる」感覚、これを与えることだけを楽しみに、私は大学で授業を行っているといっても過言ではない。いつも上手くいくというわけではないが。

おわりに

最近の学生たちを見ていると、指示されたことは確実にこなしていくが、自分で何かを考え出したり、自由に作り出すというようなことはとても苦手だと思っている人が多いように感じる。だからこそアクティブラーニングが必要なのだろう。

今回紹介した昔話と宇治との比較を軸にした授業のスタイルは、高校では十分応用可能であろう。中学や小学校高学年でも、教材を上手く選択すれば面白い授業ができるのではないだろうか。もちろん、大人が一人で古典文学を読むときにも、参考になるのではないだろうか。

中学高校時代に、いつも面白い話や様々な情報を与えてくれる、素敵な教師に出会った生徒は、古典好きな学生として大学に入学してくる。そういう先生と巡り会えず、ただただ文法事項の暗記、現代語訳の暗記だけを押しつけられていたという印象だけしか持てなかった古典嫌いな学生たちも、おしなべて平等に、品詞分解や現代語訳は全然やらずに、古文そのものをどんどん読んでいく。そして自分たち自身で現代との比較をするという作業をし、それぞれの考えを述べ合う時間を共有する。さまざまな見解が紹介され、解釈や感想に違いがあることを知る。隠された意味が明らかにされる。そして最後に、古典は凄い世界を持っているということを示されると、ウームと唸ることになる。

現代と繋がっている古典世界。時の経過によって変貌をとげている面と、普遍のものとが共存する世界。そのことを実感するとき、古典は俄然面白くなる。

（初出は『古典教育デザイン』3号、二〇一七年）

『義経記』義経像の変遷

長島裕太

はじめに

源義経とはどのような人物であろうか。平家追討の最大の功労者でありながら、兄である頼朝によって都を追われ、奥州の地で若くして最後を迎えるという悲劇的な生涯は多くの人々の心を惹きつけた。そのような「判官びいき」の感情から、義経を題材とした文芸作品や伝説が数多く生み出されてきた。

現代においても様々な作品において義経の姿を目にするが、その人物像はおおむね「武勇に秀でた美少年」で一定化しているようである。このような義経像は一体どこから来るものなのか。そして、そこにはどのような意味が込められているのか。

現代の義経を描く際には必ずと言ってよいほど笛がセットとして描かれる。古典作品の中で描かれてきた笛の様子に注目していくと、実はこのアイテムこそが義経が貴公子として描かれるための重要な要素として機能していたことが分かるのである。「笛」という表象を手掛かりとして、義経が貴公子として描かれるようになるまでの過程を辿ってみたい。

一、現代の義経像

現代の諸作品における義経のイメージは一体どのようなものなのだろうか。歴史上の人物のイメージに大きな影響を与えるメディアとして、大河ドラマを挙げることができるだろう。図1と図2は、二〇〇五年の大河ドラマ『義経』と二〇一二年の大河ドラマ『平清盛』に出演する源義経のイメージイラストである（なお、このイラストは筆者の大学時代の先輩であり、現在高等学校の教諭としてご活躍されている小泉彩氏が描いてくださいました。深く感謝申し上げます。）。『源義経』で主人公義経を演じたのは滝沢秀明である。また、『平清盛』では、義経を神木隆之介が演じており、いずれも美少年と呼ぶに相応しいキャスティングがなされていると言える。

また、漫画作品では、北崎拓『ますらお　秘本義経記』（少年画報社、二〇一五年九月）や沢田ひろふみ『遮那王義経』（講談社、二〇〇一年三月）、平野耕太『ドリフターズ』（少年画報社、二〇一〇年七月）などの作品で義経が登場している。これらの作品においても、義経は美しい容貌を持つ貴公子として造形されている。

小説ではどうだろうか。司馬遼太郎『義経』（新装版、文春文庫、二〇〇四年二月）では次のような描写がある。

京にのぼった九郎は、奥州からつれてきた雑人ひとりとともに、平家の屋敷町である六波羅のあたりに住み、女装をした。

図1　大河ドラマ『義経』の源義経（イメージ）。五条大橋で弁慶と対面する場面の登場シーンを再現。

図2　大河ドラマ『平清盛』の源義経(イメージ)。番組広報の登場人物を紹介する写真を再現。

図3 『ますらを　秘本義経記』第1巻　扉絵より（少年画報社、2015年9月）

図4 『遮那王義経』第10巻三十六話（講談社、2001年3月）

図5 『ドリフターズ』第２巻十六話（少年画報社、2010年７月）

「似合うか」

と雑人にきくと、雑人はただあきれて九郎を見つめている。小作りで目鼻だちがおだやかなため、顔に粉黛をすると、女童のやや長けた年頃のむすめにしかみえない。

常に、かつぎをかついで外出した。隣家の者には、奥州の国侍の娘の都見物、と触れておき、毎日、都の大路小路を歩いた。

（「弁慶」、上巻二五九頁）


ここでは弁慶との邂逅場面を素材として、女装をする義経が描かれている。ここからは、義経が女装をしても何ら違和感のない、中性的な容貌であることが読み取れる。

これらの作品を見ると、義経＝美少年の貴公子というイメージは現代において広く定着していると言えるようである。しかし、このようなイメージは常に一定であったわけではない。むしろ、初期の古典作品における義経は実は「不細工な男」として描かれていたのである。

二、不男から美少年へ――義経像の変貌――

源平の合戦を描いた古典作品の嚆矢と言えば『平家物語』（岩波新日本古典文学大系45、梶原正昭・山下宏明校注、一九九三年）である。『平家物語』は鎌倉時代頃に成立したとされる軍記物語で、平家一門の栄枯盛衰を描いた作品である。平家追討の最大の功労者である義経もこの作品の中に登場するが、その描かれ方は決して好意的とは言えない。

九郎は色白う、せいちいさきが、むかばのことにさし出でて、しるかんなるぞ。（「鶏合《とりあわせ》　壇浦合戦《だんのうらかっせん》」）

ここでは、平家方の越中治郎兵衛《えっちゅうじろうひょうえ》という武士によって義経の容貌が言及されている。その容貌は「色白で背が小さく、出っ歯である」というものであり、敵対する武士からの評価であることを差し引いても、決して美しいと言えるようなものではない。

また、「大嘗会之沙汰《だいじょうえのさた》」では次のような描写がある。

木曽なンどには似ず、以外《もってのほか》に京なれてはありしか共、平家のなかのゑりくづよりもなをおとれり。

ここでは、「木曽義仲《きそよしなか》よりは都の振る舞いに慣れてはいるが、平家公達《きんだち》の下級の者よりも劣っている」と評されている。つまり、『平家物語』の中の義経は、特別に容貌が美しいという訳ではなく、平家のように都びた振る舞いもできない人物として評価されているのである。これらの記述から美少年義経の姿をイメージするのは難しいだろう。

このような義経像が一変するのが、義経の生涯を一つの作品としてまとめた『義経記』（小学館新編日本古典文学全集、梶原正昭校注・訳、二〇〇〇年）である。『義経記』は室町時代頃に成立したとされる軍記物語であり、『平家物語』とは異なり源義経個人の生涯が作品の軸となっている点に特徴がある。『義経記』において、義経の容貌は次のように描かれる。

屏風の陰に人ありとは知らず、松明《たいまつ》打ち振り差し上げて見たりければ、美しき斜《なのめ》ならず。南都、山門までも聞こえたる稚児の、一昨日鞍馬を出でたることなれば、きはめて色白く鉄漿黒《かねぐろ》に、薄化粧して眉細くつくりて、衣《きぬ》引きかづき給ひたれば、姿松浦佐用姫《まつらさよひめ》が領巾《ひれ》振る山に年を経て、寝乱れ髪の隙より、乱れて見ゆる黛《まゆずみ》、鶯の羽風にも乱れぬべくも見え給ふ。玄宗皇帝の時ならば、楊貴妃《ようきひ》とも言ひつべし。漢の武帝の世なりせば、李夫人《りふじん》かとも疑はる。

（屏風の陰に人がいるとは知らず、松明を掲げて見てみると、その美しさは人並みではない。南都の山門までも評判が及んでいる稚児が、一昨日鞍馬を出発したところなので、極めて白い肌にお歯黒を塗り、薄化粧をして眉を細く引き、衣服を頭から被りなさっているので、その姿は松浦佐用姫が袖を振る野辺で石となってしまったというその、佐用姫が寝乱れた姿のようで、少し乱れて見える眉墨は、鶯の羽が風に揺れてしまっているように見えなさる。玄宗皇帝の時であれば、楊貴妃（にも匹敵する）と言ってしまいそうなほどだ。漢の武帝の時であれば、李夫人であろうかと疑ってしまうほどの美しさである。）

（「鏡の宿吉次《きちじ》が宿に強盗の入る事」）

ここでは、松浦佐用姫や楊貴妃、李夫人などの歴代の美女に牛若丸（義経の幼少期の呼称）をなぞらえており、世にも稀な美貌を持つ稚児として描かれている。『平家物語』における記述と比べると、著しく美化されていることが分かる。また成人して牛若丸となった後、頼朝の手から逃れるために北国に逃げ延びる際には、義経の姿が「あら美しの稚児山伏や。」と評される箇所がある。このことから、『義経記』での義経は牛若丸時代から一貫して、美しき人物として造型されていると言える。現代に続いている義経＝美少年のイメージは、『義経記』にその源流があるのである。

さて、このように『義経記』において著しく美化されるようになった義経だが、それと同時にある道具が描かれるようになる。

判官は何時もの事なれば、心を澄まして笛を吹き給ひておはしけるところに、興がる風情にて通らんとする者あり。（「判官南都へ忍び御出ある事」）

「判官（＝義経）はいつものように、心を澄まして笛を演奏なさっていたところ」と、義経が笛を吹くのである。この義経が笛を吹くという記述は『平家物語』には見られない。『義経記』において美しい貴公子として義経を描こうとした際に用いられた表現なのである。そして、このような義経と笛の結びつきは現代にまで引き継がれることとなる。図1・図2にある義経は、いずれも笛を演奏していたり、携帯したりしていることに注意していただきたい。

『義経記』において美化され、貴公子として表現されるようになった義経。ここで描かれる笛の描写にはどのような意味があり、一体何が表現されているのだろうか。

三、笛が表す人物像

物語作品における笛の記述として、早いものでは『竹取物語』（岩波新日本古典文学大系、堀内秀晃・秋山虔校注、一九九七年）の中に次のような記述がある。

日暮るゝほど、れいの集まりぬ。あるいは笛を吹き、あるいは歌をうたひ、あるいは唱歌をし、あるひはうそぶき、扇を鳴らしなどするに、

かぐや姫に求婚する貴公子達が、その門前で歌い遊ぶ場面である。彼らは「皇子」「中納言」「右大臣」など、いずれも高貴な身分であり、そのような人物が演奏する楽器として笛が選ばれている。

また、在原業平をモデルとして描かれたとされる『伊勢物語』（岩波新日本古典文学大系、堀内秀晃・秋山虔校注、一九九七年）第六五段にも、笛の演奏箇所が見られる。

このおとこ、人の国より夜ごとに来つゝ、笛をいとおもしろく吹きて、声はおかしうてぞあはれにうたひける。かゝれば、この女は蔵に籠もりながら、それにぞあなるとは聞けど、あひ見るべきにもあらでなんありける。

さりともと思覧こそ悲しけれあるにもあらぬ身を知らずして

と思ひをり。

（この男は地方から毎夜訪ねて来ては、笛をたいそう面白く吹いて、声は美しく、あわれ深く歌うのだった。なのでこの女は蔵にこもりながら、男が笛を吹いているに違いないとは聞くけれど、顔をあわせることもできずにいた。

あの方はまだ私に会えるかもと思っていることでしょう。それが悲しいのです。私がこんな生きているとも死んでいるともいえない身であるのを知らないで。

と女は思っていた。）

この六十五段は「在原なりける男」が二条の后を思わせる女性と密通する。しかし事が露わになり、男は配流、女は蔵へ幽閉されるのだが、夜な夜な笛を吹きながら男が女のもとに現れるという話である。

このように「物語の出できはじめの祖」と言われる『竹取物語』や、初期の歌物語である『伊勢物語』の中において、笛は貴公子の吹く笛として登場する。中川正美はこれら初期物語に見える音楽記述を「日常生活のなかに溶け込んだ音楽である。」（中川正美『源氏物語と音楽』和泉書院、一九九一年）と評している。作品の中での笛の登場数は多いわけではないが、日常的に笛を愛好していた平安貴族の文化が反映された故の表現であろう。

このような平安貴族の文化が垣間見られるのが、『枕草子』（岩波新日本古典文学大系、渡辺実校注、一九九一年）二〇四段である。ここでは雅楽の三管である横笛・笙・篳篥を比較し、その中でも特に横笛を賞賛している。

笛は、横笛、いみじうをかし。遠うより聞こゆるが、やう〳〵近うなりゆくもをかし。近かりつるがはるかになりて、いとほのかに聞ゆるも、いとをかし。

横笛について、遠くから聞こえる音色が徐々に近づいてくる様子など、奏者の移動を音色によって知ることができるという点を魅力として挙げている。

利沢麻美は『枕草子』二〇四段の記述から、横笛の特徴を「携帯性と演奏の手軽さ」に見出しており、ゆえに「上流貴族に吹かれるのは横笛だけで、笙・篳篥は、普通地下の専門家が演奏する楽器」であると述べる（利沢麻美「音楽——源氏物語における横笛の役割」『源氏物語研究集成第十一巻　源氏物語の行事と風俗』風間書房、二〇〇二年）。また、この携帯性ゆえに、横笛は「貴族が女性の元に忍び歩きをしたり、宮中や大貴族邸の遊びに興ずる際に」欠かせない楽器であり、「したがって横笛も、若い貴公子たちが携帯して演奏し、次第に必携となり、それによって貴公子たちの象徴的な楽器となったのではないか。」と指摘している。

このような貴公子の吹く楽器という側面は『源氏物語』においても同様である。利沢は『源氏物語』での笛の演奏者はおおむね殿上人、中将クラスに集中していると述べている。例外は夕霧と薫だが、「年齢は上達部といえ若く、このような貴公子たちは、重い身分となっても、物語の中では遊びや賀宴の場で若者の振る舞いが許されている」のである。

また、説話集に掲載された笛の段を見ていくと、天皇が愛好する楽器として笛が多く描かれていることが分かる。例えば、鎌倉時代初期に成立したとされる説話集『続古事談』（岩波新日本古典文学大系、川端喜明・荒木浩校注、二〇〇五年）には、熱心に笛を練習する堀河天皇の逸話が掲載されている。

堀川院、位の御時、坊門左大弁為隆、職事にて、大神宮のうたへを申入けるに、主上御笛をふかせ給ひて、御返事もなかりければ。……御返事には、「さる事侍りき。たゞのことにはあらず。笛に秘曲を伝て、其曲を千遍吹きし時、為隆参て事を奏しき。今二三反になりたれば、ふきはてていはんと思ひしほどに、尋しかばまかりいでにき。それをさ申ける、いとはづかしきことなり」とぞ申させ給ひける。

左大弁の為隆が堀河天皇へ訴えを申し入れたが返事がない。笛の秘曲の千回稽古中であった堀河天皇は、吹き終わってから返事をしようと思っている内に、為隆が帰ってしまっていたと釈明する、という段である。

千回も同曲を練習するという点、また、来訪者よりも笛の練習を優先するといったことが、堀河天皇の笛への熱心さを強調している。この例に見られるように、天皇が演奏する楽器という側面も説話集の中から読みとることができる。

また、笛に関する説話としては源博雅の話が有名であろう。博雅については、その楽才を讃える多くの説話が残っているが、笛に関するものでは鬼との関わりが述べられることが多い。『江談抄』「博雅の三位横笛を吹く事」では、博雅が横笛を吹くと鬼が吹き落とされるという話が掲載されている。また、『十訓抄』（小学館新編日本古典文学全集、浅見和彦校注・訳、一九九七年）では、博雅が朱雀門の鬼から笛を得るという段が記されている。

博雅三位、月の明かりける夜、直衣にて、朱雀門の前に遊びて、よもすがら、笛を吹かれけるに、同じさまに、直衣着たる男の、笛吹きければ、「たれならむ」と思ふほどに、その笛の音、この世にたぐひなくめでたく聞えければ、あやしくて、近寄りて見ければ、いまだ見ぬ人なりけり。……かの人の笛、ことにめでたかりければ、こころみに、かれを取りかへて吹きければ、世になきほどの笛なり。……三位失せてのち、帝、この笛を召して、時の笛吹どもに吹かせらるれど、その音を吹きあらはす人なかりけり。（十ノ二十）

博雅は月の明るい晩、朱雀門で笛を素晴らしく演奏する男と出会い、その男と笛を交換する。彼の死後、その笛は天皇に献上されるのだが、博雅と同じように吹ける者はいなかった。この後浄蔵という笛吹きの登場によって、博雅が得た笛が鬼の持ち物であったことが判明する。

そののち、浄蔵といふ、めでたき笛吹ありけり。……月の夜、仰せのごとく、かれに行きて、この笛を吹きけるに、かの門の楼上に、高く大きなる音にて、「なほ逸物かな」とほめけるを、「かく」と奏しければ、はじめて鬼の笛と知ろしめしけり。（十ノ二十）

浄蔵が帝の命によって博雅の得た笛を朱雀門で演奏すると、鬼が現れ浄蔵の笛の音を賛嘆したという内容である。

源博雅は九七四年、醍醐天皇第一皇子克明親王の長男として生まれ、九八〇年に六三歳で没した。「博雅三位」という呼称にもあるように、死の六年前には従三位皇太后権大夫に叙せられている。二六歳の頃には従四位下に叙せられており、若い頃から殿上人、晩年には公卿に列していたことになる。そう言った点では博雅もまた高貴な人物であり、これらの説話によって高貴な人物が演奏する楽器というイメージが笛に付与されていると言えるだろう。

これらの先行する作品を受けて、『平家物語』における笛も登場人物を貴公子として描くために機能している。そのことが最もよく表れているのが、「敦盛最期」における次の場面である。

良久しうあッて、さてもあるべきならねば、よろい直垂をとッて、頸をつゝまんとしけるに、錦袋にいれたる笛をぞ、腰にさゝれたる。「あないとほし、この暁、城のうちにて管絃し給ひつるは、此人々にておはしけり。当時みかたに、東国の勢なん万騎かあるらめども、いくさの陣へ笛持つ人はよもあらじ。上臈は、猶もやさしかりけり」とて、九郎御曹司の見参に入たりければ、これを見る人、涙を流さずといふ事なし。

（少し間があって、こうしてもいられないので、鎧直垂を取って首を包もうとしたが、錦の袋に入れた笛を腰に差しておられた。「ああ、いたわしい。この明け方、城の内で管弦をなさっておられたのは、この人々でいらっしゃったのだ。今、味方には東国の軍勢何万騎かあるだろうが、戦場へ笛を持ってくる人はよもやあるまい。貴公子は、やはり優雅なことよ」と言って、九郎御曹司（＝義経）のお目にかけたところ、これを見る人は、涙を流さないということはない。）

（「敦盛最期」）

源氏の武将である熊谷次郎直実が、平敦盛を討ち取る場面である。熊谷の台詞において敦盛を「上臈」と称し、戦場に笛を持つ人物は東国武士の中には見られないと述べていることに注意したい。また、この時敦盛は「年十六七ばかりなるが、うす化粧して、かねぐろ也。」と描写されており、その容貌もまるで貴族のように描かれている。つまり、この場面における敦盛は、笛という優雅な遊びを嗜む貴公子として描かれているのである。

続く記述では、敦盛の所持していた「小枝」の笛の由来が語られている。

件の笛は、おほぢ忠盛笛の上手にて、鳥羽院より給はられたりけるとぞ聞えし。経盛相伝せられたりしを、篤盛《（ママ）》器量たるによッて持たれたりけるとかや。

小枝の笛は、敦盛にとって祖父に当たる忠盛が鳥羽院から賜り、平家代々相伝されてきた物である。平家重代の笛を所持していることで、紛れもなく敦盛は平家の血を受け継いだ貴公子であることが示されるのである。

このように敦盛を貴公子として描くために笛が用いられるという趣向は、『義経記』に近い世界を持つ『源平盛衰記』にも見られる。

平家の人々、今討たれ給ふまでも、情をば捨て給はず、この殿、軍の陣にても、隙には吹かんとおぼしけるにこそ、色なつかしき漢竹の笛を、香もむつまじき錦の袋に入れて、鎧の引合に差されたり。熊谷、これを見奉り、いとほしや、この程も、城数万騎上りたれども、笛吹く者は一人もなし。いかなれば平家の公達は、かやうに優にはおはしますらんとて、涙を流して立ちたりけり。

（平家の人々は、たった今討たれなさる時まで、風情の心を捨てなさることはなく、この殿（＝敦盛）は、戦場においても、隙を見て笛を吹こうとお思いになっていたため、美しい漢竹の笛を、香りもすばらしい錦の袋に入れて鎧の引き合いに差していたのだ。熊谷は、これを拝見し、「いたわしや、この戦には数万の兵が参加しているが、笛を吹く者は一人もいない。どうして平家の公達はこれほど優雅でいらっしゃるのだろう」と、涙を流して立っていた。）

（巻第三十八「平家公達最後並首共一谷に懸くる事」）（水原一『新定源平盛衰記第五巻』新人物往来社、一九九一年）

『源平盛衰記』の敦盛説話においても、合戦においても「情」を忘れない、優雅な「平家公達」の様子が、敦盛の笛によって描かれている。

『源平盛衰記』と『義経記』は成立年代が近いと推定されている。今まで見てきた様々な作品の中で描かれていた、貴公子の持つ楽器という笛のイメージは『義経記』が編まれた時代にあってもなお通用する見方であったと言えるだろう。

四、源氏の血統へのまなざし

『義経記』の中で、義経自身が笛を吹く場面は四場面見られる。すなわち、鞍馬山出立の場面、弁慶との邂逅場面、南都潜伏の場面、平泉寺の僧の追及を逃れる場面、の四つである。これらの場面は義経の少年時代から、晩年の北国落ちに至るまで偏ることなく配置されており、義経という人物が幼少期から晩年に至るまで、常に傍らに笛を携え、愛好していたという事が読み取れる。前節で見たように、笛には高貴な人物の演奏する楽器というイメージがあり、『義経記』において義経を雅な貴公子として描くために笛の描写が付け加えられるようになったと言えるだろう。

さて、敦盛の場面で象徴的に描かれていたように、『平家物語』では平家の貴種性を高めるものとして笛が用いられていた。それが『義経記』になると義経に移動している。このことからどのようなことが読み取れるだろうか。

『義経記』において鞍馬寺出立の場面は次のように記述されている。

我ならぬ人の訪れて通らん度に、さる者のこれにありしぞかしと思ひ出でて、跡をも訪へかしと思はれければ、漢竹の横笛をとり出だして、半時ばかり吹きて、音をあとの形見とて、泣く泣く鞍馬を出で給ふ。

（他人が訪れる度に、その者がここにいたなと思い出して、せめて面影を思い出してほしいと思われたので、漢竹の横笛を取り出し、半時ほど吹いて、音だけでもいなくなった跡の形見としてほしいと、泣く泣く鞍馬を出発なさる。）

（「遮那王殿鞍馬出の事」）

ここでは自分が居なくなった後の形見として、出立前に笛の音を演奏している。ここで描かれるのは、日頃から笛を愛好している、笛の名手としての義経（ここでは幼名の遮那王）である。ここで義経が笛を吹く稚児として描かれていることは重要である。実は寺院に預けられた子どもの中で、このように管絃の才を身に付けられるのは限られた者のみであった。

土谷恵は、稚児の階層の下限は六位あたりの子であろうとしており、中世の寺院社会において稚児が身分の高い、特定の階層の子どもを指す呼称であることを指摘している。

また、上流階級の稚児は外典や管絃の学習を行うこともその役目であったとも述べている。牛若丸は「朝も宵も過ぐまで、学問に心をのみぞ尽くしける。」という程に学問に熱中しており、「東光坊も、山、三井寺にも、これほどの稚児あるべしとはおぼえず。」と評する程であった。先ほどの出立の場面と合わせて考えると、牛若丸は上流階級の稚児として描かれており、源氏という高貴な家に生まれた貴公子として造形されているのである（土谷恵『中世寺院の社会と芸能』吉川弘文館、二〇〇一年）。

このように源氏の血脈を高貴なものとする見方は『平家物語』には見られないものであった。『平家物語』で描かれるのは公家化した風流な平家に対する、東国武士としての源氏である。そのような見方では、東国

武士の中でも京に馴れている義経でさえ、

平家のなかのゑりくづよりもなをおとれり。（「大嘗会之沙汰《だいじょうえのさた》」）

と、「平家公達《きんだち》の下級の者よりもさらに劣っている。」と評されるのである。源氏は公家化している平家の人々と対照的に、徹底して「武士」として描かれていると言える。

その源氏の御曹司である義経が、『義経記』では高貴な血を引く人物として扱われている。このことは、義経の到着を待つ奥州の藤原秀衡の次の台詞から読み取れる。

頭殿の公達の御下りあるこそ嬉しけれ。（「義経秀衡に御対面の事」）

ここで秀衡は「頭殿（＝源義朝。頼朝・義経の父）のご子息が奥州にいらっしゃったことが嬉しい」と述べている。ここで義経のことを高貴な家柄の子息として「公達」と呼んでいることに注目したい。つまり、『平家物語』から『義経記』への転換の中で、源氏の血統、あるいは源氏方の武士に対する価値観の変容が起こっているのである。

このことは、頼朝の家臣である畠山重忠の人物像の変化という面からも看取できる。畠山氏は桓武平氏に連なる東国の氏族であるが、重忠が治承四年の頼朝挙兵に際して服属し、以後多くの勲功を立てた。剛勇廉直の武人として称賛され、多くの美談・佳話が鎌倉時代の歴史書である『吾妻鏡』に伝えられている。このような点から、重忠は桓武平氏の流れであるものの、源氏率いる鎌倉武士団の典型であるとされている。『義経記』の中の重忠は、笛の名手として描写されている。彼の笛の才が発揮されるのは、義経の愛妾である静が鶴ヶ岡八幡宮で舞を披露する場面である（「静若宮八幡宮へ参詣の事」）。

鎌倉殿、「誰か笛吹きぬべきものやある」と仰せらるれば、和田小太郎申しけるは、「畠山こそ院の御感に入りたりし笛にて候へ」と申しければ、「いかでか畠山程の賢人第一の異様の者、楽党にならんとは、仮初なりともよも言はじ」と仰せられければ、「御諚と申して見候はん」とて、畠山の桟敷へ行きけり。

（鎌倉殿（＝頼朝）は「誰か笛を吹ける者はおるか」とおっしゃると、和田小太郎が申したのは、「畠山こそ院（＝後白河院）がお感じになられた笛を吹きます」と申したので、頼朝は「どうして賢人第一である畠山が、場違いにも楽党になろう、この場限りのことといえ言えない」と申せば、「命令だと申してみましょう」と申して、畠山の桟敷へ行った。）

畠山、名を得たる笛の音、今に始めぬことなれども、心も言葉も及ばざりけり。

（畠山の、評判高い笛の音は、今に始まったことではないが、心にも言葉も及ばないほどにすばらしい。）

一つ目の引用は、舞の笛役を探す頼朝に、和田小太郎が重忠を推薦するという場面である。この和田の台詞において、重忠は院を感心させるほどの笛の腕前であることが述べられている。

二つ目の引用は実際に重忠の笛の演奏を聴いた静の感想である。「名を得たる笛の音」という表現から、重忠は笛の名手として名が知れ渡っていたと読みとることができる。また、この舞の場における重忠の姿は次のように描写される。

畠山は、幕の綻びより座敷の体を差し覗いて、打ち見て、別して色々しくも出で立たず、白き大口に、白き直垂に、紫革の紐付けて、折烏帽子の片々をさつと引つ立てて、松風と名付けたる漢竹の横笛を、息の下に調子を探れば、黄鐘の乙の調子にてありける。暫く音取り澄まして、袴の稜取りて、高らかに引き上げて、幕さつと打ち上げ、つと出でたれば、大の男の重らかに歩みなして、舞台につと上り、祐経が左の方にぞ居直りける。名を得たる美男なりければ、あはれ人やとぞ見えける。その歳廿三にぞなりける。鎌倉殿これを御覧じて、御簾の内より、「あはれ楽党や」とぞ褒めさせ給ひける。時にとりてはゆゆしくぞ見えける。

（畠山は幕の間より座敷の様子を差し覗いて、わざと色の付いた衣を身に付けず、白色の大口（大口袴）に、白い直垂に紫革の紐を付けて、折烏帽子の端を引き立てて、松風と名付けた漢竹の横笛を持ち、かすかに調子を合わせると、黄鐘の乙の調子であった。しばらく音を合わせて、袴の稜を高く引き上げて、幕をざっと引き上げ、進み出ると、大男が重そうに床を踏み鳴らしながら舞台に上り、祐経の左側に腰を下ろした。名を得た美男だったので、立派な人物であると見えた。年は二十三であった。鎌倉殿（＝源頼朝）はこれをご覧になって、御簾の内より「みごとな楽党ではないか」と讃めたたえた。この時に至って、立派な楽党になった。）

ここでは舞の場に入場する重忠の様子が描かれており、その振る舞いや風情が、頼朝を始めとする周囲の人物から絶賛されている。この箇所において重忠は「名を得たる美男」として描かれており、美しい容貌と笛の名手という人物造形は義経と共通するものである。『義経記』における重忠は貴公子として描かれていると言ってよいだろう。

鶴ヶ岡八幡宮における静の舞の記述は『吾妻鏡』にも見られるが、「左衛門尉祐経鼓。……畠山二郎重忠爲銅拍子。（文治二年四月八日）」（『吾妻鏡 前編』吉川弘文館新訂増補國史大系、黒板勝美校注、一九三二年）とあるように、重忠は銅拍子の役であった。重忠が笛を吹くという描写は後世の物語作者の創作であり、貴公子として重忠を描くための意図的な改変であったと推測される。

『義経記』における重忠の人物造形は、『平家物語』におけるそれと相反するものである。『平家物語』が描くのは「若き強力の武将。」としての重忠であり、このことがよく表れているのが「宇治川先陣」における次のような場面である。

あがらんとすれば、うしろに物こそむずとひかへたれ。「たそ」ととへば、「重親」とこたふ。「いかに大串か」。「さン候」。大串次郎は、畠山には烏帽子子にてぞありける。「あまりに水がはやうて、馬はおし流され候ひぬ。力及ばでつきまいらせて候」と言ひければ、「いつもわ殿原は、重忠やうなるものにこそたすけられむずれ」と言ふまゝに、大串をひッさげて、岸のうへへぞなげあげたる。

流れの激しい宇治川を渡河した重忠だが、烏帽子子の大串次郎重親に呼び止められる。流れの激しさに上陸できない大串を、重忠は引っ掴んで陸へ投げ上げた、という場面である。流れに負けてしまう大串と対照的に、屈強な武者としての重忠が描かれていると言えよう。

さらに『源平盛衰記』では、鵯越の逆落において、馬を担いで下ったという重忠の逸話が記載されている。

「ここは大事の悪所。馬転ばして悪しかるべし。親にかかる時、子にかかる折といふ事あり。今日は馬を労らん」とて、手綱・腹帯縒り合せて、七寸に余りて大きに太き馬を、十文字に引きからげて、鎧の上に掻き負ひて、椎の木のすだち一本ねじ切り、杖につき、岩の迫をづしづしとこそ下りけれ。東八箇国に大力とはいはれけれども、只今かかる振舞ひ、人倫には非ず。誠に鬼神の所為とぞ、上下舌を振ひける。

（巻第三七「義経鵯越を落す並畠山馬を荷ふ事附馬の因縁の事」）

馬を労るために七寸余りの大きな馬を担ぎ、椎の木をねじ切って杖にしながら急峻な崖を下る重忠の姿は、まさに人智を超えた大力と言えよう。『源平盛衰記』以前の『平家物語』諸本に描かれる畠山の強力譚が基となって、このような伝説が生まれたものと思われるが、いずれにしても、『平家物語』的世界において畠山は大力としての側面が強調されているのである。

しかし、『義経記』における畠山重忠は、あえてこのような側面が捨象され、新たに貴公子として描かれることとなった。このことは、『平家物語』から『義経記』への転換の中で、源氏を含めた東国武士団の見方が変容していったことを意味するのではないだろうか。

『平家物語』は無常をテーマとし、没落する平家の悲哀を綴った物語である。この「無常観」を描くためには、平家は栄華を極め「世の頂に立つ者」、源氏は「戦によって成り上がっていく者」、という大きな枠組みが必要であった。一方、『義経記』で描かれるのは、義経という源氏の御曹司の一生涯とそれに付随する物語であり、平家の登場場面は極めて少ない。また、『義経記』が成立したとされる室町時代は、清和源氏の血を引く足利将軍家が栄えた時代である。この時代においては、むしろ源氏が「世の頂に立つ者」であり、そうした風潮の中で源氏や、その郎党達が理想化されていったとしても不思議ではない。

義経の貴公子化という現象は、このような源氏の血統に対する価値転倒から起こったものと考えられる。『義経記』の中の笛は、先行する作品での描かれ方や、当時の寺院社会によって形成された文化的背景によって、演奏者を高貴な人物として描くために有効に機能している。義経や重忠らを源氏方の貴公子として描くために、笛という道具は欠かせないものとしてあったのである。

おわりに

今では当たり前のように描かれる、笛を吹く貴公子としての義経。その人物像は初めから常に一定だった訳ではなく、源氏と平氏という大きな枠組みが転換していく中で、徐々に形成されていったものであることが、「笛」という表象を手がかりとすることで分かるのである。そこには「判官びいき」という感情では捉えきれない人々の大きな期待があるように思われる。

文武両道で美しい〝英雄〟義経という人物像は、おそらく史実から離れたものである。しかし、本稿で概観してきたように、『義経記』の中に描かれる義経はまさに人々の理想を体現した〝英雄〟であり、そのような人物の活躍に心躍らせていた民衆がいたということはおそらく事実であろう。ちょうど現代に生きる我々が小説や漫画、ドラマの主人公に心躍らせているのと同じように。

物語の中で活躍する義経の姿を見ていると、そのような古の人々の心を追体験できるようでおもしろい。また、そこで生まれた義経の人物像が、大河ドラマや漫画といった形に姿を変えながらも、現代に息づいているということもまたおもしろいと感じる。

神話因幡の白ウサギ

髙梨禎史

一、神話教材

平成二〇年の指導要領改訂以降、小学校国語で神話を取り扱うことになった。日本各地に神話や伝承・伝説が残っているが、「日本神話」と大きく言う場合はやはり『古事記』『日本書紀』に書かれているものが思い浮かぶ。これらを取り扱うに当たっては注意が必要であろう。大和朝廷にとって都合の悪いことは書かれているわけがない。歴史は勝った者によって作られてきたことを忘れてはならない。『古事記』『日本書紀』は大和朝廷の正統性を示すための物である、ということは念頭に置くべきだ。そして、この神話が皇国史観の元ネタとして利用され、悲劇を生んだことが、未だに拒否反応の多い原因であり、今回の改訂で神話を取り入れることが議論を呼んだ原因であろう。松尾哲郎氏の「国定教科書における神話教材編纂意図の変化」(「ICU国語教育」二号、二〇一〇年三月)のように、戦前の国定教科書における神話教材の取り上げられ方を分析した論文も出された。

文部科学省から認定を受けている教科書のうち、一社「やまたのおろち」を取り上げているものを除く全てが「いなばのしろうさぎ」を扱っている。改訂直後の平成二三年段階で、それぞれの教科書を比較検討したものについては原田留美氏が「伝統的な言語文化の再話作品の諸相――小学校国語科教材「いなばのしろうさぎ」の場合」（「新潟青陵学会誌」第四巻第一号、二〇一一年九月）において詳しく書かれているので参照されたい。

この傾向は平成二〇年の改訂以降続いている流れである。「海幸山幸」の話のさわりを載せることもあるが、「海幸山幸」は取り扱いに注意が必要だ。いわゆる天孫降臨をしたニニギノミコトが山の神の娘コノハナサクヤヒメと結婚し、生まれたのが海幸・山幸の兄弟である。この話の中で山幸は無くした釣り針を探しに海の神のもとに行き、その娘トヨタマヒメと結婚し、ウガヤフキアエズノミコトが生まれる。彼の息子がカムヤマトイワレヒコノミコト、つまり初代天皇の神武天皇である。山の神・海の神双方の血筋が天皇家に入っていることを示す話となっている。更には破れた海幸は薩摩隼人の祖となった、とされている。薩摩隼人が大和朝廷に服従したのは五世紀頃のことと言われるが、この「海幸山幸」の話は大和朝廷が薩摩隼人を服従させたことを正当化する話でもある。これらの点に十分な注意が必要となる。だからだろう、ストーリー全ては載せられていない。

「やまたのおろち」はスサノオ命が八岐大蛇を退治する話である。スサノオ命は皇祖神アマテラス大御神の弟神とされるが、そのあたりに触れずに八岐大蛇退治の部分のみを取り上げる分には問題ないと思われる。

一番多くの出版社が扱った「いなばのしろうさぎ」はよく知られた大国主命の話である。この話は類話が各国に広がっていることから、恐らくあとから日本神話の中に取り入れられた話であろう。そのため独立して語られやすい話といえる。イデオロギー的に問題な点もほぼ無い。この話を取り上げた教科書が一番多いのもうなずける。また、戦前の国定教科書第一期からこの話は教科書に取り上げられている。

そこでここでは「いなばのしろうさぎ」についての基礎的な知識、特にウサギにスポットを当てて、原文、明治期の縮緬本・国定教科書、そして現行教科書と見ていきたい。なお、以下に挙げる『古事記』本文は、岩波文庫のものを使用した（最後に別記として原文・書き下し文・現代語訳を載せてある）。

二、いなばのしろうさぎ

（一）『古事記』

この話は『古事記』中における、大国主命の話の一番初めである。野津龍氏「因幡の白兎伝説の誕生」（「鳥取大学教育学部研究報告　人文・社会科学」鳥取大学教育学部編、一九八五年一二月）や門田眞知子氏の編による『因幡の白兎神話の謎――比較神話から読み解く』（今井出版、二〇〇八年）でも語られているように、この話の類話は主に南方の国々に存在していることから、もともと独立した話が日本神話に取り入れられたものであろう。なおかつ類話ではウサギに相当する動物が無事に向こう側へ渡りきっている。大国主命にウサギを治療させたのは、大国主命の医療知識（古代、医療を行える者＝シャーマン＝王　なので、大国主命が王たる資格を持つこと）を示すため、とも言われる。

ウサギはこの話の中では「白菟」ではなく「素菟」と書かれている。『古事記』中では他に「色が白い」とされる場合に「白」の字が使われていることからも、「素」の字が使用されていることは何らかの意味があるだろう。皮をむかれ、文字通り「素っ裸」になった裸ウサギには適切な表現といえる。その毛皮にしても「毛皮」とは書かれず、ウサギの語りで

……我を捕えて悉に我が衣服を剥ぎき。

と書かれている。「衣服」である。この「衣服」の表記については研究者の中でも色々と意見があり定まっていない。

この話に出てくる「シロウサギ」については面白い考察がある。秋元博一氏が『因幡（稲葉）の白うさぎの現代的総合考察』の中で、「白うさぎ」について文学的考察とともに、生物学的な考察を行っている。

実際に日本に生息する野ウサギは全身の毛衣は褐色である。積雪する地域では冬季になるといわゆる冬毛として白くなり、春になると徐々に赤褐色から茶褐色の体毛が生えてくる。この話の舞台となっている出雲地方にも日本固有の野ウサギは古代生息していたようである。

ではこの話は冬場の話なのか、というと実は違う。蒲は夏に茎を伸ばし、円柱形の穂をつける。穂の下部は雌花の集まりで、上半分は雄花の集まりである。開花時には黄色い葯が一面に出る。蒲の花粉が話に出てくることからこの話の季節は夏場であろう。その時期白いウサギは日本には存在しない。白いウサギは突然変異による、いわゆるアルビノである。現在のように「ウサギ＝白い」といったイメージができたのは、明

治以降にヨーロッパから入ってきて爆発的に広まってからと言われる（後述）。ただし、同じくアルピノの白蛇を神聖視するように、めったにいない希少な白い動物を神聖視する傾向はあっただろう。

今日「ウサギ」と聞いてすぐに思い浮かぶ、「白い毛で赤い目」のあのウサギはアナウサギと言われる種類で、日本には室町時代にポルトガルから伝わったとも、十六世紀にオランダから渡来してきたとも言われている。明治時代には中国、アメリカ、ヨーロッパ諸国からも輸入された記録があり、初めは珍重されて愛玩動物として飼育されていたが、当時あまりにも投機化したために、明治六年には東京府布達「兎取締ノ儀」により飼育に税がかけられた。課税はその後明治十二年に廃止され、再び飼育の人気が盛り返した。明治中期から後半にかけては毛皮を製品化する技術も進歩し、ウサギの実用価値が認識されるようになる。日本の軍事主義が拡大し、日清日露戦争が激化するにつれて、毛皮は衣料用に、肉は食料用に利用され、安く簡単に繁殖ができるウサギの飼育が国から奨励されたこともあった。その頃になると「白い毛に赤い眼」の今日よく見られる兎が各地で飼育され、一時は六千万羽以上が飼育されていた。このように「ウサギ＝白い」といったイメージができたのは、明治期からである。

（二）縮緬本『The Japanese Fairy Tale』

（一）縮緬本とは？

縮緬本という本がある。印刷済みの和紙を縮緬布のように皺加工し、和綴じで作られた本のことで、主として明治期に考案者である長谷川武次郎の長谷川弘文社によって出版された。石澤小枝子氏の『明治の欧文挿絵本　ちりめん本のすべて』（三弥井出版、二〇〇四年）に詳しいが、長谷川の交友関係にあった、当時お雇

『THE HARE OF INABA』表紙

い外国人として来日していた外国人たちによって日本の話が翻訳され、日本の画家が挿絵を描き、英語、フランス語、スペイン語などで訳されて出版された。

「いなばのしろうさぎ」は明治一八（一八八五）年から順に出版された『The Japanese Fairy Tale』シリーズの一冊として、『THE HARE OF INABA』という題名で明治一九（一八八六）年に出版されている。訳者は「ヂェームス夫人」とあるが、彼女は海軍大佐の夫T・H・Jamesと三人の娘たちと共に来日。訳者として数多くの日本の話を翻訳した。

（ii）『THE HARE OF INABA』

この話の中でウサギは「Hare」と訳される。「Rabbit」ではない。「Rabbit」はいわゆる「うさぎ」であり、穴を掘って中に巣を作り、群れで生活する。一般に「かわいい」という肯定的なイメージを持たれる。これに対し、「Hare」の方は「野兎」であり、「Rabbit」よりもひとまわり大きく、単独で生活をする。魔女の変身した姿ともされ、前を横切ると不吉といわれる。他にも「愚か者」といった意味でも使われる。和邇をだまそうとして皮をはぎとられた兎ということで「愚か者」という意味もこめて「Hare」を使用したのではないか。また、これに先立つチェンバレンによる縮緬本『Kojiki』では「White Hare」と書かれているが、ここでは「白い」とは書かれていない。挿絵の方では白ウサギとして描かれている。また服を着ている（上絵）。

これは『古事記』本文の、

……和邇、我を捕えて悉に我が衣服を剥ぎき。

を受けてのことと思われる。ただし、本文では「all his fur plucked out（彼の毛をはぎ取られた）」とあるので、チェームズ夫人は合理的に考えて「毛をはぎ取られた」ということにしたのだろうか。またその他、「和邇」や「姫」の訳され方などの内容分析については高島一美氏による「ちりめん本「日本昔噺」シリーズ"THE HARE OF INABA"（『因幡の白兎』）考――姫への求婚譚としての翻案」（『いわき明星大学大学院人文学研究科紀要』二〇〇九年三月）に詳しい。

（三）巌谷小波『日本昔噺』

巌谷小波（一八七〇年～一九三三年）は、明治から大正にかけての児童文学者である。戦前を代表する出版社、博文館の雑誌「少年世界」の編集を務め、その誌上におとぎ話や伝承等の話を連載していた。

『日本昔噺』はこの博文館から小波の編集によって明治二七（一八九四）年～二九（一八九六）年に出版されている。縮緬本『The Japanese Fairy Tale』シリーズの和名が「日本昔噺」であること、第一編『桃太郎』以下取り上げられている昔話の多くが並び順まで共通していることなど、『The Japanese Fairy Tale』シリーズと類似点が多い。そのため、『日本昔噺』叢書がこのシリーズを参考に企画・立案されたことは従来からほぼ確実とされている。

「いなばのしろうさぎ」はこの『日本昔噺』の第一四篇で、「兎と鰐」の題名で書かれている。冒頭、

むかしむかし因幡の国に、一匹の白兎が居りました。

とあるように初めから「白」ウサギとして書かれている。ウサギが鰐の背を渡っている場面の挿絵があるが、明らかに『THE HARE OF INABA』の扉絵を踏襲しており、服を着ている。その服をはぎ取られる場面も挿絵として描かれている（上絵）。本文では服をはぎ取られた後、毛もむしり取られている。

『日本昔噺』挿絵

（四）国定教科書

国定教科書は明治三六（一九〇三）年～昭和二三（一九四八）年まで使用されており、第六期までである。その全てに「いなばのしろうさぎ」の話は載せられている。

戦前は昭和一六（一九四一）年から使用の第五期まで。昭和二二（一九四七）年から最後の第六期教科書が使用され、昭和二四（一九四九）年から検定制度に基づいた検定教科書が使用され始めたことで国定教科書は廃止となった。

第一期国定教科書趣意書には「第一項　材料ノ選擇　四」に、

「歴史ニ關スル材料ハ本邦ニアリテハ忠良勇武ナリシ人々及為政家ノ事蹟重要ナル事件ノ顛末、神話傳説、文學者ノ事業、及文化ノ由來ヲ知ルニ足ルベキ幾多ノ事項ヲ選擇シ……」

とある。なぜこの話が選ばれたかは特に書かれていないが、巖谷小波は文部省囑託として国定国語教科書の編纂に参画しており、彼の意向は反映していると思われる。また、前述のように「いなばのしろうさぎ」の話は独立して読むことが可能な話なので取り上げやすかった、とも考えられる。第二期国定教科書趣意書には

「材料ノ選擇ニ關シテハ……人口ニ膾炙シテ趣味アル説話ヲ加入シタリ。」

とあるのでこの頃にはこの話は国民の良く知る所であったことがうかがえる。それには明治三八（一九〇五）年に作られた文部省唱歌「大黒様」が一役かっていたことも考えられる。戦後は音楽の教材から姿を消すが、メロディーと共に歌詞としてストーリーを覚えることが、「人口ニ膾炙」することに貢献したことは確かだろう。

ちなみに大国主命のことを「大黒様」と呼ぶことがあるが、本来は別物である。ヒンズー教のシヴァ神を別名マハー・カーラ（直訳すると「偉大なる黒」）と言い、ヒンズー教の神々が仏教に取り込まれる際に、この別名から「大黒天」と名前が付けられた。これが日本に伝わり、「大黒」と「大国」の音が同じことから同

一視されるようになったのが始まりである。

いずれにせよ、国定教科書の第二期からは、「いなばのしろうさぎ」は尋常小学校用の教材となった。話の流れが第二期から時系列に沿った形になっているが、これは第一期の高等小学校用から尋常小学校用に変わり、対象が低年齢層になったため、話がわかりやすいように変えたのだろうか。

第一期の段階でウサギは「白い」とは一言も書かれておらず（第二期からは「白ウサギ」となる）、挿絵でのみ白ウサギとなっている。服は着ていない。剥がされるのは衣服ではなく毛である。以降の国定教科書の挿絵も服は着ていない。衣をはがされるのか毛皮をはがされるのかはっきりとしなかったウサギのイメージが、「白い毛」で「毛皮をはがされる」というイメージに定着したのはここからだろう。

三、そして現在

国定教科書以降の教科書では神話教材が全く姿を消しているかと予想していたのだが、昭和三〇年代まではちらほらと「いなばのしろうさぎ」の話が見られた。それ以後いったん姿を消していたが、数十年ぶりの復活となった。

現行教科書でははじめに書いたように現行教科書では「やまたのおろち」を取り上げた一社以外は「いなばのしろうさぎ」を取り上げるのが基本になっているようだ。構成的には原文に忠実な流れで書かれているようだ。そしてウサギは「白ウサギ」である。完全にイメージは定着している。また、懸念されるイデオロギー的な匂いも（教科書本文だけを扱うならば）ない。

対象者は小学校二年生である（三省堂のみ一年生）。恐らく現在の教育現場で良く行われているのは、教科書に載っている話を他の物語教材と同じように読んだ後、それぞれの地域の伝説等を教師の側から紹介していく形ではないだろうか。指導要領の「伝統的な言語文化に関する事項」では第一・二学年の目標と内容として「昔話や神話・伝承などの本や文章の読み聞かせをしたり、発表し合ったりすること」とあるので、ただ読むだけではなく例えばロールプレイで演じてみる・紙芝居にしてみるなどの活動を取り入れても良いだろう。それぞれの地域の伝説などを教師の側から読み聞かせで紹介するだけでなく、グループごとに別れていくつかの話をさまざまな方法で紹介しあったりすることもできる。工夫しだいである。低学年のうちにこういった話に触れる機会を作ることは大切なことだろう。

子ども用の絵本が充実している昨今、昔から伝わる昔話を知らない子どもも増えてきている。

なお、本稿執筆に当たっては谷本由美氏の「二〇一一年度小学校教科書の「いなばのしろうさぎ」――多義性の視点から日本神話再登場のあり方を考える」（「児童文学研究」（四四）、二〇一一年一二月）、「児童向け「いなばのしろうさぎ」における挿絵の変遷――「和邇」の描かれ方に表れた古事記解釈」（「児童文学研究」（四五）、二〇一二年一二月）、「明治期児童向け古事記「いなばのしろうさぎ」のはじまり――チェンバレン「ちりめん本」から巌谷小波「日本昔噺」へ」（「同志社女子大学生活科学」（四五）、二〇一二年二月）に、また、近代における「いなばのしろうさぎ」の享受の流れについては野崎琴乃氏の「近代におけるイナバノシロウサギ――古事記の享受史を考える」（「語文」二〇〇三年一二月）に多くを寄った。この場をお借りして感謝いたします。

【付録】『古事記』「因幡の素兎」

《原文》

　故、此大國主神之兄弟、八十神坐。然皆國者避於大國主神。所以避者。其八十神、各有下欲婚稲羽之八上比賣之心、共行稲羽時、於大穴牟遲神負帒。爲從者率往。於是到氣多之前時、裸菟伏也。爾八十神謂其菟云、汝將爲者、浴此海鹽、當風吹而、伏高山尾上。故其菟從八十神之教而伏。爾其鹽隨乾、其身皮悉風見吹拆。故、痛苦泣伏者、最後之來大穴牟遲神、見其菟言、何由汝泣伏。菟答言、僕在淤岐嶋、雖欲度此地、無度因。故欺海和邇【此二字以音。下效此】言。吾與汝競、欲計族之多少。故、汝者隨其族在悉率來、自此嶋至于氣多前、皆列伏度。爾吾蹈其上、走乍讀度。於是知與吾族孰多。如此言者、見欺而列伏之時、吾蹈其上、讀度來、今將下地時、吾云、汝者我見欺言竟、即伏最端和邇、捕我悉剝我衣服。因此泣患者。先行八十神之命以、誨告浴海鹽、當風伏。故爲如教者、我身悉傷。於是大穴牟遲神、教告其菟、今急往此水門、以水洗汝身、即取其水門之蒲黄、敷散而、輾轉其上者、汝身如本膚必差。故、爲如教、其身如本也。此稲羽之素菟者也。於今者謂菟神也。故、其菟白大穴牟遲神、此八十神者、必不得八上比賣。雖負帒、汝命獲之。

《書き下し文》

　故、この大国主神の兄弟、八十神坐しき。然れども皆国は大国主神に避りき。避りし所以は、その八十神、各稲羽の八上比売《やがみひめ》を婚はむ心ありて、共に稲羽に行きし時、大穴牟遅神《おおあなむちのかみ》（大国主神の別名）に袋を負せ、従者として率て往きき。ここに気多の前に至りし時、裸の兎伏せりき。ここに八十神、その兎に謂ひしく、「汝為むは、この海鹽を浴み、風の吹くに当たりて、高山の尾の上に伏せれ。」といひき。故、その兎、八十神の教へに従ひて伏しき。ここにその鹽乾く隨に、その身の皮悉に風に吹き拆かえき。故、痛み苦しみて泣き伏せれば、最後に来たりし大穴牟遅神その兎を見て、「何由も汝は泣き伏せる。」と言ひしに、兎答へ言ししく、「僕淤岐の島にありて、この地に度らむとすれども、度らむ因無かりき。故、海の鮫《わに》を欺きて言ひしく、『吾と汝と競べて、族の多き少なきを計へてむ。故、汝はその族のありの隨に、悉に率て来て、この島より気多の前まで、皆列み伏し度れ。ここに吾その上を踏みて、走りつつ読み度らむここに吾が族と孰れか多きを知らむ。』といひき。かく言ひしかば、欺かえて列み伏せりし時、吾その上を踏みて、読み度り来て、今地に下りむとせし時、吾云ひしく、『汝は我に欺かえつ。』と言ひ竟はる即ち、最端に伏せりし鮫、我を捕へて悉に我が衣服を剝ぎき。これによりて泣き患ひしかば、先に行きし八十神の命もちて、『海鹽を浴み、風に当たりて伏せれ。』と誨へ告りき。故、教えの如くせしかば、我が身悉に傷《そこな》はえつ。」とまをしき。ここに大穴牟遅神、その兎に教え告りたまひしく、「今急かにこの水門に往き、水をもちて汝が身を洗ひて、すなはちその水門と蒲黄を取りて、敷き散らして、その上に輾轉べば、汝が身本の膚の如、必ず差えむ。」とのりたまひき。故、教えの如せしに、その身本の如くになりき。これ稲羽の素兎なり。今者に兎神と謂ふ。故、その兎、大穴牟遅神に白しく《言うには》、「この八十神は、必ず八上比売を得じ。袋を負へども、汝命獲たまはむ。」とまをしき。

※本文は岩波文庫『古事記』（倉野憲司　校注、一九六三・一・一六）により、一部漢字を当用漢字に改めた。

※「わに」…原文では「和邇」。日本に鰐は存在しない。恐らく鮫のことではないか、と言われている。そのため挿絵でも鮫を描いているものも多い。

《現代語訳》

この大国主命には八十の兄神（八十神）がいた。しかし、国を大国主神に譲って身を引いた。なぜかというと、稲羽の八上比売を嫁にもらおうと思って稲葉へ皆で行った時、大穴牟遅神（大国主神の別名）に袋を背負わせて従者として連れて行った。気多の岬に来た時、裸の兎が伏せていた。ここで八十神たちが兎に「海水を浴びて、風に当たって高い山に横になっていると良い」と言った。兎がそのようにすると、塩が乾き、風に吹かれて皮が裂かれた。痛み苦しんで泣き伏せていると、最後に大国主神が通りかかり、「どうして泣いているのだ」ときいたので兎は「私は淤岐の島にいて、こちら側へ渡ろうにも、渡る手段がなかったのです。そこで鮫を騙して、『私とあなたとで、どちらが仲間の数が多いか比べましょう。だから、あなたは仲間全員を連れて来て、ここから気多の岬まで列になってください。私はその上を走りながら数を数えて、どちらが多いか判断しましょう。』と言いました。鮫たちが騙されて列になった上を渡ったのですが、今にもこちら側の地面に着こうという時に、私が『お前は私に騙されたのだ』と言い終わるやいなや、一番端の鮫が私を捕らえて衣を剥いでしまったのです。それでここで泣き患っていると、先に来た八十神たちが『海水を浴び、風に当たって横になれ』と言われました。だからそのようにしていると、こうなったのです。」と言った。そこで大穴牟遅神は兎に、「急いで河口に行き、真水で身体を洗って、蒲の花粉を採って敷き散らしてその上に寝転がれば、元の肌のように必ず癒える。」とおっしゃった。兎がそのようにすると、身体が元のようになった。これが稲葉の素兎である。現在、兎神と言われる。この兎が大穴牟遅神に言うには「八十神たちは必ず八上比売を得られないでしょう。袋を背負って従者として従っていても、あなたが嫁にもらうことでしょう。」と言った。

国語教育の役割と「古典」や「古文」の教育

府川源一郎

一、「謎?・」の文章の解読

次の文章を読んでみよう。

Inuga nicuuo fucunda coto.

Aru inu xiximurauo fucunde cauauo vataruni, sono cauano mannacade fucunda xiximurano caguega mizzuno soconi vtçuttauo mireba, vonorega fucunda yorimo, ychibai vôqinareba, caguetoua xiraide, fucundauo sutete mizzuno socoye caxirauo irete mireba, fontaiga naini yotte, sunauachi qiyevxete dochiuomo torifazzuite xittcuiuo xita.

Xitagocoro.

Tonyocuni ficare, fugiôna cotoni tanomiuo caqete vaga teni motta monouo torifazzusunatoyûcoto gia.

アルファベットで記されていることは、すぐ気がつく。といって、英語ではなさそうだ。

最初の「Inuga nicuuo fucunda coto.」から読んでいこう。

全体が四つのかたまり（単語?）から構成されている。四つ目の「coto.」には、ピリオドが付いているから、おそらくこの四語でひとまとまりの「文」だろう。文は、ある判断を示す単位なので、この四語でまとまった判断（言明）を提示していると考えられる。

最初のかたまりは「Inuga」だ。とりあえずローマ字読みをすると「イヌガ」。もしかすると「犬が」という意味なのかもしれない。とすると、これはローマ字で書かれている日本語の文章かも。それなら読み進めるのも、そう難しくないぞ。それにしても「Inu　ga」と単語別の分かち書きになっていれば、もっと良く分かるのに。

次は、「nicuuo」だ。「cu」が分からないが、仮に「ク」と読んでおく。すると「ニクウオ」あるいは「ニクーオ」ということになる。「犬が肉魚」かな。しかし「肉魚」とはどんなものなのか、意味不明。もしかしたら「uo」は「wo＝を」かも。だとすれば、「肉を」で、「犬が肉を」だ。犬が肉をどうしたんだろう。それにしても、へんてこなローマ字表記のルールだ。少なくとも私たちが知っているローマ字の規則とはかなり違う。

まあいい、先に進もう。「fukunnda」は、「フクンダ」かな。日本語の動詞だとすれば、「吹くんだ」「拭くんだ」「含んだ」などが候補に挙がる。前二者の「吹くんだ」「拭くんだ」を分解すれば「ふく＋ん（の）＋だ」となる。つまり、動詞＋格助詞＋助動詞の組み合わせで、両方とも語り手が伝聞や断定などの判断をしていることになる。でも「犬が肉を吹いた」、あるいは「犬が肉を拭いた」とは、どういうことだろう。よく焼けて熱すぎる肉を冷ますために犬がフーフー吹いたのか。あるいは、ゴミの付いた肉を布巾などで犬がゴシゴシ拭いているのか。どれも漫画みたいな光景だ。

三つ目に挙げた「含んだ」なら、「ふくむ＋だ（動詞＋助動詞）」で、「肉を含む」ということになる。これならなんとなく意味が通る。たとえば、歯医者に行って歯を抜かれた後に、口の中に綿を入れたままにしておくことを「脱脂綿を含む」と表現する。また、うがいをする際に、「水を含む」ということもある。しかし、「肉を含む」は、ほとんど耳にしないなあ…。

ここで最新版の『広辞苑』を引いてみた。すると「ふくむ」には、いくつかの語義が収録されており、「口の中に物を入れ飲み込んだり噛んだりしないままでおく」という意味が掲載されている。漢字で「銜《ふく》む」と表記することもあるらしく、用例には『平家物語』から引かれた「太刀の鋒《さき》を口に含み」があげられている。「ふくむ」という動詞は、古い日本の文章に登場しているんだ！。この謎の文を解読するには、現代日本語の範囲で理解しようとするだけではなく、もう少し幅を広げて考えるべきなのかもしれない。

ちょっと寄り道

なお、少し寄り道になるが、『広辞苑』に用例が採られている『平家物語』の該当箇所は、木曾義仲が粟津の戦でついに討たれてしまう名場面である。義仲が討たれたことを知った乳兄弟今井四郎は、「今は誰をかばはんとて、軍《いくさ》をばすべき。これ見給へ、東国の殿ばら。日本一の剛の者の、自害する手本よ」とて、太刀の鋒《きつさき》を口に含み、馬よりさかさまに飛び落ち、貫《つらぬ》かつてぞ失せにける。」（今となってはもう戦うこともない。東国の侍ども、日本一の強者の自害を見ろ。と言って、太刀の先端を口に「含み」、馬から逆さまに落ちて太刀に貫かれて死んでしまった。）今井四郎は刀を口にくわえておいて、馬の上から地面をめがけて真っ逆さまに落ちたのである。壮絶な自死のありさまが目に浮かぶ。「銜《ふく》む」が、「クツワ（轡）」の意味でもあることを考え合わせると、中世日本における「含む」は、物を口で咥《くわ》えるという意味を持っていたことが分かる。

最後に残った「coto.」は、おそらく「こと＝事。」だろう。後に続く長い文章の冒頭に比較的短い文が置かれており、それが「〜こと」という語尾で結ばれている。したがって、この「Inuga nicuuo fucunda coto.」は、後に続く文章の内容を表示した「題名」のような役割をしているのかもしれない。つまり、この後の文章には、ひとまとまりのストーリーが書かれていることが予想される。

ということで、とりあえずこの文は、「犬が肉を含んだこと。」つまり、犬が肉を口に咥えたこと、という意味だと判断しておく。

…以下、解読作業はまだ続いていくはずだが、紙数の都合上ここまでにしておく。

二、謎の文章の正体

「欲張り犬」の話

もちろん、すべての読者が今のような検討過程をたどるとは限らない。説明の便宜上、ここでは前から一語一語検討していくスタイルで解読していく様子を紹介したが、実際に多くの読者は、分からないところを飛ばして読んでいったかもしれない。そうして、この話はどこかで聞いた話だぞと気がついた瞬間、つまり全体像がおぼろげながら類推できた瞬間に、細かな部分の意味も氷解するといった体験をしたのではないか。持って回った言い方をしているが、すでに多くの読者にはこの話が何なのか、お分かりだろう。そこで以下には、この変なローマ字を漢字仮名交じり文に「翻字」した例の一つを紹介する。

犬が肉《にく》を含んだ事。

ある犬肉《ししむら》を含んで川を渡るに、その川の真中《まん》で、含んだ肉《ししむら》の影が水の底に映ったを見れば、己が含んだよりも、一倍大きなれば、影とは知らいで、含んだを捨てて水の底へ頭《かしら》を入れてみれば、本体がないによって、すなはち消え失せて、どちをも取り外《はづ》いて失墜《しつつゐ》した。

下心

貪欲《とんよく》に引かれ、不定《ふぢやう》なことに頼みを掛けて、わが手に持ったものを取り外すなといふことぢや。

あの謎の文章は、よく知られた『イソップ寓話』の「欲張り犬」の話だったのだ。こうして漢字仮名交じりの表記に直して（翻字）みれば、これが日本の古い文章（文語文）であることも確認できる。

ローマ字表記の原文は、一五九三年（文禄二）、イエズス会が天草で活字印刷した『イソポのハブラス』（*ESOPONO FABLAS*）に掲載されていたものである（大塚光信・来田隆編『エソポのハブラス　本文と総索引』清文堂出版、による）。この本のローマ字表記法は、私たちがよく知っている訓令式、あるいはヘボン式とは異なり、ポルトガル式ローマ字表記法が採用されている。その理由は、この本の第一義的な読者がイエズス会宣教師たちだったからだ。日本にキリスト教を広めるためには、日本の話しことばを使って布教をする必要がある。

そこでイエズス会宣教師たちは、日本語の話しことばを身につけるために、日本語学習を目的とする数種類の教科書を作製した。そうした仕事の一部に*ESOPONO FABLAS*がある。つまりこのポルトガル式ローマ字表記で書かれた文章の読者対象は、日本語話者ではなかったのだ。

内容的に見れば、*ESOPONO FABLAS*がラテン語で書かれた『イソップ寓話』の翻訳であることは間違いない。周知のように『イソップ寓話』は、古代ギリシアで成立し、様々な言語に移し換えられて世界中で読み継がれてきた。『イソップ寓話』は人類の共通言語文化財であり、つまりは「古典」である。「古典」とは、「昔、書かれた書物。昔、書かれ、今も読み継がれる書物。（広辞苑）」とされる。したがって、それがもともとどんな言語で記述されていたのかは問題にならない。むしろ「古典」と称される作品は、多種類の言語に翻訳され多数の人々に享受されているのが通常である。すなわち、「古典」とは表現形式の差違よりも、その内容が問題になる概念なのだ。

ESOPONO
FABVLAS.
Latinuo vaxite Nippon no
cuchito nasu mono nari.
IEVS NO COMPANHIA NO
Collegio Amacusani voite Superiores no gomenqiotoxite coreuo fanni qizamu mono nari.
Goxuxxe yon M. D. L. XXXXIII.
（文禄舊譯伊曾保物語原本表紙）

ESOPONO FABLAS 表紙

「古典」であるこの*ESOPONO FABLAS*は、表記形式こそポルトガル式ローマ字表記法によって記述されているものの、その文章文体はポルトガル語ではない。この文章はれっきとした近世初頭の日本語であり、それもかなり口語的雰囲気を残している。先に「翻字」した例として示した文章は、現代になって研究者が当時の日本語表記などを勘案してポルトガル式ローマ字から日本文字に「翻字」したものであって、もともとの*ESOPONO FABLAS*のテキスト自体に、このような漢字仮名交じり表記の文章が併記されていたわけではない。

国字で書かれたイソップ寓話

一方、このローマ字表記の*ESOPONO FABLAS*とは別に、日本文字で書かれた国字本『伊曾保物語』という書物も存在している。これは、すべて漢字仮名交じりの和文の文章によって印刻されて普及した。どうして日本文字（国字）によるイソップ寓話が存在するのか。

現在までの研究では、次のように考えられている。イエズス会の宣教師たちは、独力で日本語の*ESOPONO FABLAS*を作製することはできなかった。彼等は、日本語話者と協力しながら、ローマ字表記の文章を練り上げたと推測される。そこでまず最初に、原型ともいえる日本語翻訳版の『伊曾保物語』（未発見）が作られた。そこから*ESOPONO FABLAS*（日本語を母語としない宣教師たちの学習用）と、国字本『伊曾保物語』（日本語を母語とする人々の読書用）との二種類が分岐した、というのが大きな流れである。

後者の漢字仮名交じりの国字本は、慶元版『伊曾保物語』と呼ばれる。詳細は省くが、この後、慶元版の国字本をはじめ、イソップ寓話を材料にして和文で綴られた様々な刊本が産み出され、流通していく。その結果、江戸期を通じて漢字仮名交じりの和文によるイソップの物語《ストーリー》は、多くの日本の読者たちに親しまれることになったのである。

次には、そうした国字本『伊曾保物語』のうち、一六一五年（元和元）に刊行された「元和古活字版『伊曾保物語』」の本文を引いておこう。

犬と肉の事

ある犬、肉をくはへて河を渡る。まん中ほどにてその影水に映りて大きに見えければ、「わがくはゆる所の肉より大きなる」と心得て、これを捨ててかれを取らんとす。かるがゆへに、二つながら是を失ふ。そのごとく、重欲心の輩は、他の財をうらやみ、事にふれて貪る程に、たちまち天罰をかうむる。わが持つ所の財をも失う事ありけり。

*ESOPONO FABLAS*の日本語文と比べると、口語的な文末が消えて物語的な表現が増加している。『伊曾保物語』の製作者が日本人読者を対象とした「読みもの」という意識を持って文章を整えたからであろう。

ここに紹介した国字本『伊曾保物語』の文章は、日本古典文学を集成した代表的なシリーズ「日本古典文学大系」（岩波書店・全一〇〇巻）にも収録されている（『伊曾保物語』は一九六五年《昭和四十》刊）。つまり、国字本の『伊曾保物語』は、「日本」の「古典文学」としても定位されており、それは一般にも広く認知されているのである。

三、「古文」と「現代文」

「古文」は理解が難しい

国字本『伊曾保物語』に記されていた文語文は、それが刊行された当時は「現代文」だった。が、今日の私たちから見れば明らかに「古文」である。いうまでもなく「古文」とは、古い文章を意味する。したがっ

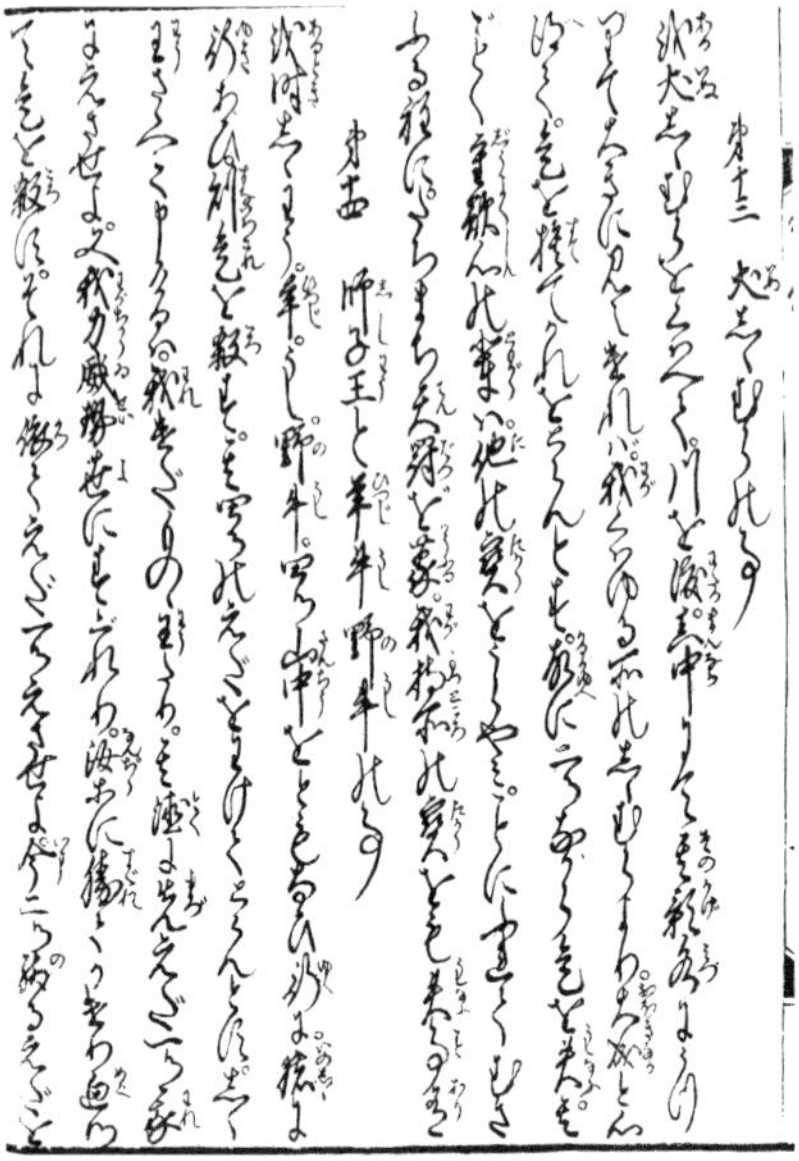
1659(万治2)年『伊曾保物語』整版本

て語義的には、単に古い文章を表すに過ぎない。しかし私たちは、あえて現代《いま》の文章と区別して、日本の古い文章を「古文」と称している。というのもそれを一読しただけでは、現代文のように意味内容を理解することが困難だからである。「古文」とは、現代文とは異なって、わざわざ註釈をつけたり補足情報を追加したりしなければ、何が書いてあるのかが読み取れない（読み取りにくい）文章のことなのだ。つまり、現代文と対比される「古文」という概念は、歴史的時間として「古い」文章であるというだけではなく、それが現在一般に使用されていないために理解が難しい、ということを含意しているのである。

もっとも『伊曾保物語』の文章は、江戸期の庶民向けに書かれていたという事情もあって、現代人の私たちにも比較的分かりやすくおおよその内容理解は可能である。しかし語彙の意味は時代とともに変わっていくし、文体も変化していくから、後世の読者にとって、文章の書かれた当時と同じようにそれを理解することは容易ではない。

では、私たちがいつ頃から、「古文」つまり日本の文語文体を「古文」として意識し、その文章に距離を感じるようになったのか。もちろんそれは、いわゆる「言文一致体」が日常的に使用されるようになって以降のことである。具体的には、明治後期が大きな転回点になる。

日本の書きことば略史

ここでわが国の書きことばの歴史を簡単に振り返っておく。

周知のように、中国渡来の漢字漢文は、長い期間にわたって公式の書きことばとして文書に使用され、それを主たる伝達手段として国内統治がおこなわれてきた。また一方、異国の文字である漢字から平仮名や片仮名などの仮名文字が派生し、それらを混用した漢字仮名交じりの和文文体が生み出された。江戸期に入ると漢文体で印刻された仏典や経書に加えて、漢字仮名交じりの和漢混交文体による様々な種類の実用書や娯楽書などが、木板刷りの版本として刊行され、庶民たちにも比較的容易に入手できる状況になった。国字本『伊曾保物語』もそのうちの一つである。

江戸期の日本のリテラシーの様相は、おおざっぱに言って大きく二分されていた。すなわち、支配層・武士層においては漢文を楷書体で読み書きできることが必須の素養だった。公文書がそうした文章書体によって書かれていたからである。楷書で書かれた漢字は「本字」とも呼ばれ、それを身につけるためには多くの時間と努力を必要とした。一方、庶民のうちとりわけ商人たちは漢字仮名交じりの和文を草書体あるいは行書体で読み書きすることが可能だった。実用的な仕事をこなすためである。そこで日常的に使用された書体は、いわゆる「くずし字」であり「仮名」が中心の文章だった。このように江戸期のことばの使用状況はおおむね身分制度に対応しており、支配層・被支配層を超えて共通に使用できる統一的な書きことばは十分に普及していなかったのである。

ところが明治期に入ると、近代統一国家を支えるための均質的な国民的リテラシーが要求される。江戸期までのような言語使用状況の分断という状況は、なんらかの形で統合・整理されることが望ましい。また国民として身につけるべき近代科学に依拠した知識や概念、あるいは合理的な思考方法なども、旧来とは異なる新しい言語表現形式によって効果的・効率的に学校教育を通して伝達される必要があった。

こうした事情を背景に、明治期には「普通文」と呼ばれる文体が出現する。普通文は文語体の一種で、漢文訓読の語法を基礎にしており、漢字仮名交り表記によって記述された。この文体は、近代的な雑誌や新聞、書物などの印刷物に使われて一般にも広く普及した。

明治期は文明開化のかけ声のもとに、西欧から新しい文物や制度が持ち込まれ、人々はその対応に忙しかった。だが、日々の暮らしの中における思考や感性は、ほとんど江戸時代からの地続きだったといってもいい。社会生活を支える文章としては、前述のように文語体の「普通文」が流通したが、江戸期以来の旧い文語文もまだ「古文」として扱われることはなく、現役として活躍していた。というより文語体の「普通文」と「古文」との差異はそれほど大きくなかったのである。その証拠に庶民用の娯楽的読みものなどは、江戸期の手描きの版本の文章がそのまま印刷活字に移されて出版されていた。つまり江戸期の文章は、明治の人々にとって抵抗なく読むことができたのである。商業用の文書も個人の挨拶の手紙も、毛筆で和紙に書くことが通常であり、近代学校教育においても文語文が中心的な教授用文体であることは変わらなかった。

ところが明治後期になると、より平易で話しことばに近い言文一致文体（口語体＝現行文体）が登場し、多様だった仮名遣いや字体も統一的に整理されていく。その一方で日本の古い物語類や説話、あるいは詩歌は、新たに「日本古典文学」として位置づけられ、それらの文章には「言文一致文」による註釈が付されて刊行されるようになった。ここにいたって「文語文」は「古文」の仲間入りをするようになったのである。

といってこの時点で、「文語文」がすべて日常生活から消え去ってしまったわけではない。文語的な言い回しは口語の中でも頻繁に使われていたし、成人なら当然のように文語で書かれた文書を読んで理解することが要求された。その最大の存在は、「法律」の文書だろう。法律の文書は、様々な社会的な約束事が厳密に記述される公的な文書である。法律の文章の頂点には「大日本帝国憲法」が置かれ、その下位法である「刑法」「民法」も、同じく文語文で記されていた。また、裁判所の判決文も文語文だった。正式な文章は、文語文で書かれなければならないという心性や習慣は、そう簡単に消滅することはなかったのである。

四、小学校教科書における「文語文」の位置

口語文体の登場

では、近代教育における小学校の国語教科書には、どのような文章文体が登載されてきたのだろうか。ここではまず、一八八三年（明治十六）に金港堂から刊行された『小学読本初等科』（原亮策編集）を見てみよう。これは当時の代表的な小学校国語教科書で、平易な文章と簡潔で順序性のある編成で好評を博したものである。その、第四巻第三六課に、「欲張り犬」の話が出ている。

欲ふかしければ物を失ふ

犬あり。口に食物をふくみて。橋をすぎしに。橋の下にも。また犬ありて。食物をふくみたり。おのが影の。水にうつれることをしらず。その食をすて。走りてこれを奪はんとして。つひに水におぼれたり。ふたゝび。さきの食物をとらんとせしにはや水中にありて。流れ去りぬ。

ものを貪らんとして。かへりてものを失なへり。

それほど難しい語彙は使われていないが、文体はほとんど江戸期と同様の文語文である。この時期の小学校国語教科書は、全巻すべての教材文が文語文で書かれていた。子どもたちは、このような文章を学習していたのである。一八七二年（明治五）に「学制」が公布されて近代学校教育が開始されて以来、国語教科書に採用されていた文章文体は、基本的にこの「欲張り犬」のような文語文体だった。

ところが、明治二十年代に入ると、小学校低学年用の教材として口語文の一種である「談話体」の文章が登場する。これを皮切りに、教科書の中の口語文は徐々に増大していく。一九〇四年（明治三十七）に国定制度となってから初めての国語読本である『尋常小学読本』では、約七割以上の教材が口語文で記述されていた。

図版で紹介した教材は、その国定の『尋常小学読本』の巻五の教材文であるが、内容はイソップ寓話である。図版の文章を見れば分かるように、きわめて平易な文体で書かれている。この文章の歴史的仮名遣いを現代表記に書き直し、旧字体を新字体に取り替えれば、ほとんど現在使われている標準文体になるといってもいいほどだ。取り上げられた話材は異なるものの、先に引用した『小学読本初等科』の「欲ふかしければ物を失ふ（欲張り犬）」の文語文と比べてみれば、わずか二十年ほどの間にこれほど平易な「言文一致文＝口語文」が教科書教材の主流になったことに、大きな驚きを覚えるのではないだろうか。

もっとも、五期にわたった戦前の国定小学読本の中から「文語文」が完全に姿を消すことはなかった。国定の小学読本では常時、二割以上の教材が文語体であり、主に高学年用の歴史教材や軍事教材などに使用されていた。また、韻文教材のほとんどは文語調で書かれていた。

戦後直後から最近まで

そうした事態が一変したのは、一九四八年（昭和二十三）から使用された第六期国定教科書『こくご』からである。これは文部省が戦後初めて出版した国語教科書であり、国定としては最後の刊行となった教科書である。この教科書は、民主主義精神を前面に打ち出しており、韻文以外はすべて口語文だった。また、ひらがな先習、口語詩の登場、長文教材の掲載、などの特徴を持つ。続けて、現在でも実施されている教科書検定制度のもとで、民間会社による教科書編集がなされるようになるが、そこでも国語教科書の教材文の平易化という方向に変化はなかった。これ以来子どもたちは、小学校の国語教科書の中で「文語文」に接する機会はほとんどなくなったのである。

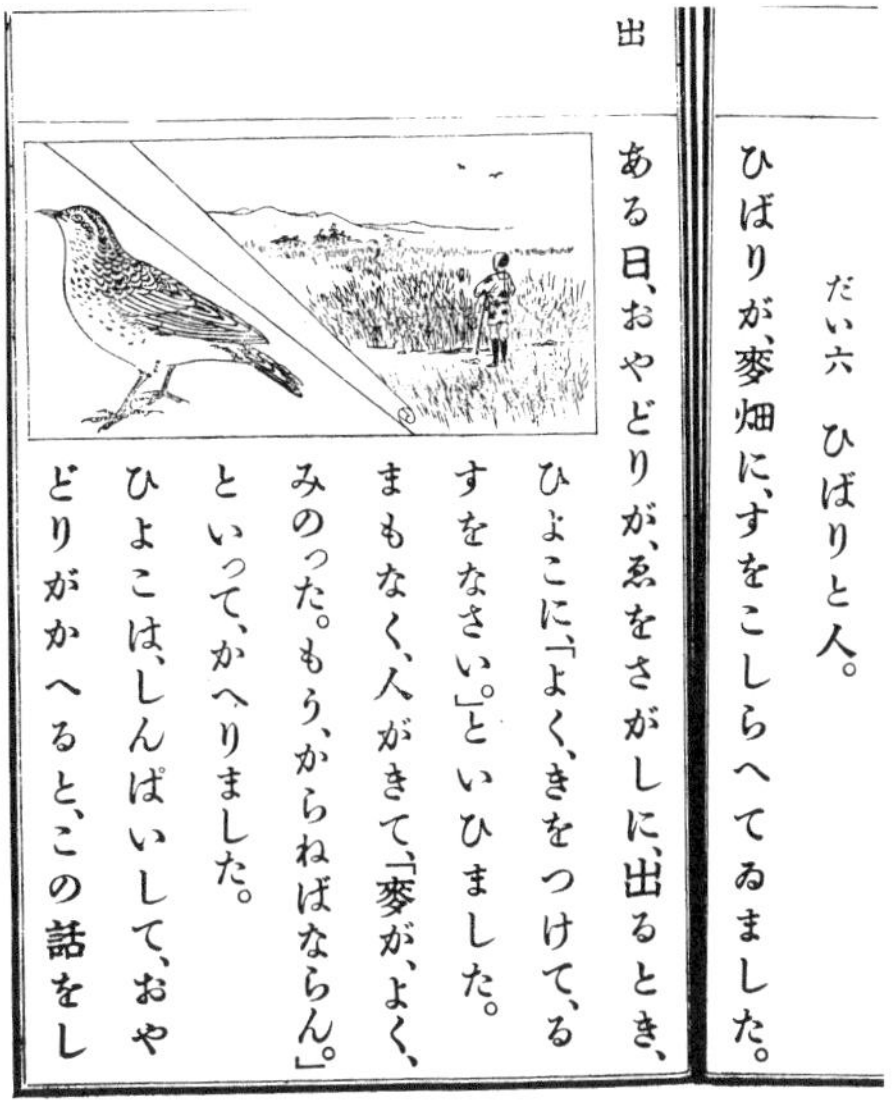
出

だい六　ひばりと人。

ひばりが、麦畑に、すをこしらへてゐました。

ある日、おやどりが、ゑをさがしに、出るとき、ひよこに、「よく、きをつけて、るすをなさい。」といひました。

まもなく、人がきて、「麦が、よく、みのった。もう、からねばならん。」といって、かへりました。

ひよこは、しんぱいして、おやどりがかへると、この話をし

1904年『尋常小学読本』イソップ寓話

戦後の小学校の教育内容を規定するのは、『小学校学習指導要領』である。その「国語」に関する部分を見ても、昭和四十年代までは、「文語文」に関する記述はない。ということは、言文一致文を全面的に使用することが前提になっていたと考えていい。実際、検定教科書に文語文体は登場していない。ようやく一九七七年（昭和五十二）になって、小学校五年生と六年生の「学習指導要領」の「言語事項」に、「易しい文語調の文章を読んで、文語の調子に親しむこと。」と、「文語の調子に親しむ」という文言が

登場し、続けて出された一九八九年（平成元）、一九九八年（平成十）の「学習指導要領」にも同様の記載がなされた。これに対応して小学校の検定国語教科書の五・六年生用には、韻文やことわざなどの文語調の教材文が掲載されたが、申し訳程度の分量に過ぎない。「文語文」に大きな位置づけをしないという点で、戦後の小学校国語教育の方針は一貫していたのである。

ところが二〇〇〇年以降、状況は変わる。

まず、二〇〇六年（平成十八）二月に改正された「教育基本法」に「伝統と文化を尊重し、それらをはぐくんできた我が国と郷土を愛する」という文言が新たに盛り込まれた。その前後には、世間一般でも伝統的・復古的な文化に注目が集まり、古文や漢文を「音読や朗読、諳誦」することや、そのための材料として古典のアンソロジーなどの出版が盛んに行われるようになっていた。いわゆる「日本語ブーム」である。こうした風潮の中で、学校教育でも、平易な現代文を黙読を中心にして効率的に内容をとらえる学習だけではなく、音読や朗読を積極的に取り入れて古文や漢文の表現を味わうような指導が展開されるようになっていく。

さらに、二〇〇八年（平成二十）の「学習指導要領」には、国語の教育内容に「話す・聞く」「書く」「読む」と並んで、新しく「伝統的な言語文化」という項目が追加された。小学校の「学習指導要領」には、一・二年で「昔話や神話・伝承などの本や文章の読み聞かせを聞いたり、発表し合ったりする」、三・四年で「易しい文語調の短歌や俳句について、情景を思い浮かべたり、リズムを感じ取りながら音読や暗唱をしたりすること。長い間使われてきたことわざや慣用句、故事成語などの意味を知り、使うこと」、五・六年で「親しみやすい古文や漢文、近代以降の文語調の文章について、内容の大体を知り、音読すること。古典について解説した文章を読み、昔の人のものの見方や感じ方を知ること。」という指導事項が書き込まれている。最新の二〇一七年（平成二十九）三月告示の「小学校学習指導要領」でも、各学年の指導事項には同様の記述が継続して登載されている。先述したように、戦後の小学校の国語教育の教材はほぼ口語文を使用するということで一貫していた。とするなら、ここには明らかに大きな転換が見られると考えていい。

当然のことながら「学習指導要領」に準拠した小学校検定教科書の内容も変化する。国語科の教科書には、古文や古典に関する材料が増加した。とりわけ注目すべきことは、「学習指導要領」に「文語文」だけではなく「漢文」に関する言及がなされたことである。それに対応して小学校でも「漢文・漢詩」が検定教科書に教材化された。そこでは、文章に書かれている「内容」を想像したり文意を深く考えるような学習ではなく、言語形式である文調に親しんだり音の響きを感じたりすることに焦点が当てられている。

五、国語教育における「古文」と「古典」の教育

口語文の定着と「伝統」

なぜ近年になって「古典」や「古文」に光が当てられるようになり、国語教科書の中にあらためて教材化されるようになったのか。いくつかの点からそれを検討してみよう。

まず世間一般の言語状況である。戦前は「文語文」が、ある程度日常生活の中で息づいていた。先ほど述べたように明治憲法下での裁判所の判決文は文語体で書かれていた。それも、句読点なし、濁点なしのカタカナ表記の文章である。つまり公式の場面では、文語文を理解するだけではなく、それを書く能力も必要とされていたのだ。そのためには文語文法の知識が必要になる。文語文法の教本は、誤りなく文語文を記述す

るための典範でもあったのだ。

さらには日本語訳された『仏典』や『聖書』も、基本的には文語文で書かれていた。また、歌舞伎や文楽浄瑠璃などの芸能の受容においても、観客たちはそこで使われている文語文の詞章を、耳から聞いて十分に理解することが可能だった。

ところが今日、「文語文」は身の回りからほとんど消えてしまった。日本国憲法は口語体で記述されているし、判決文も同様である。「伝統芸能」の鑑賞に際しては、音声や字幕によるガイドが必須のツールだ。一般の目に触れる書きことばも口語文体だけになった。ということは、文語文や漢文は文字通り日常言語生活から消滅して、完全に「古文」になってしまったのである。おそらく小学校の子どもたちの大部分にとって、初めて古文や漢文に出会う場は、国語の教科書だろう。

明治以来、国語教育に課せられた大きな課題は、日本の国内における統一的で平易な話しことばと書きことばの普及だった。したがって現状のような事態は、ある意味で理想的な言語状況に到達したのだといえるかもしれない。一部の識者だけが司法や行政の公式言語として認められた難解な文章を駆使できるという状況が望ましくないことは、火を見るよりも明らかだ。実際、現代の口語体の文章は、民主的な社会を維持するためのインフラとしてきわめて有効に機能している。平易な書きことば文体が多くの人々に共有されることで、従来よりもそれぞれの「自己表明」が容易になった。

しかし別の側面から見れば、現代では使用言語が口語体に単一化してしまったという言い方もできる。こうした状況に対して、伝統の継承という観点から漢文や文語文の学習意義を強く主張する論者もいる。漢文や文語文によって構築された文化の厚みを感受できなくなる危険性を憂えてのことである。古典の中には

「日本人の精神の伝統」が込められており、それは古文や漢文を原文で読んだり書いたりすることでしか体得できない、という原理主義的な主張さえある。

だが、確固として動かないように見える「伝統」も、現在の世の中とダイナミックに拮抗し合い日々変化している。ましてや言葉は生きものだ。活性化した社会では、様々な「外来」文化を吸収して言語文化自体が変貌し続けている。とするなら、私たちは「古典」や「古文」が「伝統的言語文化」であるという理由だけで、それを享受したり受け継いだりしなくてはならないということはない。むしろ、「現在」の言語生活を豊かにするためにこそ、「漢文」や「文語文」が示唆を与えてくれると考えるべきだ。それは異邦の言語や文化が私たちにもたらす恩恵や刺激と同質である。実際、漢文訓読体や文語文には、口語文体とは異なる別の魅力がある。漢文調の文体や語彙の簡潔さや重厚さ、あるいは和語和文の柔らかさや連綿と続く息の長い文章の効果なども、現代口語文体にはない面白さである。また、そうした文章文体があるからこそ、口語文の魅力も反照されて輝くのだ。

一方、現代口語文体も変化している。各地の方言や社会集団ごとに異なる語彙や文体、あるいは流行語や略語、外来語の意味や音韻などの摂取とその排出、それらも現在進行形で変容し続けている。さらには、小学校から外国語（英語）学習を取り入れて日本人のバイリンガル化をめざそうという昨今の教育政策も、なにがしかの形でこれからの日本語や日本文化に影響を与えることになるだろう。そこで起きる言語文化の変容も、やがては「伝統」と呼ばれるものになっていく。

言語文化の多様性

一般的な物言いになるが、言語文化が複層性や柔軟性を持っていれば、その結果として豊かで多彩な理解活動や表現活動が可能になる。ここまで一言で「古文」と称してきた文章自体のことを考えても、一枚岩で固定されたものであったわけではない。今日では「古文」というひとくくりの枠組みの中に押し込められてはいるが、そこには実に様々な文章文体がひしめき合っていた。年代や地域によって語彙や音韻、アクセントやリズムに差異があったし、その表記にいたっては各種様々な方法が存在したことを、ここであらためて思い起こす必要がある。私たちは「古文」と聞くと、直ちに漢字仮名交じりの和文文体を思いうかべやすい。しかし、それは年代や使用階層によって相当異なった様相を呈していたのである。

さらにはまた、先ほど*ESOPONO FABLAS*で確認したように「古文」は、ローマ字でも表記されていた。また、文字を持たなかった古代日本では、漢字でやまとことばを表記した万葉仮名の例もある。日本の韻文の音数律は七五調を基本とすると言われることが多いが、沖縄の琉歌は八、八、八、六の形式が多い。このように日本の「古文」も様々な様相を持っていたことを想起すべきであり、そうした弾力性のある認識方法を身につけることこそが、グローバル化していく現代社会の諸問題を考える際の基礎的能力となるのである。

ところが、近年の「伝統」を振り返ろうという動きの中には、復古主義あるいは国家主義的な気運も垣間見える。高度経済成長期以降、私たちの生活様式・文化様式はすっかり西欧風になってしまい、建築や服装ばかりでなく、体型までもが戦前までとは変わってしまった。そこでは、失われたもの失われつつあるものに対して、人々の中に懐古的な感情が生まれる。消えゆくもの消えてしまったものに対する哀惜の情がふつふつと湧き上がり、古いものの価値を再確認したくなる。文化財の保存や修復が話題になり、その果てには父権の確立や古い道徳の復活も叫ばれるようになった。そうした気運の中で復古主義あるいは国家主義的で硬直した「幻想としての伝統」を賛美する風潮が巻き起こる。教育界における「伝統的な言語文化」の提唱の背景にも、それと同様の思想が伏在していないわけではない。

この点で、国語教育の「古典」教材の選択に当たっては、十分な配慮が必要になる。たとえば、戦前の教科書古典教材の花形は「太平記」であり、江戸期の国学者たちの随筆であった。いうまでもなく戦前は尚武や尊皇の精神が声高に叫ばれ、それが教科書などを通して喧伝されたからである。その結果、楠正成や児島高徳を扱った教材が頻出し、彼らの勇名や事跡を子どもたちの脳裏に焼き付けた。それとは逆に、今日、古典文学と聞くと誰しもがすぐに連想する「源氏物語」は、義務教育の教材としての価値はきわめて低かった。実際、小学校用の国定教科書（「サクラ読本」）にその一部が教材化されたときには強い反対論も起こったほどだ。

これからの古典教材

日本の古典として何を認定するのかは、その時代の人々の認識を反映する。多様な日本の古典文学の中から何を教材として選択するのかは、今日的な私たちの世界認識の投影でもある。日本の古典の教材として、アイヌの「ユーカラ」は視野に入っているのか、あるいは「おもろそうし」や琉歌、さらには江戸期の戯作や地方在住の文人たちの文章などが教材化される余地はあるのか。また、本稿の最初に検討した*ESOPONO FABLAS*も、どのような形で教材として取り上げることが可能なのか。戦前に教科書教材として使われた「太平記」や江戸期の国学者の随筆も、今日の日本文学や歴史学の成果を踏まえて、別の角度から新しい視点によって教材化することはできないか。加えて戦前、台湾や朝鮮半島などで、日本語教育を受けた人々が多くの「日本語文学」を発表している。その中には、文語文を使用した短歌なども数多い。それらを日本の「古典」文学として位置づけ直して、国語教育の内容を豊かなものにできないか。

文字の文化ばかりではない。日本の伝統文化には、多くの音や身体の文化がある。早い時期に渡来した雅楽や舞楽、仏教音楽としての声明、中世文化の集大成ともいえる狂言や能楽、義太夫をはじめとする各種の浄瑠璃やそれを視覚化した人形芝居、歌舞伎や近代演劇、あるいはそれらが各地域に伝播して独特の変容を遂げた「民俗芸能」と呼ばれる様々な事例がある。それらは必ずしも旧来のまま細々と伝承されているだけではない。各地の芸能は相互に影響し合いながら、今日の空気を取り入れ、若者たちを巻き込んで更新され続けている。地域の芸能や神事の持つ力は、大きな災害があった後などに大きな役割を果たすことが、昨今、あらためて確認されている。地域の人々を結び付け、身体ぐるみの自己表現の場でもある「音や身体の文化」の数々は、今日の私たちにことばと身体の意味を考えさせる優れた「教材」となり得る。

国語教育の役割はどこにあるのか。それは、以上のような多様な日本語による言語文化をどのように若い世代の人々に手渡せるか、また新しい言語文化の発展と創造にどのように寄与できるかを、教師と学習者とが教育実践の場で共有し確認し合っていくところにある。そうした観点から東アジアの交響としての日本の「古典文学」を読み直し「伝統芸能」について考え合うような言語活動を、多様な角度から組織していかなければならない。

❷ 学校で学んだ古典文学

軍記教材を読みなおす
――二度目からの『平家物語』・「敦盛最期」「木曾最期」の場合

鈴木 彰

はじめに――二度目からの古典体験――

すでに読んだことがある文学作品をあとから読みなおしてみると、抱いていた印象が変わることがある。読みなおす時期は、翌日でも、翌年でも、何十年経ってからでもかまわない。同じ対象であっても、読者の経験や心境や環境が変われば、そこから読み取れるものや読み取りたいものは変わっていく。そして、以前は気づかなかったことを発見することで、その作品がもつ言葉と表現世界に奥行きがあることを実感でき、もしかするとまだその先もあるのではないかとか、他にもまだ隠れた扉があるのではないか、などと考えるようにもなる。こうした体験は、文学はもちろん、あらゆる芸術・文化を愉しむときのみちすじのひとつといってよいだろう。

古典文学の場合、ほとんどの生徒は中学・高等学校の国語科教科書や試験問題を介してさまざまな作品（のなかの一場面）と初めて接することになる。しかし、その後、中学・高校生のうちにその作品や場面をあらためてじっくりと自分で読みなおす機会は、どのくらいあるのだろうか。

古典文学への理解を深め、そこに何らかの愉しみを見つけ、味わうためには、こうした「二度目」からの古典体験の有無や質が分かれ道となる。ストーリー展開や人物・舞台・時代などの設定を粗々承知している状態で、すでに読んだことのある本文を読みなおすのであるから、はじめて読むときに比べると余裕があり、それゆえにさまざまな観点から本文を読むことができるのである。

こうした二度目からの『平家物語』体験がもつ意味や可能性については、先ごろ別稿でも取りあげた（鈴木彰「二度目からの『平家物語』――いくさなき世の教材として――」〈『古典教育デザイン』第四号、二〇一九年〉）。そこでは、中学二年生向け教科書の定番教材のひとつである「敦盛最期」について、二度目からの読みでは、討たれた敦盛の首や笛の行方ではなく、首なき亡骸のほうに目を向けてみることで場面理解が深まり、気づきにくい脈絡の発見にもつながることを例示した。なお、その際には、いくさを扱う文学である『平家物語』を、戦争や戦場、そして人間について考えるための窓（教材）とするという視点を大前提としたのであった。

二度目からの読みでは、作中の表現をふまえてその場面や出来事にできるかぎり具体的な形をもたせたり、文字に記されていなくともその場の状況から割り出せるさまざまな事柄を掘り起こしたりしていくことになる。それは、生徒のみならず、教員もまたくり返し取り組むべきものである。二度目からの古典体験は、ひとつの解答を教わる／教える機会ではない。一度目に（あるいは前回）接したときには気づけなかった事柄を突破口として、あるいはそれまでとは異なる視座に立って、その本文から読み取れるものごとをとことんまでしぼり出すように読んでみる。こうした営みは、つきつめれば、人間の多様な思考や言動や価値観などを深く洞察し、懐深く受け止めるための力を磨くことにほかならない。

かかる実践に取り組むための教材として『平家物語』を読み返してみると、随所にさまざまな思考の糸口を見いだすことができる。本稿では、二度目からの『平家物語』体験のための入口となるであろう着眼点のいくつかについて例示していくことにしよう。

一、熊谷直実のてのひら

まずはよく知られた「敦盛最期」（中学二年「国語2」。教育出版・学校図書で採用）を取りあげてみよう。寿永三年（一一八四）二月、現在の神戸市周辺を舞台として展開したいわゆる一の谷の戦いの様子は、『平家物語』では巻第九に描かれている。そこでは、義経軍による鵯越からの奇襲攻撃によって平家軍は混乱におちいり、合戦の大勢が一気に決したとされている。「敦盛最期」は、この合戦の終盤、船で何とかその場を逃れようとする平家方の武将を狙って、源氏方の武士熊谷直実が波打ち際へと進むうちに、すでに沖へと進んでいた華麗な装束をしたひとりの騎馬武者を発見するところから始まる。

直実は、言葉巧みにこの武者を呼び戻し、波打ちぎわで組み討ちをしかけ、そのまま馬から落ちたところを一気に組み敷き、首を掻こうと甲をあおのけた。だが、よく見ればその武者はわが子と同世代の、美しい若武者であった。「早く首をとれ」とだけ言って、格下の自分には名乗ることを拒絶したその覚悟にも心打たれ、直実はこの若武者を何とか助けたいとも考える。しかし、周囲には味方（源氏方）の武士が迫っていて、いずれにしても助かる見込みはない。
そして直実は、ついにこの若武者の首を掻き切る。

熊谷、あまりにいとをしくて、いづくに刀をたつべしともおぼえず。目もくれ心も消えはてて、前後不覚におぼえけれども、さてしもあるべき事ならねば、なく〳〵頸をぞかいてンげる。……良久しうあッて、さてもあるべきならねば、よろい直垂をとッて、頸をつゝまんとしけるに、錦の袋にいれたる笛をぞ、腰にさゝれたる。……

直実はしばしのあいだ茫然としていた。しかし、そのままではいられない。若武者が着ていた鎧直垂を脱がせ、その首を包もうとする。見れば、若武者の腰には笛が差されている。このとき、直実は、ひたすらに功名を求めてこのいくさに臨んだ自分と、戦乱のさなかでも風流を愛し、忘れなかったこの若武者との違いをこのとき痛感することになる。そののち、この笛は大将義経のもとに持参され、それを見た者はみな涙した——。

おおよそこのように展開する本話において、語り手は終始直実に寄り添い、次第に深い苦悩へとおちいっていくその心の揺らぎを丹念に追いかけている。周知のとおり、「敦盛最期」は、敦盛ではなく直実の内面性を描く物語として構成されているのである。

さて、こうした基本的な展開や要点は、一度目の「敦盛最期」体験のときに——少なくともある程度は——理解しているはずのものとして話を進めよう。ここでは、二度目の読みの焦点として、敦盛が着ていた鎧直垂に少しくこだわってみたい。

敦盛が討たれるこの場面を読むとき、読者はまず、討たれた敦盛の首、そして笛に注目することになる。そうした読みへと読者をいざなうような流れが、ここには創り出されている。たとえば、「うす化粧して、かねぐろ也。我子の小次郎がよはひ程にて、容顔まことに美麗也ければ……」と、直実の目にはじめて映った敦盛の若く美しい顔がていねいに紹介されていたこともその一環にある。したがって、ことさら意識しなければ、この鎧直垂は敦盛の首を包んで義経のもとに持参するための小道具でしかない。

しかし、少し視点を変えてみるとどうだろうか。この鎧直垂は、じつは本話の冒頭で敦盛の装束が紹介されるときに、「ねりぬきに鶴ぬうたる直垂に、萌黄匂《もよぎにほひ》の鎧着て」と記されていた、あの華麗な装束の一部なのである。また、直実は、敦盛の覚悟を秘めた言動と、風流を忘れぬ心とに感銘を受けたとされるのであるから、本話では敦盛の外見だけではなく、内面の輝きにも光が当てられている。そして本話の最後では、その風流心の象徴である笛を前にして見る者がみな涙する。そのとき、討たれた敦盛の首は、笛とともに義経のもとに持参され、その場にあると読むのが自然だろう。こうした流れで読み進めてくると、この鎧直垂は、美しい敦盛の首を包む装飾品のようにさえ思えてしまうかもしれない。

ここで、その光景をもう少し具体的に想起してみたい。じつは、この場面では、現実には圧倒的な存在感を放っているはずのものが文字化されていない。

それは、敦盛の血である。切られた部位からはたくさんの血が流れ落ちる。仮にその首を海水できれいに洗ってから包んだとしても、すでにその鎧直垂は首なき亡骸から流れ出た血で染まっていたはずである。

戦場で切られた首や胴体から流血している様子は、たとえば『平治物語絵巻』（六波羅合戦巻）や『後三年合戦絵詞』などで視覚的に表現されている。今日ではいずれもカラー版で全巻全場面が刊行されており、またさまざまな機関のＨＰでこれらの模本絵巻がデジタル公開されている（とりわけ、前者の場合、国際日本文化研究センターのＨＰで公開されているデジタル復元図がきわめて参考になる）。

絵であっても流れる血を描かないという場合も少なからずあるのだが、ともあれ、敵の首をとれば多くの血が流れ、返り血をあびることもあるという当然の事実が、『平家物語』の本文にはいっさい描かれていない。血に染まっていたであろう敦盛の亡骸や直実の身体に光があてられることはないのである。海の波打ちぎわで組み討ちしたのであるから、二人の身体は血と砂にまみれていたと考えてよいだろう。そうした意味で、『平家物語』はこの戦いの光景をすみずみまで表現してはいないのである。

こうした事柄に目を向けるために、次のような問いを立てて本話を読みなおしてみたい。

直実はいつ、どこで、どのような感情とともに手を洗ったのか。

おそらく、勘のよい読者・生徒であれば、こうした問いをたてずとも、敦盛がこのように討たれる場面を美しい光景として思い描くことに違和感を感じることだろう。これは、その違和感と向き合うための問いである。ここでは、明確な答えを用意したり、唯一の正答を求めたりする必要はない。本文に描かれている状況をじっくりと解析し、この時代に関するさまざまな知識を援用することで、この問いをどこまでも掘り下げていくのである。

直実はこれまでにもいくさに参加し、敵の首を取り、何度もその手を洗ってきたはずである。これまでと同様、このときも血をぬぐい、手を洗ったに違いないのだが、その所作がもつ意味は、これまでとは大きく違っていたはずだ。敦盛を討ったときに芽生えた感情は、その一瞬、その一日のみで消えるわけではなく、以後長く直実の心に大きなしこりとして残り、折に触れて彼の心を波だたせたことだろう。

よく知られていることだが、『平家物語』の特色であり、文学史的知識としてはすでによく知られている。『平家物語』にはなまなましい血の描写が存在しない。このことは『平家物語』には血の描写が存在しない。いくさの惨状や組み討ちの過酷さや命を賭して肉体を傷つけ合うことのむごたらしさを想起し、日常の感性では向き合いがたい戦場の現実に思いをはせるとともに、その詳細を表現することを避けている『平家物語』に底流する感性を深く実感してこそ、この物語のひとつの本質や、これが広く長く、多くの人々に読み継がれえた理由もみえてくる。

もちろん、『平家物語』はこうした要素をまっさきに読みとってほしいという方向では書かれていない。しかし、今日、これを教材として（とくに戦争と人間の姿について考える素材として）読むときには、こうした視座を忘れずにいることに意味があるだろう。

「敦盛最期」は、突き詰めるほどに残酷なものとして立ち現れてくる。こうした内容は、中学や高等学校の授業では扱いにくいことかもしれない。ただし、少なくとも、教員の側ではしっかりと受け止めておくべき事柄ではあるだろう。そうなればもはや、敦盛の死の光景を、美しい若者の潔く美しい最期だった、などと一面的には説明できないはずだ。

なお、誤解のないように付言すれば、ここで述べているのは実在した敦盛や直実がどのような人だったか、何を考えていたかという問題ではない。あくまでも、『平家物語』が敦盛や直実にどのような人間像を託したのかを掘り下げ、それを入口として人や社会や戦争について洞察し、理解を深めていくための教材とするためのひとつの試案である。生徒や教員を含めた読者の人間形成と古典教材との関わり方のひとつと言い換えてもよい。

二、わが子との再会

ところで、「敦盛最期」における直実については、息子直家との関係をめぐって次のように考えてみることもできるだろう。

前提として読み取っておくべきことのひとつは、この戦いで直実は、敦盛と出会うまでのあいだ、ただひたすらに武功を追い求め、それを息子にも伝え、父のように振る舞うことを求めていた、ということである。念のため、関連表現を概観しておこう。

合戦当日、まだ暗いうちに直実は直家を呼び、「いざうれ、これより……播磨路へむかうて一の谷のまッさきかけう」と、先駆けの功名を得ようと提案する。すると直家は、「しかるべう候。直家もかうこそ申たう候つれ。さらばやがてよせさせ給へ」と躊躇なくそれに同意し、ただちに出発しようと応じていた（巻第九「一二之懸」）。

このあと二人はじっさいに搦手一の谷でそれを実行し、「武蔵国住人、熊谷次郎直実、子息の小二郎直家、一谷先陣ぞや」と、連れ立って大音声で名乗ることになる。そして戦いが始まり、そのさなかに直実が傷を負うと、「常に鎧づきせよ、うらかゝすな。しころをかたぶけよ、うちかぶとを射さすな」と、常に鎧の状態を整え、飛んでくる矢に対応するための体勢をしっかりとるように「をしへ《（教）》」たともある。また、二人は、「熊谷おや子は、なかを割られじと立ち並んで、太刀をひたいにあて、うしろへひとひきもひかず、いよ〳〵まへへぞすゝみける」と並び立って戦い続け、「熊谷も分捕あまたしたりけり」と、多くの敵を討ち取ったとされているのである。

「敦盛最期」を読むための前提として、直実はすでに先駆けの功名を手に入れ、かつ「分捕」を「あまた」してもいたこと、つまり、それでもなお、さらなる手柄を求めて波打ち際に進んだという流れがあることを確認しておきたい。それほどまでに飽くなき功名心を抱きつつ、直実はこの場に現れるのである。

次に確認しておきたいのは、右に示したようなここまでの一連の描写では、親子としての行動や、親として子を思う直実の心が随所に押し出されているという点である。

こうした展開からすれば、いくさの最中、直実が理由なく直家のそばから離れるとは考えにくい。しかし、本話の冒頭で、姿を現すのは直実一人である。そこにはどのような事情が考えられるだろうか。

本話が「いくさやぶれにければ」と導入されていることを踏まえれば、まずは、いくさの大勢が決したので、直家のそばからしばし離れても心配ない状況になったとみるのが妥当であろう。

しかし、それにしても、なぜあえて直実は直家のもとを離れたのか。ここまでのこの親子の描かれかたを参照すれば、いくさの最後の最後で「平家の君達」「よからう大将軍」を討つという大きな手柄を立ててみせ、息子にいくさに臨む姿勢を伝えるとともに、自らの実力、言い換えれば父の偉大さを目に見えるかたちで息子に示そうとしたのではないかと考えてみることは十分可能だろう。

一連の叙述を踏まえれば、直実が直家のそばから離れたのは、本話の冒頭で、「よからう大将軍」を探して「磯の方へあゆまするところに」という行動をとった際とみるのがもっとも自然である。そして、親子ともに、いくさの始まりからこのときまで、戦功（「分捕」）を求めてふるまい続けてきたことも十分に読み取れる。つまり、「敦盛最期」の導入文は、父直実が、最後の最後まで、そして息子の存在を意識しながら、息子以上に、それを実践しようとしたことを示唆しているのである。そして、このあと直実は敦盛を討つことになる。

こうした展開に伏在している問題に気づくために、次のような問いを立ててみたい。

直実はこののち直家と再会して、どのような話をしたのであろうか。

直家は、戦いながら父にさまざまなことを教えられ、支えられ、守られて、父と同じく功名を求めて続けてこの日のいくさを終えた。いくさ慣れしていない若武者直家の心は、高揚していたことだろう。しかし、少しのあいだ自分のそばから離れた父が、先ほどまでとは別人のように変わりはてた心持ちで、彼の前に現れたのである。おそらく、彼に向ける視線や面持ちも、先ほどまでとはずいぶんと変わっていたとみてよいだろう。このとき、この親子の間にはきわめて大きな温度差が生じている。このことに注目してみよう。

直実は息子と再会し、何をどのように語ったのであろうか。一方、直家はその態度や言葉をどのように受け止め、いかに応じたのだろうか。物語の本文には、そのやりとりは書かれていない。しかし、二人のやりとりはこのあと確実に存在したはずだ。

こうした状況で、直実は、直家は、父は、子は、人は、いったいどうなるのだろうか。これを古典教材として読むにあたって、誰もがさまざまに想定し、思索してみることができよう。

この出来事が機縁となって直実は仏道への思いを強くしたとされている。よく知られているように、「敦盛最期」（覚一本）には直実の発心譚としての枠組みが与えられており、直実の仏道への歩みに焦点をあわせるかたちで結ばれる。しかし、それによって、これまで武士として生きるように育て、また本人もそのつもりで父を手本としてきた息子直家との決定的なすれ違いが生じたことが押し隠されてしまっているのである。二度目からの「敦盛最期」体験の際には、本話に至るまで語られ続けてきた直実と直家の親子関係が、ここで完全に切り捨てられてしまうことにも目を向けてみたい。敦盛の討ち死にという出来事は、敦盛と直実の関係だけでは決して完結しない。直家がここで取り残されてしまうことを見のがさず、このあとの親子の会話の内容に思いをはせることで、本話がもつさまざまな偏りに気づかされることにもなるだろう。

「敦盛最期」は、古典教材として読みなおし甲斐のある章段である。これら以外にもさまざまな問いを立て、教科書に採用されていることの意義を活かすことができるだろう。

三、泥土の戦場と二人の郎等

「木曾最期」（覚一本巻第九）は、鎌倉の頼朝が派遣した追討軍に攻められ、木曾義仲が都から逃れ、その乳母子今井四郎兼平ともに琵琶湖近くの粟津で討ち死にするまでを描いた章段である。追い詰められた義仲はついに兼平と主従二騎となり、兼平にうながされて粟津の松原で自害するため、兼平と別れてただ一騎、馬を走らせた。しかし、薄氷の張った深田に馬をうち入れてしまい、身動きがとれなくなる。そこで、兼平の行方を確認しようと後ろを振り仰いだところ、その甲の内側を射抜かれ、首をとられてしまうのである。

こうした大筋を確認したうえで、二度目の「木曾最期」体験の際には、義仲が陥った「深田」なるものに注目してみたい。

木曾殿は只一騎、粟津の松原へかけたまふが、正月廿一日、入相ばかりの事なるに、うす氷ははッたりけり、ふか田ありとも知らずして、馬をざッとうち入れたれば、馬のかしらも見えざりけり。あをれどもく、うてどもくはたらかず。……

（『平家物語　下』岩波書店新日本古典文学大系、梶原正昭・山下宏明校注、一九九三年）

今日、馬の頭が沈んで見えなくなるほど深い田を思い描くことは、かなり難しいのではないか。「木曾最期」は高等学校「国語総合」の多くの教科書に採用されているが（第一学習社、大修館書店、東京書籍、三省堂など）、いずれにおいても「深田」には注が付けられていない。また、『平家物語』の主な注釈書類でも、注をつけていないものや、そのまま「深田」と現代語訳しているだけのものがほとんどで（小学館新編日本古典文学全集、新潮古典集成など）、注を付けていても「泥が深い田圃」（岩波新日本古典文学大系）といった程度である。要するに、深田の具体的な状況自体にはほとんど関心が向けられてこなかったということであろう。しかし、深田をどう理解するかは、義仲の死をめぐる状況を読者がどのように具象化しうるのかという問題と深くかかわっている。

ちなみに、『平家物語』の古態本である延慶本では、この場面の深田が次のように描写されている。

比ハ正月廿一日ノ事ナレバ、粟津ノ下ノ横ナワテノ、馬ノ頭モウヅモル、ホドノ深田ニ薄氷ノハリタリケルヲ馳渡リケレバ、ナジカワタマルベキ、馬ノムナガヒヅクシ、フトバラマデ馳入タリ。馬モヨハリテハタラカズ。主モツカレテ身モヒカズ。

（谷口耕一編『校訂延慶本平家物語（九）』汲古書院、二〇〇三年）

馬の頭が埋もれる程の深さがあると紹介され、実際に入り込むと、馬の胸の高い位置や腹部まで沈んだとある（ちなみに、当時の馬の体高は、四尺（約一二〇センチ）を基本として把握される）。これを参照してみると、馬の頭も見えなくなったと記す覚一本は、やや表現を誇張している可能性があることがわかる。ただし、延慶本に記されるような状態であるにせよ、今日ではなかなかそこまでの深田をみることはできまい。

この場面を読む際に参考になるのは、かつて富山県下で営まれていた「あわら田」の様子である。あわらとは、「山間や湖畔の湿地。沼地」、「泥深い田」といった意で、地域によっては「ああら」とも言われるという（『日本国語大辞典』）。「あわらだ」には、長谷川忠崇（一六九四〜一七七七）編『飛州誌』にみえる用例などがある。昭和十一年（一九三六）六月に渋沢敬三らが富山県中新川郡白萩村（現在の中新川郡上市村）の農作業に関する調査をおこない、幸いにも、同地の「あわら田」での田植えの映像記録が残されている。その映像は現在、「神奈川大学デジタルアーカイブ」（http://kdarchive.kanagawa-u.ac.jp/archive/）に収められ、「直江津片田家行事・白萩村アワラ田植」という資料名で公開されており、誰でも参照可能である。また、写真家濱谷浩（一九一五〜九九）がその姿を追った数々の写真を収めた『裏日本——濱谷浩写真集』（新潮社、一九五七）を参照するのもよいだろう（他に『富山県史　民俗編』や上市町教育センターのＨＰで提供されている「上市町図鑑／白萩南部小学校区／産業／超湿田「あわら田」」http://www.kyouse.town.kamiichi.toyama.jp/navi/zukan/nanbu/02/02.htm など）。そこには、人々が腰や胸まで湿田に浸かって田植えをする様子が記録されている（湿田とは、排水不良田のことで、一年中、水が抜けることのない田をいう）。

籠瀬良明『低湿地――その開発と変容――』（古今書院、一九七二年十月）では、昭和四十五年（一九七〇）の統計にみえる農林省農地局の、地下水位が四十糎より高い水田を「湿田」とみる見解を基準として、七十～四十糎のものを半湿田、百糎より高いものから七十糎までを湿田と定義している。そして、昭和二十年、三十年、四十三年のデータをもとに、全国の都道府県別で「湿田率・湿田面積」表をまとめている。それによれば、昭和四十三年の時点でも、全国すべての田面積に占める湿田・半湿田の各面積率は、順に約一〇・三％と約三六・四％であった。こうした湿田・半湿田と呼ばれる深田は、灌漑排水技術が進んで乾田化が進む以前には全国各地に存在していたのであった。そして、中世・荘園時代においては湿田の比率が高かったことも指摘されている（前掲籠瀬著書、山本隆志「荘園制下の生産と分業」〈永原慶二他編『講座日本荘園史3』吉川弘文館、二〇〇三〉）。琵琶湖畔という低湿地を舞台とした話であることを勘案しても、義仲がおちいった深田はこうした地下水位の高い湿田であったと考えるのがよいだろう。

さて、こうした映像・写真・研究成果を参照しつつ、義仲を乗せた馬が深く沈んで動けなくなった深田のありさまを思い描き、それをふまえて義仲が討ち取られる場面を組み立て直してみるとどうであろうか。

……いた手なれば、まッかうを馬のかしらにあてて、うつぶしたまへる処に、石田が郎等二人落あふて、ついに木曾殿の頸をばとッてンげり。太刀のさきにつらぬき、たかくさしあげ、大音声をあげて、「此日ごろ日本国に聞えさせ給ひつる木曾殿をば、三浦の石田の次郎為久が討ち奉たるぞや」となのりければ、……

義仲は内甲を射られて力尽き、馬上で前のめりにうつ伏す。そこに石田次郎為久の郎等二人が近寄り、その首をとった。石田はその首を太刀に貫いて差しあげ、名乗りをあげる。

ここに描かれる状況を、次のような問いを立てることで、より具体的に把握してみたい。

郎等たちは義仲の首をどのようにとってきたのか。

まずはこれが深田のなかでの出来事であることをあらためて想起する必要がある。というのは、右に引用した記事には、そのことがまったく表現されていないからである。

たとえば、郎等二人は、義仲のもとに「落あふて」その首をとったとあるが、そこに至るまでには、馬がまったく動けなくなるほどの深田に身を沈め、泥土を手足でかき分け、もがきながら進んだはずである。全身、泥まみれになったことだろう。素早く駆け寄れたはずはない。また、馬上でうつ伏す義仲の、脱力して、ふだんよりもいっそう重くなった身体に手を掛け、泥中でもがく馬を制しながらその首をとることもまた相当の困難を伴ったにちがいない。しかし、二人の郎等がおかれたそうした状況は、右の記事では表現されていない。

また、この首は太刀の先に貫かれて差しあげられるが、そうして名乗ったのは石田為久とされている。とすれば、義仲の首は、郎等二人がふたたび泥土のなかを戻ってきて石田に手渡すか、もしくは石田のもとへと投げて渡すかしたのだろう。こうした郎等の手から石田に首が渡るあいだの経過も、ここではまったく問題にされていない。本文を読むかぎり、足場のよい場所でのやりとりがなめらかに進んでいるかのようでさえある。

　こうした点とあわせて、差しあげられた義仲の首が泥と血にまみれていたであろうことや、深田のなかに取り残された義仲の首なき亡骸が馬から引き落とされて横たわる様子、またその馬は泥中から救い出されたのかといった事柄にも、一度は思いをめぐらせてみたいところである。物語は読者の目をそうした要素に引きつけようとはしていないが、いずれもこの出来事に確実に付随していた事柄である。深田という現場の環境を踏まえて本文を読みなおすことで、その光景はこのように具体的なものとなってくるのである。

　さて、覚一本の表現に関して以上のような事柄を確認した上で、古態本である延慶本の表現を参照してみよう。

……シバシモタマラズ、マカウヲ馬ノ頭ニアテヽ、ウツブシニ臥タリケルヲ、石田郎等二人馬ヨリ飛下、浴衣《タウサギ》ヲカキ、深田ニ下テ、木曽ガ頸ヲバカキテケリ。

延慶本でも、射られた義仲は馬上で前のめりにうつ伏すことになる。注目されるのは、二人の郎等について、「浴衣《タウサギ》ヲカキ」（ふんどしをつけて）と記している点である。これは深田に入るための準備として記されているとみてよいだろう。延慶本でも、深田に入った郎等や、義仲の首と亡骸が泥まみれになったと描写することはないが、覚一本とは異なり、義仲は深田の泥中で首をとられたという事情が意識されていることが透かしみえる。

こうした設定を踏まえて、覚一本と延慶本の比較という視点をもちながら、次のような問いを立ててみるのもよいだろう。

義仲の首をとった郎等はなぜ二人なのか。

覚一本でも、義仲の首をとった郎等は一人ではなく二人とされていた。二度目の読みの焦点として、この点に注目してみることも効果的ではないか。

そもそも、直実がひとりで敦盛の首をとったように、制した相手の首をとること自体はひとりでもできることである。一の谷の戦いで越中前司盛俊を討った猪俣則綱も、平忠度を討った岡辺六弥太も、そうであった。死者や致命傷を負った相手であれば、それはなおのこと容易なことである。致命傷を負った相手の首をとるために何者かが駆け寄るという場面としては、たとえば巻第十一「継信最期」で、射られて落馬した佐藤継信の首をとろうと教経の童、菊王丸が一人で駆け寄る場面や、相手は人間ではないが、源頼政が射落とした鵺に頼政の郎等、井の早太が駆け寄る場面などがある。このとき義仲は、内甲を射られて瀕死の状態にある。したがって、通常であれば、郎等が一人で義仲のもとに向かったとしても十分に対応できたはずである。

もちろん、歴史的な事実は不明である。ただし、物語がここで郎等を「二人」としたことに意味を見いだせるとしたら、それは義仲が力尽きたのが深田のなかであったという事実と対応しているとみるほかないだろう。先に確認したように、延慶本は郎等が泥土に浸かって義仲の首をとることを意識して記述を進めている。足場がよければ一人で対応できる行為であるが、「郎等二人」が準備をしてから深田に入ったとする延慶本の設定には、泥中に沈んだ体勢で他人の首をとることの困難さへの理解が反映しているのではないか。いっぽう、覚一本でも「二人」が義仲を討ったとされている。しかし、覚一本の表現には、義仲が深田のなかで討たれたことへの現実感をほとんど読み取れない。それは、延慶本のごとき表現を継承してはいるけれども、そこからは変質した、「二人」であることの意味を叙述に活かせなくなった段階の表現といえるだろう。

以上のように、深田に少しくこだわって読みなおすことで、「木曾最期」の光景もまたあらたにさまざまな表情を見せながら立ち現れてくるのである。

おわりに

あらすじや登場人物、話の展開といった基本的な枠組みをつかんだのちに、あらためてその本文を読みなおすことで、描かれている出来事を具象化することにつながる。それは、当該場面や作品の内容への理解を深めることになるばかりでなく、そこから人間や社会や戦争にかかわる、より普遍的な問題への洞察へと展開させることもできる。そうした二度目からの読みの具体例として、本稿では「敦盛最期」と「木曾最期」を取りあげてみた。

『平家物語』はいくさ・戦乱を扱う古典文学である。人間がこれまで続けてきた争い・いくさ・戦争は、それぞれ規模や質に違いはある。とはいえ、戦争をしない国として存在する現在の日本で、いくさや戦争、そしてそうした状況下での人間の姿について考えるための窓としての意義を『平家物語』に見いだすことは十分に可能であろう。

戦争とはどういうものなのか。いくさを描く文学を教室で読むことの意味は何か。それを結びつけて問い続けることで、武力による対決・衝突だけが戦争ではないことや、文学の問題として戦争を考えることとは、ひとつに、人間の奥深く多種多様な内面性を、それぞれに深く受け止めることにほかならないということなどへの気づきにもつながろう。

本稿でいう二度目からの『平家物語』体験においては、書かれている一文一文を正しく解釈したり、実際にあった歴史的事実を明らかにしたりするだけではなく、さまざまな問いを立てることで、それまでの理解を乗り越えていく道を探ることになる。どのような問いを立てるかは、読者次第である。ただ、私個人としては、ある状況におかれたときに人はどうなるものなのかを考えるため、あるいは、文章としては書かれなかった／隠されている要素や側面を、さまざまな表現を根拠として割り出していき、その人や場面や出来事を総体として理解するための問いを立てることを心掛けて、くり返し『平家物語』を読み続けたい。こうして再読を重ねることこそが、教材としての『平家物語』を開拓することであり、その奥行きを実感することでもあるのだろう。

そして、このように取り組む、二度目からの『平家物語』体験は、古典を今なぜ学ぶのか、という声に対するひとつの姿勢にもなるものと考えている。

「敦盛最期」を読み直す

菊野雅之

一、諸本比較をしながら定番教材を読み直してみる

学生時代、『平家物語』を研究するにあたって、私は諸本比較のトレーニングを受けた。諸本とは、作品の形成・成立過程において発生した様々なバリエーションの本文のことだ。『平家物語』で言えば、覚一《かくいち》本、屋代《やしろ》本、延慶《えんぎょう》本、長門《ながと》本、源平盛衰記などがある。学生時代の私は、諸本の多さとその内容の違いの甚だしさに驚き、また同時にその不思議な世界観に魅了されていった。それぞれの諸本で、文体が異なる、状況が異なる、結末が異なる。諸本を比較すると、物語に何が描かれ、何が描かれていないのかが見えてくる。そうすると、なぜ、それを描き、これを描かなかったのだろうという問いが湧き出てくる。そうなってくると、諸本研究のおもしろさに半分足を踏み込んだも同然である。読めば読むほど、比較すればするほど疑問が湧き、『平家物語』研究・諸本研究を進めてしまうこととなる。

では、中学校や高校で扱われた平家物語教材の諸本比較を行った時どのような物語の世界が見えてくるだろうか。ここでは中学校の定番教材の一つである「敦盛最期」を採り上げてみたい。この教材を読み直すことを通じて、『平家物語』の魅力の一端を体感してもらえると嬉しい。

なお、諸本比較の際に扱うのは、覚一本、延慶本、源平盛衰記という三つの諸本である。覚一本というのは、教科書で採用されることが最も多い本文で、いわゆる「語り本」と呼ばれている。かつては琵琶法師の語りの台本あるいは、語りを書写したものと捉えられていたが、最近はこの本も読み物であったと考えられている。延慶本と源平盛衰記は「読み本」と分類される諸本である。延慶本は諸本の中でもっとも古い形を残している諸本として研究上重要な諸本であり、その描かれる世界、物語も魅力的で、ぜひ読んでほしい諸本の一つだ。もう一つの源平盛衰記も変わった諸本で、それぞれの物語に逸話・説話が挿入されることが多く、諸本中最も情報量が多い。今回はこの三つの諸本を中心に、中学校定番教材「敦盛最期」の勘所を読み解いてみたい。

二、直実の判断

義経の鵯越《ひよどりごえ》からの奇襲により一の谷合戦の大勢は決した。平家は海へ敗走。一方、源氏方の熊谷直実《くまがいなおざね》は、獲物を狙う目で海岸に馬を走らせていた。平家の貴公子が、沖に待機している助け船に乗ろうと、海岸へ落ちてくるに違いないからだ。大将首を確実に取ろうという意志を直実は固めていた。手柄を立てることが武士の生活や子孫の繁栄を保障してくれるからである。

そして、予想通りに、助け船に向かう大将軍らしき者を発見する。挑発すると、その若武者はすぐに引き返してきた。組み合う直実と若武者。若武者を組み伏せ、とどめを刺そうとした矢先、直実の目に飛び込んできたのは、十六歳の美しい青年の面立ちだった。その美青年を、直実は息子の小次郎とも重ね合わせる。また、この若武者の父親のことへも思いを馳せた。直実は狂気の戦場の中で、親の情愛を取り戻してしまう。敦盛を助けたい思いにかられ、周囲を確認するが、すでに源氏方の軍勢が迫ってきている。これではこの青年を逃がしようもない。

覚一本「敦盛最期」

熊谷涙をおさへて申しけるは、「たすけまゐらせんとは存じ候へども、御方の軍兵雲霞のごとく候ふ。よものがれさせ給はじ。人手にかけまゐらせんより、同じくは直実が手にかけまゐらせて、後の御孝養をこそ仕り候はめ」と申しければ、「ただとくとく頸をとれ」とぞのたまひける。熊谷あまりにいとほしくて、いづくに刀をたつべしともおぼえず、目もくれ心もきえはてて、前後不覚におぼえけれども、さてしもあるべき事ならねば、なくなく頸をぞかいてンげる。

（原文は、大津雄一・平藤幸編『平家物語覚一本全』（武蔵野書院、二〇一三年）による）

【口語訳】

熊谷が涙をおさえて申すには、「お助け申そうとは存じますけれども、味方の軍兵が雲霞のようにおります。よもやお逃げになれますまい。他の者の手におかけするより、同じことならば直実の手におかけ申して、死後のご供養をいたしましょう」と申すと、「ただ、さっさと首を取れ」と仰せられた。熊谷はあまりに不憫で、どこに刀を立ててよいかもわからず、

敦盛の首の前で泣きくれる直実
（小松茂美『平家物語絵巻　巻第九』（中央公論社、1991年）によった）

目の前も真っ暗になり、正気も失い、前後不覚に思われたけれども、そうしてばかりもいられないので、泣く泣く首を斬ってしまった。

引用部分は、名を名乗らず「お前にとってはよい敵だぞ。自分が名乗らなくても首を取って、人に尋ねてみろ。自分を見知った者がいるだろうよ」とだけ語る潔い若武者の姿にさらに心を打たれた直実の言葉から始まる。直実は敦盛の助命が不可能であることをすぐに理解し、直実自身が敦盛の首をとり、菩提《ぼだい》を弔うことを敦盛に伝える。戦場におけるぎりぎりの判断を直実は下さざるを得なかった。

この場面について、結局のところ敦盛殺害に至ってしまう直実に対して「直実も、敦盛をかわいそうだと思ったのなら、殺さないで逃がしてやればいいじゃないか」、「その心境はよく分かるけど、それならなぜ逃がしてやらないのか。味方にどう思われてもいいではないか」と批判する学習者の姿を授業報告の中に見ることがある。こういった学習者の反応は、教育現場ではノイズとして教師には捉えられ、退けられてきたのではないか。あるいは、戦場での裏切りは当然許されなかったという反論が他の生徒から出たり、直実のような勢力の小さい在地領主（小名）などは、大将首を自身で獲得し、その評価によって褒美を得、自身の勢力を維持・拡大していかなければならなかったといった教師による説明がなされるのかもしれない。そうであれば、ひとまずの議論の決着を見るのかもしれないし、「いや、それでも」と議論が続くかもしれない。しかし、直実の行為を批判した学習者の読みをより深い読みへのチャンスとして捉え直すような読みの柔軟さが今の現場には担保されていないように思える。

むしろ作品の読みを深めるチャンスは一見ノイズとも見える読みにこそある。十代らしいまっすぐな倫理観から、直実の判断に疑問が投げかけられているのだとすれば、「武士とはそういうものだから」、「戦場とはそういうものだ」というありきたりなまとめ方は避け、作品の読みの可能性を追求していくのが、文学を扱った授業の勘所ではないだろうか。

ここで、『源平盛衰記』に描かれる直実の葛藤の場面を確認してみよう。なお、研究では内閣文庫蔵慶長古活字版『源平盛衰記』を扱うことが一般的だが、ここでは読みやすさを重視し、水戸彰考館が編纂した『参考源平盛衰記』を比較対象として扱っている。直接の引用は、水原一編『新定源平盛衰記』（新人物往来社、一九九一年）からである。

源平盛衰記「平家公達最後並首共一谷に懸くる事」

暫し押へて案じけるに、前にも、後にも、組んで落ち、思ひ思ひに分取りしける間に、熊谷こそ一谷にて現に組みたりし敵を逃して、人に取られたりと言はれん事、子孫に伝へて弓矢の名を折るべしと思ひ返して申しけるは、「よにも助け参らせばやと存じ侍れども、源氏、陸に充ち満ちたり。とても逃れ給ふべき御身にならず。御菩提をば、直実よくよく弔ひ奉るべし。草の陰にて御覧ぜよ。疎略努々候ふまじ」とて、目を塞ぎ歯くひあはせて涙を流し、その首を掻き落す。

【口語訳】

しばらく敦盛を組み伏せながら思案をしていると、前でも後ろでも、武士たちが組み付いては馬から落ち、思い思いに首を取り、敵の武具を漁っていた。「熊谷は一の谷で、一度は捕らえた敵を逃し、その敵は他の味方の手に落ちた」など人の噂になることは、子孫の代にも伝わり武士の名折れとなるだろうと思い返し、申すには、「どうにかしてお助け申し上げようとしておりましたが、源氏方は地に満ちております。とても逃れることができる御身ではございません。菩提は直実がよくよくお弔い申し上げましょう。どうぞ草の陰からその様子を見届けください。決してぞんざいに扱うことはございません」と言って、敦盛の目を塞ぎ歯を食いしばり涙を流し、その首を掻き落とす。

「一度は捕らえた敵を逃し、その敵は他の味方の手に落ちた」と人の噂となることが、子孫の代に渡っての屈辱であると判断した直実は「思ひ返して」敦盛の首を切り落としてしまう。直実は、その後、敦盛の首と笛を携えて、息子・小次郎の許に行き、次のようにも言う。

源平盛衰記「平家公達最後並首共一谷に懸くる事」

熊谷は笛と首とを手に捧げ、子息の小次郎が許に行き、「これを見よ。修理大夫殿の御子に、無官大夫敦盛とて生年十六と名乗り給ひつるを、助け奉らばやと思ひつれども、汝等が弓矢の末を顧みて、かく憂き目を見る悲しさよ。たとひ直実世になき者となりたりとも、あなかしこ、後世弔ひ奉れ」と言ひ含め、それよりして熊谷は弥々発心の思ひ出で来つつ、後は軍はせざりけり。

【口語訳】

熊谷は首と錦の袋に入った笛を手に提げ、嫡子の小次郎の許に行き、「これを見よ。修理太夫殿の子息であらせられて、無官太夫敦盛といって十六歳と名乗りなさったこのお方を、お助け申し上げたいと思ったのだが、お前たちの武士としての行く末までを顧みて、このような憂き目を見ることとなった悲しさよ。たとえ直実がこの世になき者となったとしても、ああ畏れおおいことよ、後世を弔い申し上げなさい」と言い含め、それからして熊谷はいよいよ出家の思いが出てきて、その後、いくさをすることはなかった。

ここでは、特に小次郎以下の子孫への影響（弓矢の末）を鑑みての判断であったことが直実自身によって語られているところが注目すべき点である。『源平盛衰記』には「『熊谷は一の谷で、一度は捕らえた敵を逃し、その敵は他の味方の手に落ちた』など人の噂になることは、子孫の代にも伝わり武士の名折れとなるだろう」という小名熊谷の現実的な判断が記されている。覚一本にはそういった記述はない。他の源氏武士の手にかかってしまうよりは、直実自身が手にかけ、菩提を弔おうと敦盛に伝える運びとなっており、そこに自身の行為が武士の名折れになりかねないと危惧する姿は描かれていない。

延慶本ではどうだろうか。こちらでは、敦盛をかばったことを、土肥から頼朝（兵衛佐殿）に報告されることを懸念する直実が描かれている。以下の延慶本の本文は、延慶本注釈の会『延慶本平家物語全注釈第五本（巻九）』における釈文から引用している。

延慶本「敦盛討たれ給ふ事　付けたり敦盛の頸八嶋へ送る事」

「土肥が見るに、此の殿を助けたらば、『熊谷手取にしたる敵をゆるしてけり』と、兵衛佐殿に帰り聞かれ奉らむ事、口惜しかるべし」と思ひければ、「君を只今助け進らせて候ふとも、終にのがれ給ふべからず。御孝養は、直実よく仕り候べし」とて、目を塞ぎて頸をかきてけり。

【口語訳】

「土肥が見ているところで、この若君をお助けしたならば、『熊谷は取り押さえた敵を殺さずに許してしまった』と頼朝殿に聞かれてしまうことは、残念なことだ」と思ったので、「あなたをただ今お助け申し上げましょうとも、結局はお逃げなさることはできません。ご供養はこの直実がよく仕りましょう」と言って、目を塞いで首を斬ってしまった。

延慶本には、敦盛を逃した顛末を、頼朝にまで報告されることを危惧する直実が描かれている。それは現実的で、あるいは打算的な直実の姿と言える。一方、教科書に掲載される覚一本にはそういった人間くさい直実の葛藤は描かれない。唐突に「お助け申そうとは存じますけれども、味方の軍兵が雲霞のようにおります。よもやお逃げになれますまい。他の者の手におかけするより、同じことならば直実の手におかけ申して、死後のご供養をいたしましょう」と言い放つのみである。

ここに学習者が直実に批判的な指摘をしたくなる原因がある。直実の心情読解を進めれば進めるほど、この最後の判断に納得できない、腑に落ちてこない。覚一本「敦盛最期」は直実の葛藤が曖昧なものとして表現されており、それは結局すっきりしないまま物語は閉じられてしまう。そういう物語であり、そういう表現方法をとっているのである。

三、首と笛

ここまで、諸本比較を通じて、直実の葛藤について考えてきた。この直実の葛藤は、敦盛の首の扱いにも影響してくる。もう少しその後の展開について確認してみよう。敦盛の首を斬り、その自身の武士（弓矢とる身）のおぞましさを痛感した直実は、悲嘆に暮れ、涙を流していた。

覚一本「敦盛最期」

「あはれ、弓矢とる身ほど口惜しかりけるものはなし。武芸の家に生れずは、何とてかかるうき目をばみるべき。なさけなうもうちたてまつるものかな」とかきくどき、袖をかほにおしあててさめざめとぞなきゐたる。やや久しうあッて、さてもあるべきならねば、鎧直垂をとッて、頸をつつまんとしけるに、錦の袋にいれたる笛をぞ腰にさされたる。「あないとほし、この暁城のうちにて管弦し給ひつるは、この人々にておはしけり。当時みかたに東国の勢なん万騎かあるらめども、いくさの陣へ笛もつ人はよもあらじ。上臈はなほもやさしかりけり」とて、九郎御曹司の見参に入れたりければ、これをみる人涙をながさずといふ事なし。

【口語訳】

「ああ、弓矢を取る身ほど残念なものはない。武芸の家に生まれなければ、どうしてこのようなつらい目を見ることがあっただろうか」とくどくどと何度も繰り返し言い、袖を顔に押し当ててさめざめと泣いていた。かなりの時間が経ち、そうしてばかりもいられないので、鎧直垂を取って首を包もうとしたところ、錦の袋に入れた笛を腰にさしておられた。「ああ

義経の前で首実検される敦盛の首と笛
（小松茂美『平家物語絵巻　巻第九』（中央公論社、1991年）によった）

痛ましい。今日の明け方に、城内で管弦をなさっていたのは、この方々でいらっしゃったのだ。今の味方には東国の勢が何万騎かあるだろうが、戦陣に笛を持つ人はまさかあるまい。身分の高い人はやはり優雅なものだ」と思い、九郎御曹司義経の前へお目にかけたところ、この首と笛を見た者で涙を流さない者はいない。

義経（九郎御曹司）に敦盛の笛を見参にいれる場面を学習者が描いた絵を見たことがあるが、そこには、敦盛の首は描かれておらず、笛だけが描かれていた。また、ある教科書には「九郎御曹司の見参に入れたりければ」に「首」の表記はなく、「笛を」とだけ注が付されていたものもあった。

「敦盛最期」は直実が武士という自身の在り方について戦場の真っ只中で疑念をもち、出家への思いを強くしていく物語だが、一方で、敦盛という大将首を獲得した功名譚でもある。功名譚の側面はあくまでも前提であって、それを強調するのは物語を読めていないからだと非難する向きもあるかもしれない。しかし、この功名譚という前提をしっかりと捉えることができなければ、武士という存在を相対化しつつも、決して武士であることをやめるには至らなかった直実の苦悩を読み取ることはできない。大将首を手に入れることが、栄誉であり、軍功である。その首一つ一つによって、弓矢とる身である自分は成り立っている。武士とはそういう死屍累々の上に成り立つ存在なのだ。それを知った絶望が、「ああ、弓矢を取る身ほど残念なものはない。武芸の家に生まれなければ、どうしてこのようなつらい目を見ることがあっただろうか」と直実に嘆かせる。事実、直実はこの悲嘆の後も武士であることを直ちにやめたりはしない。「鎧直垂を取って首を包」む所作には、「身分ある者の首をとった時は、その相手に対する敬意と、よい敵を討ったことの証拠を示す意味もあって、その敵の着用している鎧直垂を切りとり、それで首を包むのがしきたりとされた」（『平家物語』岩波新日本古典文学大系、梶原正昭・山下宏明校注、一九九一年）と言われている。そして、その首は腰に差してあった笛とともに義経に見参に入れられる。この時、平敦盛という大将首の手柄が公に認められることとなる。直実は武士という生き方に絶望しつつも、武士という生き方を継続しているのである。この矛盾、この悲哀、この絶望にこそ直実の苦悩が込められているのではないだろうか。ただ、命を奪うのではない。首を斬るのだ。そして、その首をもって手柄とするのだ。そこに直実の直面する現実と絶望が詰まっているように思う。

四、敦盛の首の行方

首実検が済んだ敦盛の首はその後どのように扱われたのだろうか。覚一本では、その後の扱いについて判然としない。巻第十「首渡」では、一の谷で討たれた平家の首が獄門にかけられることとなるが、敦盛の首の有無については明記されていない。一方、延慶本や源平盛衰記では、敦盛の首は意外なところへ移送される展開となる。

延慶本「敦盛討たれ給ふ事　付けたり敦盛の頸八嶋へ送る事」

直実余りに哀れに覚えて、敦盛の頸を彼の直垂につつみて、篳篥と巻物とを取り具して、「御孝養候ふべし」とて、状を書きそへて、屋嶋へ送り奉る。（稿者中略）「熊谷方」より、修理大夫殿の御方へ御文候ふ」と申して、立文を持ちたり。新中納言此の文を取りて、「熊谷が私文の候ふなる」とて、修理大夫殿へ奉る。大夫殿、此の文を見給ふに、御子の敦盛の御首なり。母北の方、是を見給ひて、舟中に有りとある上下泣き悲しむ事、実にと覚えて哀れ也。

【口語訳】

直実はあまりに哀れに思い、敦盛の首を彼の鎧直垂に包み、篳篥と巻物も共に付け、「ご供養ください」と書かれた書状を書き添えて、屋嶋へお送り申し上げる。「熊谷方」から修理大夫殿へ書状がございます」と申して、使いの者は立文を持ってきている。新中納言はこの書状を受け取って、「熊谷からの個人的な手紙のようです」と言って、修理大夫殿へ奉る。大夫殿はこの手紙を読み、（共に送られてきた包みを広げると、）ご子息の敦盛の首であった。母の北の方は、これを御覧になり、舟中のありとあらゆる上下の身分の者も泣き悲しむ様子は、当然と思われて哀れである。

延慶本では、敦盛の首は首実検がなされる前に、屋嶋にいる敦盛の父、修理大夫経盛の元へ篳篥、巻物を書状とともに送り返されることとなる。何のために敦盛の首を斬ったのかと物語の筋として矛盾を感じないでもないが、それはひとまず措いておく。源平盛衰記では、首実検の後、経盛の元へ移送されることとなる。ただ、覚一本のような哀感の漂う首実検というよりは、軍の凄惨さを感じさせる無味乾燥な首実検（むしろ獄門に近いか）の様相が伝わってくる。

源平盛衰記「平家公達最後並首共一谷に懸くる事」

九郎義経は、一谷に棹結ひ渡して、宗徒の首共取懸けたり千二百とぞ注したる。大将軍には、越前三位通盛門脇の子・蔵人大夫業盛同子・薩摩守忠度入道の弟・武蔵守知章新中納言の子・備中守諸盛小松殿の子・若狭守経俊・但馬守経正・無官大夫敦盛已上三人は修理大夫の子、

【口語訳】

九郎義経は、一の谷に棹に結び渡らせて、主立った者の首をぶら下げた。その首の数を千二百と書き付けていた。大将軍には、越前三位通盛（門脇の子）、蔵人大夫業盛（同じく門脇の子）、薩摩守忠度（入道の弟）、武蔵守知章（新中納言の子）、備中守諸盛（小松殿の子）、若狭守経俊、但馬守経正、無官大夫敦盛（以上三人は修理大夫の子）、

この首実検の後、修理大夫経盛の元に敦盛の首を送り届ける直実の様子が描かれる。

源平盛衰記「熊谷敦盛の首を送る並返状の事」

熊谷次郎直実は、敦盛の首をば取りぬれども、嬉しき事をば忘れて、只悲しみの涙を流し、鎧の袖を濡

しけり。（稿者中略）弓矢取る身とて、なにやらん、子孫の後を思ひつつ、他人の命を奪ふらん。蜻蛉の有るか無きかの身を以て、何思ふべき世の末を、これ程に若くうつくしき上臈を失ひ、嘆き給ふらん父母の心の中こそいとほしけれ。たとひ勲功の賞には預からずとも、この首・遺物返し送り、今一度変れる姿をも見せ奉らばやと思ひければ、実検にも合せ、梟首にもしたりけれども、大将軍に申し請けて、馬・鞍・鎧・兜・弓矢・寒竹の笛、一つも取落さず、一紙の消息状に相具して、敦盛の首をば、父修理大夫へぞ送りける。

【口語訳】
熊谷次郎直実は、敦盛の首を取ったのだが、その手柄の嬉しいことを忘れて、ただ悲しみの涙を流し、鎧の袖を濡らしていた。弓矢を取る身と言っても、なんであろうか、子孫たちの後の代を思いつつ、他人の命を奪うのだろうか。蜻蛉のように有るのか無いのかといった儚い身を持ち、何を思えばよいのか分からない末法の世の中を、これほどに若く美しい貴公子を失い、お嘆きになるであろう父母の心中こそ痛ましい。たとえ勲功の賞を頂くことできなくとも、この首と遺品を送り返して、今一度変わってしまった姿をお見せ申し上げたいと思ったので、首実検も行い、さらし首にもしてしまったのだけれど、大将軍にお願い申し上げて、馬・鞍・鎧・兜・弓矢・寒竹の笛、一つも取り落とさず、一枚の書状とともに、敦盛の首を父修理大夫へ送った。

「敦盛の首を取ったのだが、その手柄の嬉しいことを忘れて」、「たとえ勲功の賞を頂くことできなくとも」などと敦盛の首が大将首としての価値をもっている点が明言されているところに注目しておきたい。「首実検も行い、さらし首にもしてしまった」ことでその手柄は一度は確定されていたのである。しかし、直実はその手柄がなかったことになるリスクを覚悟で、敦盛の首やその持ち物の一切を、大将軍である義経に申し出て請い受け、書状を添えて修理大夫経盛の元へ移送する。

ここには、子孫にまで責任を持つ小名武士としての直実と子をもつ親としての直実が、矛盾しながらも同居した姿があり、直実と敦盛と、そして敦盛の父である経盛のドラマが描かれることとなる。

五、中学生が「敦盛最期」を読むことの難しさをどう乗り越えるか

最後に、この首の移送の件を、授業の導入として活用した授業の構想について述べてみたい。

「敦盛をかわいそうだと思うなら逃がしてやればいいじゃないか。味方にどう思われてもいいではないか」。そんな中学生の声が、とある授業報告に記載されていた。中学生が、直実の武士としての、父親としての葛藤や矛盾したあり方に共感することは容易ではない。むしろ、敦盛の潔さにこそ共感しやすいはずである。結果、父親の情愛から煩悶しつつも、結局は敦盛を殺害してしまう直実の姿に批判的になってしまうのは当然のことではないだろうか。一方で、武士とはこういうものだ。戦場とはこういうものだという、自分には関係ない出来事として、まるでゲームの世界の戦いのように武士や戦場を捉えている学習者の実態もあり、直実の心情への共感はますます困難となっているのが、教材「敦盛最期」と学習者の関係の実際のところではないだろうか。

親が子どもに向ける愛情の深さを理解していること。他人の命を奪うことで成立する武士という存在のおぞましさを理解していること。この二つの理解が「敦盛最期」を読み深めるための条件だと言い換えられるか

もしれない。もちろん中学生は人の親ではないし、戦場の実態を知るわけでもないが、その二つの条件をクリアしている状態に近付ける手立てを用意してみることを考えてもよいのではないだろうか。

単元の導入の際、教師の次のような語りから始めてはどうだろう。

「一一八四年二月十三日。讃岐国屋嶋（現在の香川県高松市）に停泊していた船団に一艘の釣舟が近づいてきました。こちらから『何事か』と問うと、熊谷直実の使いの者だと言います。詳しく聞くと、熊谷直実から修理大夫経盛殿への手紙を届けにきたのだと言うのです。修理大夫経盛は手紙と大きな包みを受け取りました。経盛は手紙に目を落とします。「おお」という嗚咽とともに、経盛の目から涙があふれ出しました。経盛は、届けられた包みをそっと開きました。そこには経盛の息子、敦盛の首が丁寧につつまれていたのです」。

学習者からは悲痛な声が漏れるだろう。「ひどい」、「なんでそんなことに」、「誰がこんなことを」、「いったい何が起きたのか」。この時、学習者は経盛の感情に寄り添っている。自分の息子の首を眺める父親（母親でもよい）の絶望的な思いを想像するだろう。そして、徐々に治承・寿永の内乱、特に一の谷合戦における一つの物語を読むことが明かされるなかで、戦場の凄惨さや狂気にも胸を締め付けられるはずである。この時、学習者は先の二つの条件を満たす状態に近付いているのではないだろうか。

「これから経盛の息子、敦盛に一体何が起こったのかを『敦盛最期』という物語を読んで解き明かしていきます。なぜ敦盛は死ななければならなかったのか。そして、なぜ敦盛の首が経盛の元に届けられたのか。それらを読み解きながら、最終的に、みんなには、先ほど読んだ経盛宛の熊谷直実からの手紙、この手紙を書いてもらいます。とても難しい課題ですが、敦盛の父親である経盛の気持ちを慮ることができた今のみんななららきっと書き上げることができるでしょう。」

このような流れで『『敦盛最期』を読んだ上で、経盛宛の直実の手紙を書こう」という言語活動を設定する。ここには親の情愛への共感を促し、戦場の凄惨さを理解するというねらいとともに、父親経盛への共感が「敦盛最期」を読むなかで、父親直実の葛藤への共感へと転化しうる可能性や期待も込められている。手紙に書くべき内容としては、「事件の展開」、「直実の心情（の変化）」、「直実の立場や考え」、「経盛への謝罪（これは有無も含めて）」などが挙げられるだろう。手紙を書く活動を通じて、「敦盛最期」の読みをそれぞれの学習者の解釈も含めつつ深めることができるはずである。単元の終盤では、それぞれの手紙を読み合ってもよいし、延慶本や源平盛衰記などその他の諸本の直実の書状を紹介することも考えられる。

導入が衝撃的すぎると批判する向きもあるかもしれない。しかし、その批判は、そもそも「敦盛最期」が殺人場面を読んでいるのだという事実とはどう向き合っているだろうか。学習者への配慮という点からも批判があるかもしれない。だが、この批判も「敦盛最期」の殺人シーンは読ませ、時には、音読をさせても問題なしとする姿勢とどのように整合性をつけるのだろう。

「敦盛最期」は人が人を殺す物語である。そのことをどれだけ直視するかに、この文学教材の可能性がある。我々は軍記を教材として扱う際にそれだけの覚悟や哲学をもっていただろうか。かつて、軍記研究者の梶原正昭は、その最終講義で「軍記物語研究には哲学が欠けていた」と反省の弁を述べた。戦争をどう捉えるのかという根本的な問いがこれまでの軍記研究には欠落していたというのである。同様の危機感が軍記の教材研究や指導観にも必要である。また、それは、ここでは言及するに至らなかった、「敦盛最期」同様中学校の定番教材である「扇の的」や高校教材の「木曾最期」にも、さらには古典に留まらず戦争文学全てに通ずることでもあるだろう。

『竹取物語』が「竹取の翁といふものありけり」と語り出される訳

――絵本「かぐや姫」と『竹取物語』の冒頭部の比較から

武田早苗

はじめに

日本に住んでいて、幼少期に絵本「かぐや姫」を読んだことがないという人はそう多くはない。言い換えれば、多くの人が読んだことのある絵本が「かぐや姫」だ。しかし、これは所謂『竹取物語』（以後、『竹取』）とは異なっている点も多い。そう聞くと、少し古典を勉強したことのある人ならば、「求婚者が……」とか、「語源譚が……」とかいうことが頭に浮かぶであろう。もちろん、これらについてはしばしば問題にされ、多くの研究者が言及している。だが、絵本と『竹取』とでは話の要素・構成が相違するだけではない。意図したか否かの確証はないが、単に子供向けに簡略化されたというにはとどまらない相違が、絵本と『竹取』との間には存在する。

そもそも、絵本「かぐや姫」と『竹取』とでは題名が違っているのだから、相違があるのは当然だと思うかもしれない。また、元々は竹取翁を主人公とする話であったが、それが長年語り継がれる中で主人公の交代が起こり、それを作品名に反映させたのが「かぐや姫」だと考える人もいる。たしかに『竹取』も絵本も、かぐや姫がいなければ成立しない。しかしながら、『源氏物語』「絵合」巻には、「物語の出で来はじめの親なる竹取の翁」とあるし、有力な伝本の多くも『竹取翁物語』と記す。『竹取物語』『竹取翁物語』という名で呼ばれ続けてきたのには、何か理由があるのではないか。古典作品が読み継がれるのは傑作だからというだけにとどまらない。解明されない謎が多数含まれているからでもある。この作品名の問題も大きな謎だ。そこで今回は、作品冒頭部の比較を通して、その謎について考えてみたい。

一、絵本からみえてくること

絵本「かぐや姫」と言っても、実は多種多様である。そこで今回は、「デジタル絵本サイト」（一般社団法人国際デジタル絵本学会（http://www.e-hon.jp/kaguya/kagi0.htm））に掲載されている「かぐや姫」（以下、『絵本』）と、新編日本古典文学全集『竹取物語』（小学館、一九九四年）の冒頭部本文の比較を通して、両者の相違を考えてみよう（本文については私に漢字をあてたり、一部他本によった箇所もあるが、論旨に影響する改変はしていない）。

デジタル絵本サイト（一般社団法人国際デジタル絵本学会「かぐや姫」文：馬渕悟）より

(1)昔あるところに、**やさしい**おじいさんと**おばあさん**が住んでいました。

(2)ある日おじいさんがうらの山に竹を切りに行きました。

(3)すると、一本の竹がぴかぴか光っていました。

(4)「おや、あの竹はどうしたんだろう。ぴかぴか光っているぞ」

(5)**おじいさんが竹を切ってみると、**中に小さな女の子が入っていました。

(6)「おやおや、**小さくてかわいい女の子**だ。さあさあ、おいで」おじいさんは、その女の子を家につれて帰りました。

『竹取物語』（新編日本古典文学全集　片桐洋一校注・訳　小学館）より

①いまは昔、竹取の翁といふものありけり。

②野山にまじりて竹を取りつつ、よろづのことに使ひけり。

③名をば、さぬきの造となむいひける。

④その竹の中に、もと光る竹なむ一筋ありける。

⑤あやしがりて寄りて見るに、筒の中光りたり。

⑥それを見れば、三寸ばかりなる人、いとうつくしうてゐたり。

⑦翁いふやう、「我朝ごと夕ごとに見る竹の中におはするにて、知りぬ。子になりたまふべき人なめり」とて、手にうち入れて家へ持ち

(8)かぐや姫は、みるみるおおきくなり、そしてきれいなお姫様になりました。

て来ぬ。
⑧妻の嫗にあづけて養はす。
⑨うつくしきこと、かぎりなし。
⑩いと幼ければ、籠に入れて養ふ。
⑪竹取の翁、竹を取るに、この子を見つけて後に竹取るに、節を隔てて、よごとにこがねある竹を見つくることかさなりぬ。
⑫かくて、翁やうやう豊かになりゆく。
⑬この児、養ふほどに、すくすくと大きになりまさる。
⑭三月ばかりになるほどに、よきほどなる人になりぬれば、髪上げなどとかくして、髪上げさせ、裳着す。
⑮帳の内よりも出ださず、いつき養ふ。
⑯この児のかたちのけうらなること世になく、屋の内は暗きところなく光満ちたり。
⑰翁、心地あしく苦しき時も、この子を見れば苦しきこともやみぬ。

(7)おじいさんとおばあさんは、女の子にかぐや姫と名前をつけて、大切にそだてました。
〈本文は、数字順に並んでいる。後述する部分をゴチックとした〉

---

⑱腹立たしきことも慰みけり。
⑲翁、竹を取ること、久しくなりぬ。
⑳勢ひ猛の者になりにけり。
㉑この子いと大きになりぬれば、名を、御室戸斎部の秋田を呼びて、つけさす。
㉒秋田、なよ竹のかぐや姫と、つけつ。

こうして比較してみると、『絵本』の方が、簡略であることは一目瞭然だ。だが、よく読んでみると、『絵本』は単に省略化し、簡素化しているわけではない。たしかに簡略ではあるものの、『絵本』には『竹取』にない語句（特にゴチック部分。ただし、単なる現代語への言い換えや文飾は除く）が導入され、むしろ理路整然としているようでもある。

たとえば、「媼」について見てみると、『竹取』では、竹の中から女の子を見つけ連れ帰ったところで、ようやく、⑧「妻の嫗にあづけて養はす」として登場する。だが、『絵本』では、

(1)昔あるところに、やさしいおじいさんとおばあさんが住んでいました。

と、「やさしいおじいさん」とともに最初に紹介される。冒頭でこう紹介されることで、おのずと二人は夫婦であろうと推測もされやすい。しかも、この「やさしい」という一語により、この後、竹の中に女の子を見つけて連れ帰ることも、養育することも、この「やさしさ」故当然と受け止められる運びとなっている。

つぎに、

(2)ある日おじいさんがうらの山に竹を切りに行きました。

とあるように、この「おじいさん」は、「ある日」、つまり偶然に、住まいの近くの「うら山に竹を切り」に行くのである。昔のことでもあり、何かに利用するために近くの裏山に竹を切りに行くことも、そうおかしなことではない。この『絵本』では、「竹取の翁」という呼称が示されずとも良い仕掛けが施されている。

裏山に行ってみると、

(3)すると、一本の竹がぴかぴか光っていました。

とあって、「一本の竹がぴかぴか光って」いるのを見つける。これを目にした「おじいさん」は、

(4)「おや、あの竹はどうしたんだろう。ぴかぴか光っているぞ」

と思うのだ。『絵本』では、このように「おじいさん」の心中を具体的に描いている。これに対し、『竹取』の当該箇所では、「あやしがりて寄りて見るに、筒の中光りたり」と、訝しんでいると語られるにすぎない。

こうして「ぴかぴか光っている」竹を見つけたので、

(5)おじいさんが竹を切ってみると、中に小さな女の子が入っていました。

そして、『絵本』は、「おじいさん」は、「竹を切ってみる」のだ。『竹取』では竹を切ったことは語られない。

(6)「おやおや、小さくてかわいい女の子だ。さあさあ、おいで」おじいさんは、その女の子を家につれて帰りました。

と続く。

つまり、偶然行った裏山にぴかぴか光る竹があり、それをいぶかしく思った「おじいさん」は竹を切ったのだ。すると、「中に小さな女の子が入ってい」た。この「小さくてかわいい女の子」を見つけた「おじいさん」は、冒頭にあったように「やさしい」人だったので、家に連れて帰る。そして、

(7)おじいさんとおばあさんは、女の子にかぐや姫と名前をつけて、大切にそだてました。

(8)かぐや姫は、みるみるおおきくなり、そしてきれいなお姫様になりました。

とあるように、「かぐや姫」と名前をつけて大切に育てた。すると、かぐや姫は、みるみる大きくなり、きれいなお姫様になったのである。

このように、『絵本』では「おじいさん」の心情も行動も具体的に描かれ、読者は無理なく理解できる。『絵本』の描写は簡略だが、要をえている。そう考えると、『竹取』の方は長文で、むしろ不必要な情報で満ちているようにも見えてくる。

二、『竹取物語』から分かること

今度は『竹取物語』の冒頭部を読んでみよう。『竹取』は、

①いまは昔、竹取の翁といふものありけり。

と、人物紹介から始まる。『絵本』では「おじいさん」と並列されていた「おばあさん」は、まだ登場しない。この後、作品の中で「竹取」や「翁」という呼称が用いられることもあるものの、『絵本』が一貫して「おじいさん」と呼ぶのとは異なり、「竹取の翁」は固定的な呼称とは言い難く、また名でもない。後に、「名をば、さぬきの造となむいひける」とあるからだ。では何故「竹取の翁」と冒頭で提示されるのだ

ろうか。それは、「竹取」を生業としている高齢の男性という要素が物語を始めるにあたり必要だったからだ。換言すれば、現在の職業概念とは異なるものの、生業的なものと、大体の年齢、性別を提起する必然性があったということになる。

この生業が「竹取」であることを受けて、

②野山にまじりて竹を取りつつ、よろづのことに使ひけり。

という一文が続く。つまりこれは、「竹取」を具体的に述べたものであり、補足的な文ということになる。

ついで、

③名をば、さぬきの造となむいひける。

と「竹取の翁」の名が紹介される。これも「竹取」であることと関係がある。「竹取」は、身分的に下層の者が行うことが多い。だが、この「翁」は、本来は下層の者ではないようだ。それを保証するのが、「さぬきの造」という名を持っているということだ。当時にあっては、ある程度の身分であることは、知識や見識を持っていることとも連動してもいる。「翁」は単なる下層の者ではなく、ある程度の知識や見識を持ち合わせている人物という設定なのだ。

こうして、一旦人物紹介を終えると、

④その竹の中に、もと光る竹なむ一筋ありける。

と語り出される。「その竹」とはつまり、「竹取」である人物が、「よろづのことに使」うために、頻繁に取っている竹ということだ。「竹取」であるからこそ、「そ」という指示語も生きてくる。『絵本』で語られたように、「やさしいおじいさん」がたまたま訪れた裏山という設定とは大きく異なるのだ。「竹取」を生業のようにしている人物ゆえに、複数の竹の中にいつもとは異なる「もと光る竹」をみつける。そこで、

⑤あやしがりて寄りて見るに、筒の中光りたり。

とあるように、「あやし」と思い、寄ってみる。すると、光っていたのは竹自体ではなく、「筒の中」であった。「光る」という特性は、⑯にも、「この児のかたちのけうらなること世になく、屋のうちは暗きところなく光満ちたり」とあり、かぐや姫のものであって、竹自体が光っていたのではない。

そして、

⑥それを見れば、三寸ばかりなる人、いとうつくしうてゐたり。

と続く。『絵本』のように「竹を切ってみると」と語られずとも、「それ」、つまり「筒の中」を見たということは、竹を切って覗いたことに他ならない。すると、筒の中に、「三寸ばかりなる人」がいた。『絵本』同

様、『竹取』でも、この人が「いとうつくし（たいそうかわいらしい姿）」であったことが、家へと連れ帰る要因となっている。他の箇所でも「うつくしきことかぎりなし（かわいらしいことこのうえもない）」と繰り返されてもいるし、『竹取』の後半部でも使用人たちが、「心ばへなどあてやかにうつくしかりつる（気だてなども高貴でかわいらしかった）」と、幼い頃のかぐや姫を思い出してもいる。「うつくし」は、現代語にすればまさに「かわいい」である。このことが、「翁」がこの子を連れ帰る一つの要因でもあった。

ただし、『絵本』と異なるのは、

⑦翁いふやう、「我朝ごと夕ごとに見る竹の中におはするにて、知りぬ。子になりたまふべき人なめり」とて、手にうち入れて家へ持ちて来ぬ。

と思うことだ。「子になりたまふべき人」の「子」は、竹で作成する「籠《こ》」との掛詞である。竹の中にいたのだから、「籠」同様「子」にしても良いという論理である。つまり、『竹取』では、「うつくし」というだけではなく、竹取を生業としていた人物だからこそ、この出会いがあり、この子を連れ帰ることも許されるということになる。

こうして「翁」はこの子を家へ連れ帰ると、

⑧妻の嫗にあづけて養はす。

ここでようやく「翁」の「妻」が登場する。当時、子の養育は女性の仕事であるからだ。ここまでの筋立てにおいて、「翁」が誰かと夫婦である必然性はない。だからこそ、『絵本』のようにはじめから夫婦として登場はしない。子を育てるべき役目を担う人として、「媼」が物語の中に呼び込まれたのである。『竹取』を通読しても「媼」があまり描かれないのも、このことと関連しているに違いない。

そしてこの子は、

⑩いと幼ければ、籠に入れて養ふ。

とあるように、竹から作られた「籠」に入れられて育てられる。「子」は「籠」であるからだ。

一方、「竹取」という生業だけで養育することは難しいからか、

⑪竹取の翁、竹を取るに、この子を見つけて後に竹取るに、節を隔てて、よごとにこがねある竹を見つくることかさなりぬ。

⑫かくて翁やうやう豊かになりゆく。

と、「翁」が長者になっていく過程が語られる。この⑩〜⑫に該当する部分を『絵本』は持たない。『絵本』では「女の子」を連れ帰るとすぐに名が付けられ、「みるみる」成長して「きれいなお姫様」となった。これに対し、『竹取』は、名付けまでにもう少し記述がある。それは、当時、名付けが今日の命名

とは異なることを意味している。おそらく、身分の低い者は正式な名などなくても良いし、命名などという仰々しいものを行わないことも多かったであろう。『竹取』では、

⑬この児、養ふほどに、すくすくと大きになりまさる。

⑭三月ばかりになるほどに、よきほどなる人になりぬれば、髪上げなどかくして、髪上げさせ、裳着す。

と、「すくすく」成長し、「三月ばかり」で大人になったことが語られる。もちろん、この成長の速さは、竹の属性を持ち合わせているからだ。そこで、「さぬきの造」という名を持ちながら竹取を生業とする「翁」は、ある程度の見識を持っていたし、豊かになったこともあって、この子の生育儀礼を行おうとする。髪上げ・裳着は、当時女性の成人式を意味した。

そして裳着後も、

⑮帳のうちよりも出ださず、いつき養ふ。

とあるように、「養ふ」ことは継続される。発見した折、「いとうつくし」く、「子になりたまふべき人」であったという論理からすれば、成人後にその要因はなくなっており、「養ふ」理由は失われる。しかしそれでも「養ふ」のだ。『竹取』にはその理由までもきちんと用意されている。それは、

⑯この児のかたちのけうらなること世になく、屋の内は暗きところなく光満ちたり。

であるからだ。幼児から女性となり、「うつくし」から「けうら（めったにない美しさ）」へと変化を遂げたことで、

⑰翁、心地あしく苦しき時も、この子を見れば苦しきこともやみぬ。

⑱腹立たしきことも慰みけり。

となる。つまり、「うつくし」という要素がなくなっても、「翁」にとって大事な存在となっていたことが語られることで、「養ふ」べき理由は生じており、養育は続けられるのだ。

さらに、

⑲竹を取ること、久しくなりぬ。

⑳勢ひ猛の者になりにけり。

とあるように財力を得た「翁」は、「竹を取ること」を止め、「勢ひ猛の者」ともなった。つまり、財力を手にし、ある程度の威勢をも得た。この後、「かぐや姫」に五人の高貴な求婚者が現われ、最終的には帝が声を掛けてもおかしくない程度にまで「竹取の翁」は格上げされたということだ。

そこで「翁」は、ようやく、

㉑この子いと大きになりぬれば、名を、御室戸斎部の秋田を呼びて、つけさす。
㉒秋田、なよ竹のかぐや姫と、つけつ。

と、命名の儀を行う。筒の中にいた「子」は、ここで「なよ竹のかぐや姫」と名付けられる。この名付けをもって『竹取』の語りは、『絵本』のそれに辿り着く。裳着から名付け直前までの⑭〜⑳に該当する部分を『絵本』が欠くのは、「おじいさん」として登場し、生業を紹介しなかったことと、裳着や命名というものが、現在とは異なっていることと関連するのであろう。

三、「翁」である意味

縷々述べてきたように、「いまは昔、竹取の翁といふものありけり」と『竹取』が語り出されるのには、理由がある。この人物が「竹取」を生業としなければ、この物語が始まらないからだ。少なくとも今見てきたところまでは、「竹取」であったことからすべてが発生しているのであり、それが基底にあることは明らかだ。だからこそ、「おじいさんとおばあさん」を登場させた『絵本』では、それらに関わることには触れない。『竹取』と『絵本』とでは根底にあるものが相違しているのだ。

ところで、では何故「翁」なのか。これも当時の「翁」という概念を考えると説明が付く。「翁」は、いわゆる「男」ではない。「子」を見つけ、その子が短時間に成長して大人の女性になったとしても、「翁」はその人を結婚相手とすること、つまり妻とすることはない。すなわち、「竹取」が「翁」であれば、「子」であった人と婚姻する可能性は排除される。

さらに、「翁」の若い頃、子がいたかどうかは明らかにされてはいない。だが、少なくともこの時はおらず、これからも子が誕生する可能性はない。なぜなら「翁」であるからだ。そしてこのことが意味するのは、「かぐや姫」が継子扱いを受けることはないということだ。つまり、継子譚の排除でもある。昔話の多くが若い夫婦ではなく、「おじいさんとおばあさん」の登場で語り出される理由もここにある。

『竹取』には、「小さ子説話」「異常出生説話」をはじめとした多数の説話が織り込まれているという。たしかに、『竹取』の本文を読むと、その痕跡を複数見出すことができる。しかしながら、本文の中には具体的に書かれずとも意識されたものがあった。それこそ、「竹取の翁」を設定することで排除された要素である。つまり、『源氏物語』の光源氏が玉鬘に抱くような感情、ひいては「妻」とする可能性や、妻が生んだ子ではないことから一般的に想像される「継子」となる可能性の排除だ。そして、それらを担保するのが、冒頭で登場する「竹取の翁」ということにもなる。

おわりに

如上のように考えると、『竹取』が、「かぐや姫」と改名されず、『竹取物語』あるいは『竹取翁物語』と呼ばれ続けてきた理由はたしかにありそうだ。『竹取』は、「竹取」を生業としていた「翁」という存在を設定したからこそ、語り始めることができた物語でもあったからだ。

紫式部と出会う

三宅晶子

お薦めしたいテキストと読み方

『源氏物語』は何度読んでも、そのたびに新しい発見があり、新しい読み方ができる。なんと奥が深く、豊かで広い世界を内包しているのだろうと、感動する。

しかし平安時代からすでに源氏読みの研究は始まっているのだし、現代に至るまで沢山の研究者が様々な成果を発表し続けている。物語の本文は難しくて、注釈書無しで読むこともできない。『源氏物語』の面白さについて、私ごときが事新たに言うべきことなどないという気はする。とはいえこの本に『源氏物語』の項目がないのは淋しい気はするし、長年大学院の授業で学生たちと読んできて、面白い発見も多かった。その一端を紹介するという形で、専門の研究者ではない者が『源氏物語』とどのように出会えるのか、この名作との接し方の一つの例として、お読みいただければ幸いである。

ちなみに私の源氏体験は、高校生の時与謝野源氏（与謝野晶子訳）を読んだことに始まり、装丁が美しいのでついでに谷崎源氏（谷崎潤一郎訳）も手に入れて読み比べた。読み比べたと言っても、ちょっと生意気な高校生が、気になる箇所を中心に、大まかに比べただけで、厳密な比較をしたわけではない。けれども私は断然与謝野源氏が好きだった。圧倒的に面白く迫力があって、同じ作品でも現代語訳によってこんなにも印象が変わるのだということは、その時にわかったことだ。大学・大学院時代は本格的には源氏を勉強しなかったが、能の研究者としての修行の傍らで、典拠として数々の能に使われているということもあって、原文で読む努力は、ずっと続けていたと思う。先に現代語訳を読んであったことは、物語の筋書きは理解できているという安心感をもたらしてくれた。高校三年生の時いよいよ授業で『源氏物語』を習うことになった時に、「私は源氏ならわかっている」という、ヘンな自信を持っていた記憶がある。実際には原文がとても難しくて内心焦ったのだが、それでも絶対わかる、得意なはずだと言い聞かせていた気がする。わからないなどという言葉を、自分に許さなかったと言っても良いのかも知れない。以前読んだことがあるという感覚は、本格的に学ぶ機会に、ハードルを低くする役割は果たすのだろう。難しい古文は、まず現代語訳を読むことから始める。私はそのことに抵抗感がなく、むしろそれを提唱しているのだが、それはこの時の経験があったからなのかもしれない。

横浜国立大学大学院教育学研究科の演習で『源氏物語』を取り上げるようになって二十年近く、自分の勉強に学生たちを付き合わせていたとしか言いようのない授業だったのだが、若い人達は若い人なりの興味と関心を持って、様々なアプローチで取り組んでくれた。テキストは新潮日本古典集成（全八巻、石田穣二・清水好子校注、一九七六〜一九八五年）本を用いた。一冊ずつ手軽に持ち運べることも良いのだが、何よりも、詳細な頭注の他に、セピア色の本文右傍注に現代語訳が入れられている。読者は左目で原文を、右目で現代語訳を見ているような感じで読み進められるので、原文を読みながら、結構容易く意味を理解できるのである。一気に沢山の原文を読み進めているにもかかわらず、同時に意味を理解していける環境が整っているのである。研究者が緻密に読まなくてはならない場合ならいざ知らず、一般の人が気楽に原文を読むには、うってつけの本であると私は考えている。当時でも今でも、上手く古本を探せば、全巻揃えても一万円〜二万円で手に入るのも有難い。このテキストを読み進めていくことが、参加者全員の第一目標となる。

前期は問題意識を持って沢山読むことを目的として、各人一巻ずつ担当し、一授業日一巻進む形で、発表者は面白いと思ったことについて、いろいろ調べてきて発表する。参加者はそれに対しての質疑だけではなく、自分なりの興味で読んできて発言する。半年間の授業では十二三巻取り上げるわけだが、学生たちの多くは、夏休み明けには全巻読破する猛者が沢山いた時代もあった。

後期には一巻だけを取り上げ、諸本校合と古注釈から現代注に至るまでの注釈史を押さえるという、緻密な読みに撤した。これが実はとても面白くて、諸本での本文の違いを見ていくと、一字一句の違いで意味ががらりと変わるし、助詞が違うときはそれで意味がどう変わるのかを確認することになる。それらの作業には、実は文法の知識が必須であることを、嫌でも知ることになる。頭ごなしにいやいや暗記させられる品詞分解ではなく、文章を読み解くときにどうしても文法的な確認が必要なのだという形で勉強できると、文法も楽しくなるに違いないのだが、受験を見据えた高校での古文では、そのようなことをしている時間的・精神的余裕がないのかもしれない。古注から見ていく注釈書比較も楽しい。まず現代語訳のない中近世の文章を読む体験をするのだが、源氏本文に比べて、中近世の文章がどんなに読みやすいかを実感できる。いちいち現代語訳などしなくても、そのままで意味がわかる古文との出会い、これなども貴重な体験だと思う。また、時代が下るに従って詳細に意味づけする注に変わって行く様子や、それぞれの注釈書の個性がわかるのも面白い。

前後期それぞれに、学生たちは大変だったと思うが、私は毎回とても面白くて、この世の憂さを忘れるひとときだった。高校の教員になった人達は、今現場で『源氏物語』を教えることもあるのだが、この時の体験を活用して、少しでも生徒たちが興味をもってくれるような授業をしてくれていることと信じている。独りで読むだけではけっして気付くことのできなかった、様々な事柄を知ることができて、とても楽しい授業だった。

後期の方法は大学院の授業ならではかもしれないが、前期の何か面白そうなテーマを探して、どんどん読むという方法は、一般の方にも是非試してみて欲しい読み方である。注釈と現代語訳を頼りながら、でも一応原文で読んでいく。現代語訳だけの世界、あるいは漫画とは全然違う面白さを体験できる。

もう一つ、これから『源氏物語』を本気で読んでみたい、と考えている方にお薦めしたい本がある。『光る源氏の物語上・下』(中央公論社一九八九年刊、中公文庫一九九四年刊)である。大野晋と丸谷才一の対談形式で進められる源氏論であるが、国語学者と小説家がそれぞれの専門を活かして自由に論じ合っているので、それぞれの欠点を補い合い、魅力的で個性的な見解がより輝きを増す。原文が長大に引用されていること、それにはきっちり現代語訳も付いていることも、此の本の長所の一つであろう。原文で確認したくなるが、原文だけでは難しい。現代語訳だけでは物足りない。そのようなニーズをしっかり受け止めている。

この本の面白さは、まず成立論から入っていくことであろう。実は『源氏物語』は、順番に執筆されたのではなく、a系と呼ばれる、桐壺・若紫・紅葉賀……という、光源氏の生涯の前半生を順に主筋のような物語が書かれ、人気を博して後に、エピソードのようにしてb系と呼ばれる物語群が執筆されたらしい。次の二論文で、b系にはa系の登場人物が出てくるが、a系にはb系固有の登場人物が出てこないことなどが根拠とされている。『光る源氏の物語』では、この二論文をわかりやすく詳しく紹介して、成立も一筋縄では行かないし、系列のまとまり毎に読み進めた方がよさそうだと納得させられる。

青柳（阿部）秋生「源氏物語執筆の順序」（『国語と国文学』一九三九年八・九月号）
武田宗俊『源氏物語の研究』（一九五四年、岩波書店）

『源氏物語』a系（光源氏前半生の物語）と後に補筆されたb系の物語

b系		a系
		①桐　壺
②帚　木 ③空　蝉 ④夕　顔	➡	
		⑤若　紫
⑥末摘花	➡	
		⑦紅葉賀
		⑧花　宴
		⑨葵
		⑩賢　木
		⑪花散里
		⑫須　磨
		⑬明　石
		⑭澪　標
⑮蓬　生 ⑯関　屋	➡	
		⑰絵　合
		⑱松　風
		⑲薄　雲
		⑳朝　顔
		㉑少　女
㉒玉　鬘 ㉓初　音 ㉔胡　蝶 ㉕蛍 ㉖常　夏 ㉗篝　火 ㉘野　分 ㉙行　幸 ㉚藤　袴 ㉛真木柱	➡	
		㉜梅　枝
		㉝藤裏葉

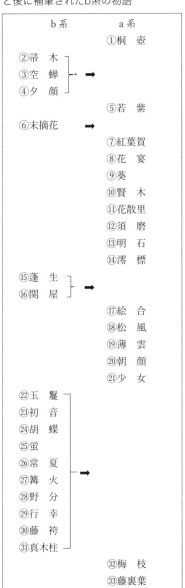

何よりも説得的だったのは、本の製作法の変化によって、現代のように五十四帖が一括、乃至幾つかの分冊としてまとめられるようになると、自ずと掲載順に疑問無く読み進めがちだが、古くは一巻ずつが独立した冊子あるいは巻子になっていたのである。b系の巻はa系の時期が同じ巻の「並び」の巻という意識であったらしい。だから主筋だけ追いたければ、並びの巻は飛ばして読むことが、抵抗感なく簡単にできたのである。

このことを知ってから、私は初めて挑戦する学生たちに、まずa系から読むことを薦めるようになった。『源氏物語』を読み始めると最初の桐壺巻を読み終えた後、いよいよ源氏の青春時代に入って、藤壺とはどうなるのだろうとか、結婚生活は上手くいくのだろうかとか、臣下に下って順調に出世するのだろうかとか、興味津々で次の巻へ進もうとするのだが、帚木・空蟬二巻が実に辛いのである。「雨夜の品定め」など、もちろん文学的には価値ある内容だろうが、初心者にはどうにも長ったらしい。中の位のお相手は、どうしても地味な感じがする。ここで結構挫折しやすいのである。夕顔巻に来れば、すこしホッとできるが、回り道的なこの順番は、本当は気にしないで、a系から読んでいけば良いのだと思う。

『光る源氏の物語』は、もちろん各章毎の読みも興味深く、発想と本文の読み込みと、時代考証、この三つが揃えば、こんなに自由に読んでいけるのだということを、実感させてくれる。初心者は言うまでもなく、もう一度『源氏物語』に挑戦したいと思っていらっしゃる方も、まず『光る源氏の物語』に目を通してみると良いのではないだろうか。

篝火・野分の巻

二〇年近い授業は、様々な学生が受講してくれ、夏・春の休みには源氏マラソン（一日中行われる『源氏物語』についての研究発表会）に、大勢のOB・OGも参加してくれた。面白い指摘や先行研究の紹介も多かったのだが、特に記憶に残っているものの一つに、気象学を活用した研究があった。篝火か野分の巻を担当したKさんが、「「源氏物語」の季節表現」（田中新一『日本文学』一九八五年）という論文を紹介してくれたのである。篝火の巻は全巻で最も短く美しい巻で私は大好きなのだが、季節は秋になったはずなのに、夏でもあるようで、ちょっとおかしなことになっている。

秋になりぬ。初風涼しく吹き出でて、背子が衣もうらさびしき心ちしたまふに、忍びかねつゝ、いとしば〳〵渡り給て、おはしまし暮らし、御琴なども習はしきこえ給ふ。五六日の夕月夜はとく入りて、すこし雲隠るゝけしき、おぎのをともやう〳〵あはれなる程になりにけり。御琴を枕にてもろともに添ひ臥し給へり。……いと涼しげなる遣水のほとりに、……「絶えず人さぶらひてともしつけよ。夏の月なきほどは、庭の光なき、いとものむつかしくおぼつかなしや」とのたまふ。

（『源氏物語三』岩波新日本古典文学大系、今西祐一郎校注、一九九五年）

「秋になりぬ」とまず書かれており、次いで五・六日頃、とあるから七月五日か六日、源氏はこのころ足繁く玉鬘のもとに通い、和琴を教えている。まだ宵のうちに沈んでしまう上弦の月は既になく、あたりは闇が濃くなっている。篝火が仄暗く燃える中で、和琴を枕に源氏と玉鬘は添い臥しする。魔法がかかったような短い時が流れる。いかにも夏の短夜の雰囲気である。源氏は「絶えず番をして、篝の火を絶やすな、夏の月の無い夜は、庭に明かりがないと、気味悪く心細いから」と言っている。秋なのに夏とはどういうことなのか。古来問題になっていたところだが、暦の上では七月になっているのに、立秋はまだ来ていないという、ずれが生じている年のことらしい。ちょっと長いが、田中氏の文章を引用する。

七月五六日という暦月意識による「秋」意識と、七月五六日でもまだ立秋以前で、その点では「夏だ」という節月意識との共存を認めれば、この間の矛盾状況は氷解しよう。結局、この段は七月五六日にはまだ立秋の来ない年のことと読めばよいことになる。（中略）

関連して言っておきたいことがある。この篝火巻に続いて、野分巻がある。そこには八月の巨大台風についての詳細な描写が見られる。高橋和夫氏は、その著『日本文学と気象』（中公新書、一九七六年）の中で、この時の野分の源泉は長保五年八月二十八日に近畿地方を襲った大型台風かとする久米庸孝氏の卓説（エッセイ「『源氏』の台風」『続・歌学随筆全集4　地球との対話』学生社、一九六八年）を取り上げ、紫式部の体験の小説化の一例として高く賞揚されている。久米説は野分巻本文から台風の性質を析出し、また、本文の迫真性から作者の体験した記述と推定して、滝口竜雄編『日本気象資料綜覧』を手がかりに、当時近畿地方を襲った台風を取り出しそれらのうち、析出条件（第一に紫式部が確かにその時京都に居たこと、第二に旧暦八月の台風であること、第三に風台風であること、第四にその時近年にないと感ずるような強い台風であること、第五にそのころ紫式部の執筆活動が盛んであったこと）に最も近いものとして、長保五年（一〇〇三）の台風を採択しておられる。

暦と節季がずれることは普通のことのようで、『日本暦日原典』（内田正男、雄山閣出版、一九七五年）によって、紫式部が『源氏物語』を執筆した時期の立秋日を一覧にしてみた。

長保三年（一〇〇一）★七月一〇日立秋（紫式部夫没）　四年六月二一日　五年七月二日
寛弘元年（一〇〇四）★七月一三日　二年六月二四日　三年七月六日　四年六月一七日
五年六月二七日　六年七月八日（紫式部出産後）　七年六月二〇日　八年七月一日

★を付けた二年は十日以上ずれる年である。これを踏まえれば、秋なのに夏という表現が理解できる。これについては、現代では篝火の巻の本文を引用した岩波新日本古典文学大系の脚注にも紹介されているので、容易に探せるようになった。田中氏の論考はさらに面白いことを紹介している。引用文の後半で、野分の巻で描かれる台風の描写が、実際に長保五年八月二十八日に近畿地方を襲った大型台風の体験を活かしているのではないかという説が紹介されているのである。確かに野分の巻の嵐の様子は迫力があり、リアルな印象を受けるので、実体験をもとにしているという指摘は説得力がある。こちらも大変面白い考察であり、『源氏物語』全体において、様々な画面がどのように描写されているのかを、しっかり見ていきたいという思いに駆られたし、作者紫式部は、どのような執筆方法で物語を書き進めていったのか、改めて興味が涌いた。

篝火の巻の、秋なのに夏の夜の闇の中で、ほのかな篝火に包まれているおとぎ話めいたひとときの描出はなんとも魅力的だが、続く野分の巻は六条院の町々における生活の様子や、嵐に翻弄されて慌てふためく人々の様子が活写されている。

そのような目で巻々を見ると、例えば玉鬘の巻で、玉鬘一行が筑紫から響の灘の難所を越えて都にたどり着く様子なども、実体験ではないかと思えるほどリアルに、情景描写や心情表現がなされている。

かく逃げぬるよし、をのづから言ひ出で伝へば、負けじだましゐにてをひ来なむと思《おも》ふに、心もまどひて、早舟といひて、さまことになむ構へたりければ、思方の風さへ進みて、あやうきまで走り上りぬ。響《ひびき》の灘もなだらかに過ぎぬ。「海賊の舟にやあらん、ちいさき舟の飛ぶやうにて来る」など言ふ者あり。海賊のひたふるならむよりも、かのおそろしき人のをひ来るにやと思ふに、せむ方なし。

夕顔の遺児玉鬘は、乳母の夫が太宰少弐に赴任したのを機に、夫妻に伴われて筑紫に下向していた。少弐亡き後、しっかりした後見もなく、不本意な田舎暮らしを余儀なくされていた。美しく成長した玉鬘の噂を聞きつけて、地元の有力者である大夫監《たいふのげん》が強引に結婚を迫る。乳母親子の導きで、取るものもとりあえず船に乗り、上京する。右の文章はその道中の様子である。

「こんな風に逃げ出したことを、聞き伝えて、きっと追っかけてくるに違いない。」と、まず追ってが迫る恐怖心を、「負けじだましゐにて」追ってくるだろうと、簡潔に面白く、いかにも田舎者だが侮りがたい人物への評価が何気なく表現されている。「早舟」は艪が多くて大きな舟で、船足が速い。しかも都を目指して良い風が吹いたので、「あやうきまでに走り上りぬ」。危ないくらいスピードが出てまっしぐらに進んだのである。難所として有名な「響の灘」も難なく越えてほっと一安心である。すると「海賊の舟かな、小さな舟が飛ぶようにやって来る」と告げる人が居て、「海賊よりも恐ろしい大夫監が追ってくるのでは」と思うがどうしようもない。

本来ならば難儀する響の灘を無事通過して、矢のように走る船は都を目指しているのだから、航海は無事なのだが、追ってが来ると恐れおののく様子が、簡潔に的確に表現されている。実際にはこのように短い文章なのだが、非常に印象に残る逃避行の描写となっている。

誰かに取材したのか、九州ではなくてもどこかに出かけたときの体験を応用したのか、ルポライターとしての文才は素晴らしいと感じる部分である。

また、宇治十帖には、歌枕宇治の名物でもある川霧が随所に活用されて、宇治という土地の特殊性が印象づけられると同時に、そこに未来が見通せない主人公たちの不安が上手く絡められている。

（薫）あさぼらけ家路も見えずたづね来し槇の尾山は霧こめてけり

（夜が明けたが、帰路が見えず、訪ねて来た槇の尾山にも霧が立ちこめている）

「心ぼそくも侍かな」と、たち返りやすらひ給へるさまを、……例のいとつゝましげにて、

（大君）雲のゐる嶺のかけ路《じ》を秋霧のいとゞ隔つるころにもあるかな

（雲のかかった嶺の険しい道を秋霧が隠してしまって、父八の宮の修行していらっしゃる場から、いつもにもまして隔てられてしまったこのごろです）

すこしうち嘆ひたまへるけしき、浅からずあはれなり。

橋姫の巻における、薫と大君の贈答歌である。薫は、霧が立ちこめているから、帰りたくないと言っているのに対して、大君は、やんわり無視して父の修行の場とも隔てられていて不安だと返している。二人は惹かれ合っていながら空回りする関係で、心に霧が掛かって晴れやらない心理状態にあることが、宇治の川霧が色濃く立ちこめる情景と合致しているような、印象的なやりとりである。

情景描写が心象風景と重ねられているように読める箇所がいくつもあるように感じる。このテーマに挑戦してくれた学生もいたのだが、なかなかズバリと論証することはできなかった。情景描写が心象風景とダブルイメージになっているというのは、世阿弥や、特に禅竹の能の手法にはよくあることなのだが、それは室町時代、『新古今和歌集』を古典として親しんでいた時代の作者たちである。平安中期の紫式部がどのような意図を持って川霧を使用したのか、そこまで深読みしてよいかどうかは、残念ながら現時点での私にはわからない。そのうちちゃんと、先行研究なども確認して、調べてみたいと考えている。

須磨・明石の巻の暴風雨

象徴表現か否かはさておき、物語は巧緻に組み立てられていて、事件と登場人物の心情が絡み合わさりながら面白く展開するので、どの巻を取っても、その巧みさと美しい文章に感動するのだが、唯一これはちょっと作者が酷いのではないか、長年思っていた事柄がある。多分高校生の頃からの印象である。

須磨の巻の最後の部分から、明石の巻冒頭にかけて、都も含めた西日本一帯が長雨となる。都では連日雨、強風が吹き、雹が降り、雷も鳴る。三月に十三日間続いた。この時帝は眼病を患い、太政大臣は死去、弘徽殿大后も病がちとなる。これは亡き桐壺帝が光源氏をないがしろにした事への怒りを爆発させたためだというこことになっている。天意は源氏にあることがわかるのである。父桐壺帝が積極的に動いてくれているのだから、もう安心だと読者は思うことができる。物語としてはドラマチックで胸のすくような展開となるのだが、兄の朱雀帝をはじめとする反対勢力に痛い目を与えるだけならまだしも、この季節外れの異常気象は、都の人々の多くを死に追いやり、生活環境を破壊する。いくら源氏を救い出すためとはいえ、あまりに非現実的でおざなりな手法ではないかと、ちょっと紫式部のストーリーテーラーとしての能力に疑いを持った箇所なのである。

ところが、そうではなかったのである。実は春の終わりころ、西日本一帯を巻き込み、時には一ヶ月も続く長雨の異常気象が、二・三十年に一度襲うのである。そのことを知ったのは、先に紹介した田中氏の文章にあった、高橋和夫『日本文学と気象』（中公新書、一九七八年）の「源氏物語の台風と嵐」という論考であった。高橋氏は詳細に須磨・明石の巻での嵐の様子を分析した上で、観測時代の近似例を挙げている。

今、京都気象台開設（一八八一年）以来九十八年間の三月、四月の記録の中から数十例を選び出し、その中で、連続降雨十日以上、雨量通算一〇〇ミリ以上をめどとして検討すると、一九二一年（大正十年）三月十一日からの二十日の、十日間連続降雨、雨量一一二・一ミリが極めて近い。他に近似しているのは、一九〇三年、一九三三年、一九五九年、一九六七年である。

として、天気図も示しつつ、須磨・明石での嵐と詳細に比較して、その共通性をあきらかにされている。残念ながら紫式部が生きていた時代の記録は残っていないようだが、野分の巻の台風が実際にあった台風の様子を描写していることが明らかな以上、こちらも式部が生きていた時代に襲った春の嵐であった可能性が高いとされている。

これを読んで納得した。やはり紫式部は絵空事の禍を勝手に作り出しているのではないのだと。春の終わりに十三日間、都から須磨までの広範囲で土砂降りの雨が続く。そのようなことが何十年に一度この地方で実際起こるのである。もちろんしょっちゅうあるわけではないからこそ、体験した人には鮮明な記憶として残る。当時の読者は、この部分を読んで、もちろん現実的に体験した異常気象を思い起こしていたに違いない。

紫式部はとても堅実なストーリーテーラーなのだと、改めて感心したし、前以上に好感を持つようになった。不確実なことは書かない人に違いない。

最近は各地で異常気象が続くし、西日本での長雨も立て続けに起こっている。ここ数年は、西日本の広範囲で、一か月続く大雨の被害が相次いでいる。その報道を見聞きする度に、須磨・明石の巻の嵐の描写と、それを書いた紫式部を思い出す。

『徒然草』で学ぶ異文化

笠原美保子

異文化との出会いを効果的にする学習

教科書に載る『徒然草』の段は、現代と通じる感性や考え方が述べられているものが比較的多い。しかし、現代に通じる話なら、わざわざ古典で読む必要はないとも考えられる。

古典を学ぶ価値は、大きく分けて二つある。一つは、古典の中に、昔も今も変わらぬ普遍的なメッセージを見出すこと、そしてもう一つは、古典によって、自分とは全く違う考え方や価値観、いわゆる異文化に出会うことである。私は、今に通じる普遍的な良さがあるからこそ古典が古典として位置づけられていることを承知の上で、それでも、国語の授業で古典を学ぶ面白さとしては、後者の「異文化との出会い」の方が勝っていると考える。古典でなければ出会えない考え方が含まれている文章は、驚きを与え、知的好奇心を刺激するからである。

『徒然草』にはそうした、「異文化との出会い」ができる段が豊富にあり、ぜひその面白さを小・中・高校生に味わってほしいと思う。

そして、その「異文化との出会い」をより効果的にするために、私は、文章を最初から全文与えてしまうのではなく、途中までを読んで、その後に続く筆者の意見を予測し、その後で本文と出会う、という学習を提案したい。

「つれづれ」をどう考えているか

『徒然草』が「つれづれなるままに…」で始まり、そのことから後年『徒然草』と呼ばれるようになったことは周知の通りである。授業での『徒然草』との出会いも、多くの場合この序段からであろう。序段には「つれづれ」＝することがなくて退屈なもの寂しさ、を埋める行為として「よしなし事」を「書きつく」、とあるので、序段だけを中心的に知っている児童、生徒は、「つれづれ」を「誰とも遊ぶ予定のない退屈な日曜日」のような、マイナスのイメージで捉えているかもしれない。

第七五段には、筆者の「つれづれ」観が記されている。

つれづれわぶる《辛く思う》人は、いかなる心ならん《どういう気持ちなのだろうか》。まぎるる方なく、ただひとりあるのみこそよけれ。

（西尾実・安良岡康作校注『新訂　徒然草』岩波文庫、二〇〇三年）

「つれづれ」を「ああ、暇だ、することがない、退屈だ。誰かと会いたい」と思うような人を、筆者は「いかなる心ならん」＝どういう気持ちだかまったくわからない、と否定している。そして何かに心が紛れることなく、ただひとりでいるのが一番である、と筆者は「つれづれ」の境地を楽しんでいることがわかる。

小学校の教室などで、序段を扱う際に、第七五段を踏まえて、筆者が「つれづれ」をどう思っているかを予測させてみると、それだけでも小さな「異文化」との出会いが演出できる。

どのような人が魅力的か

『徒然草』では、大方の予想を裏切る意外な物の見方、考え方にいくつも出会うことができる。

例えば、第百九十段、「妻《め》といふものこそ、男《をのこ》の（　Ａ　）。」のＡにどのような言葉が入るか考えてみましょう、という設問があったとする。この場合Ａには「持つまじきものなれ」（持ってはならないものなのだ）が入る。

「『いつも独《ひと》り住みにて』など聞くこそ、（　Ｂ　）、『誰がしが婿に成りぬ』とも、また、『如何なる女を取り据ゑて、相住む』など聞きつれば、（　Ｃ　）。」のＢは「心にくけれ」（心がひかれるが）、Ｃは「無下に心劣りせらるるわざなり」（ひどく見下げる気持ちになってしまうものだ）が入る。

つまり、独身の男はいいものだが、誰かの婿になったり、妻を家に連れてきて同居したりするのはつまらない安っぽい男だと述べている。

さらには、同じ段で「家の内を行ひ治めたる女《家の中をうまく切り回す女》、（　Ｄ　）。」のＤは「いと口惜し」（実にくだらない）。

家事の能力のある女性を切り捨てているところも、現代の感覚では予想がつかず、大変おもしろい部分である。学習者が古典に書かれた意外な発想に驚き、そこに好奇心を持てば、その考えの背景となっている思想や文化を探る、異文化理解の学習を始めることができる。

実際に、高等学校のあるクラスで、第七十八段を材料に、空欄を予想させる授業を行った。

「今様《いまやう》の事どもの珍しきを、言ひ広め、もてなすこそ、（　E　）。世にこと古《ふ》りたるまで知らぬ人は、（　F　）。」

全く予備知識を与えず空欄に入る言葉を考えさせると、流行に敏感な人に対する評価が入るEには「世の中のことをよく知っている優れた人だ」「魅力的だ」というプラスの評価を書く生徒が八割で、二割ほどが「周りに流されやすい」というマイナス評価を書いた。

一方、流行の物事を、世の中で言い古されるまで知らない人についての評価が入るFには、すべての生徒がマイナスの評価（田舎者だ、時代の流れについていけない等）を書いた。高校生にとって、流行の物事を知らないことは、決してプラスには考えられないことのようだ。

実際にはEには「うけられね」（感じの悪いものだ）が、Fには「心にくし」（心ひかれる、奥ゆかしい）が入る。流行おくれのFに褒める言葉が来ることを、誰も予想することができなかった。

このような、筆者の意見の部分を空欄にして、それを予想させる「出会わせ方」は、原文ではなく現代語訳を用いることで、小学生や中学生を対象にしても行うことができる。予想してみた上で、原文と出会う、その驚きを体験させ、自分とは違うものの考え方が世の中に存在することを実感させたい。

また、この第七十八段に関しては、高等学校の別のクラスで、『徒然草』の、筆者の美意識に触れるような他の段を学習した後に、同じ学習を行う実験をした。結果は、予備知識のないクラスとは全く違う結果となった。

このクラスでは、第百三十七段「花は盛りに」を学習した後、同じように第七十八段の空欄を予想させたのだが、この生徒たちは、「流行に敏感な人」に対するEの空欄に「品がなく、客観的に見ることができない」「下品で物の美しさをぜんぜん分かっていない」、などと書き、「流行遅れの人に対するFの空欄に、「趣の分かる人である」「良い人生の送り方をしている」というように、本文に近い内容を書いた。

これは、第百三十七段で、花見や祭りなどをむやみにもてはなし、大騒ぎして見る人たちを「片田舎の人」と否定し、「よそながら見る」（それとなく見て楽しむ）のが、「よき人」（教養ある人）である、という筆者の文章を読んだことによって、「兼好というのはこういう人だから」というように「兼好らしい感じ方」を理解した上で予想することができたからだと考えられる。

出来事に対する感想を予想させる

『徒然草』の、出来事が書かれた章段においても、出来事部分だけを先に示し、その後に来るべき筆者の意見をまず予測させてから、続きを読ませる学習を行った。

第百二十八段は、院（上皇）のお気に入りである雅房大納言が、いわれのない中傷により、近衛大将になり損ねた話である。近衛大将は近衛府の長官で、大納言と兼務して任ぜられることは大変名誉であった。院は雅房が学識がある立派な人であるため、彼にその名誉を与えようとしたのだが、院の側近が雅房をねたんで、「雅房が狩りに使う鷹に餌をやろうとして、生きた犬の足を切っているのを見た」と院に告げるのだ。それを聞いた院は雅房をうとましく思い、昇進の件はなくなった。しかし犬の足の話はうそであった。これが出来事の部分である。

これについても、高校生に、このあとに、どんな感想が書いてあるか、想像して書きなさい。」と予想させた結果、次のようなものが書かれた。

・院の近習なる人は、雅房大納言に昔いじわるされたんだと思う。
・雅房は才能もあるし、性格もいいし、完璧だから、院の近習なる人は、雅房がにくく思って上皇に嘘をついて大将に出世させなくしたと思う。
・雅房として考えると、「出世がなかなかできない」と思っていても、性格が良いなら、誰かのせいにはしないと思う。
・院の近習は、自分の感情だけでうそを言って他人のことを悪く言って最悪だと思った。でも、その人がいやだったら同じ思いを自分でも少し思うし、うそをつくかもしれない。
・雅房は何も悪くないのに近習なる人のせいで昇進しなかったのはかわいそうだと思いました。
・人間が、人をねたみ、うその悪口を言ってしまうのは、ある意味、人として正しいというか正直な人間だと思う。出来の良い人をねたむ心は人として当たり前かもしれない。

・つくり話はウソか本当か分からないし、それを信じちゃうのはその人次第だし仕方ない。
・嘘を信じる上皇も上皇だと思う。きちんと確かめるべきだ。

生徒が推測した兼好の感想は、院の近習への非難、雅房への同情、ねたみ心への理解、上皇への非難などであった。こうしたことを共有してから、本文の後半部分を提示した。

虚言《そらごと》は不便なれども《（うそを言われたのは気の毒だが）》、かかる事《このようなこと》を聞かせ給ひて《お聞きになって》、憎ませ給ひける《お憎みになる》君の御心は、いと尊き事なり《大変尊いことである》。

つまり、「雅房は気の毒だが、犬を虐待した話に心を痛めた院のお気持ちは大変尊い」という内容である。この後本文は、生き物を虐待することを非難し、あらゆる生き物に慈悲の心をもつべきだ、と続く。院の、動物への慈愛に満ちた心が前面に出され、雅房と「院の近習」の存在は軽く扱われる。「悪事のねつ造」に対する感想を予想した生徒たちからすると、筆者の感想はそれとかけ離れたものである。

なぜこのような予想外の感想が述べられているのかを理解するためには、当時の貴族たちが帰依していた仏教の考え方や、当時の社会制度についての知識が必要である。前もってそうしたことを学習しておくのも一つの方法だが、こうした「異文化」との出会い、いわゆるカルチャー・ショックを原動力として時代背景を学んでいけば、「驚くような発言をする目の前の他者」を、さまざまな周辺知識を知りながら理解していくような感じで古典が学べるのではないだろうか。

「書かれていないこと」を考える前に

教科書のように、最初から本文がすべて提示されている教材では、この後どういう考えが書かれているかを予想させる授業はできず、「なぜそのように書かれているか」という問いによって、同じような学習効果を狙うことになる。いわば、「行間を読む」学習である。高等学校の国語教科書にも『徒然草』を対象とした、そのような行間を読む学習の手引きが載せられている。

例えば、明治書院『新精選国語総合』は、第八十八段の、小野道風が筆写した『和漢朗詠集』を持っている人に、「道風の生没年を考えると矛盾があるので偽物でしょう」と指摘すると、「だからこそ珍しいのです、とますます秘蔵した、という話について

（学習の手引き）　作者がこの話を書き留めた理由を話し合ってみよう

とある。

また、数研出版『国語総合』では、第二百四十三段の、兼好が八つの年に、父に仏について尋ねたことについて書かれた段を採録し、

（発展）　この話を『徒然草』の最後に置いた作者の意図を話し合ってみよう

という問いを設定している。

こうした問いに、定まった正解はなく、研究者の間でも意見が分かれる事柄である。このような「書かれた意図」を話し合う学習で得られるのは、一人ひとりの読み方によって、さまざまな解釈ができるという理解であるが、それは古典を材料にしなくても得られるものである。さらに、もし指導者が未熟で、ある一定の「正解」に学習者を導くようなことがあれば、害の方が大きいであろう。それよりも「書いてあること」を予想させる学習の方が、古典との出会いを楽しみ、古典に親しむためにはうまく働くであろう。

「異文化」を学ぶことで見えてくること

十四世紀に、遁世者によって著された『徒然草』は現代の児童・生徒にとって「異文化」である。しかしそれは、古典だから「異文化」なのではなく、『徒然草』を兼好が著した当時も、兼好の考え方は多くの同時代人にとって「異文化」であったろう。それは『徒然草』自体が、一般に逆らい、独自の美意識や価値観を述べる文章であるからだ。だからこそ、『徒然草』は、なぜそういう考えに至ったのかを他の段との読み比べなどの中で探って行く甲斐のある作品である。

さらに、同じ時代、同じ教室の中にも、「異文化」はそこここに存在している。自分と違う考えを持つ人、自分の理解が及ばない人はすべて我々にとって「異文化」である。そういう、自分にとって「異文化」を持つ人を、時間をかけて理解しようとせず、「変な人」という雑な扱いで放ってしまう児童、生徒の姿は、教室でしばしば見ることができるのではないだろうか。「異文化」を持つ他者を、その人のことばを追うことによって丁寧に理解していく方法を国語科が学ばせていくことによって、彼らの他者理解は支援され得るのである。

「妻はいらない」「流行遅れが魅力的」などという『徒然草』に書かれた兼好の意見に驚き、「そういう考えはどこから来ているのか」と興味を持った者は、他の段を読んでいくうちに、だんだんと兼好のもつ価値観がわかってきて「兼好はこういう人なんだ」「兼好だから、こういうふうに考えそうだ」という理解に辿り着く。そうした段階は、生徒が、自分と異なる考え方を学び、容認していく「他者理解」の素地になっていく。

そしてそのために、教員は、教科書だけでなく、これ、と思うテキストを原典から探して提供し、『徒然草』を教室で学ぶ者たちに楽しい出会いを提供するべきであろう。

中国の「蟻通し」難題譚

岡田充博

一、「蟻通し」難題譚とは？

本題の中国に入る前に、先ずは日本から始めることにしたい。昔話のなかに「蟻通し」の難題譚というのがあって、「姥《うば》捨て山」の民話に取り入れられて広く伝播分布している。「姥捨て山」は、四つの話型に分類されて様々なヴァリエーションを持つけれども、その中の難題型は、よく知られたこんな粗筋である。

昔々ある国に、年寄りは無用と考える殿様がいて、決められた年齢になると山に捨てる習わしになっていた。だが一人の孝行息子が、老母をこっそり隠して養っていた。あるとき隣の国から難題が持ちかけられ、解けなければ攻め滅ぼすという。皆がうろたえるなか、孝行息子は母親の知恵で見事にそれを解いて国を救う。真相を聞いた殿様は悪習を止め、老人を敬い大切にするようになった。

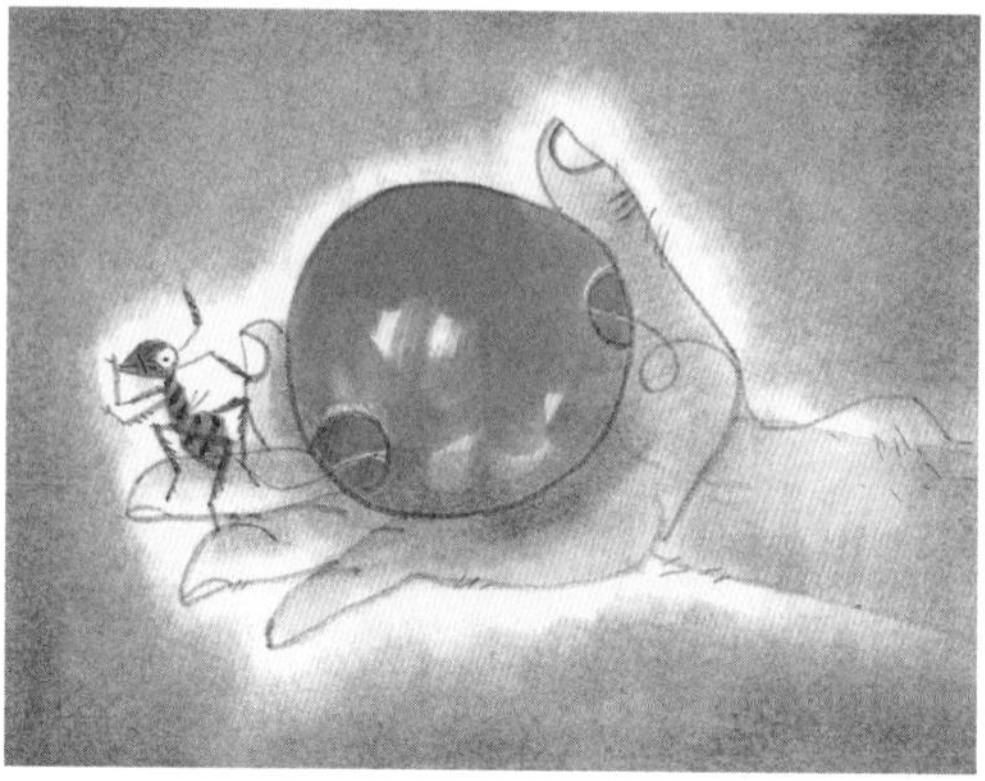

『日本名作絵本』3（TBSブリタニカ、1993年）
「うばすて山」による。村上豊絵。

隣国からの難題は昔話では三つが基本で、「灰縄（灰で縄を綯《な》う）」「打たずとも鳴る太鼓（叩かなくても鳴り響く太鼓）」「木の元末（同じ太さに削って仕上げた木の棒の根元と先端の弁別）」「蛇の雄雌（外見がそっくりな蛇二匹の雄雌の弁別）」「馬の親子（外見がそっくりな母馬と子馬の弁別）」など様々であるが、その代表的な一つに「蟻通し」がある。姥捨て（親棄て）の話は、日本では古く清少納言の『枕草子』にまで遡ることが出来るので、これによって示してみよう。「社は」で始まる第二二六（二二七とする説もある）の一段には、「蟻通し明神」の名の由来として親棄ての古伝承が紹介されている。主人公の中将が両親の知恵で解いてゆく、唐土《もろこし》の帝《みかど》からの三つ目の難題は、「七曲《なゝわだ》にわだかまりたる玉《たま》の、中《なか》とを《（ほ）》りて左右に口《くち》あきたるがちい《（ひ）》さきをたてまつりて、これに緒《を》とを《（ほ）》して給はらん」というものであった。つまり、玉にあいている曲がりくねった穴に糸を通せという難題である。これに対して中将の両親が教えたのは、次のような方法であった。

大なる蟻《あり》をとらへて、二《ふた》つばかりが腰《こし》に細《ほそ》き糸《いと》をつけて、又それにいますこし太《ふと》きをつけて、あなたの口《くち》に蜜《みち》をぬりて見よ

（『枕草子』岩波新日本古典文学大系、渡辺実校注、一九九一年、二六七頁）

つまり大きな蟻を捕まえて、その腰に糸をつけ、蜜でおびきよせて穴をくぐらせるというものである。蟻をわざわざ二匹にしてどう使うのか、いささか疑問が残るが、それは一先ず措くことにしよう。昔話の場合は、蟻は一匹に整理され、くぐらせるのは七節曲がった竹の穴などにもなっている。

ここまで書いてくると、幼時の絵本やアニメの記憶がよみがえる方も多いであろう。その一つを図版に掲げておく。それから念のため、先に列挙した難題の答えも記しておこう。「灰縄」は、あらかじめ縄を絢って塩水に漬け、形を崩さないよう焼き上げる。「打たずとも鳴る太鼓」は、太鼓の中に熊蜂を入れておく。「木の元末」は、川に浮かべて先になってながれてゆく方が先端。あるいは、水に浮かべて少し沈む重い方が根元。「蛇の雄雌」は、細い枝を近づけたとき、尾を動かすのが雄で、動かさないのが雌。あるいは、柔らかなものの上に置くと暴れるのが雄、じっとしているのが雌。「馬の親子」は、二頭の前に秣《まぐさ》を置いたとき、先に食べさせてやるのが母馬。なるほどと納得する一方、首をかしげる解答もあるがそれは御愛敬、ちなみに『枕草子』での難題のあと二つは、「木の元末」と「蛇の雄雌」である。

二、「蟻通し」難題譚の起源

さて、「姥捨て山」とその難題の多くは、古く仏教説話に由来することが知られているが、この「蟻通し」の難題譚も例外ではない。釈迦の前世の生涯を述べるジャータカ（本生譚）に、「マハーウンマッガ・ジャータカ（大トンネル前生物語）」と題された長編がある。その中に釈尊の前世の姿であるマホーサダ賢者に課される十九の難題の話が見える。第十二問の「マニ珠」は、八か所に曲がりのあるマニ珠に新しい糸を通すという難題で、次のような方法が解答となる。

賢者は……マニ珠の両脇にある穴に蜜を塗った。毛糸を撚《よ》って、［その］先端にも蜜を塗り、少し穴にさし入れて、アリの出てくるところにおいた。

アリたちは、蜜の香りに［誘われて］穴から出てきて、マニ珠に［つまった］古い糸を食べながら［そのなかに］進み、［かつまた］毛糸の先端をくわえ、かみ、ひっぱりながら、一方の脇［の穴］から出てきた。

（『ジャータカ全集10』中村元監修・補注、春秋社、一九八八年、一九頁）

穴の両端に蜜を塗るのは逆効果になりかねないし、また随分と人間に都合よく働いてくれる蟻で、そのあたり気にはなるが、確かに「蟻通し」の難題に違いない。

ジャータカは、紀元前三～二世紀の成立と推定される極めて古い資料である。では、これが原話かというと、遠く離れた西のギリシア神話にも似た話がある。

天才的工匠・発明家として名高いダイダロスは、クレタ島のミノス王のために、王妃パシパエが雄牛との間に生んだ怪物、ミノタウロスを閉じ込める迷宮《ラビリンス》を考案する。しかし、この怪物の殺害に成功したテセウスに迷宮脱出の方法を授けた廉《かど》で、自身が息子のイカロスとともに迷宮に幽閉されてしまう。そこでダイダロスは人工の翼を作り、二人空を飛んでシシリー島のカミコスへと逃れる。この時、イカロスが太陽に近づきすぎて墜死する話は有名であるが、ここではダイダロスを追うミノス王に注目したい。彼はダイダロスを捕らえようと、ある策略を思いつく。そのくだりを、古代ローマの作家アポロドーロス（紀元後一～二世紀）『ギリシア神話』の要約によって読んでみよう。（原本のこの巻は失われ、他書が載せる要約のみが残る。）

ミーノースはダイダロスを追い、探索しつつあらゆる地に巻き貝を持ち来り、その貝に糸を通した者に多くの褒美を与えると約束した。この方法によってダイダロスを見つけ出すことができると考えたのである。シシリのカミーコスへ、ダイダロスの隠れているコーカロスの所に来て、その貝を示した。コーカロスはこれを受取って、糸を通す約束をし、ダイダロスに渡した。彼は蟻に糸を結びつけ、貝に孔をあけて蟻にその中を通らせた。ミーノースは貝に糸が通されているのを見て、彼の所にダイダロスのいることを知り、直ちに彼の引渡しを要求した。コーカロスは引き渡す約束をした後、彼を歓待した。しかしミーノースは入浴の後コーカロスの娘たちによってなきものとされた。しかし一説によれば煮えたった〈湯を〉あびせられて死んだという。

（高津春繁訳『ギリシア神話』岩波文庫、一九五三年／一九九九年第六六刷、摘要・第一章「テーセウス」、一七五頁）

蟻を誘う蜜はないが、紛れもない「蟻通し」である。中務哲郎「同心円の神話」（『饗宴のはじまり』岩波書店、二〇〇三年所収）によれば、ソポクレス（紀元前五世紀）の悲劇『カミコスの人々』（散佚）の残された断片に、「海から獲れるこの巻貝に、誰か（糸を通せる者が）見つけられぬかな」とあり、この難題は古くからギリシア人に知られていたようである。とすれば、これはジャータカの話よりも古い資料ということになろう。

こうして私たちは、「蟻通し」の話が日本の昔話の枠を超えて世界的な広がりを見せ、西暦紀元を遥かに遡る長い歴史を経ていることを知るのである（難題譚の原話・類話に関しては、稲田浩二編『日本昔話通観　研究篇

1・2』同朋舎、一九九三、一九九八年の「難題問答」「難題話」の項に詳しく、特に話型番号818〜824が参考になる。ただし、同書の広汎な調査にも遺漏はある)。

三、中国の「蟻通し」説話

以上「蟻通し」の分布を簡略に示してみたが、この難題譚は、実は中国にも存在する。時代は降って清朝の文献となるけれども、馬驌(一六二一〜一六七三)『繹史』巻八六・孔子類記一の注に、『衝波伝』からとして次のような話が引かれている。

孔子が衛の国を去って陳の国に赴く途中、二人の桑摘みの娘に出会った。孔子が「南の枝は窈窕《たおやか》で北の枝は長いね(南枝窈窕北枝長)」と歌いかけると、「夫子《せんせい》は陳に遊び　必ず糧《かて》を絶《た》たれるでしょう。九曲の明珠を穿《うが》つことが得《でき》ず、著《いた》り来《きた》って我《わたし》たち採桑の娘に問われましょう(夫子遊陳必絶糧。九曲明珠穿不得、著來問我採桑娘)」と答えがあった。

陳に至ると、その大夫(高官)が兵を発して包囲し、九曲の珠に糸を通したら、釈放してやろうという。孔子は出来ず、顔回と子貢に戻って尋ねさせた。しかしその家では娘は外出中と偽り、一つの瓜を差し出した。子貢が「瓜は、子(種子と子供を掛ける)が中にいますね」というと、娘が現れて言った、「蜜を用《もつ》て珠に塗り、糸は将《まさ》に蟻を繋《つな》ごうとし、蟻は将に糸に繋がれましょう。如《も》し肯《あ》えて過《とお》ろうとしなければ、煙を用《もつ》て之《これ》を燻《ふす》べなさい(用蜜塗珠、絲將繫蟻、蟻將繫絲。如不肯過、用煙燻之)」と。孔子はその言葉に従って、やっと珠に糸を通すことが出来たが、食料を絶たれて七日であった。

出典とされる『衝波伝』は、著者、成立年ともに不明の佚書であるが、六朝期（三世紀初〜六世紀末）あるいはそれ以前の成立と推定されている。またこの話は、同じく佚書である南朝梁の殷芸（四七一〜五二九）『小説』にも収められていたと考えられ（周楞伽輯注『殷芸小説』上海古籍出版社、一九八四年、四八〜九頁）、古い起源を持つことが分かる。「姥捨て山」とは異なる、いかにも中国らしい孔子説話の「蟻通し」と言えよう。

ところで、これと同じ話が清の陳厚耀（一六四八〜一七二二）『春秋戦国異辞』巻三三に、『衡波伝』なる文献を出典として載せられている（『繹史』『春秋戦国異辞』の原文は末尾の【附録】参照）。『衡波伝』は、おそらく『衝波伝』あるいはその異本と考えてよいであろう。ただ、桑摘みの娘と会う同じ文面で始まりながら、陳国での出来事になると、次のように異なってくる。

陳に至ると、その大夫が兵を発して包囲し、九曲の明珠に糸を通したら釈放してやろうという。孔子は出来ず、桑摘み娘の言葉を思い出して、門人にそこに戻らせた。しかし二人の娘の姿はなく、桑の枝と土塊、地には糠《ぬか》が三つ山盛りに遺《のこ》されていた。顔回は子貢に言った、「木の横に土を加えているのは、きっと杜の姓だ。糠の山とは名が康（糠と康は同音）、三というのは、母と姉と妹のことだ」と。そこでその家を訪ねたところ、娘は外出中と偽り、一つの瓜を差し出した。子貢が「瓜は子が中にある。娘さんはきっと家にいるはずだ」というと、母親は娘を呼び、娘はこう教えた、「糸は将に蟻を繋ごうとし、蟻は将に糸に繋がれましょう。如《も》し肯《あ》えて過《とお》ろうとしなければ、煙を用《もつ》て之《これ》を薫《ふす》べなさい（絲將繫蟻、蟻将繫絲。如不肯過、用煙薫之）」と。孔子はその言葉に従って、やっと珠に糸を通すことが出来たが、食料を絶たれて七日であった。

こちらには、娘たちが残した謎かけを顔回が解く展開があって、これもまた興味深い資料ということになる。ただ、『衡波伝』『衡波伝』を引く文献がいずれも清代と時代を大きく降っており、しかも内容に異同があるとなると、この二つの孔子説話の成立時期と先後関係について、確認出来るところをもう少し押さえておく必要があろう。

四、「蟻通し」孔子説話二篇の成立と先後

先ずは、説話の成立時期について。仮にこれが孔子（前五五二〜前四七九）の実話だったとすれば、これまたジャータカよりも古いことになろうが、若い娘に気安く声をかける孔子の姿からして、実話とは到底考えられない。後世の説話だとすると、成立を知る手掛かりは何処に求めたらよいのであろうか。

手掛かりの一つは、唐（六一八〜九〇七）の王奉珪（?〜?）が残した「明珠賦」である（『全唐文』巻九五二）。この韻文なかに「九曲は乃ち蟻 夫子に穿《うが》つ（九曲乃蟻穿於夫子）」の句が見える。「夫子」は言うまでもなく孔子、「穿於」の「於」は動作が直接及ぶ対象をあらわず前置詞で、「孔子に対して（彼のために）穴を通す」の意味になる。つまり「蟻通し」の孔子説話は、内容の詳細までは明らかにし難いものの、唐代にはすでに広く知られていたのである。唐代の資料ということで更に付け加えると、楊濤（?〜?）の「蟻穿九曲珠賦」

がある（『全唐文』巻九五〇）。「蟻通し」の詳しい内容は、この韻文からも知ることが出来ない。しかし、当時の人々がこの話に寄せた関心のほどが推し量られる。

　次に孔子と桑摘み娘の対話に注目してみたい。両者のやりとりは、語数がきれいに統一されていて、併せると左のような七言の絶句の形になる。そこで確かめてみると、第一・二・四句の末尾七字目（長《チャウ》・糧《リヤウ》・娘《ヂヤウ》）で韻を踏み、各句の二・四・六字目の平仄までが整えられている（平仄は、漢字の字音に備わる高低昇降の調子を平声と仄声の二種に大別し、平声字と仄声字を規則的に配列して音声の調和をはかる作詩法。平声を○、仄声を●で示す。◎は平声の押韻字）。

	2	4	6	7	
南枝窈窕北枝長	○	●	○	◎	押韻
夫子遊陳必絶糧	●	○	●	◎	押韻
九曲明珠穿不得	●	○	●	●	
著來問我採桑娘	○	●	○	◎	押韻

　右の平仄図を見てみると、各句の二・四・六字目では、○と●とが入れ違いになり、第一句と二句、第三句と四句との間でも、○と●とが逆並びになっている。また第二句と三句の間では、二・四・六字目が同じ並びの●○●になるよう揃えてある。このように平仄に注意が払われ、それが詩律として完成してゆくのは、六朝後期から唐代前期にかけてのことであり、ここから孔子と桑摘み娘の歌が入った形での話の成立は、六

朝期以降と推定されるのである（なお森博達「七言の韻律は鏡より始まる」によれば、漢代の鏡に平仄を整えた七言の銘文が見られる。従って成立の上限がさらに遡る可能性も無い訳ではない。同論文は、森浩一編『古代探求　森浩一70の疑問』中央公論社、一九九八年に所収）。

以上から、成立時期については次のようにまとめられよう。唐代すでに流布していた「蟻通し」孔子説話は、起源をさらに遡る可能性を持つものの、そこに孔子と桑摘み娘の歌が含まれていたか否かは、残念ながら確認出来ない。『繹史』『春秋戦国異辞』が伝える『衡波伝』『衡波伝』の資料としての価値を全面的に信頼すれば、この歌を伴う説話の成立は六朝期にまで遡らせることができる。しかし、後世の加筆の可能性も排除できないとなると、成立期は大きく時代を降ることもあり得る。

続いて、『衡波伝』『衡波伝』両話の先後関係について考えてみたい。この問題は、説話の中国における成立事情に留まらず、原話の所在とも関わってくる。何故なら、蟻通しの方法に「蜜」の要素があったジャータカと、無かったギリシア神話との違いが、二つの孔子説話にも見られるからである。

二篇を読み比べて気付くのは、『春秋戦国異辞』所引の『衡波伝』では、顔回が解く謎々が加わって一層面白くなっている点、話の展開も丁寧で分かりやすい点である。ここから『繹史』所引『衡波伝』の話が先で、これをリライトしたものが『衡波伝』の話かと推測される。しかし逆に、『衡波伝』の話を簡略化して『繹史』の『衡波伝』の話が作られた可能性も排除できない。となると、もう少し確かな証拠を探してみる必要があろう。ここで鍵となるのが、蟻通しの方法を教える娘の言葉である。両話の違いは二箇所、「蜜」に触れる冒頭四字の有無と、末句の「燻」「薫」の違いである。「燻」（「熏」の異体字）と「薫」は、ふすべる、くすべるの意味で通用するので問題とはならない。しかし、冒頭四字の有無は重要な意味を持つ。『衡波伝』

の場合は五句の散文的な表現であるが、「以蜜塗珠」が無い『衡波伝』では、四句の四言詩的な形式に変わる。そこで、これについでも平仄と押韻を確認してみると、左のような特徴的な形が浮かび上がってくるのである。

	2	4	
絲將繫蟻	○	◎	押韻
蟻將繫絲	○	◎	押韻
如不肯過	●	●	
用煙薫之	○	◎	押韻（蟻《ギ》・絲《シ》・之《シ》）

押韻の第一・二・四句の二・四字目は○○、そうでない第三句は●●と逆の平仄になっている。通常の詩律とは全く異なるけれども、ここには、四言四句の詩的な表現を作り上げようとする意図が、明らかに窺われる。『衡波伝』と比較すると『衡波伝』は、文が補われている箇所が多い。しかしこの箇所に限っては、先の「南枝窈窕……」の歌と同様な詩的表現に改めるために、「用蜜塗珠」四字が割愛されたに違いない（「用蜜塗珠」は、二・四字目の平仄が●○で、この句だけが不揃いになってしまい、押韻もしない）。だとすれば、やはりこの孔子説話の原型は『繹史』所引の『衡波伝』の方であり、蟻通しに「蜜」が使われるところからして、原話はギリシアではなく、インドから伝わったものだったのである（なお、北宋の睦庵善卿『祖庭事苑』巻五・池陽問には、「九曲珠」の項があって、孔子と桑摘み娘の話が節録され、娘の謎解きの言葉は異なるが、やはり蜜の要素が加わっ

ている。同書の成立は一一〇八年)。

五、その他の中国「蟻通し」説話

「蟻通し」については、このほか宋元以降の文献にも、言及や引用が散見される。明代では楊慎(一四八八〜一五五九)『升庵集』巻六六および『丹鉛余録』摘録・巻四に、「九曲珠」と題した短い考証があり、同文は王圻(一五三〇〜一六一五)『稗史彙編』巻一四〇、張鼎之(一五四三〜一六〇三)『瑯邪代酔編』巻二三にも引かれている。また陳六如(?〜?)『九曲明珠』、作者不詳『九曲珠』など、明代戯曲にも取り入れられたようで(いずれも散佚)、この難題譚の中国における根強い人気のほどが窺われる。こうした資料についても論ずべき問題は残るが、それはまた別の機会に譲りたい。最後に南宋・王十朋(一一一二〜一一七一)『東坡詩集注』巻七の「祥符寺の九曲に灯を観る(祥符寺九曲觀燈)」の注に記された、もう一つの孔子説話を紹介して結びとしよう(原文は【附録】参照)。

北宋の大詩人蘇軾(一〇三六〜一一〇一)のこの作品には、「宝珠 蟻を穿ちて 鬧《かまびす》しきこと朝に連なる(寶珠穿蟻鬧連朝)」の句があり、これについて『集注』は、南宋の趙次公(?〜?)の注からとして次のような話を引いている(なお『集注』は「朝」を「宵」に作るが、他本が「朝」に作るのに従う)。

小説にこんな話が載っている。「九曲の宝珠に糸を通そうとして出来ない人がいて、これを孔子に尋ねた。孔子は脂を糸に塗り、蟻を使って穴に通すことを教えた」。

ここに言う「小説」が殷芸『小説』を指すとするならば、収録されていた筈の『衝波伝』の話と矛盾する。（先に挙げた楊慎『升庵集』『丹鉛余録』の「九曲珠」は、「小説に云ふ、…」として、孔子が二人の娘に「蟻通し」を教わる話を節録している。）異なる伝本があったのか、それとも他書の誤記か、あるいは固有名詞ではないのか、委細は詳らかにし難い。ただ、いずれにしても孔子の役どころは大きく変わり、彼が知恵を授けることになっている。「孔子様が小娘の知恵に縋るとあっては、沽券に関わる！」そう考えられた末に派生した、新たな「蟻通し」難題譚だったと思われる。

【附録】資料原文と訓読

（原文はいずれも文淵閣四庫全書本により、一部字体を改めた。）

○清・馬驌『繹史』巻八十六之一・孔子類記一・「呂氏春秋孔子窮乎陳蔡之間…」注

衝波傳、孔子去レ衞適レ陳、塗中見二二女採一レ桑。子曰、「南枝窈窕北枝長」。答曰、「夫子遊レ陳必絶レ糧。九曲明珠穿不レ得、著來問二我採桑娘一」。夫子至レ陳、大夫發レ兵圍レ之、令レ穿二九曲珠一、乃釋二其厄一。夫子不レ能、使二回・賜返問一レ之。其家謬言二女出一レ外、以二一瓜一獻二二子一。子貢曰、「瓜、子在レ内也」。女乃出、語曰、「用レ蜜塗レ珠、絲將レ繋レ蟻、蟻將レ繋レ絲。如不二肯過一、用レ煙燻レ之」。子依二其言一、乃能穿レ之。於レ是絶レ糧七日。

『衝波伝』にいふ、孔子衛を去りて陳に適《ゆ》き、塗中に二女の桑を採るを見る。子曰く、「南枝は窈窕《えうてう》として北枝は長し」と。答へて曰く、「夫子陳に遊びて必ず糧《かて》を絶たん。九曲の明珠穿《うが》ち得ず、著《いた》り来りて我が採桑の娘に問はん」と。夫子陳に至るに、大夫兵を発して之《これ》を囲み、九曲の珠を穿《うが》たしめて、乃ち其の厄《わざは》ひを釈《と》くとせり。夫子能《あた》はず、回（顔回）と賜（子貢）をして返りて之《これ》に問はしむ。其の家謬《いつ》はりて女《むすめ》は外に出づと言ひ、一瓜を以て二子に献ず。子貢曰く、「瓜は、子内に在るなり」と。女《むすめ》乃ち出で、語りて曰く、「蜜を用《もっ》て珠に塗り、糸は将《まさ》に蟻を繫《つな》がんとし、蟻は将《まさ》に糸に繫《つな》がれんとす。如《も》し肯《あ》へて過ぎざれば、煙を用《もっ》て之を燻《ふす》べよ」と。子其の言に依《よ》り、乃ち能く之《これ》を穿《うが》つ。是《ここ》に於いて糧《かて》を絶つこと七日なりき。

○清・陳厚耀『春秋戰國異辭』巻三十三・陳

衡波傳、孔子去レ衞至二於陳一、途中見二二女採一レ桑。子曰、「南枝窈窕北枝長」。答曰、「夫子遊レ陳必絶レ糧。九曲明珠穿不レ得、著來問二我採桑娘一」。夫子不レ聽而去。既至レ陳、陳大夫發レ兵圍レ之、使レ穿二九曲明珠一、始釋。夫子不レ能、思二採桑女所一レ言、令三門人返至二採桑處一。不レ見二二女一、見三桑枝土一塊、地遺二糠三簇一。回謂レ賜曰、「木邊加レ土必姓レ杜、糠三簇必名レ康、三姐姉妹」。詣二其家一問レ之、謬言二女出一レ外、以二一瓜一獻二二子一。子貢曰、「瓜、子在レ内。汝女必在レ家」。其母乃呼、出見誨レ之曰、「絲將レ繫レ蟻、蟻將レ繫レ絲。如不二肯過一、用レ煙薰レ之」。夫子如二其言一、乃能穿レ之。於レ是絶レ糧七日矣。

『衡波伝』にいふ、孔子衛を去りて陳に至らんとし、途中に二女の桑を採るを見る。子曰く、「南枝は窈窕《えうてう》として北枝は長し」と。答へて曰く、「夫子陳に遊びて必ず糧《かて》を絶たん。九曲の明珠穿《うが》ち得ず、著《いた》り来りて我が採桑の娘に問はん」と。夫子聴かずして去る。

既に陳に至るに、陳の大夫兵を発して之《これ》を囲み、九曲の明珠を穿《うが》たしめて、始めて釈《ゆる》さんとす。夫子能《あた》はず、採桑の女《むすめ》の言ふ所を思ひ、門人をして返りて採桑の処に至らしむ。二女を見ず、桑枝と土一塊、地には糠《ぬか》三簇を遺《のこ》すを見る。回賜に謂ひて曰く、「木辺に土を加ふるは必ず杜を姓とし、糠三簇は必ず康を名とせん、三は姐《はは》・姉・妹ならん」と。其の家に詣《いた》りて之《これ》に問ふに、謬《いつ》はりて女《むすめ》は外に出づと言ひ、一瓜を以て二子に献ず。子貢曰く、「瓜は、子内に在るなり。汝が女《むすめ》は必ず家に在らん」と。其の母乃ち呼ぶに、出でて見《まみ》へ之《これ》に誨《をし》へて曰く、「糸は将《まさ》に蟻を繫《つな》がんとし、蟻は将《まさ》に糸に繫《つな》がれんとす。如《も》し肯《あ》へて過ぎざれば、煙を用《もつ》て之《これ》を薫《ふす》べよ」と。夫子其の言の如くし、乃ち能く之《これ》を穿《うが》つ。是《ここ》に於いて糧《かて》を絶つこと七日なりき。

○南宋・王十朋『東坡詩集注』巻七・「祥符寺九曲観燈」詩「寶珠穿蟻鬧連宵」注

次公「小説載、『有下以二九曲寶珠一欲レ穿レ之而不上レ得、問二之孔子一。孔子教以下塗二脂於線一、使中蟻通上レ焉』」。

次公「小説に載す、『九曲の宝珠を以て之《これ》を穿《うが》たんと欲して得ざる有り、之《これ》を孔子に問ふ。孔子教ふるに脂《あぶら》を線《いと》に塗り、蟻をして焉《これ》を通さしむるを以てす』と」。

「長恨歌」と謫仙女楊貴妃

高芝麻子

はじめに

「長恨歌」は唐代の詩人白居易の手による長編の七言古詩である。絶世の美女として知られる楊貴妃と、名君として名高い玄宗皇帝のロマンスを描き、『源氏物語』を初めとする日本の古典文学に多大な影響を与えたことでも知られている。帝王と美女のロマンスが、外部の干渉により破綻し、美女は人間世界を去るという枠組の近似からか、大学の授業で扱うと、『竹取物語』に似ているという感想がしばしば寄せられる。確かに枠組だけ比較すれば、よく似た物語であると言えるかもしれない。しかし『竹取物語』のヒロインは罪を犯して地上に堕とされた月の世界の住人であるが、「長恨歌」のヒロイン楊貴妃はまぎれもない実在の人物である。もともと月に帰る運命であったかぐや姫と、人として生まれ人として死んだ後に仙女になった（という伝説がある）楊貴妃とでは、そもそもの前提が異なっていると言うべきだろう。

ところが、唐代以降、楊貴妃が実は謫仙（罪を犯すなどして地上に堕とされた仙人もしくは仙女。謫せられた仙女を以下謫仙女と称す）であったと描く作品が散見する。本稿では、その中のいくつかを紹介し、謫仙女という切り口から「長恨歌」の読まれ方を考えてみたい。

全百二十句からなる「長恨歌」は、大まかに分けて三つの場面から成り立っている。第一は、玄宗が楊貴妃と出会い、幸せな日々を送る場面。第二は、安史の乱により、楊貴妃を喪った玄宗が悲嘆に暮れる場面。第三は、玄宗のために方士（道教の修行者で、不思議な術を使うことができる者）が楊貴妃の魂を探し出し、蓬莱という仙山で方士と仙女楊貴妃が対面する場面となる。以下引用本文は『白居易集箋校　二』（上海古籍出版社、一九八八年）を適宜校訂して用いた（訳文などは筆者による）。

「長恨歌」第一、二場面

以下に本文を抜粋しながら、全体の流れを紹介しよう。第一の場面は、玄宗が楊貴妃を見いだす以下の句から始まっている。

漢皇重色思傾国　漢皇色を重んじて　傾国《けいこく》を思ふ
御宇多年求不得　御宇《ぎょう》　多年　求むれども得ず
楊家有女初長成　楊家に女《むすめ》有り　初めて長成し
養在深閨人未識　養はれて深閨《しんけい》に在れば　人未《いま》だ識《し》らず
天生麗質難自棄　天生の麗質　自《おの》づから棄て難く

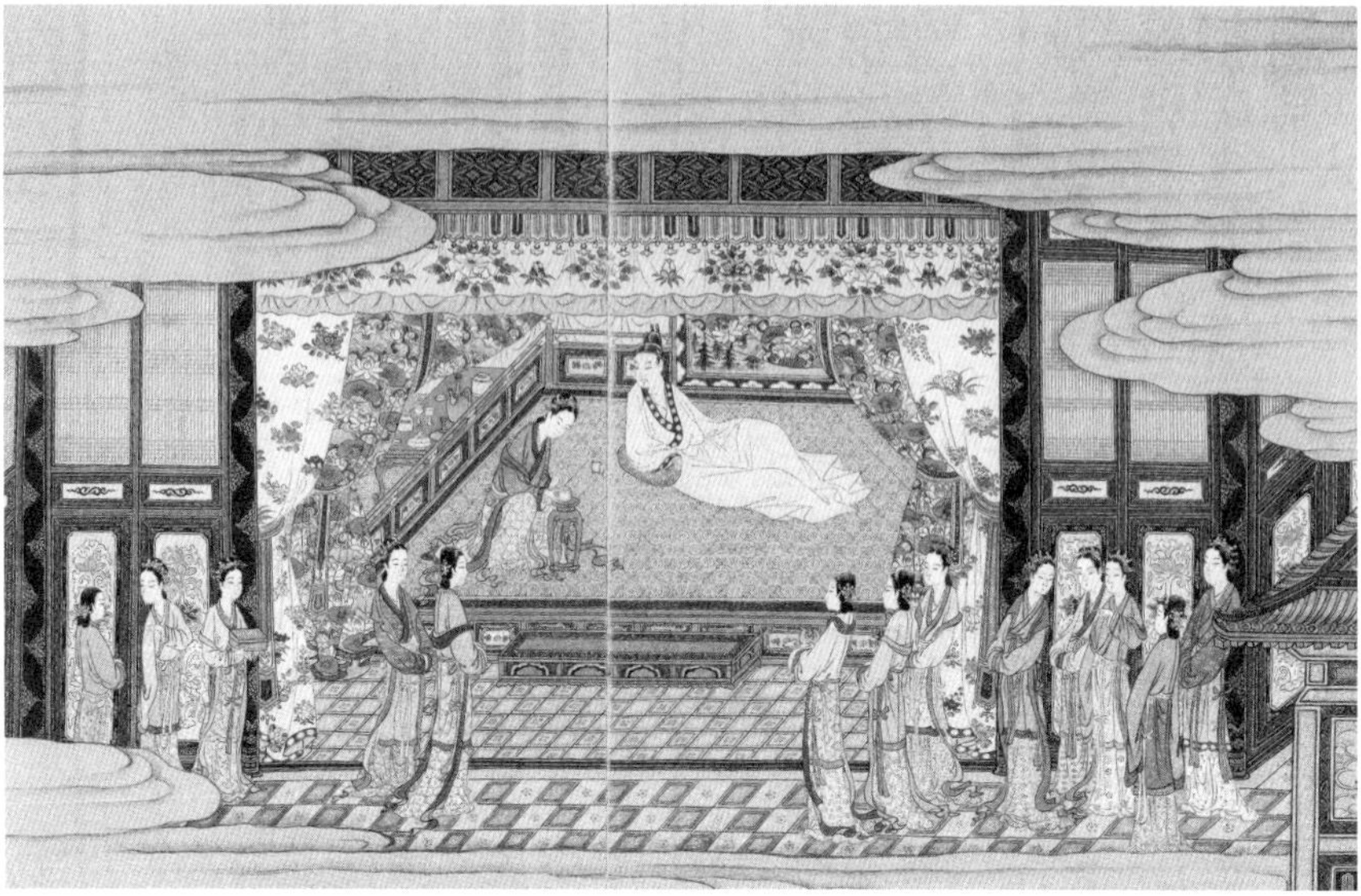

狩野山雪「長恨歌画巻」(『甦る絵巻・絵本2　長恨歌画巻：チェスター・ビーティー・ライブラリィ所蔵』勉誠出版、2006年より)

一朝選在君王側　　一朝選ばれて　君王の側に在り

「漢皇(漢の皇帝)」は、ここでは唐の皇帝である玄宗をいう。玄宗は長年、美女を求め続けていたけれども、なかなか出会うことができずにいた。楊家には人知れず大切に育てられてきた美しい娘がおり、その彼女が見いだされて玄宗の側に召し出されることとなる。

後宮佳麗三千人　　後宮の佳麗　三千人
三千寵愛在一身　　三千の寵愛　一身にあり

後宮には三千人もの美女がいるが、三千人で分け合うべき玄宗の寵愛を楊貴妃はただ一身に受けることとなる。玄宗は楊貴妃の色香に溺れ、政務も執らなくなってしまう。二人で楽しみを尽くす日々は、しかし長くは続かず、反乱軍が都へと迫り、その幸せは崩壊する。以下、第二の場面より、楊貴妃の死の描写を見てみよう。

九重城闕煙塵生　九重《きゅうちょう》の城闕《じょうけつ》に煙塵生じ
千乗万騎西南行　千乗万騎　西南に行く
翠華揺揺行復止　翠華　揺揺として　行きて復《ま》た止まり
西出都門百余里　西のかた都門を出づること　百余里
六軍不発無奈何　六軍発せず　奈何《いかん》ともする無し
宛転蛾眉馬前死　宛転たる蛾眉《がび》　馬前に死す
花鈿委地無人収　花鈿《かでん》　地に委《す》てられ人の収むる無く
翠翹金雀玉掻頭　翠翹　金雀　玉掻頭
君王掩面救不得　君王　面を掩《おお》ひて　救ふを得ず
回看血涙相和流　回《かえ》り看れば　血涙　相和《あいまじ》りて流る

九重の城闕、すなわち長安の宮殿は蹂躙され、反乱軍の手に落ち、玄宗はわずかな側近を伴って西南へと落ち延びていく。逃避行は遅々として進まず、ようやく都の西方百里（約六〇キロメートル）あまりの馬嵬《ばかい》という地にたどり着いたところで、護衛の兵士たち（六軍）は行軍を止め、楊貴妃はあえなくその地で落命する。翠翹、金雀、玉掻頭といった楊貴妃の髪飾りは、あろうことか地に散り落ちて放置され、玄宗は泣く泣く馬嵬を去り、成都（現在の四川省成都市）へと向かう。

「長恨歌」第三場面

無事に落ち延びた玄宗であったが、避難先の成都でも、首都長安に戻った後も、楊貴妃を喪った悲しみに鎖《とざ》されて過ごしていた。そこに一人の方士が訪れ、楊貴妃の魂を探し出すことを申し出て、第三の場面が始まる。彼は天上や地下を探し回るが、楊貴妃の魂は見つからない。

忽聞海上有仙山忽《たちま》ち海上に仙山有るを聞く
山在虚無縹緲間山は虚無《きょむ》縹緲《ひょうびょう》の間に在り
楼閣玲瓏五雲起楼閣《ろうかく》　玲瓏《れいろう》として　五雲起こり
其中綽約多仙子其の中に　綽約《しゃくやく》として　仙子《せんし》多し
中有一人字太真中に一人有り　字《あざな》は太真《たいしん》
雪膚花貌参差是雪の膚《はだ》　花の貌《かんばせ》　参差《しんし》として是れなり

方士は海上に仙山があるという話を聞きつける。そこには仙人がたくさんいるが、その中に太真という非常に美しい仙女がいると知り、会いに行く。玄宗からの使いと聞いて姿を見せた太真は、果たして楊貴妃その人であった。彼女は玄宗との思い出の品である香合（鈿合）とかんざし（金釵）を二つに分け、形見として片一方を自身の手元に留め、もう片一方を玄宗に渡してくれるように依頼する。

唯将旧物表深情

惟《た》だ旧物を将《もっ》て　深情を表し

鈿合金釵寄将去　鈿合《でんごう》　金釵《きんさ》　寄せ将《も》て去らしむ
釵留一股合一扇　釵《さ》は一股《いっこ》を留《とど》め　合《ごう》は一扇《いっせん》
釵擘黄金合分鈿　釵《さ》は黄金を擘《さ》き　合《ごう》は鈿《でん》を分かつ
但令心似金鈿堅　但《た》だ心をして金鈿の堅《かた》きに似しむれば
天上人間会相見　天上人間《じんかん》　会《かなら》ず相見《あいまみ》えん

楊貴妃はさらに、この形見の品のように変わらぬ心を持ち続けたなら、天上世界あるいは地上世界で再会することができるでしょうとの伝言を託した上で、以下のように思い出を語る。

臨別殷勤重寄詞　別れに臨みて　殷勤《いんぎん》に重ねて詞《ことば》を寄す
詞中有誓両心知　詞の中に誓ひ有り　両心のみ知る
七月七日長生殿　七月七日　長生殿
夜半無人私語時　夜半　人無く　私語の時
在天願作比翼鳥　天に在りては　願はくは比翼《ひよく》の鳥と作《な》り
在地願為連理枝　地に在りては　願はくは連理《れんり》の枝と為《な》らんと
天長地久有時尽　天長く地久しくも　時有りて尽《つ》く
此恨綿綿無絶期　此の恨み　綿綿《めんめん》として　尽《つ》くる期《とき》無からん

全体の結びにあたるこの部分では、かつての七夕の夜に、長生殿という宮殿で二人きり玄宗と交わした約束を詠っている。天上に生まれたなら翼を連ねて飛ぶ鳥となり、地上に生まれたなら枝を連ねる木となりましょう、との言葉は、玄宗と楊貴妃以外は知る人のない約束であり、方士が確かに楊貴妃本人に会った証拠となったのである。結びの二句は解釈が分かれるところであるが、ここでは、楊貴妃を失った玄宗の痛恨の思いが永遠に消えることはないという意で理解しておきたい。

このように、「長恨歌」は地上世界での幸福、喪失、仙人世界の訪問という三つの場面から成っている。仙人世界が虚構であることは自明だが、では、楊貴妃の生前を描く詩句は史実の通りなのであろうか。次章では、正史の記載と照らし合わせながら、この作品が何を描こうとし、何を描かなかったかという点について考えてみたい。

一、「長恨歌」の史実と虚構

白居易「長恨歌」は詩であるが、『白氏文集』巻十二には「長恨歌」とあわせて「長恨歌伝」という文が収録されている。書いたのは白居易の友人の陳鴻である。「長恨歌伝」の記載によれば、元和元年（八〇六）、白居易が陳鴻、王質夫と仙遊寺において宴を開いた際、玄宗と楊貴妃のロマンスについて語り合い、王質夫に勧められて詩の巧みな白居易がそのロマンスを詩に詠い、陳鴻が「長恨歌伝」を書いたのだという。なお「長恨歌伝」は「長恨歌」とほぼ同じ内容であるが、末尾に美女への耽溺を戒めることを目的として（懲尤物、窒乱階、垂於将来也）書いたものであることが明示されている。そのため「長恨歌も」世の戒めとして作られたとの見方もある。

しかし楊貴妃が玄宗皇帝の後宮に召されたのが七四〇年、安史の乱の混乱の中で楊貴妃が殺されたのが七五六年であり、「長恨歌」が書かれたのが八〇六年ということは、楊貴妃の死の五十年後に「長恨歌」は成立したこととなる。安史の乱の終結が七六三年で、白居易が生まれたのが七七二年であることから、白居易は当然、安史の乱を目の当たりにしていないし、楊貴妃にも玄宗にも会ったことはない。「長恨歌」は現実のできごとを題材にしているものの、そのできごとは年若い白居易らにとって遠い過去のものであり、むしろロマンティックな歴史物語として娯楽的に享受されていたのではないだろうか。

楊貴妃と玄宗の出会い

楊貴妃が玄宗の妃であり、安史の乱の最中に亡くなったことは、歴史書『旧唐書』（五代後晋に成立）、『新唐書』（北宋に成立）などの記載とも一致する。だが、正史の語る内容と、「長恨歌」の詩句は必ずしも一致しない。あるいは、敢えてぼかして書いたと思われる点がある。以下にその齟齬を確認したい。

第一場面では、玄宗はずっと運命の女性を探し求めていたが出会うことができずにいたとされ（漢皇重色思傾国、御宇多年求不得）、楊貴妃は深窓で誰にも知られず大切に育てられた未婚の箱入り娘であって（楊家有女初長成、養在深閨人未識）、初めて玄宗に見いだされたと詠われている。

しかし、正史の記述を見るとだいぶ様相が異なっている。『新唐書』によれば、そもそも楊貴妃が玄宗と出会ったとき、玄宗は最愛の妃であった武恵妃を喪い失意に暮れていた。後宮に美女は多くとも、傷心の玄宗の目にかなう女性はおらず、手を尽くして武恵妃の代わりを探しているときに、寿王瑁《ぼう》の妃が見いだされ玄宗の後宮に容れられることとなった。寿王瑁は玄宗と武恵妃の間に生まれた息子であり、もちろん息子の妃を奪うわけにはいかないため、一度、道士（道教の出家者）となることで俗世との関わりを断たせ、その上で妃としたという（『新唐書』巻五「玄宗紀」および巻七十六「楊貴妃伝」による）。この妃こそが後の楊貴妃である。

つまり、「長恨歌」においてひたむきに運命の人を探し求めていた玄宗は、実際には亡くなった最愛の妃の代わりとなる美女を求めていたのであり、「長恨歌」では初婚の箱入り娘であった楊貴妃は、玄宗の息子の妃、しかも玄宗最愛の武恵妃が生んだ息子の妃として玄宗に出会っていたのである。

白居易がこの経緯を知らなかったとは思われない。なぜなら「長恨歌伝」には玄琰《げんえん》の娘（後の楊貴妃）を寿王の屋敷で手に入れた（得弘農楊玄琰女於寿邸）とあるからである。「長恨歌伝」では寿王の妃とまでは書かれていないが、いずれにせよ深閨で養われて、人に知られていない女性とは称しがたいだろう。それでも「長恨歌」のヒロインである楊貴妃は、初婚の深窓の令嬢であらねばならず、玄宗は武恵妃への未練などとは無縁の皇帝であらねばならなかった。少なくとも白居易はそのように描こうとした。つまり、白居易は「長恨歌」のあるべきヒロイン像にあわせて史実を巧みに取捨選択し、あるいはいささかの虚構を織り交ぜているのである。

楊貴妃の死

続いて、楊貴妃の死の場面についても確認しよう。安史の乱に際して死んだことは、「長恨歌」にも描かれているが、その書き方には白居易の工夫が感じられる。史実では、馬嵬の地まで逃れたところで、玄宗の護衛を務める大将軍陳玄礼《ちんげんれい》が兵の反乱を恐れて楊国忠《ようこくちゅう》（楊貴妃の一族、政治家）を誅殺したが、それでも兵士は収まらず楊貴妃の処刑を要求し、玄宗はやむなくその要求を呑んでいる（『新唐書』巻七十六「楊貴妃伝」、巻百三十一「楊国忠伝」による）。楊貴妃への行きすぎた寵愛ゆえの、玄宗の政治への無関心と楊氏一族の行きすぎた重用とが政治を乱し、安史の乱を引き起こす要因となった以上、乱に対する玄宗の責任は重い。また兵士の怒りを鎮めるために楊貴妃の処刑を命じたのは紛れもなく玄宗本人である。つまり楊貴妃の死は玄宗自らが招いたものであるともいえよう。

では「長恨歌」ではどのように描かれているかというと、六軍（皇帝直属の軍）が動こうとしないのでやむを得ず、美しき楊貴妃は陛下の馬の前で命を落とすこととなった（六軍不発無奈何、宛転蛾眉馬前死）とあるだけである。「長恨歌」には乱の経緯にも処刑の顛末にも一切触れていない。その結果、罪のない幸せな夫婦が戦乱により幸福な日常を奪われ、楊貴妃は不幸にも亡くなってしまったかのように描かれている。「長恨歌」は、史実をなぞりながらも都合の悪い事実については曖昧な表現に徹することで、玄宗と楊貴妃の美しい悲恋を描く作品となっていると言えるだろう。

このように白居易「長恨歌」の第一、第二の場面は、基本的には史実をなぞりながら、美しい悲恋の物語に仕立てるため、わずかに虚構を加え、あるいは丁寧に史実を取捨選択している。白居易は歴史事実を客観的に描こうとしたのではなく、その取捨選択によって、戦乱で引き裂かれる美しき悲恋を描こうとしたのである。

二、中国の謫仙女楊貴妃

「長恨歌」を踏まえ、楊貴妃が死後、仙人世界にいたことを描く詩文は、数多く見られる。例えば、五代・杜光庭（八五〇〜九三三）の『仙伝拾遺《せんでんしゅうい》』にも、「長恨歌」と同じく、方士が玄宗の意を受けて、楊貴妃の魂を探し求める話が見える（『太平広記』巻二十「神仙」）。玄宗のもとに戻った方士の楊什伍《ようじゅうご》が、東海の海上にある蓬萊山（仙界）のいただきに楊貴妃がいた旨を報告する場面では、楊貴妃から楊什伍に対する言葉として、以下のように語られていることが、注目に値する。

謂什伍曰、我太上侍女、隷上元宮。聖上太陽朱宮真人。偶以宿縁世念、其願頗重、聖上降居於世。我謫於人間、以為侍衛耳。此後一紀、自当相見。願善保聖体、無復意念也。

（什伍《じゅうご》に謂《い》ひて曰く、「我は太上の侍女にして、上元宮に隷《したが》ふ。聖上は太陽朱宮真人なり。偶《たまた》ま宿縁世念を以て、其の願ひ頗《すこぶ》る重く、聖上は降りて世に居る。我人間《じんかん》に謫《たく》せられ、以て侍衛を為すのみ。此の後一紀にして、自ら当に相見ゆべし。願はくは善しく聖体を保ち、復《ま》た意念する無かれ」と。）

現代語訳：楊貴妃が楊什伍に言った。「私は上元宮で太上老君にお仕えする侍女でありました。聖上（玄宗）はもともと太陽朱宮真人という仙人でございます。たまたま深いご縁がございまして、陛下は私を心から愛してくださったがために、地上に堕とされることとなり人間世界におられました。私も恋をしたという罪のゆえに人間世界に堕とされ、お側にお仕えしたにすぎません。このあと一紀（十二年）の後にまたお目に掛かることとなりますでしょう。ですから、どうかお体をお大事になさって、これ以上思い煩いをなさいませんように。」

これによれば玄宗はもともと太陽朱宮真人という仙人であり、宿縁や俗念に惹かれて俗世に降っていた者であった。同じくもともと仙女であった楊貴妃も人間社会に降されて、玄宗の身辺に侍っていたのだという。『仙伝拾遺』に見える楊貴妃（および玄宗）は、謫仙として描かれているのである。

楊貴妃が謫仙女であったとする作品は『仙伝拾遺』だけではなく、戯曲である明・呉世美『驚鴻記』や、清・洪昇『長生殿』などいくつも残っている。例えば『長生殿』第三十齣「情悔」では、楊貴妃が、自分はもともと蓬莱の仙女であり、一時的に地上に謫せられていたこと（我原是蓬萊仙子、遣謫人間）や、地上で楊玉環（楊貴妃）として生活していたころに戻りたいこと（只願還楊玉環旧日的匹聘）などを訴える台詞が見える。

このように楊貴妃が謫仙女であったとする物語は、中国において遅くとも十世紀ごろには成立し、後々まで広く知られるものであった。では、日本ではどうあったのであろうか。

三、日本の謫仙女楊貴妃

『源氏物語』に言及される楊貴妃も、「長恨歌」を踏まえた表現が多く見られる。例えば桐壺の巻には、亡くなった桐壺の更衣を偲ぶ帝が、女房たちとともに明け暮れ「長恨歌」を描いた絵を見、和歌や漢詩について話しながら過ごす場面が描かれる（『源氏物語　一』岩波新日本古典文学大系、柳井滋他校注、一九九三年）。

このごろ明暮れ御覧ずる長恨歌の御絵、亭子院のかゝせ給て、伊勢、貫之に詠ませたまへる、大和言の葉をも、唐土の歌をも、たゞその筋をぞ枕言にせさせ給ふ。

また、「長恨歌」で楊貴妃のすみかを方士が尋ね至ったように、遺品をたよりに桐壺の更衣を尋ねられたらと願ったことも語られている。

かの送り物（引用者注：桐壺の更衣の遺品）御覧ぜさす。亡き人（引用者注：桐壺の更衣）の住みか尋ね出でたりけむしるしの髪ざしならましかば、と思ほすもいとかひなし。

例に挙げた箇所を含め、『源氏物語』で言及される楊貴妃は謫仙女として描かれているようには思われない。少なくとも「長恨歌」は『源氏物語』の文脈においては、人として生まれた楊貴妃が仙界に遷った物語として受容されているように見える。しかし、遅くとも平安時代の末には日本においても謫仙女楊貴妃への言及が見られるようになる。

例えば、平安時代末期の説話集である『注好選』の上巻には、中国の故事が多く集められている（『三宝図注好選』岩波新日本古典文学大系、馬淵和夫他校注、一九九七年）。その中に「漢皇涕密契」という玄宗と楊貴妃の悲恋を描く物語が見える。「長恨歌」と同様に、楊貴妃の死後、魂を求めて方士が蓬莱に至り、仙女である楊貴妃を見いだす物語であるが、そこで楊貴妃は本来自身が仙女であり、下界に生まれて一時的に玄宗と夫婦になったことを語る。以下に楊貴妃の台詞を抜粋しよう。

貴妃云、為遂宿習生下界暫為夫婦。使者求吾丁寧得相見。早退依実可奏。

（貴妃云《い》ふ、「宿習を遂げんが為に下界に生まれて暫《しばら》く夫婦と為る。使者吾に求むること丁寧なれば相見るを得《う》。早《つと》に退きて実に依《よ》りて奏すべし」と。）

現代語訳：楊貴妃が言った。「宿習を成就するために地上に生まれて、玄宗陛下とかりそめに夫婦となりました。陛下の使者であるあなたが誠実に私への面会を求めたため会うことができました。早くお戻りになって、陛下にありのままにお伝えください。」

「宿習」、つまり過去世からのならいによって下界に降り、玄宗と夫婦になったと述べているのであるから、もともとこの楊貴妃は仙女であったと考えられる。玄宗が仙人であったとは描かれていないものの、『仙伝拾遺』と類似する発想が日本でも平安時代末期には見いだしうるのである。

『続古事談』と尸解仙楊貴妃

楊貴妃を謫仙女として描く例は漢文だけではなく、和文にも見い出せる。鎌倉時代初期（建保七年（一二一九））の成立とされる『続古事談』『古事談 續古事談』（岩波新日本古典文学大系、川端善明他校注、二〇〇五年）巻六「漢朝」にも、楊貴妃がもともと仙女であったことが論じられている。

楊貴妃は、尸解仙といふものにてありけるなり。仙女の化して人となれりけるものなり。尸解仙といふは、いけるほどは人にもかはらずして、死後にかばねをとゞめざるなり。或いは唐書の中に「皮膚已壊、香囊猶在」といへり。このゐむにあへり。はだへ、すがたなどはなくて、香嚢ばかりありけり。

これによれば、楊貴妃は「尸解仙《しかいせん》」であり、しかも謫仙女（仙女の化して人となれりけるもの）とされている。「尸解仙」は死後仙人になった者をいい、死後に魂だけ肉体を抜け出して仙人になる場合と、死後に蘇って肉体ごと仙人となる場合があるが、後者では、墓の中に亡骸が残らず、衣服や装身具だけが残ることになる。『続古事談』で語られているのは、まさに後者のパターンであり、『唐書』に「皮膚已壊、香嚢猶在」とあるのがその証左とされている。ここでいう『唐書』は『旧唐書』のことで、巻五十一「楊貴妃伝」に以下のように見える。

上皇密令中使改葬於他所。初瘞時以紫褥裹之、肌膚已壊、而香嚢仍在。内官以献、上皇視之悽惋。乃令図其形於別殿、朝夕視之。

（上皇密かに中使をして他所に改葬せしむ。初め瘞《うず》めし時は紫褥を以て之を裹《つつ》むも、肌膚已に壊れ、而《しか》るに香嚢仍《な》ほ在り。内官は以て献じ、上皇之を視て悽惋たり。乃ち其の形を別殿に図せしめ、朝夕に之を視る。）

現代語訳：上皇（玄宗）はこっそりと宦官に命じて、楊貴妃の亡骸を他の場所に改葬させた。埋葬したときに紫色の布で亡骸を包んでいたが、肌はすでに朽ちてしまい、香袋だけがそのまま残っていた。宦官はそれを献上し、上皇はそれを見て耐え難く辛い気持ちになった。そこで楊貴妃の姿を別殿に描かせ、朝晩にその絵姿を眺めていた。

これは仮埋葬された楊貴妃の亡骸を、長安への帰還後に改葬しようと掘り起こした際の記事である。本文中の「肌膚已壊」は亡骸の損壊が進んだことを意味しており、亡骸が消えていたとする『続古事談』の解釈は、妥当なものとは言いがたい。だが、ここで注目すべきは、『続古事談』が「尸解仙」楊貴妃の伝説を踏まえ、遡って『旧唐書』を解釈しているという点であろう。

能「楊貴妃」と「長恨歌序」

十五世紀の金春禅竹が作った能「楊貴妃」（『謡曲①』小学館新編日本古典文学全集、小山弘志他校注、一九九七年）も「長恨歌」を踏まえた作品である。方士が仙界の楊貴妃に出会う場面の冒頭に見える、楊貴妃の言葉を以下に示す。

われ（引用者注：楊貴妃）もそのかみは、上界の諸仙たるが、往昔の因みありて、かりに、人界に生れ来て、楊家の深窓に養はれ、いまだ知る人なかりしに、君きこしめされつつ、急ぎ召し出だし、后宮に定め置き給ひ……

この作品は「長恨歌」の後半の仙界訪問譚の筋を忠実になぞっており、「楊家の深窓に養はれ、いまだ知る人なかりしに」が、「長恨歌」の「楊家有女初長成、養在深閨人未識」を踏まえているなど、表現の上でも「長恨歌」の多大な影響を受けている。しかし楊貴妃が自らを指して「上界の諸仙（天上世界の仙人）」と述べるくだりは当然「長恨歌」には見えない。これは「長恨歌序」という文を踏まえたものである。「長恨歌序」は「長恨歌」の序として広く読まれていた文であるが、いつ誰が書いたものであるかは明らかではない。日本にしか現存せず、中国の古い文献の中に言及されていないこと、千三百年以前の文献に遡れないことなどから、日本で書かれたものと考える論者が大勢を占める。詳細は近藤春雄『長恨歌・琵琶行の研究』

（明治書院、一九八一年）などに譲るが、その序文には以下の一節があり、能「楊貴妃」に「長恨歌」のみならず「長恨歌序」の影響があることが確認できる。

謂使者曰、我本上界諸仙、先与玄宗有恩愛之故、謫居於下世、得為夫妻。既死之後、復恩愛已絶、今汝来求我、恩愛又生。不久却於人世、得為配偶。以此為長恨耳。

（使者に謂ひて曰く、「我本と上界の諸仙なり、先づ玄宗と恩愛有るが故に、謫せられて下世に居り、夫妻と為るを得。既に死せるの後、復た恩愛已に絶ゆ、今汝来りて我を求むれば、恩愛又生ず。久しからずして人世に却《かえ》りて、配偶を為すを得ん。此を以て長恨と為すのみ」と。）

現代語訳：楊貴妃が玄宗からの使者に言った。「私はもともと天上世界の仙人でした。玄宗陛下と愛し合ってしまったばかりに、地上に堕とされて、陛下と夫婦になることができました。死んでからは、愛情はすでに消え果てていたのですが、今、あなたが私に会いに来たため、愛情が蘇ってしまいました。遠からず人の世に戻って、また陛下と夫婦になれることでしょう。これこそが長恨というものでございます。」

本稿では紙幅の都合で論じることができないが、このほかにも延慶本や長門本『平家物語』巻二にも楊貴妃が謫仙女として登場し、あるいは文保二年（一三一八）の序を持つ『渓嵐拾葉集』巻六では楊貴妃が熱田明神の化身であったと描かれるなど、楊貴妃の前身については様々な言説が見いだせる。謫仙女楊貴妃の物語は、日本においても様々なバリエーションを生みながら広く流布していたのである。

四、遡る謫仙女像

もともと人であった楊貴妃が死後に仙女となる「長恨歌」の物語のバリエーションとして、謫仙女楊貴妃の物語が生じ、日中ともに流布していたことを以上に論じてきた。しかし、謫仙女としての楊貴妃像の萌芽は彼女の生前にまで遡ることができる。その代表例として、盛唐・李白「清平調三首」其一（『唐詩選』巻七）を挙げよう。楊貴妃の美しさを讃えるために玄宗が李白に作らせたとされる連作詩の第一首である。

雲想衣裳花想容　雲には衣裳を想ひ　花には容を想ふ
春風払檻露華濃　春風は檻を払ひて　露華濃《こまや》かなり
若非群玉山頭見　若《も》し群玉の山頭に見るに非ざれば
会向瑤台月下逢　会《かなら》ず瑤台に向《あ》りて月下に逢はん

現代語訳：雲を見れば楊貴妃のお召し物を思い出し、牡丹の花を見れば楊貴妃のお顔立ちを思い出す。春風があずまやの手すりをかすめて吹き、露に濡れた牡丹の花はあでやかに美しい。（このように美しい人であるならば必ずや仙女であろうから、）仙女のいる群玉山のいただきでお目に掛かるのでなければ、瑤台で月明かりの下でお会いするべき方に違いない。

前半は楊貴妃の姿を雲や花の美しさに重ねながら描き、後半二句では、このように美しいからには楊貴妃は群玉山か瑤台に住まう仙女であるに違いないと詠っている。李白は彼自身、謫仙人と称せられるほどに浮き世離れした詩人であった。生前の楊貴妃を仙女であると描いたとされる詩を謫仙李白が残していることは、楊貴妃を謫仙女に結びつける発想の源の一つとなったであろう。

楊貴妃が後世しばしば謫仙女として理解されてきたこと、生前すでに楊貴妃を地上に降り立った仙女と詠ったとされる詩があることを以上に確認してきた。ではこれらを踏まえて、「長恨歌」に立ち返りたい。「長恨歌」の楊貴妃は決して謫仙女として描かれていない。だが、楊貴妃を尸解仙であると信じる『続古事談』の作者が、その根拠として『旧唐書』の記載を枉げて解釈したように、「長恨歌」を謫仙女の物語として読むことは可能なのだろうか。

馬嵬の空塚

まず楊貴妃は尸解したので墓が空になっていた（空塚）という発想について確認したい。正史『旧唐書』に見える楊貴妃改葬時の「肌膚已壊、而香嚢仍在」という記事を、『続古事談』が空塚の根拠としていることはすでに紹介した。実はこれは日本のみに見られる発想ではない。『長生殿』第四十五齣「雨夢」などでも楊貴妃は尸解仙とされており、墓に亡骸はなく香嚢のみが残されたと描かれている。

楊貴妃の生涯を詠う晩唐・鄭嵎「津陽門詩」（『全唐詩』巻五百六十七、全二百句）にも、楊貴妃改葬時の墓の描写があり、自注が付されている。

宮中親呼高驃騎　　宮中に親しく高驃騎を呼び
潜令改葬楊真妃　　潜《ひそ》かに楊真妃を改葬せしむ
花膚雪艶不復見　　花膚　雪艶　復《ま》たは見ず

空有香嚢和涙滋　空しく香嚢の涙と和して滋《しげ》き有り
〔自注〕及改葬之時、皆已朽壊、惟有胸前紫繍香嚢中、尚得氷麝香。持以進上皇、上皇泣而佩之。
（改葬の時に及び、皆已に朽壊するも、惟だ胸前に紫繍の香嚢中有るのみ、尚ほ氷麝香を得《う》。持ちて以て上皇に進め、上皇泣きて之を佩《お》ぶ。）

現代語訳：宮殿で玄宗の信頼厚い宦官高力士にじきじきに命じて、こっそりと楊貴妃を改葬させた。彼女の花の如く雪の如き白くつややかな肌はもう見ることはできない。ただ彼女の香袋と玄宗のとめどない涙があるばかりなのだ。〔自注〕改葬に際し、何もかもがもう朽ちてしまっていたけれど、ただ楊貴妃の胸元に紫色の刺繍のある香袋だけが残っていて、まだ氷麝香のかおりがした。それを持ち帰って上皇（玄宗）に献上すると、上皇は泣きながらそれを身につけた。

「津陽門詩」自注は『旧唐書』と同じく亡骸が損壊していたことを言うに過ぎず、詩句も同様の意味でしか解釈できない。しかし『続古事談』や『長生殿』を踏まえ、『旧唐書』の文言が空塚を意味すると考える人であれば、「津陽門詩」の自注も、そして本文「花膚雪艶不復見（彼女の花のような肌、雪のような艶を再び見ることはできない）」も楊貴妃が尸解仙となったことを意味していると考えたとしても不思議はない。

　これを踏まえ、「長恨歌」に立ち戻ろう。楊貴妃を喪った玄宗が都に戻る途上、馬嵬を通った際の様子を「長恨歌」では以下のように描いている。

馬嵬坡下泥土中　馬《ば》嵬《かい》坡《は》の下　泥土の中
不見玉顔空死処　玉顔を見ず　空しく死せし処

現代語訳：馬嵬の坂の下、ぬかるんだ土の中に、玉の如く美しいかんばせは見当たらない、ここはあの人が儚く散った場所なのだ。

今は亡き楊貴妃の美しい姿をもう二度と見ることができないとの意味で理解される句である。「長恨歌」のこの句も馬嵬の泥土の中に楊貴妃の玉顔を見いだせないのであるから、楊貴妃が尸解仙であることを詠っているのだと解釈することも可能にはちがいない。

「長恨歌」や「津陽門詩」、『旧唐書』に見える墓への言及は、本来的には楊貴妃の亡骸の不在を意味する表現では決してない。しかし、『続古事談』や『長生殿』など、楊貴妃が尸解仙であり、馬嵬の墓が空塚であったとする解釈が定着した後には、遡ってこれらの文献も楊貴妃の亡骸の消失を意味すると読まれたであろうし、むしろその証拠とも見なされたのである。

再びの謫仙

続いて、楊貴妃と玄宗の再会がどのように描かれているのか、検討してみよう。

先に謫仙女の楊貴妃についても確認したい。例えば、『仙伝拾遺』の楊貴妃は方士に対し、十二年（一紀）の後に再会するであろうと語っていた。この再会は地上のことか天上のことか定かではない。一方、「長恨歌序」においては、恩愛の思いを捨てきれぬゆえに再度地上に謫せられるであろう（今汝来求我、恩愛又生。不久却於人世、得為配偶、以此為長恨耳）と述べ、再び地上に降ろされて出会うことを予見している。

「長恨歌」においても、仙女楊貴妃が天上世界か地上世界でいつか再会できるでしょうと、『仙伝拾遺』と

狩野山雪「長恨歌画巻」(『甦る絵巻・絵本2　長恨歌画巻：チェスター・ビーティー・ライブラリィ所蔵』勉誠出版、2006年より)

同様に場所を定めないながらも再会に言及しているが、これは気休めの曖昧な言葉に感じられる。ところが「長恨歌伝」では、玄宗と楊貴妃が七月七日の夜に二人きりで語り合ったおりに、何度生まれ変わっても夫婦になりたいと願った（願世世為夫婦）という生前の思い出に続けて、その願いのゆえに仙界にいられなくなること、俗世に戻って玄宗と再び縁を結ぶこと（因自悲曰、由此一念、又不得居此、復於下界、且結後縁）が仙女楊貴妃の口から語られる。つまり「長恨歌伝」でも「長恨歌序」と同様、恩愛の思いゆえに地上に戻され、そこで再会すると語られているのである。

ところで、もともと人であった「長恨歌伝」の楊貴妃には、もちろん過去において謫せられた経験はない。そうである以上、彼女の言葉の中にある「又不得居此（仙界にいられなくなる）」の「又」は語調を強める語と読むこととなるだろう。しかし、謫仙女楊貴妃の物語を前提としてこの言葉を読めば、どうであろうか。一度地上に堕とされていた楊貴妃がやっと仙界に戻ったものの、この恩愛の思いゆえに「また」仙界にいられなくなる、と理解されるのではないだろうか。「長恨歌伝」を謫仙女の物語として読む者にとっては、あわせて読まれる「長恨歌」の「天上世界か地上世界でいつか再会できるでしょう（天上人間会相見）」との言葉も、謫仙女の言葉と見なして違和感はないはずである。

つまり、楊貴妃が謫仙女であるとの解釈が成立した後には、「長恨歌」や「長恨歌伝」もまた遡って謫仙女の物語として読み解くことが可能であり、実際そのように読む読者が多くいたものと考えられる。十五世紀の能「楊貴妃」が「長恨歌」「長恨歌伝」とあわせて「長恨歌序」をも作品中に取り込み、あるいは江戸時代の「長恨歌」刊本にしばしば「長恨歌序」が付されていたことは、「長恨歌序」に見える謫仙女としての楊貴妃像が、違和感なく「長恨歌」に適用されていたことを表す何よりの証左となろう。

終わりに

改めて話を整理してみよう。

「長恨歌」に見える楊貴妃は、悲恋のヒロインとしていくらか虚構が織り込まれているとしても、あくまでも生身の人間として生き、死後にはじめて仙女となった存在として描かれていた。同時期の「長恨歌伝」も、「長恨歌」同様、人として生きた楊貴妃を描いている。そもそも「長恨歌」に描かれる悲恋は、謫仙女の楊貴妃が戦乱をきっかけに仙界に帰るよりも、本来人間世界において添い遂げられるはずの二人が戦乱で引き裂かれる方が、より劇的で鮮烈なものとなるだろう。そうである以上、「長恨歌」に見える生前の楊貴妃は謫仙女ではなく、現実を生きた人間の女性である方が相応しいに違いない。

しかし、「長恨歌」から派生的に生まれた謫仙女楊貴妃の物語は、中国でも日本でも多くの読者を獲得した。これもまた事実である。そして、その読者の中には遡って「長恨歌」をも謫仙女楊貴妃の物語として受容した者が多くいたと想像される。それは、江戸時代の日本において「長恨歌」に「長恨歌序」が添えられて刊行されていたことなどからも窺い知ることができるだろう。

原文に即した作品の内容理解と、解釈変遷の歴史とは、切り分けて考える必要がある。白居易の書いた「長恨歌」の楊貴妃は、本来的には決して謫仙女ではない。しかし、謫仙女の物語として享受した者がいたであろうこともまた否定しがたい。そのように考えれば「長恨歌」と『竹取物語』が似ていると感じる現代の大学生たちの感性は、決して的外れなものではないだろう。むしろ、「長恨歌」受容史上に大きな位置を占める謫仙女楊貴妃に繋がるような読み方が、「長恨歌」のみを読んだ感想の中に現れてくる点に、謫仙女物語の魅力と魔力とが裏付けられていると理解すべきなのかもしれない。

古典文学の本文を考える
——写本・古筆切の世界

徳植俊之

一、私たちは作者の書いた原本の本文を読んでいるのか？

初めに、一つ問題を出そう。次の文章はある有名な作品の冒頭部分であるが、それはなんという作品か？

をとこもすといふ日記といふ物を、をむなもして心みむとてするなり。（本文A）

答えは……、そう『土佐日記』である。でも、もしかすると「あれ？」と思っている方もいるのではないだろうか。『土佐日記』だとは思うけれど、なんだかちょっと違うような気が……。

教科書で読んだ『土佐日記』の冒頭は、次に挙げる本文であったはずである。

をとこもすなる日記といふものを、をむなもしてみむとてするなり。（本文B）

両者を比較すると、２カ所に違いのあることに気づくだろう。

・すといふ（本文A）―すなる（本文B）
・心みむとて（本文A）―みむとて（本文B）

では、この二つの本文は何か？その答えを明かす前に、『土佐日記』の写本について少し説明しておく必要がある。

まず知っておいてほしいのは、古典作品というのは、作者の書いた原本を多くの人々が書き写して今日まで伝わっているということである。現代のように、本屋に行けば、今活躍中の作家、たとえば村上春樹や又吉直樹の作品や、明治の文豪夏目漱石の本がすぐに手に入るという状況にはなかった。その作品を読みたいときは、本を借りてくるしかない。借りた本は返さなくてはならないから、手元に置いておきたかったら書き写しておくしかないのである。そうやって、多くの写本が生み出されていった。

ところで、平安時代の文学作品で、作者自身が書いた原本はどのくらい残っているのだろうか。答えは、「0」である。『源氏物語』も『枕草子』も『更級日記』も作者自筆の原本は残っていない。原本どころか、平安時代の写本さえも現存しないのである。だから、私たちは、作者自筆の原本を読んでいるのではなく、後の時代の人が書き写した写本を読んでいるのである。

さて、『土佐日記』の話に戻そう。実は、『土佐日記』の場合、紀貫之自筆の原本が、少なくとも室町時代の十五世紀終わりごろまでは残っていた。これは極めて珍しいケースであるし、そのことが確認できるということも非常にレアなことである。では、なぜ、十五世紀末まで残っていたということがわかるのか。それは、貫之自筆の『土佐日記』を見て、それをそっくり忠実に書き写した写本が残っているからである。

貫之自筆本を書写した一人目は藤原定家である。定家は文暦二年（嘉禎元年・一二三五）に貫之自筆の原本を直接見る機会を得て、それを書写した。当時、定家は七十四才。その写本の冒頭部分が「本文A」である。定家は奥書に、貫之自筆本の書誌的データや本文の書き方、特に和歌の書き方について詳細に原本の様子を書き記している。また、最後の二丁分は貫之の筆跡をまねて書写しており、能書家と言われた貫之の筆跡を知る貴重な手がかりともなっている。貫之自筆本を眼にした定家の興奮が伝わってくるようである。この定家本は現存しており、インターネット上に画像も公開されている（「国立国会図書館デジタルコレクション」）。

その翌年の嘉禎二年（一二三六）、定家の息子藤原為家がやはり貫之自筆本を見る機会を得て、同様に書写した。その冒頭部分が「本文B」である。為家書写本も現存している（大阪青山歴史文学博物館蔵）。

さらに、室町時代に入って、松木宗綱が延徳二年（一四九〇）に、また三条西実隆が明応元年（一四九二）にそれぞれ貫之自筆本を書写している。残念ながら、宗綱書写本も実隆書写本も現存しないが、それをさらに忠実に転写した写本が残っている。

これら、定家本、為家本、松木宗綱本、三条西実隆本を比較検討することで、貫之自筆本の本文復元に成功したのが池田亀鑑であった（『古典の批判的処置に関する研究』）。『土佐日記』は、平安時代の作品において、作者の書いた原本の本文を復元することができる唯一の作品なのである。

さて、話を元に戻すが、同じ貫之自筆本を見て書写した定家本と為家本とで、冒頭から本文が違っているのはなぜだろうか。その原因はおそらく、誤写であっただろう。この冒頭部分は、定家本以外はすべて「男もすなる日記といふ物を、女もしてみんとてするなり」となっているので、確率論からして、貫之自筆本の本文は為家本の本文と一致していたはずである。とすれば、定家が意図的に書き換えたか、そうでなければ誤写と見るほかない。作者自筆本を見て、それを定家が意図的に書き直すことはあり得ないから、これは定家の誤写と考えるのがよいだろう。実際、当時定家は七十四才で、奥書にも目が不自由であるのを押して写したと書いている。定家ほどの人が書写したのだから、正しいに決まっているとは言えないのである。書写すれば、当然誤写もある。それが、写本の世界である。

活字文化にどっぷりつかっている私たちは、どの出版社の本も同じ本文であると思い込んでいる。実際に、芥川龍之介の『羅生門』はどの出版社の本で読んでも、もちろんどの教科書で読んでも同じ本文である。でもそれが常識として通用しないのが、古典文学の世界、写本の世界なのである。

二、『古今和歌集』の本文

ところで、『土佐日記』を書いた紀貫之は、文学史上もう一つ大きな功績を残した。それは、撰者の一人として『古今和歌集』の編纂にあたり、「仮名序」を書き残したことである。『古今和歌集』は延喜五年（九〇五）に醍醐天皇の勅命により編纂された第一勅撰和歌集で、撰者は貫之のほか、紀友則・凡河内躬恒・壬生忠岑がつとめた。

勅撰和歌集というのは、天皇あるいは上皇が勅命を下して作らせた和歌集で、『古今和歌集』を嚆矢として、室町時代の『新続古今和歌集』まで二十一の勅撰集が編纂された（これを総称して二十一代集と呼ぶ）。勅撰和歌集は完成すると勅命を下した天皇（上皇）に献上される。これを奏覧といい、その完成本を奏覧本と呼ぶ。

この奏覧本は宮中の書庫に収蔵されていたはずだが、実際には、二十一代集のすべてにわたって、奏覧本そのものは残っていない。実は、『古今和歌集』の奏覧本について、平安時代末期に藤原清輔が『袋草子』という歌学書の中で興味深い話を伝えている。それによると、『古今和歌集』の証本（由緒正しい本文を伝える善本）には「陽明門院御本」・「小野皇太后宮御本」（以上の本はいずれも貫之自筆とする）・「花園左府御本」（貫之妹筆とする）の三種の本があり、このうち「陽明門院御本」は醍醐天皇に献上された奏覧本を陽明門院（後朱雀帝后禎子）が相伝し、後に顕綱朝臣に下賜され、さらに転々とした後、公信朝臣の許で焼失したというのである。この言説を信じれば、本来宮中にあるはずの奏覧本は、流出していたことになる。また残りの二本も、「小野皇太后宮御本」は後冷泉帝后歓子（小野皇太后）の許で焼失、「花園左府御本」のその後については書いていないので、今となっては不明である。『袋草子』では、これら三本の本文は同じで、しかも世間に流布している本とは異なっていたとも記されており、どのような本文であったのか非常に興味引かれるところである。

さて、現存する『古今和歌集』の古写本に目を転じてみよう。平安時代の写本で、二十巻すべてを揃えた完本としては「元永本」（元永三年（一一二〇）写）がもっとも古い。また、書籍の一頁分、あるいはさらにその一部分を切りとったものを「断簡」あるいは「古筆切」と呼ぶが、この断簡としては十一世紀半ばごろの書写と推定されている「高野切」がもっとも古い。しかし、「高野切」にしても『古今和歌集』が編纂されてから百五十年近く後の写本である。

ところで、現在、私たちが読んでいる『古今和歌集』の底本（活字にするときに基とする本）は藤原定家が書写した定家本の系統の本を用いる。定家本のように長く一般に読まれ、世間に流布した本を「流布本」という。定家は、父藤原俊成の本（俊成本）を基にして、これを校訂して定家本を作った。俊成、定家と代々和歌を生業としている家には、しかるべき由緒ある写本が必須であった。したがって、俊成・定家親子の家には証本と呼べるような『古今和歌集』の写本があったはずであり、また二人は何度も『古今和歌集』を書写して複数の写本を残していた。そうした写本の一部は現存している。定家が嘉禄二年（一二二六）に書写した『古今和歌集』（国宝）は今も冷泉家時雨亭文庫に収蔵され、影印本も出版されている（冷泉家時雨亭叢書２・朝日新聞社）。では、俊成の書写した写本は、というと残念ながら完本では残っていないが、古筆切としてその一部が現存している。次に、俊成筆と伝える古筆切を鑑賞しながら、平安時代書写の『古今和歌集』の写本の世界を味わってみよう。

三、書籍の切断——古筆切の登場——

藤原俊成が書写したと伝えられている『古今和歌集』の古筆切には、「顕広切」・「御家切」・「了佐切」・「昭和切」の四種の断簡が知られている。そもそも書籍の断簡が書の愛好家や収集家の間で珍重されるのは、名筆と言われる美術的価値の高い書や、著名な人の書を手元に置いて鑑賞したいという欲求から始まっている。多くの人がほしいと思っても、書籍の数は限られている。それならば、断簡に切り分けてしまえば多くの人々が手にすることができるだろう、というわけで貴重な典籍が切られていったのだ。これは書に限らない。有名な佐竹本『三十六歌仙』の歌仙絵が益田鈍翁らによって三十六枚に切断されて諸家に分蔵されていることはよく知られている。

また、定家筆の小倉色紙を嚆矢として、仮名で書かれた古筆切が茶道の床掛けとして用いられるようになったことも大きく影響して、茶道の広まりとともに、多くの典籍が切断され掛け軸にされていったのである。

古筆切の世界では、それが誰の書であるのかということが重要であったため、それを鑑定する鑑定家（書の目利き）が登場した。江戸時代には、それを生業とする、その名もズバリ古筆家という家もあり、代々古筆鑑定をもって生計を立てていた。また、古筆家は多くの弟子たちも輩出し、それぞれ書の真贋や誰の書であるのかを鑑定し、それを折紙や極札に書いた。今でも、本物であることの保証をすることを「折紙付き」というが、この言葉はここから生まれている。

ただし、鑑定家の鑑定結果が必ずしも正しいとは限らないことには注意しなければならない。たとえば、先ほども挙げた「高野切」は「紀貫之筆」と鑑定されるが、その書写年代は『古今和歌集』の成立よりも百五十年近く後であり、撰者紀貫之（？～九四五）が書けるはずがない。したがって、通常確かな証拠がない場合は、これら鑑定家が鑑定した筆者は「伝称筆者」として扱い、「伝紀貫之筆高野切」というように表記する。鑑定結果が正しいかどうかの判定は非常にデリケートであるが、奥書等により筆者を特定できる場合は、その筆跡と同じ筆跡の物は同一筆者であると判断していく。たとえば、『和漢朗詠集』の断簡に「多賀切」というのがある。「多賀切」は近衛家の書籍を収める陽明文庫にその巻末部分があり、そこに本文と同筆で、「永久四年（一一一六）孟冬二日、扶老眼点了、藤原基俊」と書かれていることから、藤原基俊（一〇六〇～一一四二）筆と判明する。「多賀切」は筆者と書写年時がわかる非常に貴重な断簡である。と同時に、『新撰朗詠集』を書写した「山名切」というのがあるが、これも「多賀切」と全く同筆であるので、「山名切」も基俊筆と判明するのである。

四、藤原俊成の書の世界――俊成筆「古今和歌集切」とその書風――

ところで、古筆切の世界では、特に美術的にすばらしい断簡や価値のある切に固有名詞を付けている。「多賀切」・「山名切」・「顕広切」・「御家切」などの名前で呼ばれているものがそれにあてはまり、こうした固有名詞を付けられた断簡は名物切と呼ばれて、特に珍重された。藤原定家の父親、藤原俊成は歌人・文学者として大きな業績を残した人物であった。それゆえ、俊成の書を手元に置いて鑑賞したいという人も多かった。俊成筆の古筆切には『千載和歌集』の断簡「日野切」（これは撰者自筆本の断簡なので非常に価値が高い）、住吉社に奉納した俊成の百首歌の断簡「住吉切」など、切名の付いた名物切が多い。

俊成の筆跡は、冷泉家に俊成の著作『古来風体抄』の自筆本があり、これが基準になる。また、それと同筆の「日野切」について、早く烏丸光広がこれは撰者自筆である旨を書き残しており、俊成の筆跡は基準となる材料が豊富に残っている。

それに照らし合わせて、先に挙げた四種の『古今和歌集』の断簡を見てみよう。

【顕広切】〈図1〉

〈翻刻〉巻十三・恋歌三

ねすりのころもいろにいつなゆめ（六五二下句）
いぬかみのとこのやまなるなとりかは
いさとこたへよわかなもらすな
　このうたある人あめのみかとのあふみ
のうねめにたまへると
　返しにうねめのたてまつる
やましなのおとはのたきのおとにたに
人のしるへくわかこひめやも
　　をのゝはる風（六五三作者記載）

〈極札〉古筆了仲（分家三代）の極札

〈表〉五條三位俊成卿　いぬかみの　琴山（分家印）

〈裏〉なし

〈寸法〉縦二五・二×横一六・六㎝

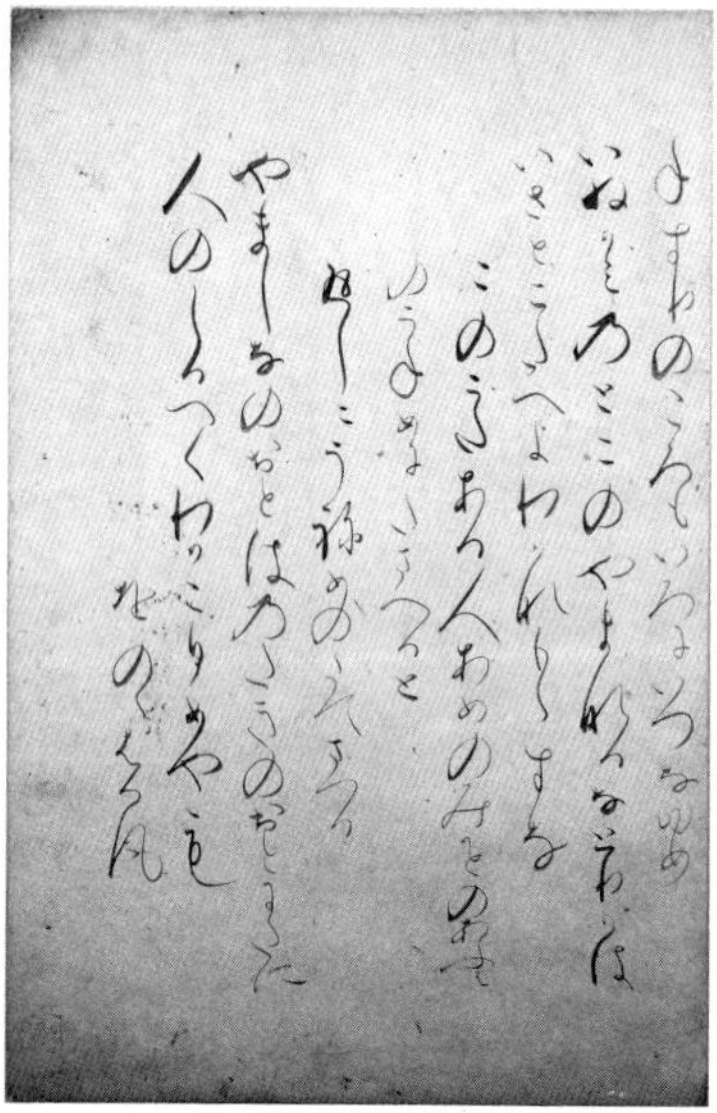

図1　顕広切（橘樹文庫《たちばなぶんこ》蔵（架蔵）、以下同）

【御家切】〈図2〉

〈翻刻〉巻四・秋歌上

たゝみね

やまさとは秋こそことにわひしけれ（二一四）
しかのなくねにめをさましつゝ

よみ人しらす

おくやまにもみちふみわけなくしかの（二一五）
こゑきくときそ秋はかなしき

たいしらす

あきはきにうらひれおれはあしひきの（二一六）
山したとよみしかのなくらん

秋はきをしからみふせてなくしかの（二一七）
めにはみえすておとのさやけさ

〈極札〉なし

〈寸法〉縦二六・〇×横一六・一cm

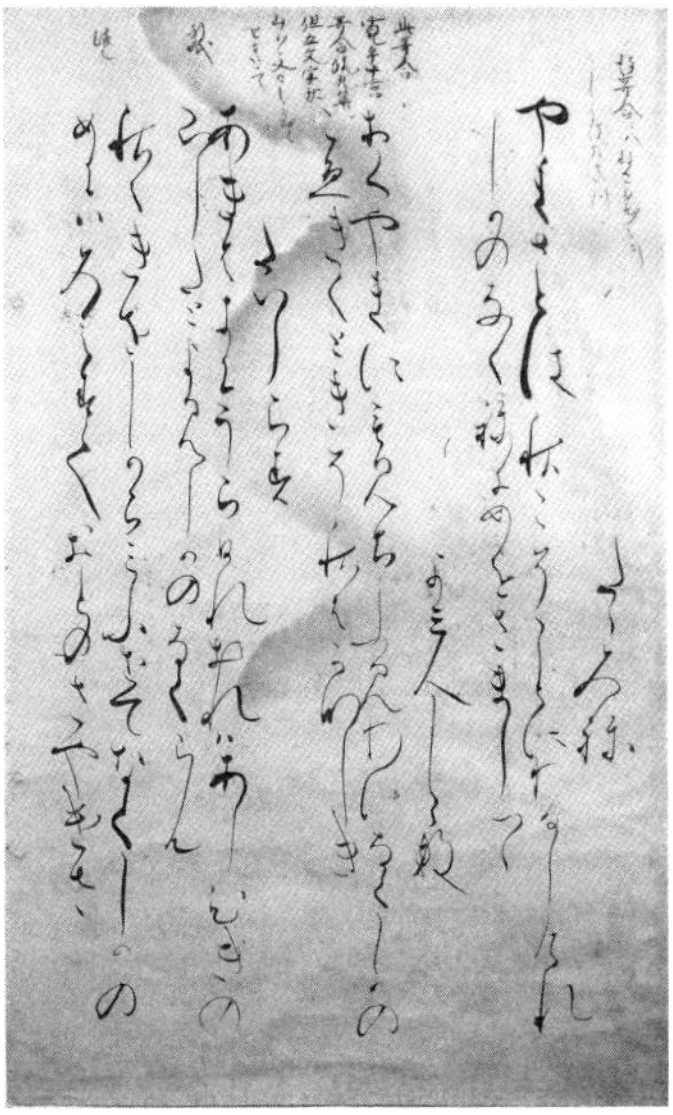

図2　御家切

【了佐切】〈図3〉

〈翻刻〉巻九・羈旅歌

よをさむみおくはつしもをはらひつゝ（四一六）
くさのまくらにあまたゝひねぬ

たちまのくにのゆへまかりけるときに
ふたみのうらといふところにとまりてゆ
にゆさりのかれいひたうへけるにともに
ありける人〳〵のうたよみけるついてによ
める　藤原かねすけ

ゆふつくよおほつかなきをたまくしけ（四一七）
ふたみのうらはあけてこそ見め

〈極札〉古筆了信（十三代）昭和十二年（一九三七）一月の極札

〔表〕五條三位殿俊成卿　よをさむみ／ゆふつくよ　琴山（印）

〔裏〕名葉　了佐切一表／自筆書入之所あり　丁丑一　了信（印）

〈寸法〉縦二三・〇×横一三・〇cm

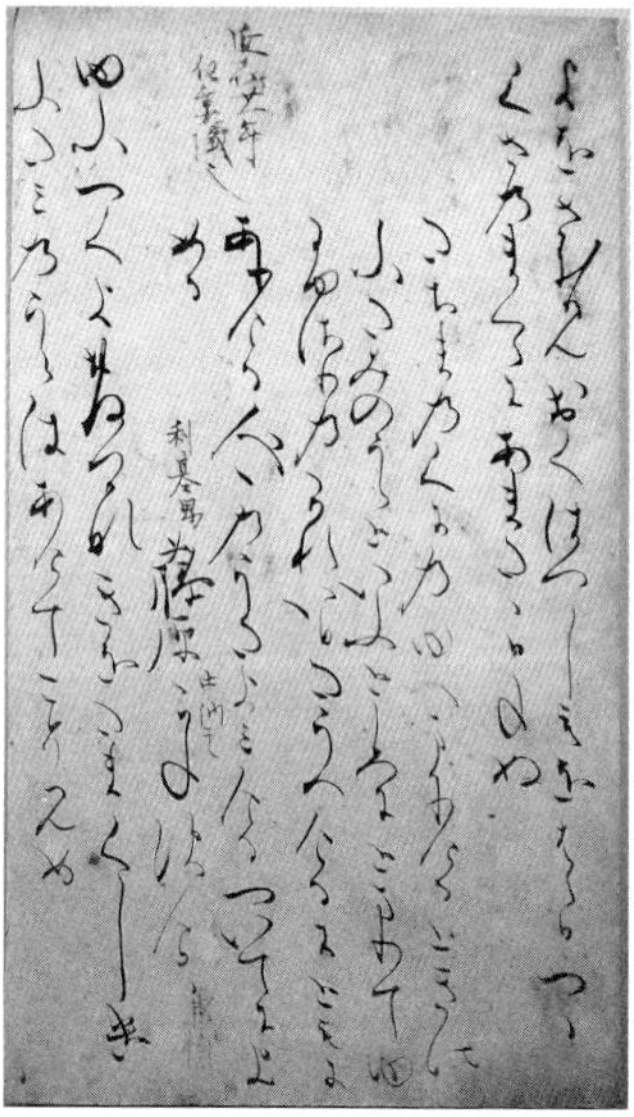

図3　了佐切

【昭和切】〈図4〉

〈翻刻〉巻七・賀歌

よみける　僧正遍昭

ちはやふる神やきりけんつくからに（三四八）

ちとせのさかもこえぬへらなり

ほりかはのおほいまうちきみの四十

の賀九条の家にてしける時

によめる　在原なりひらの朝臣

さくらはなちりかひくもれおいらくの（三四九）

こむといふなるみちまかふかに

さたときのみこのをはのよそちの（三五〇詞書）

〈極札〉なし

〈寸法〉縦二二・五×一五・八㎝

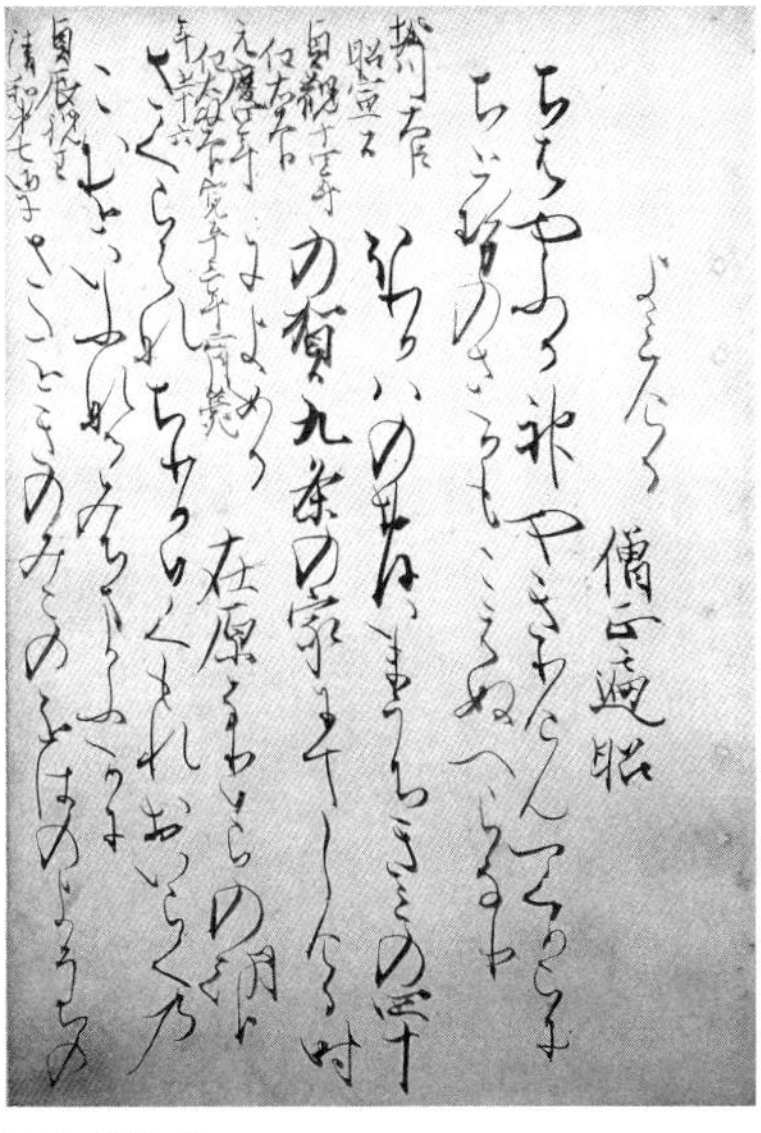

図4　昭和切

この四種の断簡のうち、俊成の筆跡の基準となる「日野切」や冷泉家蔵『古来風体抄』と紛れもなく同筆と認定できるのは「昭和切」である。「昭和切」は上巻のみ榊原家に伝来していたが、これを昭和三年（一九二八）に断簡に分割した。切名はそれによる。この筆跡について久曾神昇氏は「その筆致より見るに、四種の俊成真蹟中最も年代のおくれるもので、日野切千載集（文治三年成）、住吉切（文治六年五社百首）、守覚法親王五十首切（建久九年）などと共に、俊成の書風を強くあらわしてをり、文治五年頃、俊成七十六歳前後のものと推定せられる」（『古今和歌集成立論』風間書房）と指摘している。また、「了佐切」も俊成の癖のある筆跡の特徴がよくあらわれており、「昭和切」と「了佐切」は俊成真筆と認めていいだろう。

問題は、「顕広切」と「御家切」である。図版を見てもわかるとおり、「昭和切」・「了佐切」に比べて「顕広切」と「御家切」の筆跡は俊成独特の尖った針のような筆跡ではなく、かなり異なっている。「顕広切」・「御家切」を俊成筆と認めるのは、江戸時代の鑑定家の手引き『古筆名葉集』に始まり、「了佐切」・「御家切」・「顕広切」の三種が俊成筆の断簡として掲載されている。

また、近代になっても、久曾神氏が「四種の俊成真蹟」というように、「昭和切」・「了佐切」・「御家切」・「顕広切」のすべてを俊成真筆とする見方は根強い。古筆研究の第一人者藤井隆氏も「俊成の筆蹟は、顕広時代、俊成時代、釈阿時代と、筆蹟に非常な変化があり、ことに顕広時代のものは後年の針のような鋭鋒は全くなく、おだやかな法性寺流の流れといってよいものである。そのため顕広時代の顕広切や御家切については、真筆とすることに否定的な人もあるが、（中略）御家切にはすでに後年の筆癖が現れ始めており、（中略）俊成四十代の真蹟と見るべきである。顕広切は未だ後年の筆癖は全く見られないが、御家切と比較すれば近く、さらに若年書とすれば首肯できるであろう」（『国文学古筆切入門』和泉書院）と述べている。

藤原俊成（一一一四～一二〇四）は幼い頃に葉室顕頼の養子となって顕広と名のり、やがて仁安二年（一一六七）五十四歳の時に本流に戻り俊成と名のるようになった。その顕広と名のっていた頃を顕広時代と呼ぶ。したがって、筆跡の違いは、すなわち書写した時代の違いにあったとして、「顕広切」は俊成がまだ若かったときの筆跡だから後年のそれとは異なるのだと考えるわけである。

これに対して、『古筆大辞典』（春名好重編著・淡交社）は、その筆跡が大きく異なることから、いずれも俊成筆ではなく鎌倉時代の書であるとする。このように、「顕広切」・「御家切」を俊成筆と認めてよいものなのかは意見が分かれていたのである。

これに決着を付けたのは池田和臣氏である。池田氏は「炭素14年代測定法」を用いて料紙の年代を測定した。その結果、「顕広切」の料紙は、鎌倉時代末期から室町時代初期のものであることが判明したのである。この結果を受けて池田氏は、「（顕広切は）俊成筆原本の後代の転写本」（『古筆資料の発掘と研究』青簡舎。以下、池田氏の論考は同書による）と結論づけた。また「御家切」の料紙については、「俊成の生存期に重なる年代であるが、俊成の没後の年代をも含んでいる」という結果が出た。それを受けて池田氏は、「俊成の筆跡か否かを判断することは難しい」として、「俊成の晩年から没後にかけての、別人の筆跡と考えた方が合理的であろう」と結論づけた。

「顕広切」の炭素14年代測定法による測定結果は衝撃的であった。俊成真筆どころかそれよりかなり時代の下る書写であったことがわかったからである。では、「顕広切」には古筆切としての価値はないのであろうか。

五、「顕広切」と「墨滅歌」

俊成真筆であることが否定され、それのみならず書写年代も俊成の時代から遥かに下る断簡であることが判明した「顕広切」であるが、しかし、その資料的な価値という点では、実は輝きを失っていないのである。

もう一度、「顕広切」の図版と翻刻をご覧いただきたい。この部分の定家本本文と「顕広切」本文は、次のようになっている。

【定家本】

（題しらず）　（よみ人しらず）

こひしくはしたにをおもへ紫のねずりの衣色にいづなゆめ（六五二）

をののはるかぜ

花すすきほにいでてこひば名をしみしたゆふひものむすぼほれつつ（六五三）

【顕広切】

（こひしくはしたにをおもへ紫の）ねすりのころもいろにいつなゆめ（六五二）

いぬかみのとこのやまなるなとりかはいさとこたへよわかなもらすな

このうたある人あめのみかとのあふみのうねめにたまへると

返しにうねめのたてまつる

やましなのおとはのたきのおとにたに人のしるへくわかこひめやも

をのゝはる風

（花すすきほにいでてこひば名をしみしたゆふひものむすぼほれつつ）

両者を比べると、「顕広切」には定家本にない「いぬかみの」と「やましなの」の二首の和歌のあることに気づかされるであろう。この二首は、実は定家本では、巻末の「墨滅歌《すみけちうた》」という十一首の和歌の中におかれているのである。

「墨滅歌《すみけちうた》」というのは、それぞれの家で「証本」と呼んでいる由緒ある本には書き入れられているが、墨で消した印（ミセケチ）の付いていた歌のことで、それを定家は本文からは除去し、巻末にまとめて書き残しておいたのである。つまり、定家が底本とした俊成本では本文中にあった歌で、ただし、墨で除去した印が付いていたので本文からは除いたというわけである。実際に、今残る俊成本、たとえば久曾神氏の『古今和歌集成立論』（資料編下13頁）に掲載される「昭和切」の図版を見ると、定家本では「墨滅歌」として扱われている次の歌の右傍には見せ消ちの二重点が付されている。

くれのおも
　　　　　　　つらゆき
こしときとこひつゝおれはゆふくれの
おもかけにのみみえわたるかな

同様に「顕広切」（図2）の二首の「墨滅歌」も、俊成本である永暦本では見せ消ちの傍点が付けられている。ところが、当該の「顕広切」を見ると、二首の「墨滅歌」が本文中に残されているだけでなく、見せ消ちの印も付いていない。つまり、「顕広切」の本文は、俊成本の、しかも見せ消ちの印が付けられる前の本文を残している可能性が高いのである。それは「顕広切」が拠った原本の本文の形をそのまま伝えているとも考えられる。

「顕広切」が鎌倉時代末期から室町時代初期の書写本であることは動かない事実である。『古今和歌集』の成立から四百年以上後の写本である。しかし、その伝える本文は古い形を残しているようである。たった一葉の、しかも時代の下る断簡ではあるが、そこからわかることは多い。

六、本文は動く

古典作品は、写されて読まれる、だから、本によって本文は異なる、それが古典文学の世界である。平安時代の人たちは、今私たちが教科書で読むのと同じ本文で味わっていたのではないと考えた方が正しい。少なくとも、平安時代から一千年以上隔たった現代の私たちの読む古典作品は、作者の書いた原本の本文とは確実に異なっている。しかも、長い年月の間に本文は揺れ動いていた。実は、活字文化の時代になっても、本文は動き続けている。校訂という名のもとに、さまざまな写本の本文が比較校合されて、これが正しい本文だというものが作られていくが、それも所詮作者の書いた文章そのものではなく、むしろ新たな本文が生み出されているとも言えるのである。そういう古典の本文事情を、写本はもちろんのこと、わずかに現存する断簡は私たちに語りかけているのである。

いずれ役に立つかもしれない古典から、今に働きかけてくる古典へ

高木まさき

一、学習指導要領の改訂について

二〇一七年（平成二九年）に小学校学習指導要領と中学校学習指導要領が改訂され、二〇一八年（平成三〇年）には高等学校学習指導要領が改訂された。この学習指導要領では、引き続き、言語活動が重視される一方で、従来の指導事項等が、「知識・技能」「思考力・判断力・表現力等」で整理し直されるなど、大きな改編も施された。また古典については、従来と変わらず重視されているとみて良いと思うが、高等学校国語科では、授業改善が進まないことを背景に科目の再編がなされ、その中で位置づけが変わった部分もある。

本稿では、今回の学習指導要領改訂の指針となった中央教育審議会答申「幼稚園、小学校、中学校、高等学校及び特別支援学校の学習指導要領等の改善及び必要な方策等について」（二〇一六年（平成二八年）一二月。以下、中教審答申と略す）から、古典の学習指導に関して、中教審がどのような問題意識を有していたかを確

認するとともに、これからの古典の学習指導において大切にしたいことを考えていきたい。

二、中教審答申と新しい高等学校学習指導要領における古典

まず、今回の学習指導要領改訂における古典の位置づけについて、どのような社会的背景が意識されていたかを確認する。先の中教審答申の第1部第5章5「現代的な諸課題に対応して求められる資質・能力」の中の「(グローバル化する社会の中で)」において、古典学習の意義は、次のような文脈の中で述べられている。

グローバル化する中で世界と向き合うことが求められている我が国においては、自国や他国の言語や文化を理解し、日本人としての美徳やよさを生かしグローバルな視野で活躍するために必要な資質・能力の育成が求められている。前項4．において述べた言語能力を高め、国語で情報を的確に捉えて考えをまとめ表現したりできるようにすることや、外国語を使って多様な人々と目的に応じたコミュニケーションを図れるようにすることが、こうした資質・能力の基盤となる。加えて、古典や歴史、芸術の学習等を通じて、日本人として大切にしてきた文化を積極的に享受し、我が国の伝統や文化を語り継承していけるようにすること、様々な国や地域について学ぶことを通じて、文化や考え方の多様性を理解し、多様な人々と協働していくことができるようにすることなどが重要である。

ここから確認されるのは、グローバル化する社会の中では、多様な文化や価値観を理解し、異なる背景を

もつ人々と協働することが必要になるため、自国の言語文化である古典等について語り継承することが、他の様々な国や地域の文化や価値観の理解を促すことになり、重要だという認識である。それは中教審答申第2部第1章2（2）②「国語教育の充実」にある次の一節からも読み取ることができる。

（略）グローバル化する中で世界と向き合うことが求められている我が国においては、自国や他国の言語や文化を理解し、日本人としての美徳やよさを生かしグローバルな視野で活躍するために必要な資質・能力の育成が求められている。言語能力を向上させるとともに、古典に関する学習等を通じて、日本人として大切にしてきた言語文化を積極的に享受していくことは、我が国の伝統や文化を語り、継承していけるようにするとともに、文化や考え方の多様性を理解し多様な人々と協働したりできるようにするための素地を形成することにもなると考えられる。

中教審答申において繰り返し述べられるこうした認識のもとに、高等学校国語科における新しい科目編成の中で、古典は、＊を付した科目において扱われることになる（第2部第1章4高等学校）。

現代の国語	2単位	
言語文化	2単位	＊
論理国語	4単位	＊
文学国語	4単位	＊

国語表現　　2単位
古典探究　　2単位　＊

このうち、「論理国語」に関しては、『高等学校学習指導要領』（二〇一八年（平成三〇年）三月告示）の「第3論理国語」3に「(3)　教材については、次の事項に留意するものとする」として次のような記載がある。

ア　内容の〔思考力、判断力、表現力等〕の「B読むこと」の教材は、近代以降の論理的な文章及び現代の社会生活に必要とされる実用的な文章とすること。また、必要に応じて、翻訳の文章や古典における論理的な文章などを用いることができること。

この「古典における論理的な文章など」については、『高等学校学習指導要領解説国語編』（二〇一八年（平成三〇年）七月）の中で、次のように説明されている。

古典における論理的な文章については、ここでは、例えば、古典における、歌論や俳論、芸術論、思想家による諸論などを指している。これらは、古典と近代以降の論理的な文章との差異を考えたり、書かれた時代における論理の在り方を知り、それらを比較・対照したりすることが、近代以降の我が国の文章に表れる論理の在り方の理解に資することを踏まえている。

論理という観点から古典教材の可能性が示唆されている点は大きな意味をもちうる。今日の古典観は、一般に物語・小説、和歌、俳句（俳諧の発句）など、近代以降の狭義の文学観に基づいて教材選定されることが多いが、近世まで、あるいは近代の初期においても文学とは多く思想や政治・経済等を論ずるものであった。戦中に書かれ、戦後に刊行された政治学者・丸山真男の『日本政治思想史研究』（東京大学出版会一九四七年）も荻生徂徠などの日本の思想家を読み解く作業から始められていたことも想起される。そうした観点からの古典の見直しが図られるのであれば、教材の新たな可能性も拓けてくるかもしれない。

三、いずれ役に立つかもしれない古典

それはさておき、本稿で問題にしたいのは、古典が、グローバル化する社会の中において重要だとされるその認識の在り方である。旧学習指導要領（小中学校は二〇〇八年（平成二〇年）改訂、高等学校は二〇〇九年（平成二一年）改訂）以降、小学校でも古典の学習が明確に位置づけられるようになり、古典教育の観点からも画期的なものとなったが、そのもとになったのは、国語力の低下を危惧して設置された文化審議会の答申「これからの時代に求められる国語力について」（二〇〇四年（平成一六年））。以下、文化審答申）の次のような考え方であった。

音読や暗唱を重視して、それにふさわしい文章を小学校段階から積極的に入れていくことを考えるべきである。特に日本の文化として、これまで大切にされ継承されてきた古典については、日本語の美しい

表現やリズムを身に付ける上でも音読や暗唱にふさわしいものであり、情緒力を身に付け、豊かな人間性を形成する上でも重要なものである。現在以上に、古典に触れることのできるような授業の在り方が望まれる。

そしてこの政治的には保守的な論者たちによって推進された文化審議会の答申の中にも次のような主張が見られた。

国際化された世界とは、種々の異なる楽器が調和して初めて美しい音楽を奏でることができるオーケストラのようなものであり、日本人は日本の文化や伝統を身に付けて世界に出ていくことが必要である。自国の文化や伝統の大切さを真に認識することが、他国の文化や伝統の大切さを理解することにつながっていく。

すなわち、グローバル化（国際化）する社会の中で、「自国の文化や伝統の大切さ」を認識することが、「他国の文化や伝統の大切さ」を理解できるのであるから、そのために古典は大切だという認識の在り方である。

もちろん、本稿の立場も、この認識の在り方自体を否定するものではない。実際、国際的に活躍するためには、自国の文化について他国の人に語れることが、その人の教養の深さなどを示したり、他国の文化のもつ独自性を理解したりすることに役立ち、他国の人とコミュニケーションをとる上で重要な要素だということは、実体験として、しばしば耳にすることである。

けれども、こうした認識の在り方は、いずれ何かの役立つかもしれないから、古典を勉強しておこう、という功利主義的な考え方に基づいている。だが、実際のところ、多くの人はその後、そのような場に遭遇することは必ずしも多くないであろうし、また仮に多くの人が将来そのような場に遭遇するとしても、今、古典そのものに興味が持てなければ、古典の学習はたんなる苦行にしかならず、古典嫌いを増やすばかりである。

そう考えると、古典の教育において大切なことは、そうした功利主義的な重要性よりも、今を生きる学習者が、そもそも古典それ自体を面白いと感じ、古典に触れることは楽しいと感じられる体験を積み重ねていくことではないか。先の一連の答申に欠けているのは、そうした古典の面白さやそれに触れることの楽しさといった素朴な感覚への眼差しである。あるいはこうも言えるかもしれない。国の教育施策を先導する審議会の答申等においては、古典に限らず、その対象となる教育内容（ここでは古典）を功利的観点から価値づけることが求められるから、何かのために役立つと説明することは当然である、と。もちろん、そうした立場から方向性が示されることも大事であろうが、個々の学習者に向き合う私たち教師までもが、教育施策の文言のまま、あるいはその功利主義的な考えのままに、「いずれ役に立つかもしれないから」と学習者に古典の学習をただ強要するのであれば、それは一種の暴力にも等しい。もっと学習者の側に立った古典の面白さやそれに触れる楽しさを実感できる古典の学習指導が求められねばならない。

四、今に働きかけてくる文化的装置としての古典

では、古典の面白さやそれに触れる楽しさ、言い換えるなら、未来もまだ定かならぬ児童生徒が、今を生きる中で古典を学ぶ意味はどこにあるのか。私たち国語教師は、個々の学習者に、古典を学ぶ意味をどう自覚させたら良いのか。古くから古典教育に横たわる大きな課題であるが、以下では、見ることや感じることとの関わりの中から古典の価値について考えてみたい。

まず、岩手県平泉の風景を思い浮かべてみる。そこは多くの日本人にとって、それなりの感興を催す場所となっている。私たちの多くが中学校や高等学校の国語教科書を通して、芭蕉の『奥の細道』の「平泉」を学んでいるからだ。正確に暗唱できる者も少なくないだろう。

三代の栄耀一睡のうちにして、大門の跡は一里こなたにあり。秀衡が跡は田野になりて、金鶏山のみ形を残す。まづ、高館に登れば、北上川南部より流るる大河なり。（略）

かつて奥州で隆盛を極めた藤原氏三代（藤原清衡・基衡・秀衡）の栄華ははかなく消えて、館の大門や屋敷も跡を残すばかりで、ほとんどは田野となっている。残されているのは、平泉鎮護のため黄金の鶏が埋められたという金鶏山と南部地方から流れ込む北上川のみである。芭蕉の時代にすでにそうであったように、ここに存在するのは、みな何かの「跡」であって、見ることのできるものは、田野と小山とやや大きめの川にすぎない。言い方は悪いが、どこにでもありそうな田舎の風景である（世界遺産となった今は整備されているが）。

それではどうして「平泉」で私たちは感興を催すのか。今さら言うのもはばかられるが、「平泉」には次のようなくだりが続く。

さても義臣すぐつてこの城に籠もり、功名一時の草むらとなる。「国破れて山河あり、城春にして草青みたり」と笠打ち敷きて、時のうつるまで泪を落としはべりぬ。

夏草や兵どもが夢の跡

卯の花に兼房見ゆる白毛かな　曽良

（以上、光村図書中学校国語三年。二〇二〇年（令和二年）二月検定済み）

藤原家に身を寄せていた源義経を守った家臣の武功も一時のことで、その戦いの跡は草むらとなっている。その風景が、戦乱によって国都が崩壊し、跡には山河と青草のみが残ったという杜甫の「春望」の一節「国破れて山河あり、城春にして草青みたり」が重ね合わされ笠を敷いて落涙した。芭蕉は、生い茂る夏草を義臣たちの果たせなかった夢の跡に見立て、曽良は白い卯の花に義経の老臣兼房の白髪を重ねる。ここでは、藤原氏の栄華と衰亡、義経の悲劇、杜甫の「春望」などの古典に描かれた物語が幾重にも重ね合わせられている。芭蕉の「平泉」を知っている私たちは、それらの悲劇を風景に重ね合わせて「泪」する俳人の姿までも眼前の風景に重ねて見ることになる。『奥の細道』の一節を知っていることで、どこにでもありそうな田舎の風景は、幾重にも物語が重ね合わされた奥行きのある世界へと変貌をとげ、私たちに、ある感興を催させるのだ。古典は、物理的に存在する風景に色づけをし豊かなものとして、私たちの目前に立ち現れさせる働きがある。

もちろん物語が風景に奥行きを与えるのは古典に限らない。たとえば、松任谷（荒井）由実の「海を見ていた午後」（一九七四年）や「中央フリーウェー」（一九七六年）という歌を知っていれば、「貨物船」の行き交う港、「競馬場」や「ビール工場」の間を縫う高速道路など、見ようによっては猥雑な街の風景も奥行きのある情感豊かな風景に変貌を遂げる。ただそれら多くの現代の歌は、近代的な都市空間の中から生み出された物語が都市の風景に色づけをするのであり、それはそれで魅力的ではあっても、古典のもつ日本の風土に根ざし、時空を超えて文化の深層と響き合うような種類のそれとは少し違う。そんな古典と現代の歌（物語）の働きの違いを考えてみるのも面白い。古典の価値に触れる楽しさを示唆してくれる可能性がある。

では次の古歌の場合はどうだろう。

ひさかたの光のどけき春の日にしづ心なく花の散るらむ　　紀友則（『古今和歌集』春下　八四）

藤原定家撰の『百人一首』にも所収され、国語教科書にも掲載されていることから、日本人なら誰もが知っているこの一首。春の日差しののどかに降りそそぐ中で切り取られた落花の風景。こんなにのどかな日差しの中で、桜の花はなぜそこはかとなく不安げな様子で散っていくのか。今でも、私たちがうららかな春の日に、桜の散るのを目にして何らかの感慨を催すとすれば、この一首、とりわけ「しづ心なく」に託された微かに不安げな心の揺らぎの影響が大きくないか。この歌はもともとそれほど知られていたわけではなく、定家が『百人一首』に撰んだことから広く知られることとなったようだが、その定家はこの一首を本歌取りして次のように詠んでいる。

いかにしてしづ心なく散る花ののどけき春の色とみゆらん

（『拾遺愚草』一一二）

微かに揺らぐ不安げな落花の風景を、どうして、のどかな春の景色とみることができようかと、見る者の心までも不安に誘う落花の美を構築している。定家は、友則の歌の「しづ心なく」の主体の転換を図りながら、ある種の不安が、落花の美を構成する重要な要素となりうることを権威づけたのかもしれない。

こうして落花の美は、ただ美しいのではなく、ある種の不安を誘うものとしての一面を包み込みつつ、ここからは学問的ではない私の乱暴な妄想だが、それがやがて狂気とも響き合う世界をも構築していくことになったのではないか。たとえば、世阿弥の能『桜川』は落花の美と母親の狂気とを重ね合わせた作品として知られる。日向国（ほぼ今の宮崎県に相当）に母と子の貧しい家があった。子の桜子は母の苦労を見かねて身売りをする。それを知った母は心を乱して桜子を訪ねる旅に出る。三年の後、常陸国（ほぼ今の茨城県に相当）の桜川のほとりに狂女となった母は辿り着き、桜の名所である桜川の川面に乱れ散る落花を、子の名の縁ゆえにと掬い取っている。図らずもそこに花見に来ていた磯辺寺の住職がその事情を知り、住職に弟子入りしていた桜子と母を対面させる。母は正気に戻り親子は連れだって故郷に帰る（以下を参考にした。「the能.com」http://www.the-noh.com/jp/plays/data/program_039.html 最終アクセス 二〇一八年九月二四日）。この作品では、子を思うが故の母親の狂気と川面に乱れ散る落花とが舞と謡を通して切なく響き合う。そして、このような作品を経由して蓄積された古典の伝統が、それだけでも十分に美しい落花という物理的現象に、悲哀や狂気をも包み込ませて陰翳を与え、より豊かで奥行きのある風景へと変貌させていったのではないだろうか。

さらにこうした古典の伝統により育まれてきた落花の美は、近代における戦争の記憶をも抱え込みながら、現代の歌（物語）にも息づいているように感じられる。たとえば森山直太朗の「さくら」（二〇〇三年）の「今咲きほこる／刹那に散りゆくさだめと知って」「ただ舞い落ちる／いつか生まれ変わる時を信じ」「いざ舞い上がれ／永遠にさんざめく光を浴びて」という歌詞も、右の伝統の先に始めて可能であったように思われるし、仮にそうでないとしても、先の伝統が重ね合わされることで、歌詞の世界は、にわかに時空を超えた奥行きを増し、幾筋もの光芒が乱反射するかのような効果をもたらす。映画「時をかける少女」（主演　仲里依紗、監督　谷口正晃）における桜並木の別れのシーンは、まさに映像として、そのような感覚を具現化してくれているようでもある。

なお蛇足ながら、二〇一〇年公開のこの「時をかける少女」のラストなど要所に出てくる桜並木は、福島県郡山市の開成山公園で撮影されたものだが、その公園は、公開翌年の二〇一一年に発生した東日本大震災の直後には自衛隊の救援拠点とされた。今、そのことを思い合わせると、その満開の桜は、死の影を漂わせる梶井基次郎の「桜の樹の下には」（一九二八年）や坂口安吾の「桜の森の満開の下」（一九四七年）、そして戦争の惨禍など私たちが桜に抱く死のイメージと響き合い、友則がしなやかな表現で切り取った一見のどかな風景に込められた揺らぐ心が、その当初から、存外本質的な深い不安に根ざしていたのではないかとさえ思われてくる。あるいはそうでなくとも、満開の桜の下の巨大な悲劇とのどかな春の風景との埋めがたい乖離は、悲劇の深淵と広がりを一層大きなものとして私たちに突きつける効果がある。むろん享受する側の勝手な幻視にすぎないが、今が、古典を逆照射することで生み出されるものもあるように思う。学習の場とは、そのような享受の自由も保障されるべきであろう。

もうひとつ例を挙げてみよう。

夏の盛り、汗を拭き拭き木陰に入ると風が心地よい。そこでふと「そろそろ立秋だなあ」などとつぶやいたりする。「立秋」という言葉が、酷暑の中の気まぐれな風にも、昨日までとは違う秋の気配を感じさせる。言葉が感じ方に作用する、そんな経験は気付かないまでも誰にでもあるだろう。そしてこの場合、そのもとをたずねてみると、おそらく「秋立つ日詠める」と詞書きされた次の古歌に行きつく。

秋来ぬと目にはさやかに見えねども風の音にぞおどろかれぬる　藤原敏行朝臣

（『古今和歌集』秋下　一六九）

秋が来たとはっきりとは目に見えないが、風の音で秋の訪れに気付かされた。この古歌の詠まれた千年の後を生きる私たちの季節感や涼しさの感覚にも、この一首の影響を認めることは無謀ではないだろう。

そしてこの一首は、また個人的な妄想のたぐいだが、筆者の頭の中では、堀辰雄の『風立ちぬ』（一九三六年）と響き合う。高原で出会った二人が、「秋近い日」の午後、白樺の林の中で過ごしていると、「不意に、何処からともなく風が立った。」「風立ちぬ、いざ生きめやも。／ふと口を衝いて出てきたそんな詩句を、私は私に靠《もた》れているお前（節子―引用者注）の肩に手をかけながら、口の裡《うち》で繰り返していた」（新潮文庫）。「風立ちぬ、いざ生きめやも。」とは、直接的には、堀自身が記しているように、ポール・ヴァレリーの「海辺の墓地」の末尾の一節だが、日本の古典にも通じていた堀が、先の一首を知らなかったはずはない。筆者には、この一首が、プルーストやジョイスなどによる二十世紀小説に強く影響された堀辰雄の代表作の中で、溶け合い、融合し合っているように感じられる。ヴァレリーの詩は海（地中海）と夏（夏至）のイメージが強烈で、堀の小説の世界観とは距離が大きく、むしろその世界観は先の一首により近い。そして、そんな妄想も許されるのであれば、その伝統は、松田聖子の「風立ちぬ、今はもう秋」で始まる「風立ちぬ」（一九八一年。作詞　松本隆、作曲　大瀧詠一）や、常に風が作品の主要なモチーフとなる宮崎駿の、病弱なヒロイン「菜穂子」（堀に同名の小説あり）を登場させた映画「風立ちぬ」（二〇一三年）とも響き合ってくる。妄想のたぐいではあっても、筆者の頭の中で現代の物語と古典の物語とが自然に響き合うことで、現代の物語は奥行きを増し、より厚みのあるものへと成長していく。多くの場合、古典があって始めてその先に現代の物語が可能だったのであろうが、仮にそうでないとしても（ここでは敏行の歌と堀の小説とが無縁だったとしても）、享受者の中で古典が重ね合わされることで、現代の物語はより深く豊かな世界へと変貌を遂げることもあるのだ。

こうした例は枚挙にいとまないが、これら数例を見ただけでも、古典により多く触れた者には、風景や事物、そして物語を、妄想も含め、より深く美しく、より豊かに感じとる可能性が広がってくるように思われる。

その意味で、古典は、今、目の前に広がる世界をより豊かに見たり感じたりさせてくれる「文化的装置」なのだ。そうした古典の働きを実感させることが、今を生きる学習者たちに、古典を学ぶ意味を自覚させることになるのではないだろうか。

五、「言葉による見方・考え方」を働かせる学習の場

グローバル化した社会の中で、多様な文化や価値観を背景にした人々と協働していく上で古典が重要な意味をもちうることは確かだろう。けれども、個々の学習者と向き合う私たちは、そんな先のことだけでなく、今、ここを生きている学習者にとっての古典の面白さ、触れることの楽しさ、言い換えるなら、今に働きかけてくる「文化的装置」としての古典の価値に気付かせ、古典を学ぶ意味を自覚させることが重要だと思う。

そしてこのことは、中教審答申や新学習指導要領において国語科の目標にも掲げられた「言葉による見方・考え方」を働かせることにもつながる。中教審答申（第2部第2章1（1））には次のようにある。

③国語科における「見方・考え方」

○　国語科は、様々な事物、経験、思い、考え等をどのように言葉で理解し、どのように言葉で表現するか、という言葉を通じた理解や表現及びそこで用いられる言葉そのものを学習対象とするという特質を有している。（略）

○　事物、経験、思い、考え等を言葉で理解したり表現したりする際には、対象と言葉、言葉と言葉の関係を、創造的・論理的思考、感性・情緒、他者とのコミュニケーションの側面から、言葉の意味、働き、使い方等に着目して捉え、その関係性を問い直して意味付けるといったことが行われており、そのことを通して、自分の思いや考えを形成し深めることが、国語科における重要な学びであると考えられる。

○　このため、自分の思いや考えを深めるため、対象と言葉、言葉と言葉の関係を、言葉の意味、働き、使い方等に着目して捉え、その関係性を問い直して意味付けることを、「言葉による見方・考え方」として整理することができる。

先に例示した「平泉」や古歌の例は、対象（風景や自然）を、言葉がどのように掬い上げ、それをどう言葉と言葉の関係の中に溶け込ませ、私たちの見方や感じ方に、いかに働きかけてきたか、といった言葉に関わる種々の関係性を問い直させてくれる。それは、新学習指導要領の「知識・技能」に新たに設けられた「情報の扱い方に関する事項」の観点からすれば、時空を超えた「情報と情報の関係」とみなすこともできよう。いずれにしても、古典の価値を、今を生きる学習者の言語生活との関わりの中で再認識させることの意義は大きい。その点で、古典の学習とは、まさに「言葉による見方・考え方」に焦点化した学習の場となりうるのだ。

そしておそらく、こうして古典の価値を実感し、その学習を苦行ではなく、興味をもって積み重ねていくことができた者にだけ、「自国の文化や伝統の大切さを真に認識」し、「他国の文化や伝統の大切さを理解する」（文化審答申）心性が育まれていくのではないだろうか。

❸ 現代社会で再生される古典

安倍晴明は、なぜスーパーヒーローになったのか。

一柳廣孝

はじめに

二〇一八年の平昌冬季五輪において、羽生結弦は六六年ぶりに男子フィギュアで二連覇を達成し、日本中を熱狂させた。このとき羽生がフリーで用いた曲は、映画「陰陽師」（二〇〇一年）、「陰陽師Ⅱ」（二〇〇三年）で用いられた楽曲を編集した「ＳＥＩＭＥＩ」だった。曲のタイトルに合わせたコスチュームは、若き陰陽師、安倍晴明の華麗な姿を想起させただろう。平安時代を連想させる衣装。ミステリアスな曲想。彼の金メダル獲得には、こうした「神秘の国、日本」「クール・ジャパン」を全面的に押し出したイメージ戦略も寄与したものと思われる。

しかしここで、はたと気付くことがある。私たちはいつから陰陽師を、平安時代のミステリアスな存在の代表として認知するようになったのだろうか。また「陰陽師といえば安倍晴明」という連想は、いつ成立したのだろうか。すでに陰陽師という職種が姿を消して久しい。考えてみれば、現代を生きる私たちが、羽生の演技に何の違和感もなく陰陽師を重ねられること自体が、おかしな話なのだ。そして、そもそも陰陽師とは、いったい何者なのか。

一、陰陽師と安倍晴明

陰陽師とは主に平安時代、中務省の陰陽寮に属した官僚の役職名であり、当初は陰陽道に基づく占筮《せんぜい》や地相を扱い、後には方術や祭祀を司るに至った技術者である。また、陰陽道の技を行う者を一般的に陰陽師と呼ぶ場合もある。ここでいう陰陽道とは、陰陽寮という役所を中心として平安時代に日本で成立した、呪術宗教と考えられている。天変地異や疫病の流行、政治的・軍事的な騒乱、権力者の病気や厄難などが起きたとき、密教による修法や神社への奉幣祈願と同じく、陰陽道における占いや祭祀が重視された。江戸時代に至るまで、陰陽道は政治的にも宗教的にも重要な位置にあり続けた（山下克明『陰陽道の発見』NHKブックス、二〇一〇年）。

天体の動きから気の変化を読み取ることで国家の未来を予知するという陰陽道は、国家の運用にあたってきわめて重要な情報を提供した。陰陽寮の官僚たる陰陽師は、その意味で、国家経営の最前線を担うテクノクラートだったと言えよう。だからこそ、陰陽寮が把握した予知情報は、厳重な管理下に置かれた。陰陽道に関わる書籍の持ち出し、書籍の書写、占具の貸し出しなども固く禁じられたという（沖浦和光『陰陽師の原像　民衆文化の辺界を歩く』岩波書店、二〇〇四年）。

しかし、明治三年（一八七一）に明治政府が陰陽寮の中枢を担った土御門家の陰陽師免許交付を停止したことで、陰陽道は公的に廃止された。陰陽道は文明開化にそぐわない「淫祠邪教」のひとつとみなされたのである。さらに明治五年、太陰暦から太陽暦へ移行したことで、陰陽道が担ってきた暦注もまた迷信として排除された。こうして陰陽道は、歴史の表舞台から姿を消す。現在は福井県おおい町に天社土御門神道本庁が、また民間で伝えられた陰陽道の末裔として、高知県香美市に伝わるいざなぎ流が、隆盛を誇った陰陽道のかつての姿を、かろうじて今に伝えている。

明治期になって正式な役職を失った陰陽師は、民間にあっても明治政府が巫術等を禁じたため、姿を消さざるを得なかった（この時期の陰陽師の苦難をモチーフのひとつとするコミックに、鷹野久『向ヒ兎堂日記』全8巻（二〇一二～七年、新潮社バンチコミックス）がある）。しかし陰陽道という思想は、鬼門・裏鬼門といった方角の意識など、今も日々の営みのなかに溶け込んでおり、一定の影響力を保っている。陰陽師という存在の神秘性もまた、平安時代を代表する陰陽師である安倍晴明（九二一～一〇〇五年）とともに語られ続けてきた。では、安倍晴明とはいかなる人物だったのか。

ところが、現実の晴明に関する信頼すべき情報は、驚くほど少ないのである。残っているのは、『大鏡』『十訓抄』といった歴史物語や『今昔物語集』『宇治拾遺物語』などの説話集に記された、断片的なエピソードが中心である。

例えば『大鏡』には、晴明が観測によって天変を知り、いち早く花山天皇の譲位を察知したとある。鴨長明『無名抄』には、晴明の加持祈祷によって在原業平の家は長く火災の難を免れたという話がある。また『古事談』には、花山天皇の頭痛の原因とその除去方法を示し、天皇が晴明の指摘に従ったところ、全快したという話がある。同じく『古事談』には、晴明が那智で千日行をおこない、毎日滝に打たれていたという話も収録されている。彼が陰陽道だけではなく、真言密教、あるいは修験道にも通じていたことを暗示したものだろう。

晴明に関する複数の逸話が収められているのは『今昔物語集』である。いわく、幼少のおり、賀茂忠行の供をして下京あたりを歩いているとき、前方から鬼が歩いて来るのをいち早く見出した、草の葉で蛙を潰してみせた、自宅で蔀の上げ下げや門の開閉に式神を使役した、などである。また『宇治拾遺物語』には、式神に打たれた蔵人の少将を救うため、一晩中少将を抱きかかえて加持をおこなったという話がある。

晴明をめぐる超人的な物語は晴明所縁の土地を生み出し、それぞれの土地に複数の伝承を残していった。晴明に由来する神社や塚、所縁の石、井戸などは、全国各地に現存する（高原豊明『写真集　安倍晴明伝説』豊喜社、一九九五年）。神社としては大阪市阿倍野区の安倍晴明神社、名古屋市千種区の名古屋晴明神社、奈良県桜井市の安倍文殊院などがよく知られているが、なかでも有名なのは、京都市上京区に鎮座する晴明神社だろう。

晴明の死後、時の天皇一条帝によって寛弘四年（一〇〇七）に創建された晴明神社は、京都の鬼門の守護を託され、一条戻橋のたもとにあった晴明の屋敷跡に境内を構えた。江戸時代には荒廃したものの、明治期以降に復興し、二〇〇五年には晴明没後一千年祭を執行するなど、現代に晴明の偉業を伝える。羽生弓弦が平昌冬季五輪に出場するさいには、多くの羽生ファンが当神社を訪れ、絵馬を奉納して彼の活躍を祈ったそうだ。

こうした晴明ゆかりの場所とその地に伝わる伝承の数々が、神秘的な晴明像を拡大し、定着させるのに大きな役割を果たしたのは言うまでもない。例えば静岡県磐田市の福王寺には、永観八年（九八四）に晴明が諸国行脚中この寺に立ち寄った際、暴風に悩まされる人々のために鎮静の祈祷を行ったという話が伝わる。また先に挙げた名古屋晴明神社は、村人のためにマムシを退治してくれた晴明の居住地に創建されたと伝えられている（高原豊明「全国に拡がる晴明伝説の舞台」、「歴史と旅」27巻2号、二〇〇〇年）。

さらに、仮名草子の『安倍晴明物語』、説経『信太妻』、古浄瑠璃の『しのだづま』、人形浄瑠璃・歌舞伎の『蘆屋道満大内鑑』など、多様な古典作品が晴明をモチーフとした物語を編むたびに、そのつど「晴明」には新たな情報が加えられていった。

なかでもよく知られているのは、室町時代末に成立した陰陽道の注釈書である『簠簋抄《ほきしょう》』や『安倍晴明物語』に見られる、晴明が人間と狐との間に生まれたとするものである。これらの文献は、次のような晴明出生の秘密を語る。和泉の国の信太の森の狐が、安倍保名に命を救われる。狐は葛の葉という女性に変化して保名の妻となり、子を儲ける。しかし犬に追われて狐の姿を露わにしてしまったため、「恋しくば尋ね来てみよ和泉なる信太の森のうらみ葛の葉」という歌を残して去る。その子は後に、高名の陰陽師となった。その子供こそが、安倍晴明である……。

晴明の超人的な能力の根源に狐の血脈を置く伝承といえる。ここでは、数ある動物のなかで狐が選ばれた意味について考えておく必要がある。人間が人間以外の存在と結婚する話である異類婚姻譚は、非常に古くから存在する。早くも『日本霊異記』上―二には、次の話がある。昔、欽明天皇の御世に、美濃国大野郡の男が野中で美女と出会った。二人は意気投合して結婚し、男子を授かった。ある日、妻が臼小屋に入ったとき、飼犬が急に噛みつこうとして吠えたので、妻は正体を現わし、去って行った。しかし、その後も夫の呼びかけに応えて「来つ寝」したのでその動物は「きつね」と呼ばれ、彼らの子孫は狐の直《あたえ》という姓を得たという。

この説話が晴明の出生伝承に影響を与えているのは間違いない。古来から狐は人間と近く、後には稲荷信仰や霊狐信仰に見られるような神使、聖獣、神のイメージを獲得した。また、狐は吉凶を予兆するとされていたため、占いを司り、妖異を退散させる呪力を持つ陰陽師は、狐も使役できると考えられた。このような狐をめぐる歴史的な文脈が、超人晴明のリアリティを保証するのに使用されたのである（中村禎里『狐の日本史　古代・中世篇』日本エディタースクール出版部、二〇〇一年）。

こうして晴明は、着々と神話化されていく。江戸時代には、彼を主人公とする「物語」はほぼ完成していた。晴明物語の流布は、陰陽道の権威を高めるのにおおいに役立った。各地の神社や旧跡に存在する晴明の足跡、晴明に関わる無数の伝承もまた、陰陽道を権威化するための重要な装置だった。おそらく全国を経巡った公の、または民間の陰陽師は、自らを晴明に模して活動したのだろう。しかし、明治時代になって陰陽道が国家機関から外れることで、晴明物語もまた、その政治的な存在意義を喪失した。安倍晴明は神社旧跡の伝承のなかに、または古典作品の登場人物のなかに、封印された。

二、復活する晴明

しかし、歴史の狭間に消えていったはずの晴明は、後に華々しい復活を遂げた。それは、なぜか。しばしば指摘されるのは、夢枕獏の功績である。「陰陽師といえば安倍晴明」という認識が周知されたプロセスを考えるには、夢枕獏『陰陽師』（文藝春秋、一九八八年〜二〇二〇年現在、継続中）の大ヒットに触れない訳にはいかない。『陰陽師』シリーズの成功によって、晴明は平安時代の「闇」を描く物語に欠かせないメインキャラクターとなった。

『陰陽師』における晴明は、とらえどころのない雲のような男と表現されている。長身で色白く目元涼やかで、どこかクールな佇まいの美男子である。その晴明の屋敷を、源博雅が訪ねてくる。無骨だが実直で心優しい、愛すべき好漢である。彼も晴明と同じく実在した人物で、醍醐天皇の第一皇子克明《よしあきら》親王の子であり、従三位の殿上人だった。物語では、やんごとなき血筋の武士で管弦の名手という設定になっている。ただし、管弦に関しては史実どおりであり、管弦の道を究めた琵琶、笛の名手として知られ、音楽の天才として多くの逸話を残した人物である。

彼らは屋敷の縁に座を占め、庭を眺めて四季の移ろいを感じながら酒を酌み交わす。やがて博雅が訪問の理由を話し出す。そして彼らは「ならばゆこうか」「ゆこう」「ゆこう」と声を重ねて現場へと出立する。晴明は陰陽道の知や術を駆使して、事件を解決する。作者は二人の関係をホームズとワトソンに例え、また各回のエピソードには必ず日本や中国古典の逸話を用いていると語っている(夢枕獏編『『陰陽師』読本　平安の闇に、ようこそ』、文春文庫、二〇〇二年)。

『陰陽師』がここまで受け入れられた理由として、晴明と博雅の卓抜なキャラクター設定、平安時代の闇の世界に対する関心の高まりなどが挙げられるが、その背景には、八〇年代の伝奇ヴァイオレンス小説ブームがあった。菊地秀行とともにこのブームの牽引車だった夢枕は、歴史的事実と虚構が巧みに混じり合う独自な物語世界の魅力を世に知らしめた。同時期には、荒俣宏『帝都物語』全12巻(カドカワノベルズ・角川文庫、一九八五～八九年)もよく読まれている。そして『帝都物語』にも、ふんだんに陰陽道の知識が使われていた。

図1　『陰陽師』（白泉社）

こうして世は、九〇年代に移行する。実話怪談というカテゴリーが登場し、Jホラーが世界的に注目を集め、学校の怪談が子どもたちの間で流行した時代である。科学的世界観を一方で認めつつ、神秘的な世界の存在も否定しないスピリチュアルな時代にあって、こうした時代の空気をいにしえの日本に投影する絶好の場が平安時代であり、陰陽師だったのだ。

夢枕獏『陰陽師』と、同書を原作とする岡野玲子のコミック版『陰陽師』全13巻（小学館ジェッツコミックス、一九九三～二〇〇五年。ただし後半は、ほぼ岡野のオリジナル）の大ヒットは、新たな晴明イメージを定着させた（図1）。『陰陽師』のメディアミックスは、さらに進む。滝田洋二郎監督、野村萬斎主演で二〇〇一年、同三年の二度にわたって映画化され、二〇〇一年には稲垣吾郎主演でテレビドラマ（NHK総合）にもなった。冒頭で触れた羽生の活躍も、こうしたメディアミックスの延長上に位置付けることができよう。ちなみに彼は、すでに二〇一五～一六GPファイナルの男子シングルフリーで、陰陽師に扮して演技を披露し、歴代最高スコアで金メダルを獲得している。

これらの動きに連動してポップカルチャーの領域でも、陰陽師が登場する多様な作品が公になった。特に、二〇〇〇年代から一般的にも知られ始めたライトノベル、またライトノベルと一般文芸の中間的存在であるライト文芸の領域では、多くの陰陽師関連作品を見いだすことができる。例えば渡瀬草一郎『陰陽ノ京』全5巻（電撃文庫、二〇〇一～七年）、結城光流『少年陰陽師』シリーズ（角川ビーンズ文庫、二〇〇二～二〇二〇年現在、継続中）、仲町六絵『からくさ図書館来客簿』全6巻（メディアワークス文庫、二〇一三～六年）などである。これらの作品にも、晴明は重要な役割で作品内に姿を見せている。『陰陽ノ京』の晴明は、主人公慶滋保胤《よししげのやすたね》の陰陽道の師匠である。ただしその容貌はイケメンからはほど遠く、狸に似た体型のおじさんだったりする。『少年陰陽師』の主人公安倍昌浩は、晴明の孫という設定になっている。よって、この作品に登場する晴明は老人である。『からくさ図書館来客簿』では、現世を彷徨う霊たちを天道へ導く役割を与えられた冥官、小野篁の上司が晴明である。

また漫画においても、先の岡野作品以外に岩崎陽子『王都妖奇譚』全12巻（秋田書店プリンセスコミックス、一九九一〜二〇〇二年）、せがわまさき『鬼斬り十蔵』全4巻（講談社アッパーズKCデラックス、一九九九〜二〇〇〇年）、椎橋寛『ぬらりひょんの孫』全25巻（集英社ジャンプコミックス、二〇〇八〜一三年）、方篠ゆとり＋望月菓子『晴明さんはがんばらない』全4巻（ほるぷ出版ポラリスコミックス、二〇一四〜五年）など、枚挙に暇がない。

これらの作品群は、ポップカルチャーの領域に和風ファンタジーとも言うべきジャンルを作り上げた。このジャンルでは、民俗的、土俗的な出自を持つ非日常的な存在、いわゆる鬼や天狗、さまざまな妖怪たちが登場する。彼らは人間と敵対し、時には神として人々に君臨し、時には友誼を結ぶ。そのような非日常的存在と対峙する一方で、彼らと人間とを仲介し、融和を試みる定番キャラが、平安時代のホワイトマジシャン、陰陽師である。そして、これら一連の陰陽師を扱った作品群において、抜群の存在感を誇る最強のキャラこそが、安倍晴明だった。

現代のポップカルチャーに登場する安倍晴明像は、実に多様である。例えば先に挙げた『王都妖奇譚』の晴明は、平安京の闇に巣食う怪異を祓い、王権の安定に貢献する、長髪銀髪で彫りの深いイケメンスーパーヒーローである（図2）。一方『ぬらりひょんの孫』の晴明は、闇が光の上に立つ世界の構築をめざす百鬼夜行の

図2　岩崎陽子著『王都妖奇譚』（秋田書店）

図3　椎橋寛著『ぬらりひょんの孫』（集英社）

図4　方條ゆとり＋望月菓子著『晴明さんはがんばらない』（ほるぷ出版）

主として、現世での復活を志す（図3）。その振幅の幅は大きいものの、いずれにせよ、平安時代の闇の世を駈ける、超人的な力を持ったオカルティックな存在であることに違いはない。

　こうした晴明イメージを逆手に取り、平安時代にタイムスリップした「干物女《ひものおんな》」でアイドルオタク、ゲームオタクの女子大生が若き日の藤原道長に救われ、稀代の陰陽師安倍晴明を演じつつユルユルとした日々を楽しむ『晴明さんはがんばらない』のような作品も生まれている（図4）。

　このようにして構築された安倍晴明像の影響力は、きわめて大きかった。京都の晴明神社は境内が拡張され、観光コースにも組み込まれて、いまや京都を代表する人気スポットのひとつとなっている。アニメや映画、ドラマの舞台になった場所を訪問する、いわゆる聖地巡礼が話題になって久しいが、晴明神社はもっとも早く成立した「聖地巡礼」の対象のひとつと言ってもいいだろう。現代のポップカルチャー・シーンにあって晴明は、もはや知らぬ者はない、巨大な定番キャラとなった。

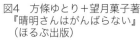

おわりに

しかし、なぜそんなことが可能だったのか。たしかに安倍晴明が魅力的な存在であることは疑いようがないにせよ、ここまで多様化した現代のコンテンツに適応するほどの汎用性は、どこからきているのだろうか。おそらくその根本的な理由は、「晴明」を形成している、歴史的に積み重ねられてきた物語の厚みにある。想像力を飛翔させるためのジャンピング・ボードが、分厚くてしっかりしているのだ。だからこそ、遠くまで飛ぶことができる。

物語の厚みは、ポップカルチャーの養分である。栄養分が不足している土壌で芽吹いた植物は、じきに枯れる。しっかりした大木にまで育ち、さらに大きく枝葉を伸ばしていけるのは、根を張り十分な養分を吸収できる、肥沃な地味があるからだ。そのような豊かな大地を失えば、巨木とて倒壊する。その時々に雨が降り、一時的にしのげたとしても、それが続くとは限らない。しかし、時代が積み重ねてきた滋養の部分がしっかりしていれば、たとえ雷にあたって燃えてしまったとしても、ふたたび芽吹くことができる。古典とは、要するに、そういうものではないだろうか。

現代のポップカルチャーに登場する晴明は、はたしてどのような古典の逸話を踏まえているのか。またそれらの逸話を土台に、どんな要素を新たに加えて魅力的な晴明像を生み出しているのか。古典作品に登場する晴明を思い浮かべながら、現代のさまざまな晴明物語を読み解く作業は、とても楽しい。

ライトノベル・少女小説・児童文庫から親しむ古典文学

山中智省

はじめに

現代の小・中・高校生が古典文学に親しむきっかけについて考える時、最もポピュラーな機会と言えるのは間違いなく、「国語」をはじめとした学校における授業だろう。実際、「伝統や文化に関する教育の充実」を掲げる現行の学習指導要領のもとで、子どもたちは今、小学校の授業から神話・伝説・昔話に加え、和歌や俳句、ならびに『竹取物語』、『平家物語』、『枕草子』、『徒然草』などの有名作品にふれながら、日本の古典文学、ひいては言語文化への理解を深めている。また、こうした直接的な教育機会を得たことが契機となり、豊穣な古典文学の世界に魅力を感じたという方が、本稿の読者のなかにもいらっしゃるのではないだろうか。

一方、学校の授業とは全く別の機会に、古典文学を間接的な形で知った、楽しむようになったという方も、おそらく少なくないと思われる。ちなみにここで言う〝間接的〟とは、作品の原文や現代語訳を直に読むことではなく、それらを題材とした小説や映画、あるいはマンガ、アニメ、ゲーム、ライトノベルといったサブカルチャーに属する派生作品に接するなかで、原作の物語や登場人物に興味を持った、というような状況を指している。そして、今やこれらの派生作品は、小・中・高校生を含めた若い読者たちを古典文学の世界へと誘い、現代における古典文学受容の一様相を成している点でも、無視し難い存在となっているのである。だからこそ本稿では、とりわけ若い読者には馴染み深いであろうサブカルチャーと、その周辺に見受けられる古典文学の派生作品に目を向けてみたい。そして、主にライトノベル、少女小説、児童文庫の作品例を手がかりとしつつ、古典文学がどのような形で現代へと伝わり親しまれているのかについて、その現状の一端を垣間見ていきたいと思う。

一、古典文学への扉をひらくサブカルチャー

さて、成立から千年以上が経過するものも珍しくない古典文学の作品が、今なお「名作」として多くの人々に読み継がれているのは、無論、これらが時を経ても変わらぬ普遍的な魅力を持ち合わせているからに他ならない。とはいえ、そうした作品自体が内包する魅力もさることながら、前述した古典文学を題材とする数々の派生作品が、「名作」のより広範な読者獲得に寄与してきた事実も忘れてはならないだろう。具体例を挙げるとなると枚挙に暇がないのだが、かの紫式部『源氏物語』であれば、柳亭種彦の『偐紫田舎源氏』をはじめとする新旧の翻案小説や、授業の副教材として使用されることもある大和和紀のマンガ『あさきゆめみし』（講談社のマンガ雑誌『mimi』『mimi Excellent』にて一九七九～九三年連載）などが思い浮かぶところだ。

図1　渡部泰明監修『「君の名は。」で古文・和歌の読み方が面白いほどわかる本』

そして、『あさきゆめみし』を含むマンガはもちろんのこと、アニメ、ゲーム、ライトノベルといったサブカルチャーには古典文学を題材としながら、そのエッセンスを取り込んだ作品が散見される。ここで再び具体例を考える時、近年の作品のなかでも特に知名度が高いものとしては、社会現象化するほどの大ヒットを記録した新海誠監督の長編アニメ映画『君の名は。』（二〇一六年八月公開）が挙げられるだろう。すでに公式サイト（http://www.kiminona.com/）やガイドブックなどで解説されている通り、同作のタイトルや物語は『万葉集』の和歌（巻十の二二四〇番「誰そ彼とわれをな問ひそ九月の露に濡れつつ君待つ我そ」）や、『古今和歌集』の小野小町の和歌（巻十二の五五二番「思ひつつ寝ればや人の見えつらむ夢と知りせば覚めざらましを」）からモチーフを得ているという。また、企画段階でのタイトル案が『夢と知りせば（仮）――男女とりかえばや物語』だったことも、今や周知の事実となっている。

それゆえに『君の名は。』は、前掲の和歌などを踏まえた作品解釈が行われていくなかで、古典文学のエッセンスを多分に含んだ長編アニメ映画としても高く評価され、木村朗子「古代を橋渡す」（『ユリイカ特集―新海誠』二〇一六年九月号、六二～六九頁）や上野誠『万葉集から古代を読みとく』（ちくま新書、二〇一七年）のように、古典文学の研究者が同作について論じる場面も見受けられた。さらには、『君の名は。』の劇中シーンやキャラクターと一緒に高校古文の基礎知識を学べるという、渡部泰明監修『「君の名は。」で古文・和歌の読み方が面白いほどわかる本』（KADOKAWA、二〇一七年）といった、学習参考書とのコラボレーション企画まで登場したのである（図1）。学習参考書の事例はややレアケースかもしれないが、いずれにせよ、『君の名は。』が近年稀にみる反響を追い風としつつ、アニメから古典文学への橋渡しを行った作品であるのは間違いないと言えよう。

このように、サブカルチャーに属する派生作品のなかには、古典文学のエッセンスを現代へと伝えるだけでなく、その豊饒な世界に人々を誘う可能性を秘めたものが少なくない。また、山田利博『アニメに息づく日本古典――古典は生きている――』（新典社新書、二〇一〇年）でも述べられているように、例えばアニメを対象に作品内の古典的要素について考えることは、若い読者が「ホントの古典に進んで」いく期待を内包しつつ、現代において「古典は今も生きている」と実感する機会を生み出してくれるのである。そこで次章からは、こうした作品例を古典文学と同じ活字の世界にも見出すべく、今度は若年層向けのエンターテインメント小説であるライトノベルに加え、マンガやアニメとの関りが深い少女小説や児童文庫の作品にもスポットを当てていきたい。

二、ライトノベルから親しむ――野村美月『ヒカルが地球にいたころ……』――

まずは、十代から三十代の若年層を主要読者とするライトノベルの作品を取り上げてみよう。ライトノベルとは一般的に、「マンガ・アニメ風のキャラクターイラストをはじめとしたビジュアル要素を伴って出版

図2　野村美月（著）竹岡美穂（イラスト）『ヒカルが地球にいたころ……』シリーズ全10巻

される若年層向けのエンターテインメント小説」のことである。その作品は主に、角川スニーカー文庫、富士見ファンタジア文庫、電撃文庫といった専門レーベルから刊行されており、内容もSF、ファンタジー、ミステリー、ホラー、ラブコメディなど、まさに「面白ければなんでもあり」の様相を呈している。そんなバラエティ豊かなライトノベルの作品群のなかから、今回、本稿で特に注目していく作品が、『源氏物語』を題材に執筆された野村美月『ヒカルが地球にいたころ……』シリーズ（ファミ通文庫、二〇一一～一四年）である。

　同作は、古今東西の文学作品を題材とした青春ミステリー小説『〝文学少女〟』シリーズ（ファミ通文庫、二〇〇六～一一年）で、「ライトノベルの読者に、近代文学作品を届けるという道案内のような役割を果たしている」（一柳廣孝・久米依子編著『ライトノベル研究序説』、青弓社、二〇〇九年、二七二頁）との評価を受けた野村美月が、日本の古典文学の金字塔『源氏物語』を、全十巻の「ミステリアス現代学園ロマンス」に翻案した意欲作である（図2）。そして『源氏物語』となれば当然「主人公＝光源氏」だと、本稿の読者の多くが思われたことだろう。しかし、同作では光源氏の乳兄弟で従者でもある惟光朝臣をモデルとした登場人物が主人公を務めるという、一風変わった内容になっているのである（図3）。

続いて、物語のあらすじを確認してみよう。まず主人公は、凶悪な顔立ちから周囲に不良と勘違いされている男子高校生・赤城是光《あかぎこれみつ》。彼は、自らも通う学園で女子生徒の憧れの的だった〝皇子〟〝ヒカルの君〟こと帝門《みかど》ヒカルに声をかけられ顔見知りになるが、そんなヒカルは突然、謎の死を遂げてしまう。ヒカルの葬儀に参列した是光だが、なんとヒカルの幽霊に取り憑かれた挙句、彼の「心残り」を晴らして成仏できるよう手助けを依頼される。その「心残り」とは、ヒカルが生前に関係を持った複数の女性をめぐる様々な未練であった。強面でヤンキーと誤解されがちな上に対人関係も苦手な是光は四苦八苦しつつ、ヒカルと親交のあったヒロインたち、左乙女葵《さおとめあおい》、齋賀朝衣《さいがあさい》、奏井夕雨《かないゆう》、若木紫織子《わかぎしおりこ》、右楯月夜子《うだてつやこ》らのほか、ふとしたことで是光と親しくなった式部帆夏《しきぶほのか》と関わり、ヒカルが言う「心残り」を一つずつ解決していく。

図3　帝門ヒカル（奥）と赤城是光（手前）

赤城是光のモデルとなった惟光朝臣は『源氏物語』において、光源氏が多くの女性たちと関係を持つ際、その手助けをする役割を果たしたことで知られる。『ヒカルが地球にいたころ……』でもこの点は同様だが、ヒカルの女性遍歴に苦労させられる是光の姿をフィーチャーしたところに、同作の大きな特徴がある。ただし、二人の関係は主従ではなく対等な友人同士に置き換えられており、繊細で女性好きな学園の〝皇子〟と直情的で女心に疎い〝(見た目は)ヤンキー〟という、対比的なキャラクターとして配置されているのである。そうした是光とヒカルのギャップを活かした恋愛をめぐる掛け合いもまた、同作の魅力の一つと言えよう。さらに、主要ヒロインたちの造形も『源氏物語』に登場する女性たちをモデルとしてはいるが、著者である野村美月の解釈に沿って独自のアレンジが加えられ、女子高生を中心とした現代的な女性キャラクターとして再構築されている。

なお、『ヒカルが地球にいたころ……』の基本的なストーリーは、各巻のタイトル(「葵」「夕顔」「若紫」「朧月夜」「末摘花」「朝顔」「空蝉」「花散里」「六条」「藤壺」)と関連性のあるヒロインにそれぞれスポットを当て、是光が彼女たちとの交流や幽霊となったヒカルの助言を手がかりに、ヒカルが抱く未練の内容を見極め、それを晴らすために奔走するという筋のものが多い。設定上、ヒカルは死後に記憶の一部が欠落したことになっているため、自分の未練をはっきりと思い出すことができない。ゆえに是光は、具体的な未練の内容を断片的な情報から推理・解決せざるを得なくなっており、その活躍の様子が、同作にミステリー要素を加味することとなった。さらには、解決に至る過程で是光が見せる真摯さが主要ヒロインたちの信頼と好意を獲得していき、光源氏／ヒカルもかくやという学園ロマンスが展開されていくのである。

こうした稀有な特徴を持つ『ヒカルが地球にいたころ……』であるが、たとえ読者が『源氏物語』を知らなかったとしても十分に楽しめる作品となっている。とはいえ、同作を『源氏物語』の現代版翻案小説として捉えるならば、やはり、散りばめられた原作のエッセンスを把握しながら読み進めることで面白みが増し、原作に対する理解も深まっていくだろう。本稿の筆者としてはぜひとも、原作との併読をおすすめしたい。

ちなみに第一巻と最終巻の「あとがき」で主に言及されているのだが、『ヒカルが地球にいたころ……』には『源氏物語』とは別にもう一つ、題材となった作品が存在している。果たしてその作品とは何なのか――。それはまた、読んでみてのお楽しみということにしておこう。

三、少女小説から親しむ――氷室冴子『ざ・ちぇんじ！』――

少女小説とは文字通り、少女を想定読者として書かれた小説のことで、その歴史は明治時代にまで遡ることができる。このうち、一九七六年に創刊された集英社文庫コバルトシリーズ（コバルト文庫）周辺の作家・作品が牽引した八〇年代のブーム期には、「すでに多種多様な表現を駆使していた少女マンガの手法に倣い、前例に囚われない自由な発想で、闊達な少女が生き生きと行動する物語を繰り広げ」た結果、当時の少女小説は十代の若い読者を中心に、多くの少女たちの共感と支持を集めていた（岩淵宏子・菅聡子・久米依子・長谷川啓編『少女小説事典』、東京堂書店、二〇一五年、（十四）～（十五）頁）。そして、その先駆的作家として知られる氷室冴子が手がけた作品のうち、古典文学に関連したものの一つが、『とりかへばや物語』をアレンジした『ざ・ちぇんじ！　新釈とりかえばや物語』（コバルト文庫、一九八三年）である（図４）。

まずは、『ざ・ちぇんじ』の原作となった『とりかへばや物語』の概要について確認しておこう。先に紹介した『君の名は。』でも、新海誠が企画の着想を得た作品の一つに挙げているこの物語は、作者未詳、成立は平安時代末期と見なされている。しかし、鎌倉時代の物語評論『無名草子』などの記述から、現存しているのはオリジナルを改作した『今とりかへばや』だと考えられている。その物語のあらすじはというと、

図4　氷室冴子（著）峯村良子（イラスト）『ざ・ちぇんじ！　新釈とりかえばや物語』前・後編

男性的な娘と女性的な息子を持つ父親が、この姉弟を男女の姿を入れ替えたまま成人させた後、娘を若君、息子を姫君として、宮廷や後宮に出仕させる。その結果、姉弟はそこで様々な性をめぐるトラブルに見舞われてしまうのだが、紆余曲折の末に元来の姿・性へと戻り最後は二人とも幸せになる、というものだ。また、こうした奇抜な内容を官能的・退廃的に描いているのも、同作の大きな特徴と言われている。

一方、氷室冴子の『ざ・ちぇんじ！』は平安時代の京都を舞台に、権大納言・藤原顕道卿の娘である綺羅姫とその弟の若君が、やはり互いの立場を入れ替えて育てられた後、宮中に出仕し始めたことで起こる騒動をユーモラスに描いている。

女なのに男として帝《みかど》に仕えるという秘密に、綺羅《きら》は日ごとに悩んでいた。さらに弟までが女として宮中入りするとは……。しかも、女の身でありながら結婚してしまった綺羅だったが、できないはずの妻の三の姫に赤ん坊ができてしまったなんて、バカな！相手はプレイボーイの宰相中将《さいしょうのちゅうじょう》、浮気のつもりだったのだ。その中将に、今度は綺羅が迫られた。なんと男のはずの綺羅に……。バレたのでは⁉

（『ざ・ちぇんじ！（後編）』あらすじ）

『ざ・ちぇんじ！』の場合、原作となった『とりかへばや物語』を基本的には踏襲しつつも、サブタイトルに付された「新釈」の名の通り、想定読者である現代の少女たちに合わせる形で、官能的・退廃的な要素には独自のアレンジが加えられている。その結果、今日では「平安文学の魅力を伝えつつも、当時の結婚制度や男女関係、ひいては現代にも残る男性中心的な価値観には抗議する姿が読み取れる」（前掲『少女小説事典』、二五七頁）作品として、高く評価されている。また、主人公である綺羅の行動や言動のテンポの良さと痛快さが全編を通して際立っていることから、同作は『とりかへばや物語』の基本的なストーリーを、よりソフトでライトに楽しむことができるエンターテインメントに仕上がっていると言えよう。なお、著者である氷室冴子は古典文学に造詣が深い作家としても知られており、『ざ・ちぇんじ！』に関しては次のような言葉を残している。

噂に聞くだけで想像力をいたく刺激されたのが、『とりかへばや物語』だった。男っぽい女の子が男として育ち、一方、女っぽい男の子が女として育っちまうという設定の奇抜さは、それだけで刺激的だった。

（『ざ・ちぇんじ！（後編）』二四一～二四二頁）

高校時代からずっと心に残っていた『とりかへばや』を、その滑稽さだけでも自分のものにしてみたいと思って、『ざ・ちぇんじ！』を書いてみた。設定以外、ほとんど勝手に変えてしまい、時代考証も何もあったものじゃないけれど、ＳＦ気分と中世騎士物語感覚で読んでもらえたら、とても嬉しい。

（『ざ・ちぇんじ！（後編）』二四三頁）

図5　氷室冴子（著）今市子（イラスト）『月の輝く夜に／ざ・ちぇんじ！』

作品の初出時期こそ古いものの、現在はイラストをマンガ家の今市子が担当した文庫愛蔵版『月の輝く夜に／ざ・ちぇんじ！』（コバルト文庫、二〇一二年）や（図5）、山内直実によるコミカライズ版（白泉社文庫・全二巻）が容易に入手可能となっている。本稿で初めて同作の存在を知ったという読者には、ぜひともこの機に氷室冴子の『ざ・ちぇんじ！』を通して、彼女も大いに刺激を受けたという『とりかへばや物語』の世界にふれてみてほしい。

四、児童文庫から親しむ――古典入門書の現在――

ここで言う「児童文庫」とは、岩波少年文庫や講談社青い鳥文庫、ポプラポケット文庫、角川つばさ文庫、集英社みらい文庫といった、主に小・中学生を対象としたレーベルから刊行される新書判の作品群を指している。おそらくは、身近な学校図書館や公共図書館、書店の児童書コーナーの一角に並んでいる様子を、一度は目にしたことがあるのではないだろうか。

犬亦保明「児童文学とライトノベルの「あいだ」で」（大橋崇行・山中智省編著『ライトノベル・フロントライン2』（青弓社、二〇一六年、一一四～一一六頁）によれば、児童文庫には「読み継がれるべき作品を文庫化した

「古典」作品シリーズ」と、「古くは『クレヨン王国』がそうであったように、「児童文庫」として出版された書き下ろしシリーズ」の大きく二つの作品群があるとされる。そして、特に後者の書き下ろしシリーズの場合、令丈ヒロ子（作）・亜沙美（絵）『若おかみは小学生！』シリーズ（講談社青い鳥文庫、二〇〇三〜一三年）、石崎洋司（作）・藤田香／亜沙美（絵）『黒魔女さんが通る!!』シリーズ（同前、二〇〇五年〜）など、近年では前述のライトノベルと見紛う作品が多数刊行されているため、近接ジャンルとして捉えられることもある。

一方、前者の「古典」作品シリーズに分類される作品群のなかには、日本の古典文学を児童向けに現代語訳したものがあり、手に取りやすい入門書として長年親しまれてきた。これらは一見、本稿の話題（＝サブカルチャーとその周辺に見受けられる派生作品）とは無縁のように思われるかもしれないが、実は案外そうでもない。例えば講談社青い鳥文庫は、二〇一一年刊行の新装版『源氏物語』において、ライトノベルや少女小説のイラストを手がけている描き手を起用し、表紙絵や挿絵をマンガ・アニメ風のイラストに変更している（図6）。また、二〇〇一年にライトノベルの公募新人賞「富士見ヤングミステリー大賞」で準入選を果たし、『業多姫』シリーズ（富士見ミステリー文庫、二〇〇三〜〇四年）で作家デビューした時海結以は、大和和紀『あさきゆめみし』の小説版のほか、『平家物語 夢を追

図6 【左】紫式部（作）・高木卓（訳）・松室加世子（絵）『源氏物語』（講談社青い鳥文庫、1995年）
【右】睦月ムンク（絵）に変更された新装版

図7　【左】紫式部（作）・越水利江子（文）・Izumi（絵）『源氏物語 時の姫君 いつか、めぐりあうまで』
【右】奥山景布子（著）・森川泉（絵）『伝記シリーズ 千年前から人気作家！清少納言と紫式部』

う者』、『竹取物語 蒼き月のかぐや姫』、『枕草子 清少納言のかがやいた日々』（全て講談社青い鳥文庫）といった多数の現代語訳・翻案作品を執筆しているのである。

加えて、先のようなイラストを採用した作品では、原作の登場人物や作者をやはりマンガ・アニメ風のキャラクターとして再構築（＝キャラクター化）するなど、ライトノベルを彷彿させる特徴を持ったものが少なくない。例えば、紫式部（作）・越水利江子（文）・Izumi（絵）『源氏物語 時の姫君 いつか、めぐりあうまで』（角川つばさ文庫、二〇一一年）は、ゆかりの姫（幼い紫の上）と光の君（光源氏）、オリジナルキャラクターである水神の使い「水鬼」を交えつつ、ファンタジックな要素を取り入れて『源氏物語』第九帖「葵」までの物語を構成し直している。また、清少納言と紫式部の人物像に迫った伝記作品である奥山景布子（著）・森川泉（絵）『伝記シリーズ 千年前から人気作家！清少納言と紫式部』（集英社みらい文庫、二〇一四年）は、「平安の天才女流作家」である二人を現代風の女性キャラクターに見立て登場させるとともに、インタビュー感覚で話を読み進めながら彼女たちの個性を掴めるよう、一人称の文体を導入している（図7）。

以上のように近年の児童文庫は、ライトノベル、ならびにマンガやアニメといったサブカルチャーと何らかの接点を持った作品が増加傾向にあり、「古典」作品シリーズもその渦中に身を置くなかで、作品の形態や内容が変化しつつある。紙幅の都合もあるため詳述は避けるが、その背景にはやはり、現代の若い読者たちが幼い頃から、マンガやアニメなどに深く親しんでいる状況が影響していると思われる。ちなみに絵本のジャンルでも、二〇一三〜一五年に河出書房新社が刊行した「せかいめいさくアニメえほん」が、「子どもたちにも大人気のベテラン・売れっ子アニメ作家が描き下ろし」を謳い文句に、人気の子ども向けＴＶアニメ『プリキュア』シリーズのマンガで知られる上北ふたごらを起用して話題を呼んだ（図8）。すなわち、今や分野・ジャンルにかかわらず、若い読者に古典文学の世界を知ってもらう、あるいは楽しんでもらうために、マンガ、アニメ、ライトノベルやその表現手法を用いるのは珍しいことではなく、むしろそれらを最大限に活用しながら、多種多様な派生作品が新たに生み出されているのである。

図8　上北ふたご（絵）『せかいめいさくアニメえほん25 かぐやひめ』（河出書房新社、2015年）

おわりに

これまで見てきた通り、サブカルチャーとその周辺に見受けられる古典文学の派生作品は、題材となった原作のエッセンスを継承する一方で、物語や登場人物、舞台設定などは、現代の若い読者がエンターテインメント作品として楽しめるよう、時には大胆なアレンジを加えているものが目立っていた。とりわけ、原作の登場人物（あるいは作家）のキャラクター化はマンガ・アニメ風のイラストと相まって、彼らの個性や特徴、ひいては作品の世界観をイメージしやすくなるという利点を生み出し、古典文学の世界に親しむ上で大きな効果を発揮していると考えられる。

なお、この点に関連した興味深い事例としては、二〇一五年に配信が始まり、一九年に国内モバイルゲーム課金売上ランキングで第一位（七二一億円）となった人気のスマートフォン向けＲＰＧ『Fate/Grand Order』（TYPE-MOON・略称は『FGO』）を挙げることができる。『FGO』には、プレイヤーがゲーム内で召喚する「サーヴァント」として、古今東西の歴史上の偉人や伝説上の存在、神霊をモデルとしたキャラクターが数多く登場する。そして、昨今では日本の古典文学と関わりが深いキャラクターも現れており、二〇一九年には紫式部が、二〇年には清少納言が新たに実装されて話題を呼んだ（図9）。さらには、その宝具（必殺技）が「源氏物語・葵・物の怪」（紫式部）や「枕草子・春曙抄（エモーショナルエンジン・フルドライブ）」（清少納言）であったり、両者の不仲説を意識したような会話がゲーム内で展開されたりと、大いに注目を集めたのである。

こうしたなかプレイヤーは、登場する「サーヴァント」や彼らが繰り出す宝具、会話の内容などの〝元ネタ〟を探るべく、モデルとなった人物等の情報や作品にも手を伸ばしているという。つまりは古典文学とサブカルチャーの接近、さらに言えば、その結果起こった紫式部や清少納言らのキャラクター化という現象が、実在の作家・作品に親しむ契機をも生み出したわけである。おそらく同様の事態は、これまで本稿で扱ってきた古典文学の派生作品にも期待できるだろう。その意味で、現代日本のサブカルチャーは若い読者が古典文学にふれる〝入口〟であると同時に、現代における古典文学受容の〝最前線〟であると言えるのではないだろうか。

また、「多種多様な派生作品が新たに生み出される」場であり、古典文学の登場人物や作家のキャラクター化が進行している場として興味深いものの一つが、インターネット上の小説投稿・閲覧サイトである。パソコンやスマートフォンを利用して簡単に小説を投稿・閲覧可能なこれらのサイトでは、オリジナルから二次創作に至るまで様々な小説が日々誕生し、ライトノベル、少女小説、児童文庫として書籍化された作品

図9 『FGO』に「サーヴァント」として登場した紫式部と清少納言
画像出典 https://news.fate-go.jp/2019/valentine2019_pu/
https://news.fate-go.jp/2020/valentine2020_pu/

図10　中臣悠月(著)すがはら竜(イラスト)『平安時代にタイムスリップしたら紫式部になってしまったようです』

も数多い。そのなかには古典文学を題材とした作品も含まれており、例えばＫＡＤＯＫＡＷＡが提供する「カクヨム」（https://kakuyomu.jp/）が主催した「第一回カクヨムＷｅｂ小説コンテスト」の「恋愛・ラブコメ部門」において、大賞を受賞・書籍化を果たしたのは、現代の女子高生が平安時代にタイムスリップして紫式部になってしまうという、中臣悠月『平安時代にタイムスリップしたら紫式部になってしまったようです』（角川ビーンズ文庫、二〇一六年）であった（図10）。

古典文学と出会い、親しむ機会。そして、「古典は今も生きている」と実感する機会は、バラエティに富んだ派生作品の数だけ存在していると言っても過言ではないだろう。本稿で特に注目したライトノベル、少女小説、児童文庫の作品群を含め、そのどれを選び取るかは人それぞれだが、まずは、あなたが最も興味を持った作品にアプローチしてみてはいかがだろうか。もしかすると、それこそがあなたの古典文学への扉をひらく、大事な〝鍵〟になるのかもしれないのだから――。

古典と現代の言葉の接点を求めて

藤原悦子

一、言葉の過去・現在・未来

日本の古典は、原文で読もうとすると文法に難儀し、敷居を高く感じることがある。一応すらすら読める現代文とは、両極にあるように感じられるのではないだろうか。古典は過去の言葉で、現代文学は現在の言葉だと単純に線引きをしてしまう。

しかし一方で、古典は身近にあるともいえる。歴史小説や古典の現代語訳は、新しい解釈を加えながら日々出版されているし、アニメや漫画、絵本にリメイクされて、再ブレイクということもある。『源氏物語』の現代語訳などは、作家のステイタス。それは、汲めどもつきぬ奥深い人間の姿を描ききった傑作の証ともいえるだろう。能・狂言の公演は、外国人にまで高い関心をもたれ、日本観光のひとつともなっている。短歌・俳句は、現在でも伝統のリズムという分厚い後ろ盾があり、たしなむ人口も多い。競技かるたを題材にした漫画『ちはやふる』（末次由紀作、二〇〇七年より）も人気を博した。その中で、主人公の一人が福井弁を話すということも新鮮な演出で、百人一首の古語と同列に方言の壁をも低くしていた。

このような日本語の過去、現在、未来を広く包括的にとらえなければならないのが、教育の世界であるように思える。学習者の能力を伸ばせるような、より豊かな教材開発が進めば、教えること、学ぶことがもっと楽しくなるのではないだろうか。

二、「古池や」から見えてくるもの

松尾芭蕉の「古池や蛙飛びこむ水の音」は、貞享三年（一六八六）の春に芭蕉庵で催した蛙の発句会で生まれた。蛙は、もともと和歌や連歌の世界では、鳴くものであったのだが、芭蕉が蛙の飛び込む行為に着目し、池の静寂を強調するという画期的な句となった。芭蕉俳句を特徴づける代表的名句ともいえる。

町田康氏は、パンクロックをベースに、言葉の自由、ふり幅を大きくした作風で活動している。伝統を否定し、既成概念を壊すことがパンクの精神。彼の詩は、古典の言葉や風俗を破格に滑り込ませている。現代詩は、言葉が最先端すぎて意味不明な部分があり、一般の読者が離れてしまった面もあるが、これも日本語のひとつの形と考えたい。詩集『土間の四十八滝』（メディアファクトリー、二〇〇一年）からみてみよう。

・古池や　刹那的だな　水の音、が／／と思って振り返ったらエメロン／／古池や／きょうびの少女が、暴れ暴れてエメロンシャンプーを手に微笑んでいる／おっどろいたよ

・古池や／各ほうめんに／鼻薬、を利かせて青春

・古池や／弾をかわして／水の音、がきこえている。みんな平和に暮らせばいいのになあ／こころが昏迷・昏妄の世界でくさっていくわ

・古池や／南無なにもかも／泡だらけ／／であった。であった。であった。であった。と四回も云ってから俺、入水

（「古池や　刹那的だな　水の音、が」より部分引用）

誰もが知っている松尾芭蕉の句が大胆にデフォルメされながら繰り返されている。エメロンシャンプーは、一九六五年にライオン油脂から発売された。液体の色は、ピンクとグリーンの二種類。昭和を代表する大衆的なシャンプーのイメージがある。古池の色に対抗するためには、ピンクを想像した方がいいのかもしれない。エメロンの言葉の響きも面白い。現代の古池は、毒々しく汚されている。本歌の余韻や静寂とは反対に、うるさくその場限り。弾も撃ち込まれるほどの戦場の騒々しさ。「みんな平和に暮らせばいいのになあ」という作者のつぶやきがさりげなく織り込まれる。しかし、それも昏迷の中にある。詩の中盤で、唐突に棹だけやが登場する。「さおだけー。さおだけー」「もし、棹だけ屋さん」「なに？」「ちょっと訊きたいんだけど」「やだね」「ホワイ？」という軽妙なやりとりに単純で不気味なディスコミュニケーションが暗示されている。棹だけ屋の登場は、棹だけの長さを想像させることにより、池の深さを暗示しようとするダブルイメージがあるだろうし、現代では悪徳商法をにおわせる怪しさと、実際の商売があった江戸時代に戻るよう

『ギケイキ　千年の流転』
（河出書房新社、2016年）

な効果もあるだろう。過去ではないが、現在でもない微妙
な空間。その間に歴史は戦乱、戦争など多くの生死の繰り
返しがあったのだった。だからこそ、池の中から声がする。
ほんとうに死んでいない君に僕らの痛苦は分からない。
迷妄さ。我執さ。すべては古池のなかから顕現するん
だぜ
（同題名・部分）

詩の中の登場人物は、なお無常を感じ、池の魔力に引き込まれるように入水してしまう。「であった」と訳の分からない過去形の言葉を騒がしく口にして終わる。登場人物の飛び込んだ後は、芭蕉の蛙の句のように静寂があたりを蔽っていることは共通している。本作品には、過去と未来の間に位置するシチュエーションがきわめて巧みに複雑に表現されているといっていい。現代詩の言葉の質、空間をともに広げた秀作と筆者は解釈している。

町田氏の著書で、他に古典を題材にしたものに『ギケイキ　千年の流転』（河出書房新社、二〇一六年）がある。現代に魂となって現れた義経自身が過去を回想しながら一人称で自分語りをするというユニークな物語構成。「かつてハルク・ホーガンという人気レスラーが居たが私など、その名を聞くたびにハルク判官《ほうがん》と瞬間的に頭の中で変換してしまう。というと、それはおまえが自分に執着しているからだろう。と言う人があるけど、そんなこたあ、ない」「実際の政治はそう単純ではないのだけれども敢えて単純化して言えば私の

父を負かしたのは平清盛という人で、大河ドラマやなんかでみたことがある人も多いと思う」などという口調が面白い。「現代の人間は、「はは。自信あるって言ってる割に神頼みですか」と揶揄するだろうがそれは誤りである。あの頃はいまと違って、神威・神徳というものが普通に存在していたし、祈祷やなんかははっきりと現実に影響を及ぼしていた」と解説もしてくれる。もともと『義経記』そのものが、史実の枠にとどまらず、その時代に見合った英雄像を創り上げてきた。実際の義経の生きた源平争乱の時代から、二〇〇年後に書かれたとされている『ギケイキ』は、現代の義経がまた生まれたと考えればいいだろう。

頼朝挙兵の報を聞いた義経が戦場に駆け付けようとする場面で、原文では「佐殿は」と地名の繰り返しで疾走感を表している。例えば、原文「小板橋に馳せ着いて「兵衛佐殿は」と仰せられければ、「一昨日これを発たせ給ひて候」と申す」と短い。『ギケイキ』では、血反吐を吐きながらも馬を走らせる義経と部下がユーモラスな会話とともにドタバタ風に描かれている。川口ですでに八十五騎ほどしか付いてこられなくなり、小板橋では、「ああ、頼朝軍に参加をご希望の方ですか」「そうなんです」「それは残念でした。兵衛佐様は、一昨日に進発なされました」「マジですか。やっぱ、鎌倉に行かれるんですかね」「それは軍事機密なので教えられませんね。戦に参加するんだったらとりあえず、ここでエントリーされたらいかがですか。あちらに受付もございますし」と具体的に描かれる。そして、次の武蔵の郷を聞き出すまでに賄賂を渡すという爆笑してしまうようなやりとりがある。さらに、足柄、箱根、伊豆へとむかい、原文では、「「さては程近し」とて、駒を早めて急がれけり」が、同書では「追いすがる部下を蹴り倒して単身、馬を走らせた。やっと会える。やっと兄に会える。そんな気持ちで私はいまの国道一号の三島あたりから沼津方面に向かって駆けに駆けていた」と結ばれる。『ギケイキ』は、四巻まで書き続けられる予定で、作者が楽しんで執筆している様子がうかがえる作品となっている。

町田氏の古典との関わりを参考にするならば、授業で「古池や」を現代の生活に書き換えてみるのはどうだろうか。彼の書き換えは、決して芭蕉の句を冒とくしているわけではない。むしろ古池の時間軸、空間軸に対する深い想像力が爆発している。また、義経や他の登場人物になりきって、『太平記』や『平家物語』の一場面を書き換えるのも面白そうだ。

三、坪田譲治『いなばのしろうさぎ』をめぐって

神話「因幡の白ウサギ」は、低学年の教科書によく取り上げられている。稲羽之素菟が淤岐島から稲羽に渡ろうとした。和邇《ワニ》を並べてその背を渡ったが、和邇に毛皮を剥ぎ取られて泣いていたところを大穴牟遅神（大国主神）に助けられるという部分が広く知られている。実際に鳥取市の白兎神社では、白兎大明神をまつり古事記の世界が神格化されている。神話と昔話は、どのようにちがうのか。教材化するときには特性をよく考えなければならない。

坪田穣治の絵本『いなばのしろうさぎ』（国土社、一九六九年）は、「ワニ」が熱帯の「ワニ」として描かれていて興味深い。一般の絵本ではうさぎが、サメを並べて数を数えるのであるが、本書は挿絵ももちろん爬虫類のワニとなっている。彼のあとがきには「神代のことのはなしです。不自然といえば、もうはなし全体が不自然なのです。この地上ではありえないすじなのです。つまり、これは、はなしのなかだけに、その存在が許される世界なのです。そうすれば、そんなにむずかしく考えることはないと、そう思って、熱帯のワ

ニということにいたしました。もっとも、これとすじがよくにているはなしが、あのジャワにあります。それは、主人公がウサギではなく小鹿となっております。はなしというものは、世界じゅうを遍歴するといわれておりますが、その一例かもしれません」と書かれている。「ワニ」については、丸山林平の『国語教材説話文学の新研究』（一九三六）の『和邇伝説』がある。和邇はサメであるとする説を否定し、和邇はワニであると断定している。ワニという言葉ひとつとっても、『和名類聚抄』では「鰐」を「和邇」と訓じ、本居宣長も『古事記伝』において爬虫類の鰐説である。

神話というと、国のはじまりとか神様の話とか、あたかも神聖な史実のように定着してしまう。坪田は、神話といえども「はなし」なのだと世界をパラレルに開いてみせたところが独自の意図だった。そして、これは古典と真摯に向き合った彼なりの結論であったと推測される。

低学年の児童はもちろん詳しい成り立ちや背景は知らない。教科書に取り上げられる神話は、言葉の意味にあまり深入りせずに読んで終わりということになるかもしれない。しかし、「古事記」が日本最古の話であることや、「因幡」の場所、「がまの穂」などは、写真や地図などで目に訴える情報を伝えてもよい。出雲のワニザメは鰐のように強い鮫の意味で、後にワニと呼ぶようになったものであることな

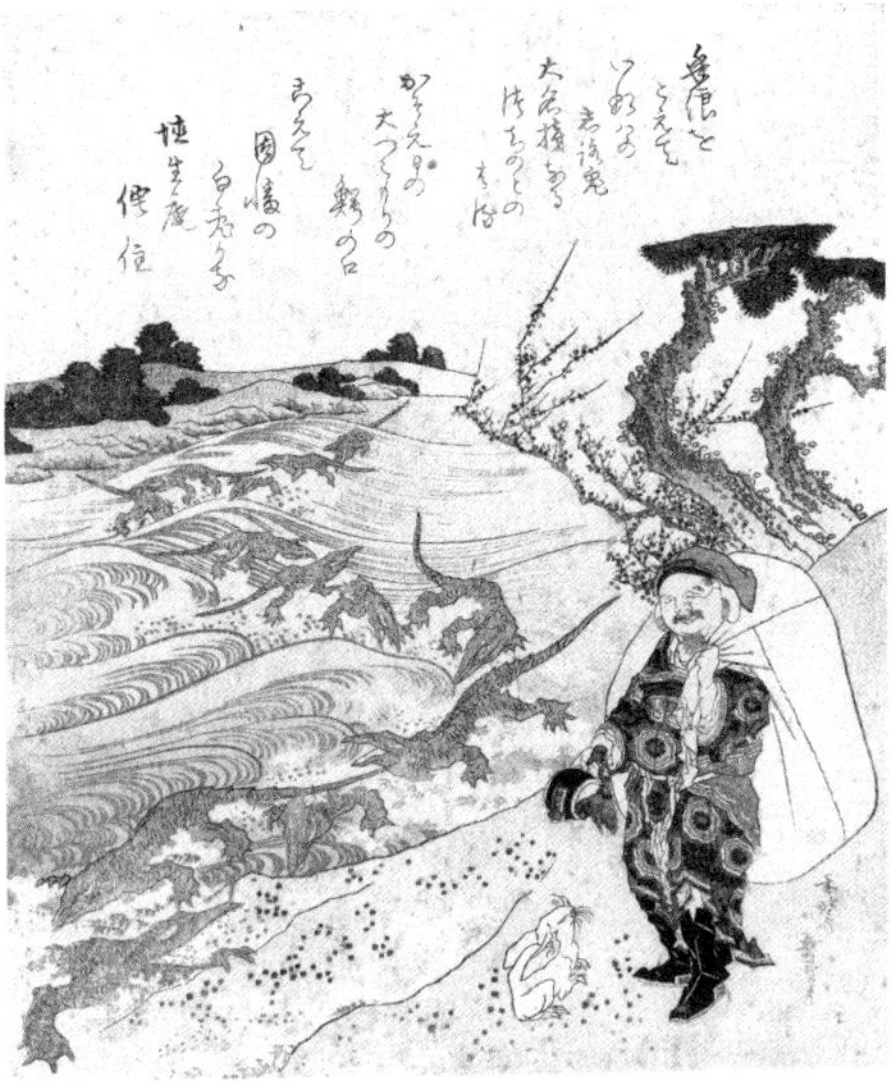
「大黒天に白兎」（葛飾北斎筆、文政２年）
出典：ColBase (https://colbase.nich.go.jp)

「いなばのしろうさぎ」え／ふくだしょうすけ　ぶん／坪田譲治（国土社、1969年、初版）

どもわかりやすく触れることで言葉の世界がひろがるだろう。一般の絵本や教科書と、坪田譲治の前著などとを比べて読めば、「本物のワニでもいいの？」と驚きもひとしおである。言葉にこだわるということのひとつの例になる。

四、季節の変化を味わう

筆者が低学年を担当する時は、クラスの児童が日本の昔話や外国の昔話の何を読んだかについて必ず調べる。金太郎、桃太郎、かぐやひめ、一寸法師、浦島太郎、鉢かづき姫、花咲かじいさん、ぶんぶくちゃがま、瘤取りじいさん、わらしべ長者等々。ところが、年を追うごとに、昔話を読んだり、読んでもらったりする経験が少なくなっている。知っている日本の昔話が驚くほど少ない。一寸法師などは、全員が知っているかと思いきや、三分の一くらいしか知らない。ゲームやテレビなど他に楽しいことがたくさんあるので無理もないが、発達段階に合わせた読書計画が必要であろう。調査をもとに読み聞かせや朝読書などで補っていくことが大切である。

学級文庫なども整備していくといい。

低学年では、読書以外にも国語で季節の語彙を集めたり、季節を感じて表現したりという活動がある。生活科では、季節の植物や虫、町の変化、行事などを主体的に観察したり体験したりする学習もある。感性がやわらかく吸収力いっぱいの低学年は、日本の自然や文化を基盤にした母語の言語感覚が育つ重要な時期であり、教師の使命を感じる。

ところが、都会に住む子ども達には、自然とふれあう経験が少ない。植物や虫の名前どころか、それらを見たり触れたりできない。正月や七夕などに関する季節ごとの伝統行事も簡略化されるようになってきた。暑さ、寒さから空調設備で守られていることが多い。古典の学習はそんな生活を見直すところから始まっている。

『月宮迎』(月岡芳年『月百姿』)

例えば、「月」が教科書の秋の言葉のコーナーにあるとしよう。「月はいつでも出ているのに、秋の月がことさら綺麗だとは不思議だな」と子どもたちは感じる。そこで「もし、電気がない昔は？　満月の夜見てみるといいね」とはたらきかけておく。すると、子どもたちの反応は素早くて、次の日には「先生、見てみたよ」と報告してくれる子が必ずいる。「月には、模様があるよね」。「月の光もけっこう明るいよ」。そんなときは、「竹取物語」の「望月の明さを十合わせたるばかりにて、ある人の毛穴さへみゆるほどなり」と原文の一行をあげてみる。「かぐやひめ」の印象から想像する月のイメージは、子どもの「月」という語彙に厚みをつけるものであると私は思う。言葉は、まず体験から膨らむものなのである。ひとつの言葉の感覚をていねいに身に付けさせていきたいものである。

五、身体感覚の喪失を補い、原文に触れる

日本の現代文学の世界では、すでに純文学とエンターテイメントの境が曖昧になってきた。純文学がエンターテイメントに吸収されつつあるといった方がいいのかもしれない。読者も作家も変わった。戦争を知らない世代が九割に近づいて、文学に対する価値観も変わったのだろう。起承転結の明示、主題を残しつつもミステリーや恋愛などの要素を挟み込む書き方が主流となり、作品の文体を重視し、人間の内面の物語を掘り下げる近代文学的作品は影を潜めつつある。今やネット上に溢れる言葉の即時性、娯楽性は、文学の言葉を押しつぶしているようにもみえる。学校教育の中の言葉も情報化された社会で生きるための実用性や有用性が重視されている。

古典文学といっても、古代、中世、近世の暮らしや感覚などは、もはや体験することができない。なにより想像力が必要である。自分で補いながらその鍵を探すことが求められる。古典を読むことで、歴史や民族の伝統的価値や感性などを継続させるという教育的目的と同時に、古典を文学テキストと考えると、個人の中でそれをどのように位置づけ、価値を決めるかということも大切である。その人なりの古典の楽しみ方を

見つけられるような、能動的な読者を育てていくべきだろう。

言葉の領域は広大だ。そして常に変化を続けている。私達が今使っている現代語も、三〇〇年後は古めかしく感じることだろう。死語となってしまう言葉もあるに違いない。しかし、言葉は時代により断絶しているのではなく、生き物のように姿を変えながら繋がっていく。

それらを味わうためには、教師自身も一読者に戻り、古典の楽しさや意義を自ら体験しておく必要があると思う。特に小学校の教師は国語教育などの専攻者でない限り、高校時代の古典学習が最終で、自分の専門外のことが多いだろう。それでも、子どもと同じ目線で一部分でもいいから、原文に触れてほしい。もう、テストや受験とは無縁なのだから、肩の力を抜いて同じ日本語だという目で読んでみてはいかがだろうか。筆者は、『源氏物語』や『平家物語』などを卒業後あらためて原文で読み通すことができた。能や狂言なども、謡曲集を持参して楽しめる。分からないところは、訳を読めばいい。やはり原文の味わいは貴重なのである。少しの慣れで以外にも、どんどん読み進めることができるし、新しい発見の連続となる。心惹かれる言葉にも出会う。古人との共通点を見出したり、その心の細やかさ、不思議さに感心したりもする。今でも使ってみたい古語があると語彙が倍になったようでうれしくなる。このような経験は現代の生活や言葉を見直すきっかけになり、自身の引き出しが増えていくことになるだろう。地道な努力のように見えても、子ども達に目に見えない説得力をもって授業に跳ね返る一瞬が必ずあるはずである。

小学生と古典を楽しむ

渡辺寛子

一、「読む」から「味わう」へ

「僕が狂言を味わってわかったことは、いつの時代でも人間の考えることは変わらないということです。最初は意味がわからなかったけど、読むにつれ、意味がわかってきて、今とあまり変わらないなあと思いました。」

（小学六年・男）

二〇〇八年、学習指導要領改訂に伴い、伝統や文化に関する学習として、古典教材が小学生の国語教科書に多く採用されるようになった。現代語の文章でさえ、読解の学習が難航する昨今の現場は、悲鳴をあげている。五〇音でさえきちんと身についているかあやしい子どもたちを相手に古文なんて難しいだろうと、古典教材を敬遠している先生をとてもよく見かける。現代語で書かれた文章も、つまずきながらやっと読む子どもたちに、どうすれば古文を楽しませるところまでもっていけるだろうか。不安だから、とりあえず古典教材を扱ったDVDか音読CDを買ってもらい、この単元は音読で終わらせればよいのだ、さらりと行こうなどと考える。私もそんな思いを抱いたことがある。だから授業が終わって集めた感想の中に、「味わって」と書かれた文を見つけて、はっとしたのだ。

大人はやたらと難しがる古典だが、子どもの方はどうかというと、「変な日本語でおもしろい」と興味津々な子が多い。そしておもしろがって古語を使っているうちに、「何となくわかる」という感覚に行き着く。そうすると「先生、もっと柿山伏の授業やろうよ！」という声が出てくる。六年生と狂言「柿山伏」の授業をつくった時のこと、私が始業時間を少し遅れて教室に着くと、すでにあちらこちらで山伏役と柿主役になった子どもたちが音読の自主練習をしていた。そこでは、子どもたち自らが考えたアドリブも加わっており、それがすでに古語であった。この時、子どもたちにとって狂言は、すでに大人が感じている敷居の高い古典ではなくなっていたのである。

『柿山伏』の授業で私が大事にしたのは、ＣＤに頼らない音読指導である。狂言を知るために一度だけ映像資料を使ったが、あとは範読しながら何度も繰り返し子どもたちと音読した。流暢に古語を話せるようになると、子どもたち曰く「快感」らしい。古文のリズムを体で感じられるようになった表れだと感じる。古文の読み方がたどたどしいと、意味を「感じる」ことはできないが、普段使っている現代語と同じように、喜怒哀楽を言葉にのせて、抑揚をつけて読むと、現代語訳がなくても古語だけでわかるのだ。

上手な朗読で古典を聴くと、難しい文法を思い出させる助動詞は耳に入らず、ただ物語の情景が浮かんでくるものだ。ほどよい間と心地よい抑揚が登場人物の感情を伝え、聴き手に深い感動を届けてくれる。子どもたちが古典と出会う時、範読する教師自身が、古典作品のおもしろさをつかんで、古文のリズムを楽しみながら紹介できるかどうかが要である。

『柿山伏』の授業では音読が慣れたころに動作も交えて、体全体で古語を感じる時間をたっぷりとった。そして古典の世界の登場人物と自分とを重ね合わせ、自分と対話しながら味わった。もちろん現代の自分をそのまま当時に置き換えるのではなく、山伏という存在が当時どういう存在だったのか、病院もコンビニもない世界の価値観を想像することは欠かせない。クラスで感想を交流すると、「自分なら山伏のようなまぬけなことはしない。だって絶対ばれるもん。」という意見と、「ばれるとわかっていても、歩き疲れて腹が減っていたら自分なら盗んでしまうかもしれないし、隠れてしまう。」という意見に分かれ、議論になった。議論のあとの子どもたちの狂言は、言葉に迫力があって、なかなか見応えのあるものだった。

【学習後の感想】

「私がこの時代に山伏のように柿を盗んだら、やっぱり山伏がしたように自分の罪を隠すと思う。狂言は人の立場を考えてくれていて、「私もやってしまうかも」と考えてしまうおもしろさがあります。言われるままに必死になって、からす、さる、とびのまねをするのが、私は好きです。」（六年・女）

「柿を盗んだことがばれるのに木に隠れた山伏を見て、自分だったら正直に柿主にあやまると思うけど、心の一部には隠れてしまうこともあると思った。柿主にからすや猿や鳶といわれて、山伏が必至に真似をやっている所がすごくおもしろいです。柿主にばれてしまう怖さで隠れたと思います。」（六年・女）

「山伏が簡単にだまされているところがおもしろい。柿山伏という狂言には、おもしろさやおろかさや、言い訳など、いくつもの要素が含まれている。それをうまくわかりやすく説明していてすごいと思う。山本東次郎さんの「人間はかしこさもおろかさも、みな同じように持っているのです。」という文がとても共感できた。」（六年・男）

「山伏がお腹がすいて柿をとっちゃう気持ちはすごくわかる。私だってすごくお腹が減っていたら絶対食べてしまう。からすとか猿とかのまねはするけど、さすがにとびになって飛ぶまではしないかもしれない。でも殺されちゃうかもしれないから、飛ぶかも。出てくる人は二人しかいないのに、物語をこんなに大きくできるなんてすごいと思う。柿主も山伏も現代にいそうな二人だから、共感できるところがたくさんあった。」（六年・女）

「最初は「こんなのがあるんだあ」としか思っていなかったけど、実際自分でやってみたらすごくおもしろいと思いました。東次郎さんの言っているとおり、どんなに修行をしてもやっぱりお腹はすくという所が共感できました。人間の弱点はお腹がすいてしまうことだなあ。」（六年・男）

二、仲間と推理しながら読む楽しみ

大人の心配をよそに、子どもたちがあっという間に古典を読めてしまった体験は、他にもある。それは漢詩『春暁』を紹介した授業だった。光村図書の教科書では書き下し文が載っているが、授業では、それを使わずに、白文だけ黒板に提示して紹介した。

「えー！漢字ばっかじゃん！」「きっちり五文字ずつなの？すごい。」「暗号みたいでおもしろそう。」あれ

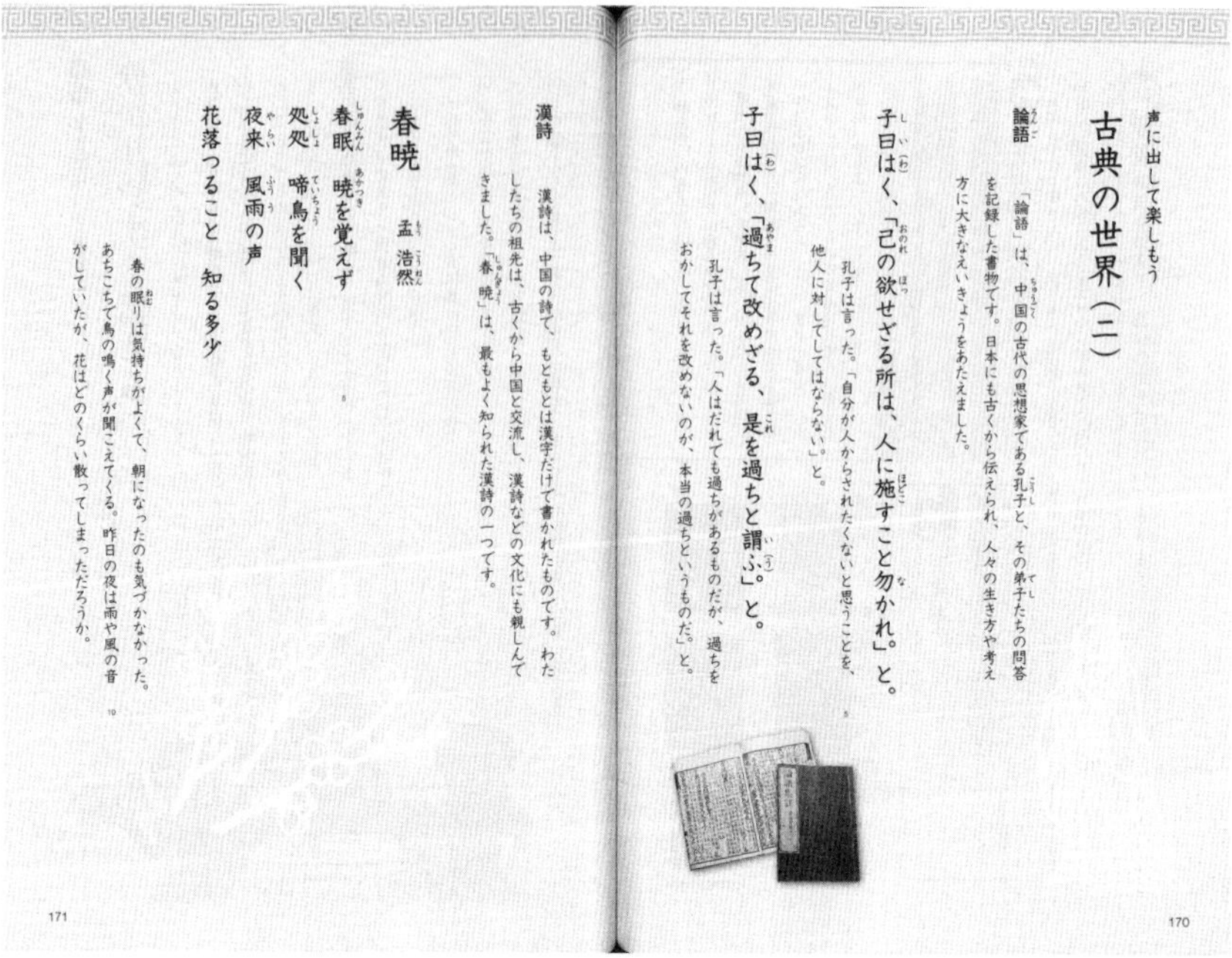

声に出して楽しもう

古典の世界（二）

論語《ろんご》

「論語」は、中国《ちゅうごく》の古代の思想家である孔子《こうし》と、その弟子《でし》たちの問答を記録した書物です。日本にも古くから伝えられ、人々の生き方や考え方に大きなえいきょうをあたえました。

子《し》曰《い》は《(わ)》く、「己《おのれ》の欲《ほっ》せざる所は、人に施《ほどこ》すこと勿《な》かれ。」と。

孔子は言った。「自分が人からされたくないと思うことを、他人に対してしてはならない。」と。

子曰は《(わ)》く、「過《あやま》ちて改めざる、是《これ》を過ちと謂《い》ふ《(う)》。」と。

孔子は言った。「人はだれでも過ちがあるものだが、過ちをおかしてそれを改めないのが、本当の過ちというものだ。」と。

170

漢詩

漢詩は、中国の詩で、もともとは漢字だけで書かれたものです。わたしたちの祖先は、古くから中国と交流し、漢詩などの文化にも親しんできました。「春暁《しゅんぎょう》」は、最もよく知られた漢詩の一つです。

春暁

孟《もう》浩《こう》然《ねん》

春眠《しゅんみん》　暁《あかつき》を覚えず
処処《しょしょ》　啼鳥《ていちょう》を聞く
夜来《やらい》　風雨《ふうう》の声
花落つること　知る多少

春の眠《ねむ》りは気持ちがよくて、朝になったのも気づかなかった。あちこちで鳥の鳴く声が聞こえてくる。昨日の夜は雨や風の音がしていたが、花はどのくらい散ってしまっただろうか。

171

『国語６年』（光村図書出版、平成27年度版）より

これ言いながら、みんなで意味を予想していく。国語の授業では、いつも一人ひとりが辞書を机に置いて学習しているので、誰かが早速「「暁」は夜明け、明け方の意味だって！」と叫ぶ。「「眠」とかいてあるから、眠いのかな。寝ているんじゃない？」「「処」っていう字、知ってる！お食事処ってお店に書いてあるのを見たことがある！「ところ」って読むんだ。」「夜、嵐が来たってことかな。」などと、子どもたちは、知っている知識を総動員して解読しようとしていった。

そのうちに、話題は「この人は、まだ寝てるのか」という話になった。「二行目、三行目で聞こえてくる音のことを言っている。見たことじゃない。まだ布団の中にちがいない。」「起きているんだけど、布団の中でぬくぬくしてるね。きっと。」「花がどれくらい散ったか気になるなら、起きて見に行けばい

い。でも眠いから面倒なんじゃない？」「それ、おれと同じだ！最近、全然、朝起きられない。」などと続く。書き下し文の音読から導入していたら、このみんなで推理しながら読む、謎解きのようなわくわく感は得られない。大人が余計な情報を与えずに、子どもの純粋な目で出会った方が、古典を楽しめるのではないか。古典は「難しいもの」と思っているのは大人で、「難しいから解説をしてあげなければ」と思えば思うほど、難しいものにしてしまっている。そんな気がしている。

三、創作すると　見えてくる

小学五年生の教科書には『枕草子』が紹介されている。光村図書の教科書では、最近の改訂で「春はあけぼの」を紹介するページと、夏、秋、冬を紹介するページがそれぞれバラバラになってしまったが、以前は春と夏が同じページに紹介されていた。それを授業で扱うと「じゃあ、秋はいつがいいのだろう？」と彼らは当然疑問をもつ。私は春、夏と学習したのち、清少納言になりきって秋を予想する活動をした。

「秋のよさを実感できる時間帯はいつだろう」と考えて、「秋は○○」と、ちょっとした随筆を現代語で書く。これはとても盛り上がる。おもしろがって「をかし」を使う子も続出する。ただし、秋を予想するなら、授業も秋にやることが大事である。自分の予想が昔の人と同じだと、「うれしい」「昔の人とつながりを感じられた」「今も昔も変わらないのだ」という感想が見られる。一方で、「テレビやパソコンのない時代だから、昔の人は、今と違って蛍や月の光や、空の色に敏感なのだなと思った。」という感想もあった。

春の空

▼あなたは、春のどんなところが好きですか。「枕草子《まくらのそうし》」につづられている春の風景を参考に、あなたの感じる春らしいものや様子を、文章に書き表してみましょう。

「枕草子」は、作者の清少納言《せいしょうなごん》が心に感じたことを自由に書き記した作品です。清少納言は、この作品の初めに、四つの季節それぞれについて、自分の思いをつづっています。

春はあけぼの。やうやう《(ようよう)》白くなりゆく山ぎは《(わ)》、すこしあかりて、紫《むらさき》だちたる雲のほそくたなびきたる。

春は明け方がよい。だんだん白くなっていく山ぎわの空が、少し明るくなって、紫がかった雲が細くたなびいているのがよい。

34

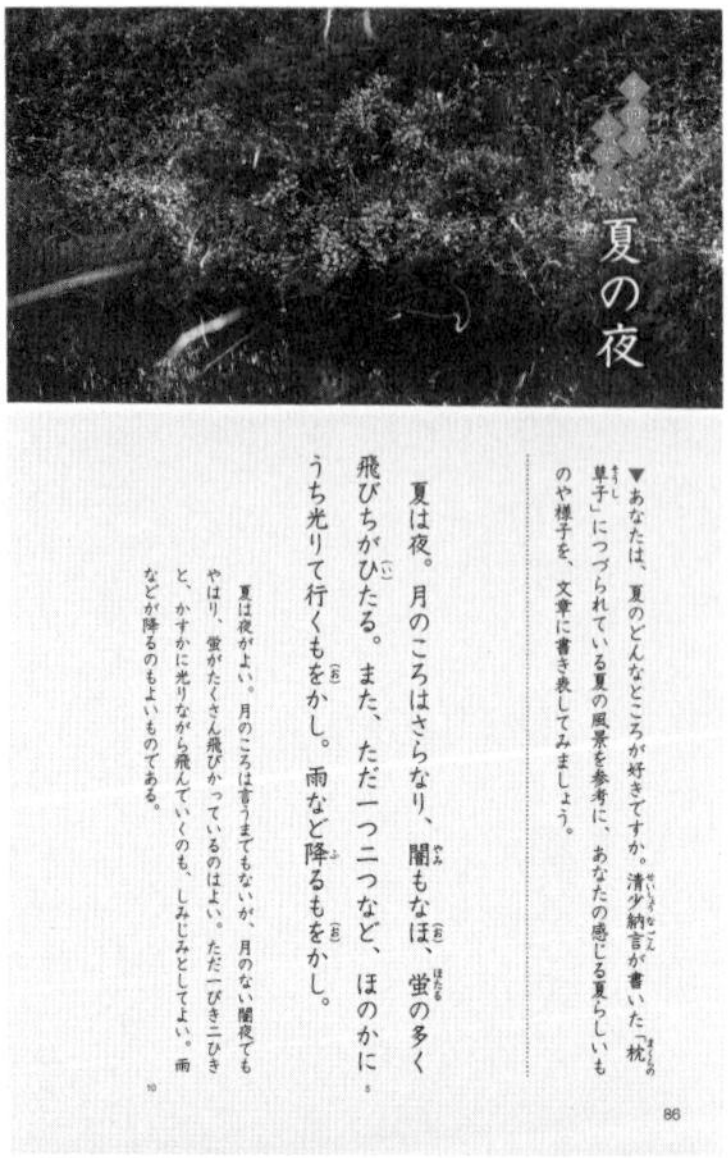

夏の夜

▼あなたは、夏のどんなところが好きですか。清少納言《せいしょうなごん》が書いた「枕草子《まくらのそうし》」につづられている夏の風景を参考に、あなたの感じる夏らしいものや様子を、文章に書き表してみましょう。

夏は夜。月のころはさらなり、闇《やみ》もなほ《(お)》、蛍《ほたる》の多く飛びちがひ《(い)》たる。また、ただ一つ二つなど、ほのかにうち光りて行くもをかし《(お)》。雨など降《ふ》るもをかし《(お)》。

夏は夜がよい。月のころは言うまでもないが、月のない闇夜でもやはり、蛍がたくさん飛びかっているのはよい。ただ一ぴき二ひきと、かすかに光りながら飛んでいくのも、しみじみとしてよい。雨などが降るのもよいものである。

86

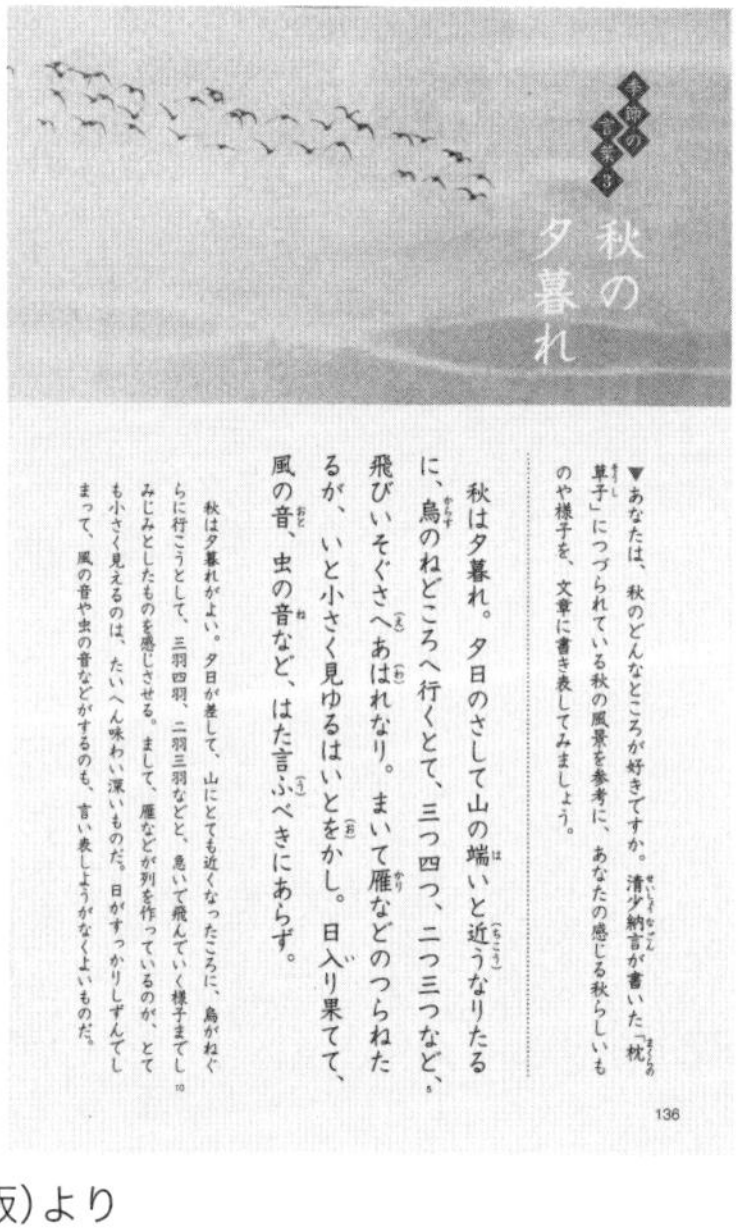

季節の言葉3

秋の夕暮れ

▼あなたは、秋のどんなところが好きですか。清少納言《せいしょうなごん》が書いた「枕草子《まくらのそうし》」につづられている秋の風景を参考に、あなたの感じる秋らしいものや様子を、文章に書き表してみましょう。

秋は夕暮れ。夕日のさして山の端《は》いと近う《(ちこう)》なりたるに、烏《からす》のねどころへ行くとて、三つ四つ、二つ三つなど、飛びいそぐさへ《(え)》あはれ《(わ)》なり。まいて雁《かり》などのつらねたるが、いと小さく見ゆるはいとをかし《(お)》。日入《い》り果てて、風の音《おと》、虫の音《ね》など、はた言ふ《(う)》べきにあらず。

秋は夕暮れがよい。夕日が差して、山にとても近くなったころに、烏がねぐらに行こうとして、三羽四羽、二羽三羽などと、急いで飛んでいく様子までしみじみとしたものを感じさせる。まして、雁などが列を作っているのが、とても小さく見えるのは、たいへん味わい深いものだ。日がすっかりしずんでしまって、風の音や虫の音などがするのも、言い表しようがなくよいものだ。

136

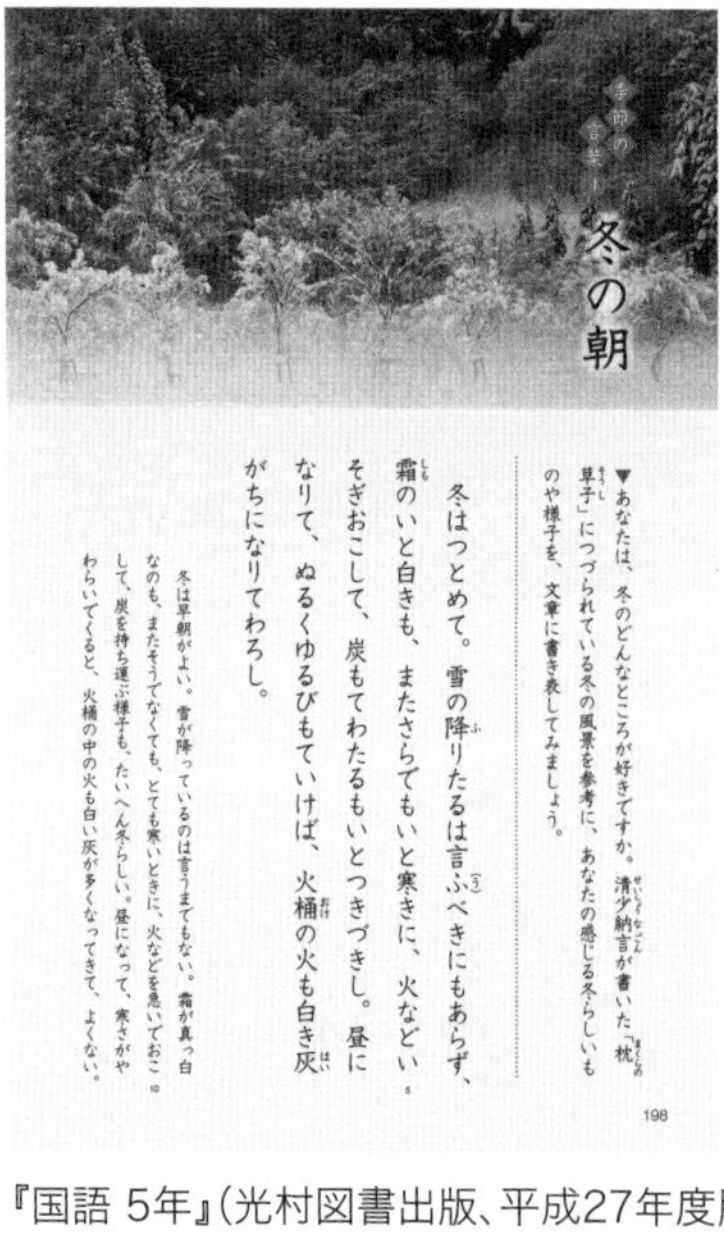

冬の朝

▼あなたは、冬のどんなところが好きですか。清少納言《せいしょうなごん》が書いた「枕草子《まくらのそうし》」につづられている冬の風景を参考に、あなたの感じる冬らしいものや様子を、文章に書き表してみましょう。

冬はつとめて。雪の降《ふ》りたるは言ふ《(う)》べきにもあらず、霜《しも》のいと白きも、またさらでもいと寒きに、火などいそぎおこして、炭もてわたるもいとつきづきし。昼になりて、ぬるくゆるびもていけば、火桶《おけ》の火も白き灰《はい》がちになりてわろし。

冬は早朝がよい。雪が降っているのは言うまでもない。霜が真っ白なのも、またそうでなくても、とても寒いときに、火などを急いでおこして、炭を持ち運ぶ様子も、たいへん冬らしい。昼になって、寒さがやわらいでくると、火桶の中の火も白い灰が多くなってきて、よくない。

198

『国語 5年』(光村図書出版、平成27年度版)より子どもたちが予想した「秋は〇〇」を交流すると、たいていの子が夕方の時間を選んでいる。幼い頃から親しんでいる童謡にも「秋の夕日に照る山紅葉」や「夕焼け小焼けの赤とんぼ」など、秋と夕暮れのセットはたくさんある。

ところが問題は冬である。秋を予想した子どもたちは、当然のように「冬は？」と考え始める。でも、冬の早朝は格別だと思っている小学生は、なかなかいない。「冬は昼。おひさまが出てやっと暖かくなる。窓際の陽だまりはぽかぽかして気持ちがいい。お昼ご飯の後などは、つい眠くなってしまう。陽だまりで丸くなっていると、いやなこともめんどうなことも、もう、どうでもよくなって、うとうとできるのが、いとをかし。」などとお昼の時間帯を選ぶ子が多い。「でも、待てよ、平安時代はガラス窓ってないよね？」と気づいた子がいて、当時は、どうやって寒さをしのいでいたかという話題になる。火鉢を紹介し、「つとめて」を紙で隠した本文を提示した。子どもたちは「冬は〇〇」が気になって仕方ないので、古文を一生懸命読もうとする。「『昼になりて』と書いてあるから朝ではないか」とか「『火など急ぎおこして』だから、朝起きた時だよね」などと推理しながら読んでいた。「寒いのに、冬は早朝がいいなんていう清少納言って、ちょっと変わってる」と、春夏秋は共感できるところが多かった分、冬の部分には清少納言の独特な感性を感じるようだ。「雪が降った朝が楽しみなのは、同感」「私はストーブを久しぶりにつけた時に「ああ、冬が来た」と感じる」などという感想もあり、古典を通して、現代の冬らしさや冬ならではの風景に目を向ける展開になった。

おもしろいのは、「清少納言だったら、秋はいつの時間を選ぶだろうかと考えながら、学校から帰っていると、いつもの通学路がちょっと変わって見えた。」と話す生徒がいたことである。「きっと世界の見方や考え方が、昔の人と私とはちがうのだろうなと思っていた。でも邪魔なものを取り払って、今も昔も在るものだけを見るようにしたら、夕焼けがすごくきれいに見えた。」と、その生徒は報告してくれた。その子が通う通学路は、大きなダンプカーやトレーラーが絶え間なく通る国道一六号線。友達と話しながら歩いていても、大声で話さなければ相手の声は聞こえない。風が強く吹き抜けるので、ついうつむいて、足元のコンクリートだけを見ながら歩く。そんな道である。それが、清少納言の視点をもつことで、世界の見え方が少し変わる。古典に出会うことで、世界が昨日より美しく見えるようになるのである。

四、教室を飛び出す　国語を飛び出す

想像の翼を広げることで千年前にタイムスリップするおもしろさは、国語の授業の中だけではなく他教科の授業と連携して仕掛けると、一層広がる。

『平家物語』の冒頭は、ほとんどの教科書が五年生で扱っている教材である。源平合戦を知っているとおもしろいのだが、社会科で源平合戦を学ぶのは六年生。武士も貴族も知らないまま、五年生で『平家物語』と出会うことになる。これもやはり、古典文学を敷居の高いものと思っている教員たちにとっては、悩ましいことである。「五年生には、難しいだろうなぁ」と二の足を踏んでしまうのである。カリキュラム上、この単元で使える授業時数は二時間程度。難解な熟語の意味を解説して音読すると、あっという間に終わってしまうのが現実だ。でも、それでは「難しそうな古典」は難しいままだし、音読しても呪文やお経を唱えるようなもの。だから、やはり私は五年生相手に源平合戦のダイジェストを紹介してしまう。

源頼朝が、父を失って伊豆に流されるのは、小学五、六年生の子どもたちと同年齢の頃。少年姿の頼朝とおじさん姿の清盛の絵、両者の中央に戦いの記録が書かれた日本列島の地図を黒板に貼ると、「武士」という遠い存在が、自分と等身大の少年だと気づいて、子どもたちは一気に自分を主人公にして想像し始める。特に清盛が高熱で死ぬ場面は「水をかけても蒸発しちゃうほどの熱なんて、ありえない！」とおもしろがりながら聴く。強さに憧れをもつ子は、武士そのものや、甲冑、弓への興味も高いので、図や絵を使って、心をくすぐる。戦いなんて興味がないと言っていた女子たちも、巴御前の話をすると、一気に真剣な表情で聴くようになる。

学級文庫には『平家物語』に興味をもった子どもたちが、すぐに手に取れるように、『二十一世紀版 少年少女古典文学館』シリーズの『平家物語』（講談社）や、小学生向けの『源平盛衰記』（ポプラ社）、図書室にある歴史マンガを借りてきて置いておく。学校司書と連携し、学習の時期に合わせて、関連書籍を教室貸し出ししてもらうのだ。図書室や図書館ではなく、教室にあるというのがポイントで、ちょっと手を伸ばせば古典に触れられるという学習環境が、古典の世界への敷居を低くすると私は考えている。

そうして六年生になった時、私は社会科の授業のタイミングに合わせてもう一度、『平家物語』の音読を、国語の授業や宿題で扱うようにしている。学校の近くに鎌倉時代の切通しがあるので、学年全員でフィールドワークにも行く。中世の海岸線や道を調べ、昔の景色を想像しながら歩く。どんな人たちが、どのくらいの幅の道を、どんな服装で、どんな荷物をもって、ここを歩いたのか、想像しながら歩く。蝉時雨がこだます木々の生い茂った薄暗い山路を歩いていると、向こうから落ち武者が来るのが見えることがある。もちろん、想像の翼を広げてタイムスリップした者だけが味わう醍醐味である。でも、そういう経験を話すと、子どもたちも「中世の武士に会えるかな」とわくわくしながらフィールドワークに出かけるし、山路を歩きながら「先生、この岩はさ、武士のこと見てるんだよね、きっと。すごいなあ。」と、古とのつながりを感じて、当時の世界を知りたいと思うようになる。

古典文学への入り口は、国語の教科書の中にある文字からだけでなく、当時の人々の暮らしの様子や価値観、色彩感覚、軍記物では武具やファッション、死生観など、様々な角度から招待することができる。教室の子どもたちの興味や実態に合わせて、「昔ってちょっとおもしろそうな世界」「もっと知りたい」と思う入り口をつくる。教えなければならない内容だけに気をとられず、時には教室を飛び出す。そんな授業ができるのも、小学校時代ならではではないだろうか。

中学高校で学ぶ、テスト付きの古典とはちがい、小学校時代に出会う古典は、理解ではなく、体感できるものでありたいと思う。千年もの時を隔てて、昔の人と同じ喜怒哀楽を感じた時、古典のおもしろさは実感として子どもたちの中に宿るだろう。その実感があれば、その後、無味乾燥な品詞分解に追われても、古典の楽しさは残るはずである。私たち小学校現場の教員は、そういう体験ができる授業を目指す必要がある。そのためにも子どもたちが内容を感じ取れるような範読技術を磨き、古文のリズムを楽しむこと。教えすぎて、自ら推理して読むわくわく感を奪わないこと。読むだけではなく、時には創作活動も入れて古典の世界を想像する機会をつくること。そして私たち自身が、古典の世界の入り口をいくつも知っていることが、古典嫌いをなくす授業につながるのではないかと思っている。

拡張する「古典」
——デジタル時代における古典の役割と意味の変容

石田喜美

はじめに

二〇一六年十一月、料理レシピ投稿・検索サイト「クックパッド」に「クックパッド江戸ご飯のキッチン」が公開され、話題となった（図1）。

このサイトには、大学共同利用機関法人情報・システム研究機構国立情報学研究所（ＮＩＩ）と大学共同利用機関法人人間文化研究機構国文学研究資料館（国文研）が公開した「江戸料理レシピデータセット」に基づいたレシピが掲載されている。最初に公開されたのは、百種類以上の卵料理を集めた『万宝料理秘密箱卵百珍』のみであるが、これは最初のデータセットであり、今後も江戸時代に記された他の料理本に基づくレシピのデータセットが公開されていく予定であるという。

図1　クックパッド江戸ご飯のキッチン
（https://cookpad.com/kitchen/14604664）

中野三敏は『書誌学談義　江戸の板本』の中で、「我が国の読書人の殆どは、先賢が残した書物の九九パーセントを読まずに、過去に学ぼうとしている事になるのである」と述べ、これを「無謀の一語に尽きよう」と評している（『書誌学談義　江戸の板本』、二〇一〇年、三〇四頁）。国文研の山本和明は、「クックパッド江戸ご飯のキッチン」に関するインタビューの中で、中野によるこの発言を引用し、古典籍に残された「先人たちの知恵」が、書物の形態や、言葉・文字の変化の中で消え去ろうとしていることへの危機感を表明している（「クックパッドに『江戸ご飯』が掲載された深い理由」、『YOMIURI ONLINE』、二〇一七年一月一三日）。

現在、この他にも、国立文化財機構「e国宝」（図2）をはじめ、誰もが歴史的・文化的な資料を楽しむためのデータベースが数多く公開されている。また、二〇二〇年八月に正式版が公開された「ジャパンサーチ」はこれら様々なデータベースと連携している。これによって、分野横断的に様々なコンテンツを検索することができるようになった。これらの試みは、その存在を知られることもなく消え去ってしまう先人の知恵の数々に、あらためて光を当てようとする試みといえるだろう。

一九九八年にはじまった国立国会図書館の電子図書館構想が二〇〇九年に加速的に展開して以降（柴野京

子『書物の環境論』、二〇一二年、弘文堂、九九―一〇三頁）、人文学の研究領域はデジタル技術の進展に大きな影響を受けてきた。二〇一三年には、『デジタル人文学のすすめ』（楊暁捷・小松和彦・荒木浩編、二〇一三年、勉誠出版）が発刊され、「デジタル人文学」という名称で、デジタル技術と人文学との出会いや融合によって生み出される新たな可能性が整理・議論された。大学におけるレポートや卒業論文の執筆にあたっても、複数のデータベースを検索し、そこから情報を入手しながら調査を進めることは必須のプロセスである。

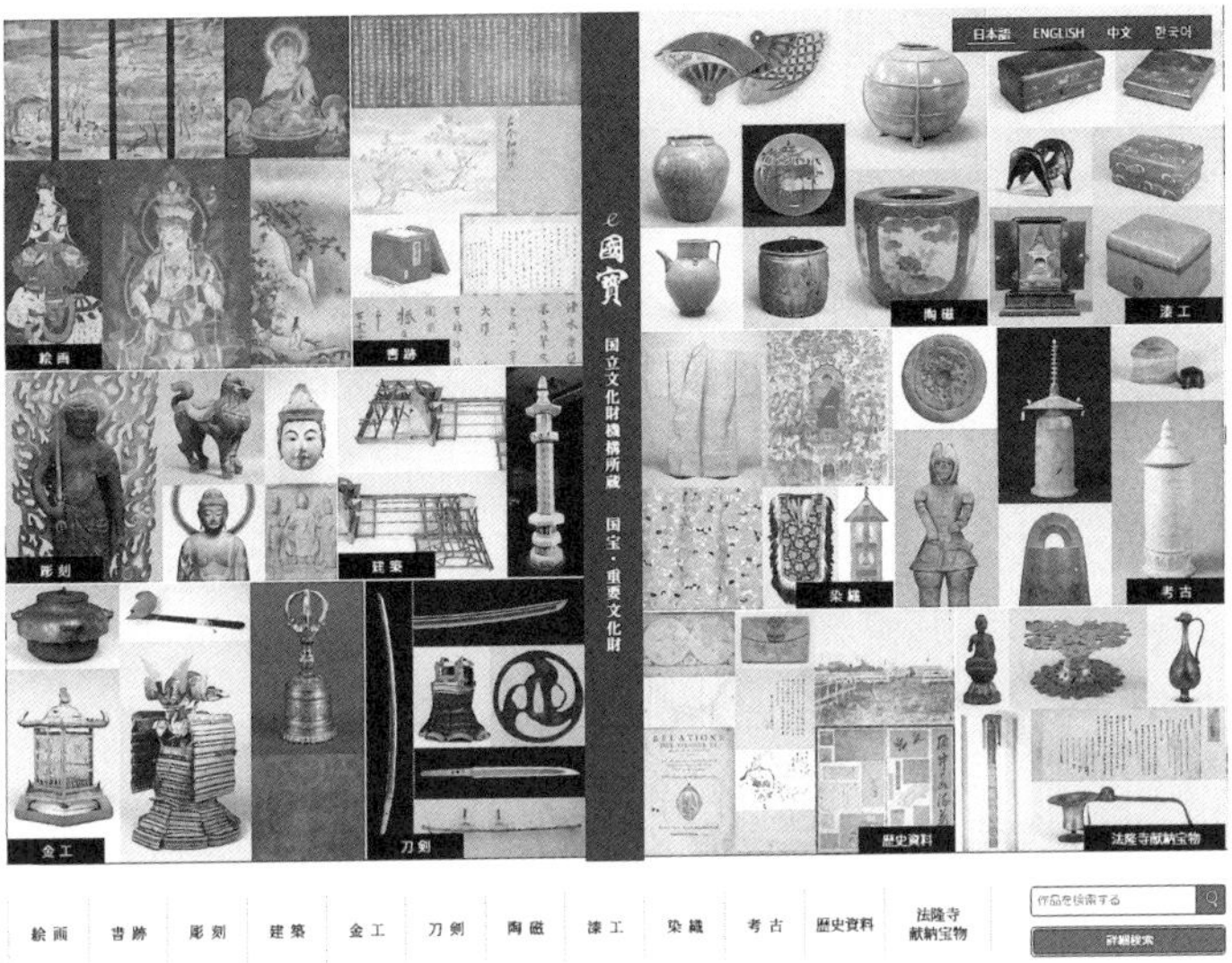

図2　「e国宝」（http://www.emuseum.jp/）

本稿では、デジタル技術によって可能となった、新たな古典の楽しみ方を、ふたつのキーワードで整理し、紹介してみたい。ひとつは「検索」、もうひとつは「計測」である。ラテン語の「指（digitus）」に由来する「デジタル（digital）」という語は、元来、指で数えることしかできない離散的な数字を意味する。日進月歩で進化し続けるデジタル技術によって、あたかも、アナログの世界がそのままデジタル機器上に表現されているかのように錯覚することも多いが、その根源には、二進法で表現されたデジタルの世界がある。では、デジタル技術だからこそ実現可能な古典の楽しみとは何だろうか。それは、情報を連続性・類似性の視点から捉えていくアナログの世界とは異なるものであるだろう。本稿で紹介する「検索」と「計測」は、情報を離散的に捉えていくデジタル技術ならではの強みを示すキーワードでもある。

では、「検索」と「計測」によって、どのような古典の世界が見えてくるのか。以下、デジタル世界の中で見いだされる古典の姿をいくつか紹介していこう。

一、検索で楽しむ古典――探す・見つける・眺める・気づく――

デジタル技術が私たちの生活にもたらした楽しみのひとつに、検索の楽しみがあるだろう。高野明彦は、検索の本質は「『探す―見つける―眺める―気づく』というサイクルを何度も回すこと」であると述べる（「検索とは何か」、同編『検索の新地平』、二〇一五年、角川学芸出版、二四頁）。

高野は、検索のひとつの例として、専門ポータルサイトの検索を挙げ、世界各国の美術館・博物館に所属されている浮世絵の情報を収集したポータルサイト「浮世絵検索（Ukiyo-e.org）」（図3）を紹介している。図3は、歌川広重《東海道五十三次》のうち「保土ヶ谷　新畀橋」を検索した結果である。図に見られるように、このポータルサイトでは、世界各国の美術館・博物館のサイトで公開されている同作が、すべて一覧で表示されており、同じ版木で刷られた異なる浮世絵を一覧することができる。さらに図中にある「版画を比較する」ボタンを押すと、同じ版木で刷られたと思われるすべての画像を、同位置でスライドショーにして観ることが可能となる。浮世絵の中に自分自身の縁ある土地を探すために検索窓に「保土ヶ谷」とクエリを入力し（「探す」）、そこで《東海道五十三次》「保土ヶ谷　新甼橋」を発見する（「見つける」）。検索結果には、異なる刷りの「保土ヶ谷　新甼橋」を一覧して眺めることができ（「眺める」）、眺めているうちに、浮世絵の制作工程や、それぞれの間にある僅かな違いに気付き（「気づく」）、それが新たな探究のための問いへとつながっていく。「浮世絵検索」は、まさに検索の楽しみを具現化したポータルサイトであるといえるだろう。

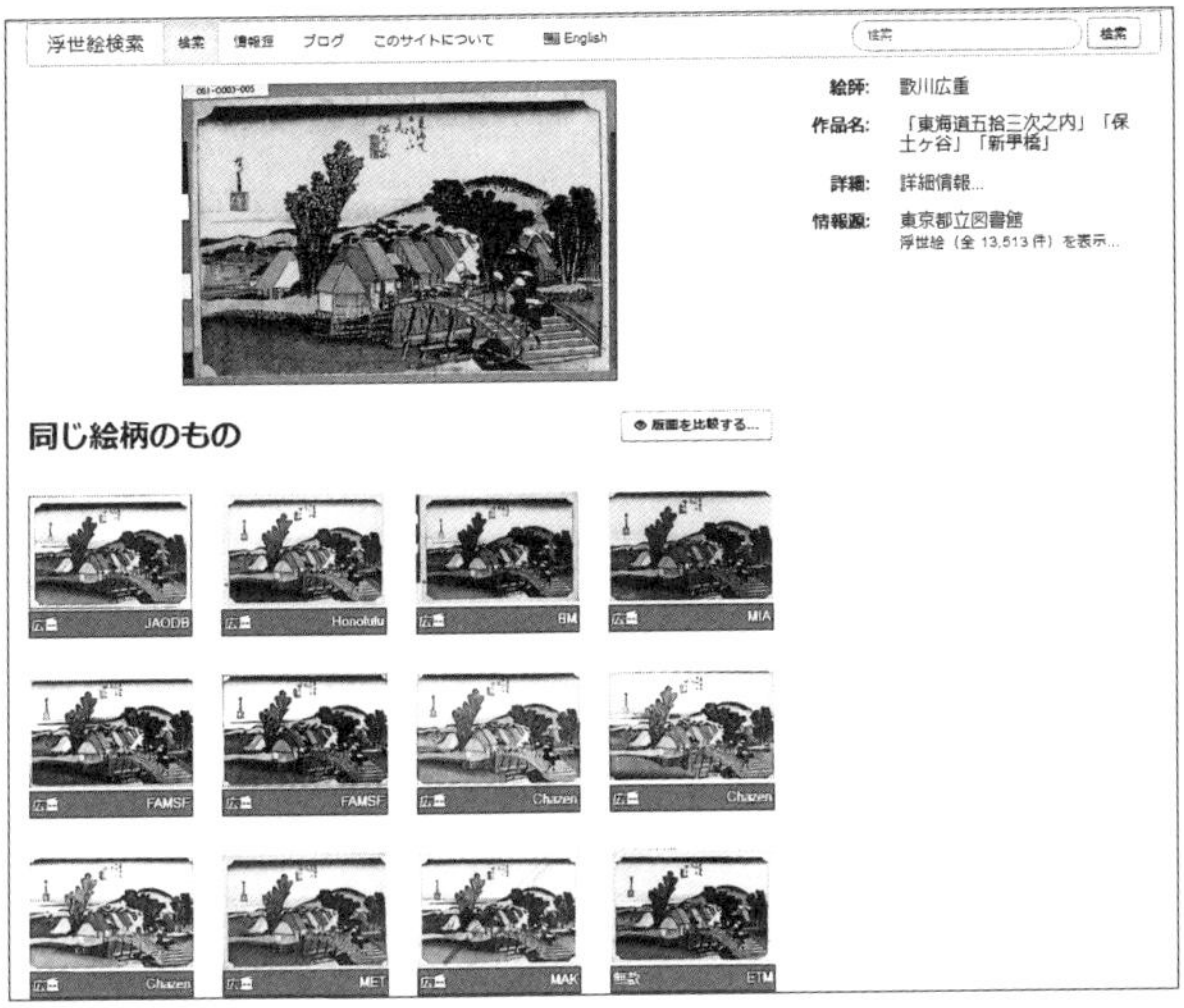

図3　「浮世絵検索（Ukiyo-e.org）」

そのようなデータベースとしてはこの他に、国文学研究資料館「電子資料館」（図４）で公開されている多様なデータベース群を挙げることができる。

ここには、『日本古典文学総合事典』構想で思い描かれていたものに近いデータベース（例えば、「日本古典文学大系本文データベース」）から、当時は発想すらされなかったであろう「蔵書印データベース」まで、扱う時代や対象、アプローチの異なる様々なデータベースが公開されている。

このような豊かな可能性をもつデータベースをひとつひとつ見ながら、「先人たちの知恵」の多様さや奥深さに思いを馳せるのも楽しいが、ここでは、検索の楽しみを体現したデータベースとして、「歴史人物画像データベース」（図５）を紹介する。本データベースは、その名のとおり、古典籍に画像として示された歴史人物の画像

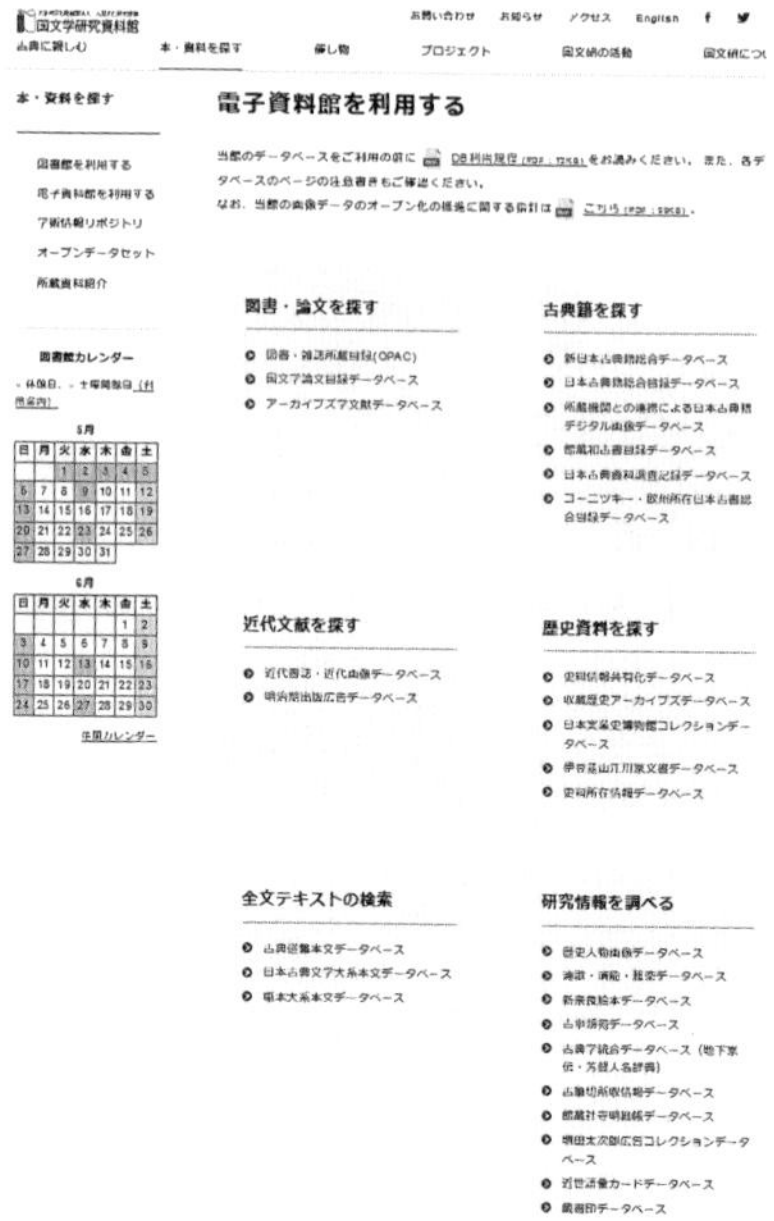

図4　「電子資料館を利用する｜国文学研究資料館」(https://www.nijl.ac.jp/search-find/#database)

をデータベース化したものである。国文学研究資料館で公開されている他のデータベースと同様、このページにアクセスすれば、誰もが自由に、無料で使用することができる。

本データベースのトップページから、「人物一覧」を見てみると、本データベースに画像が登録されている人物一覧を五十音順に見ることができる。五十音順に並べられた人物一覧を眺めていると、いくつも気になる人物名が目に入る。その中のひとつに、「日本史上最高のプレイボーイ」「平安時代の伝説的イケメン」と名高い「在原業平」の名前がある。「在原業平」をクリックすると、どうやら本データベースには、七つの業平画像が登録されていることがわかる。同ページにある「ＤＶＤ版ＨＴＭＬ」というボタンをクリックし、画像閲覧ページを開くと、それらの「在原業平」画像を一覧することができる（図6〜図9）。

図6・図7は、どちらも百人一首の画像である。本データベースの「掲載作品解説」(http://base1.nijl.ac.jp/~rekijin/kaisetsu.htm) によると、どちらの百人一首も、「従来の『小倉百人一首』図絵・注釈などを加えた作品」（同上）であるらしい。それにも拘らず、『若鶴百人一首』の業平は、胸元に手など当てていて、どこか色気があるように見える。これは『若鶴百人一首』が、女子への教育を目的として作られたものだからな

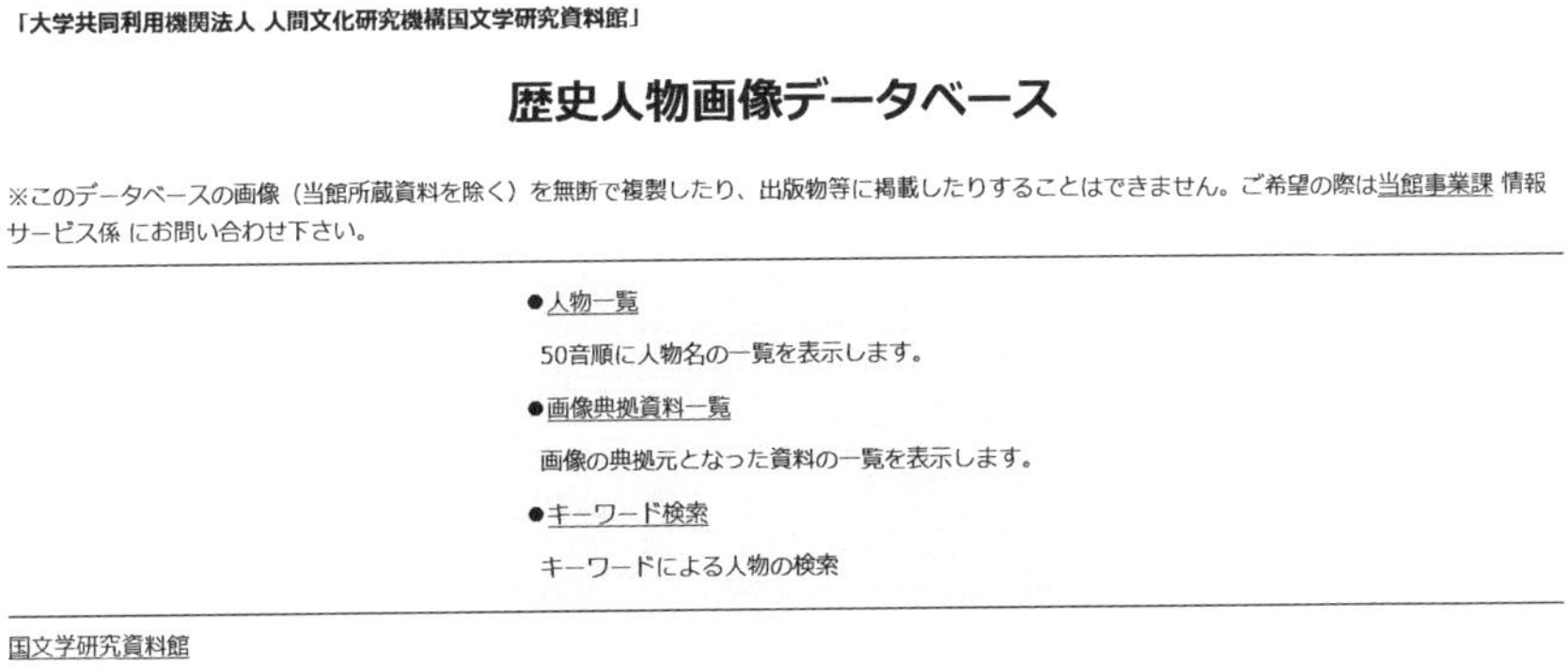

「大学共同利用機関法人 人間文化研究機構国文学研究資料館」

歴史人物画像データベース

※このデータベースの画像（当館所蔵資料を除く）を無断で複製したり、出版物等に掲載したりすることはできません。ご希望の際は当館事業課 情報サービス係 にお問い合わせ下さい。

● 人物一覧

50音順に人物名の一覧を表示します。

● 画像典拠資料一覧

画像の典拠元となった資料の一覧を表示します。

● キーワード検索

キーワードによる人物の検索

国文学研究資料館

図5　「歴史人物画像データベース（http://base1.nijl.ac.jp/~rekijin/）

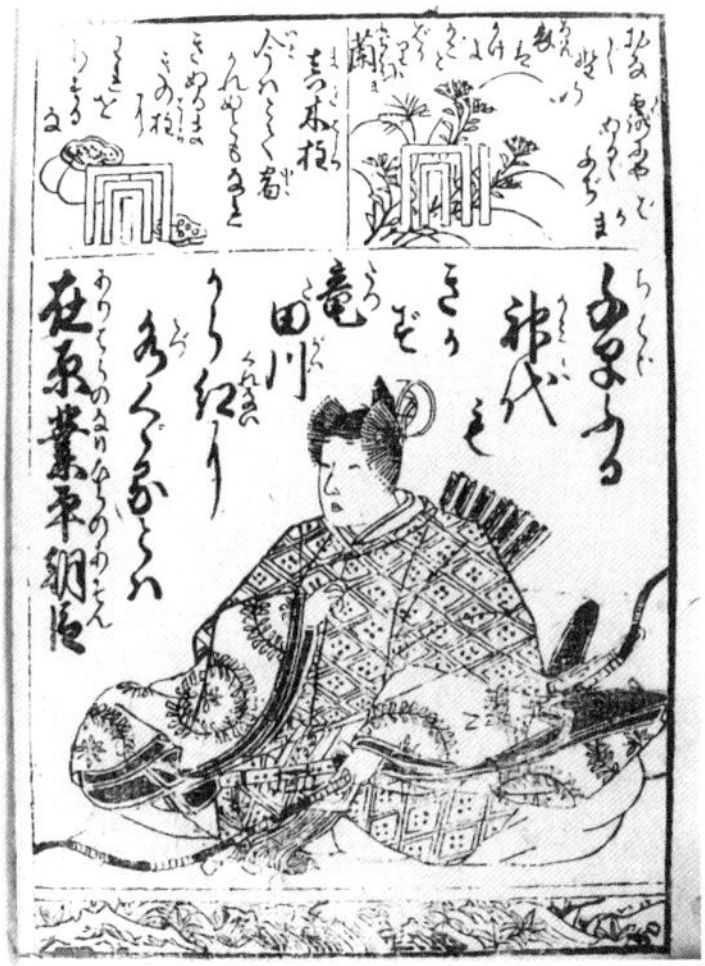

図7　在原業平（若鶴百人一首）

図6　在原業平（百人一首図絵）

図8　在原業平A（本朝列仙伝）

図9　在原業平B（本朝列仙伝）

のか。そうだとすると、『若鶴百人一首』の他の人物はどのように描かれているのだろう。画像の比較から気づいたことから、次なる興味がわき、新たな検索のためのキーワードが見出されてくる。

検索結果として示された、他の業平画像を見てみると、驚くような画像に出会う（図8・図9）。川の上を飛ぶ業平の画像である。

画像典拠を見ると『本朝列仙伝』とある。業平が神仙の類としても扱われていたことを、この画像から知ることができる。この画像に描かれているシーンは、いったいどのような逸話に基づくものなのだろう。なぜこのような画像が描かれるに至ったのだろうか。様々な疑問がわいてくる。

ここで示した一連のプロセスは、まさに、高野明彦が指摘した検索のサイクル――「探す―見つける―眺める―気づく」――を辿っている。そして、そのような検索のサイクルの中で、これまで自分が知っていた業平像とは異なる業平像との出会いがあり、それがまた新たな知的好奇心へとつながっていく。デジタル技術によって可能になった検索は、単なる有用性を超えて、このような検索の楽しみを実現するものである。

二、ビッグデータで楽しむ古典――文化の歴史を計測する――

デジタル技術が実現した、もうひとつの楽しみとして、計測の楽しみを挙げることができる。近年、情報通信技術が私たちの日常生活の中で広く用いられるようになるにつれ、多種多様なデータが、日々刻々と収集・記録されるようになってきている。これらの情報は、そのデータとしての多様さ・複雑さ、そしてその巨大さから、「ビッグデータ」と呼ばれ、それを利活用するための手法が開発されつつある。古典籍のデータは、その範囲も量も限定的であり「ビッグデータ」と呼びうるものではないかもしれないが、多種多様で複雑なデータを数量化し解析しようとする、ビッグデータの発想は、デジタル時代の古典の楽しみを考える上で示唆深い。

前述した「歴史人物画像データベース」は、もともと、「日本人が好んできた人物やキャラクターは誰か」という、いたって素朴な興味に導かれるようにして始まり、構築されたものだという（相田満「国書古典籍中の挿絵・絵本に描かれた実在キャラクター達の存在意義」『第十一回公開シンポジウム「人文科学とデータベース」』、二〇〇五年、三七―四六頁）。そして、このデータベースが構築された結果、菅原道真（十七件・一位）、聖徳太子（十五件・二位）、曾我時政（十四件・三位）など、宗教・信仰に関わる人物が出現頻度の上位に並ぶことがわかったという。なお同報告では、現代に生きる私たちとの違いを明らかにするための参考資料として、ウェブ公開版の高精細画像を使用したグーグル検索でのヒット件数調査も行っている。それによると、一位は織田信長

（二十四万五千件）、二位は豊臣秀吉（二十一万七千件）と、戦国の動乱の中から天下統一への道のりを作りだした武将たちが並ぶ。三位には、聖徳太子（十八万二千件）がランクインしており、紙幣の絵柄にも使われた聖徳太子の不動の人気を物語る（同右）。

これら古典籍を数量データとして扱った数々のプロジェクトやそれを用いたデジタル・ツールは、古典を計測することによって、これまでの古典に対する見えを拡張してきた。一方、これらのツールは扱うことのできるデータ量が限定的であるという意味で、限界もある。

さらに古典を「ビッグデータ」として計測することの楽しみを実現しつつあるのが、「グーグル・ブックス」のプロジェクトである。「グーグル・ブックス」では、登録された数百万タイトルの書籍データに基づき、任意の単語・フレーズの出現頻度をグラフで表示する「グーグル・Nグラム・ビューワー」（図10）というツールを公開している。エレツ・エイデン＆ジャン＝バティースト・ミシェル（二〇一六）『カルチャロミクス――文化をビッグデータで計測する』（阪本芳久訳、草思社）では、このツールを用いて、不規則動詞の変化や、言論弾圧による影響など様々な文化・歴史現象を分析し、このツールを用いたことで開拓される新たな学問領域「カルチャロミクス」を提案する。

残念ながら、「グーグル・Nグラム・ビューワー」は、現在、日本語には対応していない。このツールが使えるのは、英語（アメリカ英語・イギリス英語）・フランス語・ドイツ語・ヘブライ語・イタリア語・ロシア語・スペイン語・簡体字中国語のみである。そのため、現時点ではまだ、日本で出版された日本語の書籍について何かを知ることはできないが、英語やフランス語、ドイツ語などで出版された、日本の古典に関する書籍について知ることはできる。

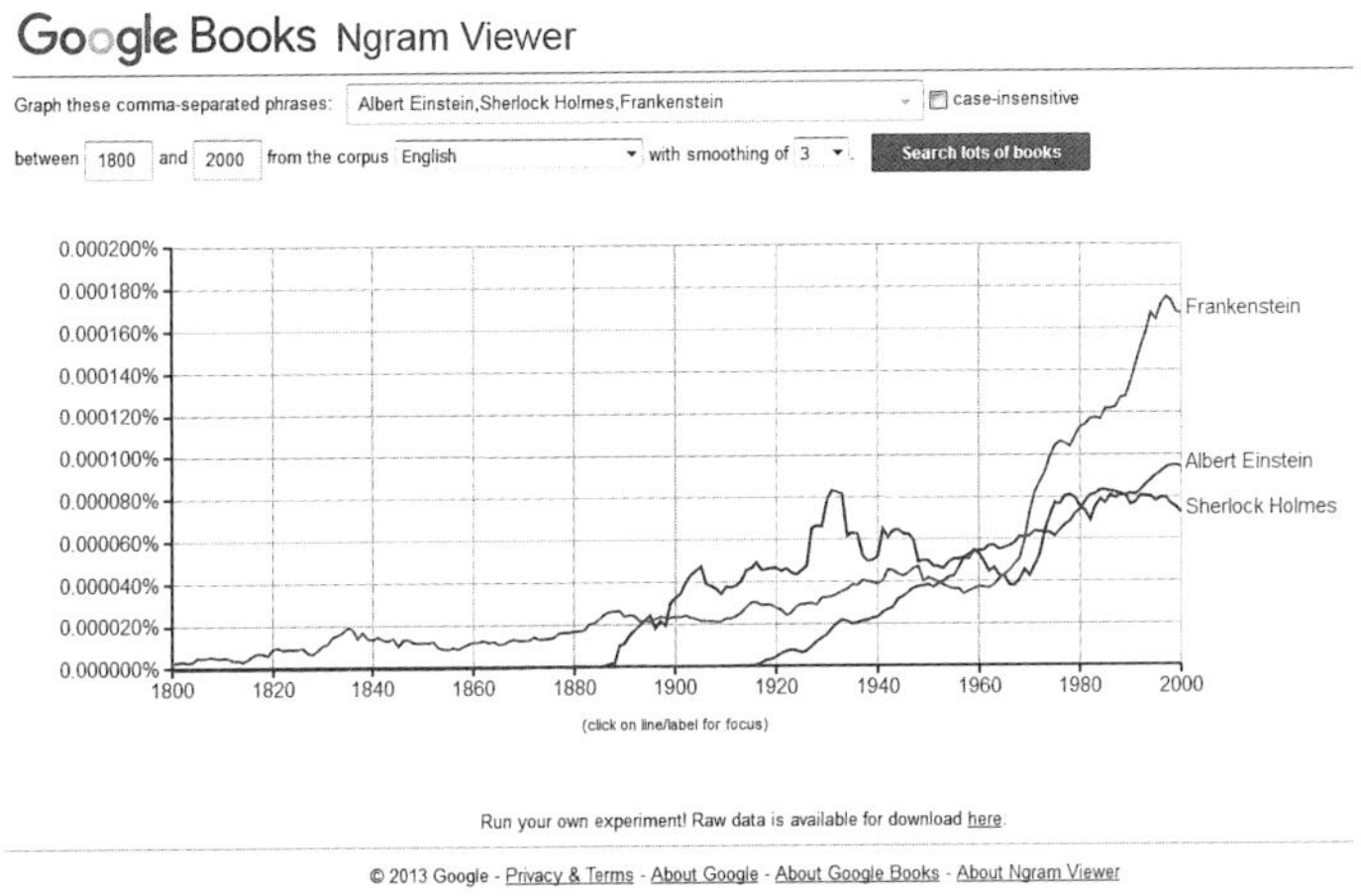

図10　「グーグル・Nグラム・ビューアー」
（https://books.google.com/ngrams）

世界の人々に知られた日本古典作品といえば、紫式部の『源氏物語』と、清少納言の『枕草子』であろう。ここでは、「グーグル・Nグラム・ビューアー」を使って、グローバルな舞台で展開される「紫式部VS清少納言」の行く末を見てみたい。

まずは、「グローバル言語」と呼ばれる「英語（English）」を選択し、「紫式部（Murasaki Shikibu）」と「清少納言（Sei Shonagon）」を比較してみよう（図11）。なお図11〜図13では、グラフを見やすくするため、スムージングを「1」に設定している。そのため各年に示される数値は、当該年の前後一年を合わせた計三年分の平均値となる。

一九六〇年代までは、（一九二〇年前後を除いて、）同じような軌跡を描いていたふたりの平安女流作家のグラフであるが、一九七〇年代に入るとその傾向が分かれてくる。一九七〇年代前半には、「紫式部」の出現頻度が突如躍進し、対して、「清少納言」の出現頻度は低迷していく。時期による増減はあるものの、「紫式部」の躍進は、一九八〇年代に入っても継続し、「清少納言」の数値はさらに落ち込みを見せる。このまま「紫式部」の独走が続

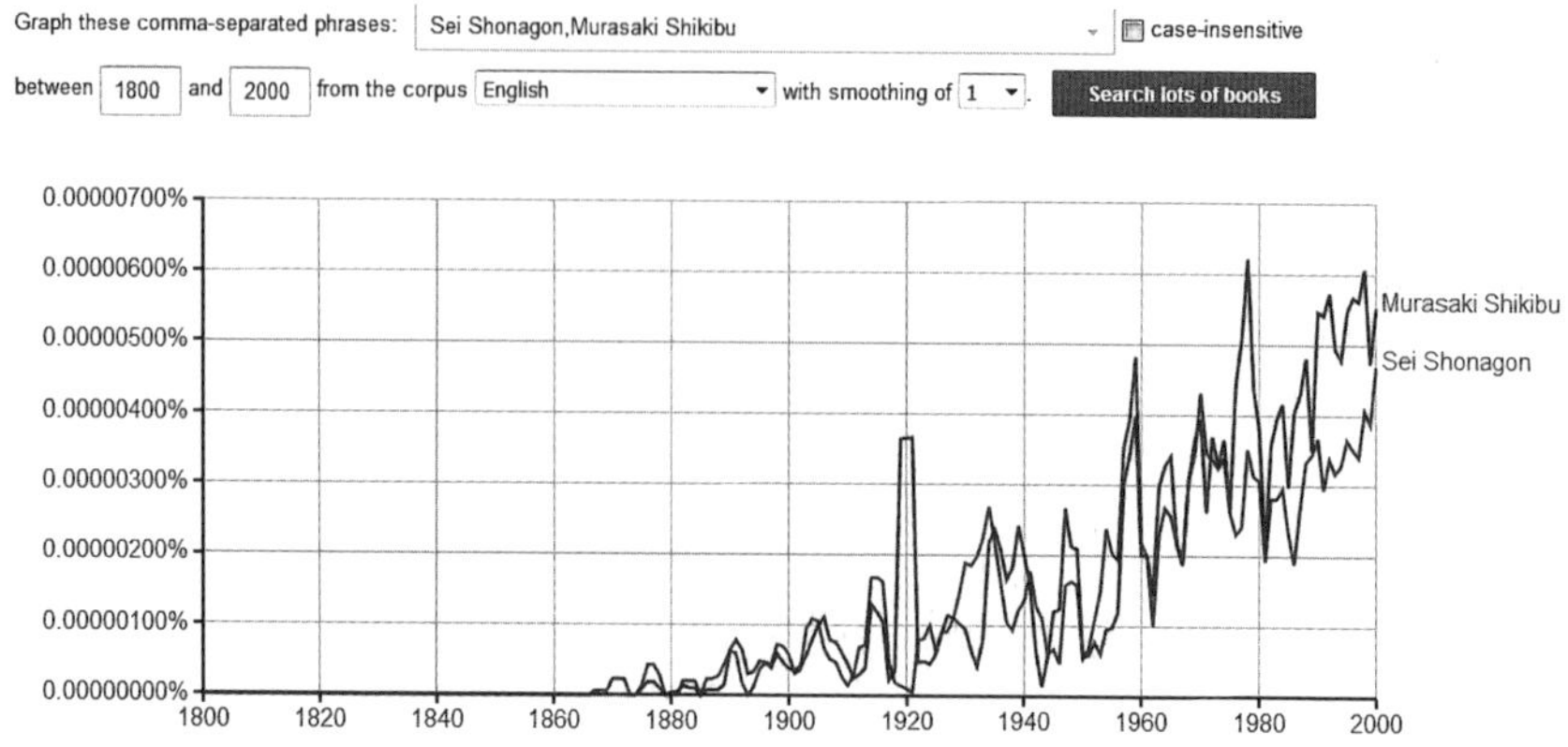

図11　紫式部 VS 清少納言（English）（smoothing=1）

くのかどうかを見定めるべく、さらに、グラフの経年変化を眺めていくと、一九九〇年代後半から、これまで低空飛行をつづけていた「清少納言」の出現頻度が飛躍をはじめ、二〇〇〇年になると、もう少しで「紫式部」に追いつけるのではないかと思えるほどの勢いを見せる。

さて、一口に英語といっても、その中には様々な種類がある。「グーグル・Nグラム・ビューアー」では、そのうちの一部、「アメリカ英語」と「イギリス英語」とを別々にカウントすることができる。「紫式部VS清少納言」の戦いの様相は、同じ英語圏内で異なるのだろうか。

図12は、「アメリカ英語」についての結果、図13は「イギリス英語」についての結果である。前回同様、スムージングは「1」に設定した。

これらの図を見比べると、同じ英語といえど、アメリカ英語とイギリス英語とでは、「紫式部」「清少納言」の出現数の傾向が異なることがわかる。アメリカ英語（図12）では、「紫式部」が独走状態を続けている。英語全体の傾向を見ると、一九八〇年代に大きく差が開き、その差が埋まらぬまま現在まで継続している。一

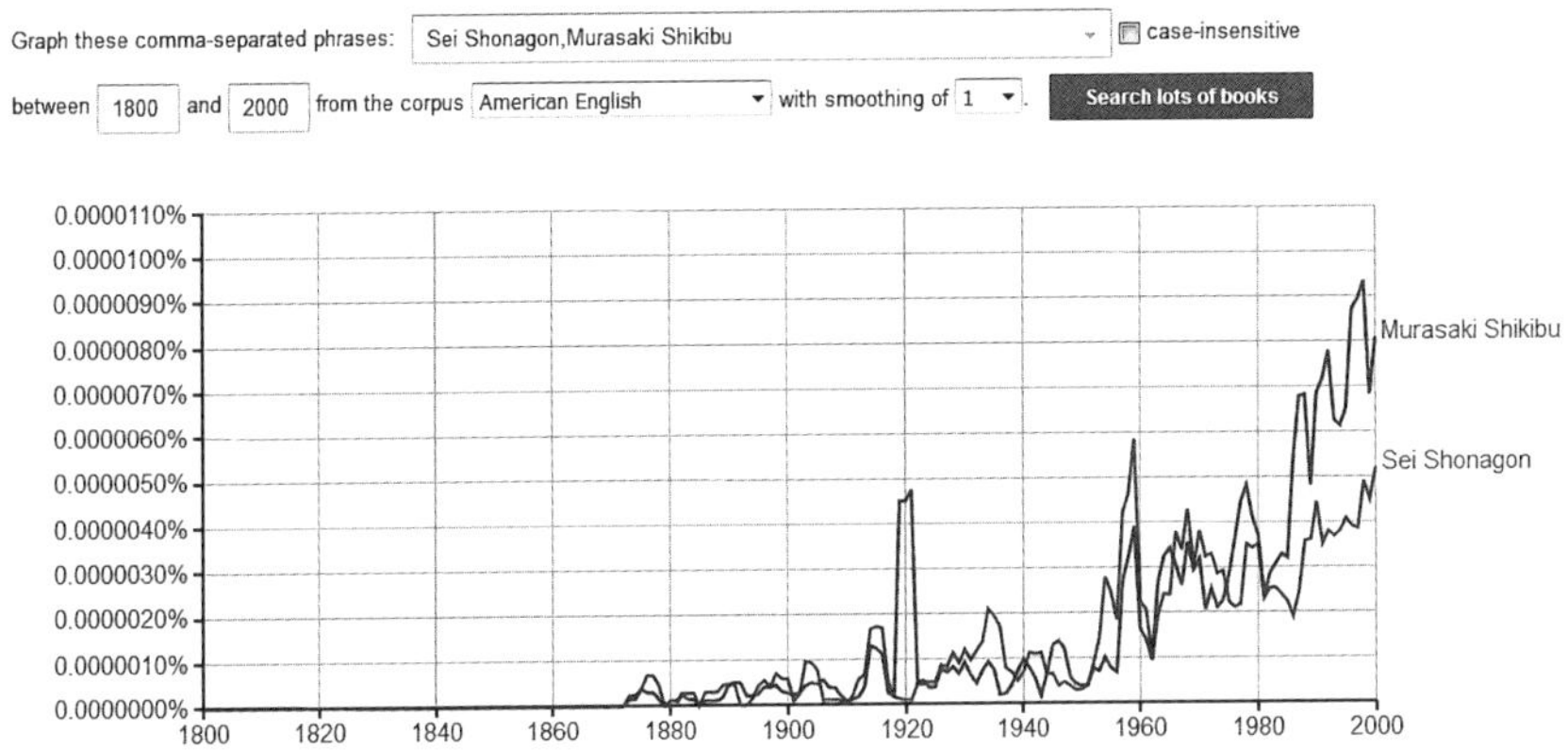

図12　紫式部 VS 清少納言(American English)(smoothing=1)

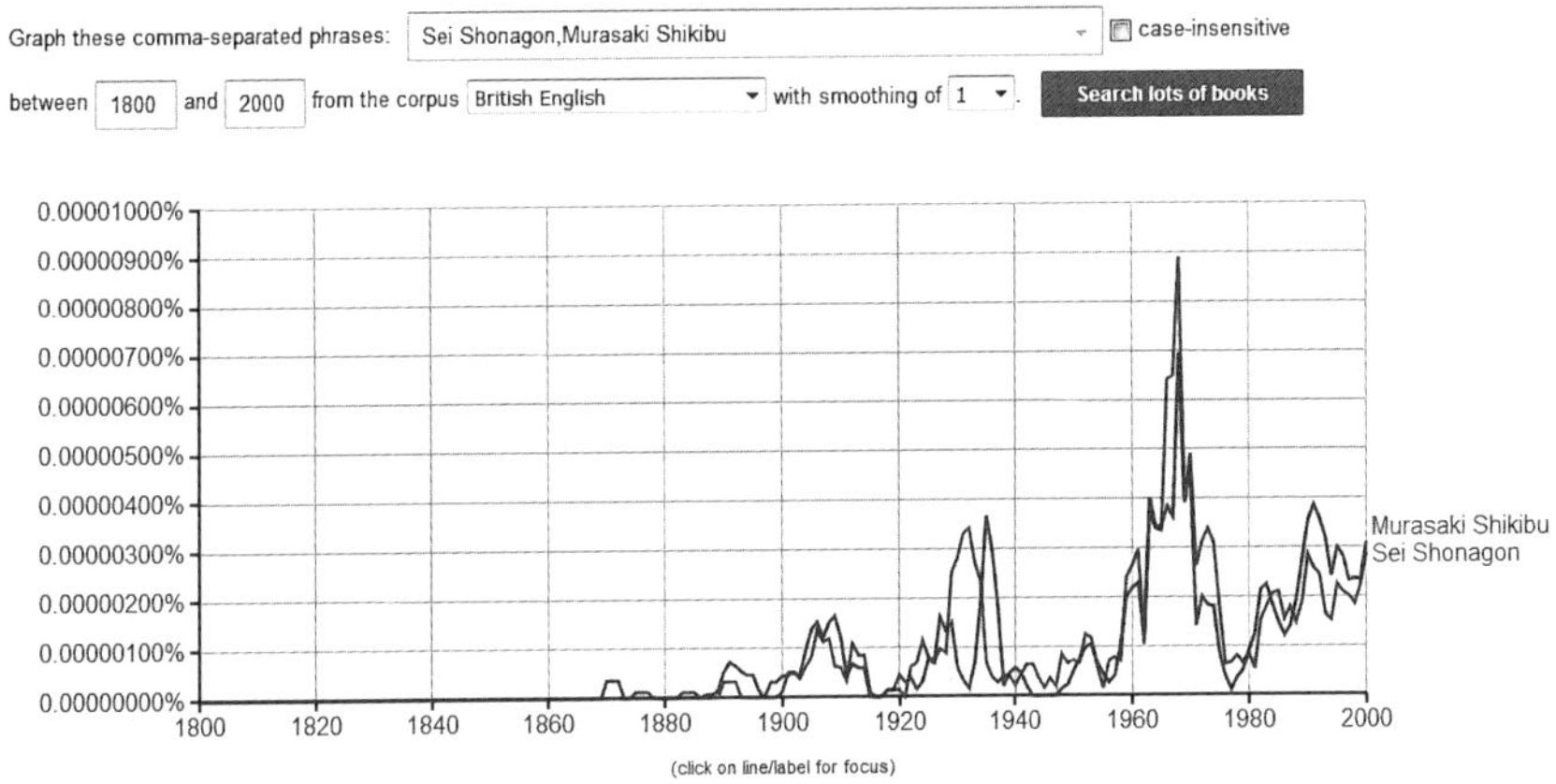

図13　紫式部 VS 清少納言(British English)(smoothing=1)

九九〇年代には、「清少納言」の出現数が急速に伸び、その後も増加を続けているが、「紫式部」の躍進度合が、「清少納言」のそれを凌いでいる。一方、イギリス英語の方（図13）は、一九九〇年代に出現頻度の開きが見られるものの、二〇〇〇年代に近づくにつれその差も縮まり、全体として同じような軌跡を描いているように見える。

イギリスでは、一九四七年以降、複数の大学の東洋学部内に日本研究講座が設置されこれらの講座を担う目的で、日本語資料の組織的な収集が行われるようになった。一九六六年には、これら日本語資料を収集する図書館の協力・連携を図るための組織「ジャパン・ライブラリー・グループ」も創設されている（イズミ・タイトラー「英国・欧州の日本研究図書館との関わりにおいて」『専門図書館』二六八号、二〇一四年、二一七頁）。隆盛する時期の差こそあれ、「紫式部」「清少納言」の出現頻度が類似したプロフィールを描く背景には、そのような日本語資料収集を担ってきた図書館と、それに支えられた日本文学研究の存在があるのかもしれない。イザベラ・ディオニシモは、自身が日本文学に「どっぷりハマった」経験として、ベネツィア国立大学東洋言語学専攻日本語日本文学コースに入学した一年目の時に経験したエピソードを語る。ようやく文献を揃えて他の学生たちと運河に面した安いバーに飲みに行ったときのエピソードだ。「そのとき、誰かがこぼした赤ワインが一面に飛び散り、それがテーブルの上に置いたままだった宇治十帖（『源氏物語』の第四五〜五四帖）のコピーにかかってしまい、最初の数ページが紫色、文字がにじんでほとんど判読できない状態になった」。それが彼女にとって、日本文学に「どっぷりハマった」きっかけになったのだという（イザベラ・ディオニシモ「平安文学はこんなにブッ飛んでいる！　イタリア女子が教える「世界に通じる日本の古典」」『クーリエ・ジャポン』、二〇一六年五月六日）。「グーグル・Nグラム・ビューアー」は、私たちがふだん、日本国内で古典文学に接しているだけでは見えてこない、海外の日本研究者たち、日本文学の読者たちの存在を浮かび上がらせる。日本の高校生たちが、教室で古典文法と格闘しながら『源氏物語』の現代語訳を試みているときに、遠く地球のどこかでは、同じように『源氏物語』と格闘する女子大生たちが、宇治十帖にワインをこぼして途方に暮れている。

図14　「日本語歴史コーパス」
（http://pj.ninjal.ac.jp/corpus_center/chj/）

現在の「グーグル・Nグラム・ビューアー」が見せてくれる楽しみは、氷山の一角に過ぎない。近い将来、「グーグル・Nグラム・ビューアー」が日本語に対応するようになれば、さらに計測できる対象は拡張され、新たな発見が可能となる。

例えば現在、国立国語研究所が推進している共同研究プロジェクト「古文教育に資する，コーパスを用いた教材の開発と学習指導法の研究」では、「日本語歴史コーパス」（図14）を活用した、古典の教材および学習指導法の開発が探究されている。コーパスを活用することで、古典に用いられている語彙が、現在使われているか否かのみならず、過去から現在に至るまでの語彙の使用頻度や、その用いられ方、意味の変遷を、用例とともに確認することができるのである（河内昭浩『言語文化に関する事項』の指導における通時コーパス活用の可能性」『国語科教育研究：第一三二回岩手大会研究発表要旨集』、二〇一七年、四五―四八頁）。国立国語研究所が開発したコーパスの中でも、「現代日本語書き言葉コーパス」は、学術や教育のみならず、すでに様々な場面で使用され、私たちの言語の世界を豊かなものにしてくれている。このようなコーパス利用が、「日本語歴史コーパス」にまで広がることで、語彙の視点から見た古典の面白さが発見されていく。その対象が、さらに、「グーグル・ブックス」に登録された全書籍データへと拡張されることによって、新たに見出されるカルチャロミクス的な知見も存在するだろう。さらにそれが教育へと適用されることによって、古典学習の可能性も広がっていく。計測によって見出される古典の楽しみや学習の可能性は、決して少なくない。

終わりに

本稿では、「検索」と「計測」をキーワードに、デジタル技術がもたらした、古典の楽しみの一端を紹介してきた。これら本稿で紹介した事例は、デジタル時代における「古典」の意味の変容や拡張を示すとともに、このような時代の中で（日本の）古典をめぐる状況そのものが変わりつつあることを示唆するものである。従来の「古典」イメージの変容は、けして、デジタル・ツールによってもたらされる新たな視点・解釈の問題にとどまらない。それは、古典をめぐる現実そのものの変容でもあるのだ。

二〇一六年十二月、大阪大学を中心とした研究チームが、くずし字学習支援アプリ「ＫｕＬＡ」を開発・

公開した（図15）。研究代表者の飯倉洋一教授（大阪大学）は、これを着想するヒントになったエピソードとして、①海外の日本研究者のくずし字への関心が高まっていること、②くずし字の解読スキルが理系分野においても求められていることの二点を挙げている（飯倉洋一「スマートフォンを利用したくずし字学習アプリ「KuLA」の開発」https://www.let.osaka-u.ac.jp/ja/research/community/hodo/ikura_KuLA）。

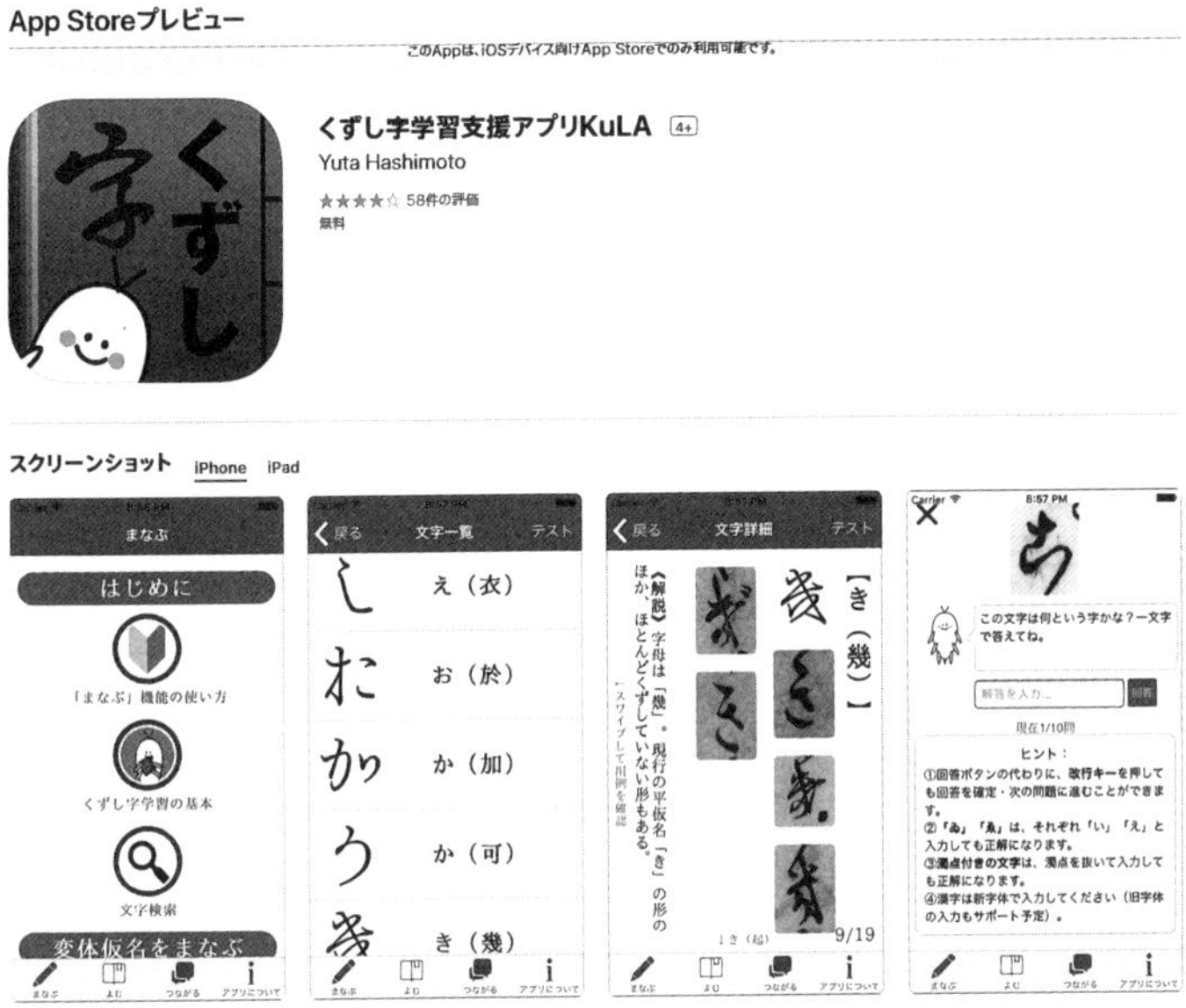

図15　「くずし字学習支援アプリKuLA」（飯倉洋一編、2017、『アプリで学ぶくずし字　くずし字学習支援アプリKuLA（クーラ）の使い方』、笠間書院を参照）

二〇二〇年五月には、国立歴史民俗博物館がいくつかの「館蔵錦絵」データを、任天堂Ｓｗｉｔｃｈ「あつまれ　どうぶつの森」において利用可能な形式で提供しはじめた。アプリやゲームとのつながりは新たな古典の現実を生み出すだろう。グローバル化や情報化によって生じる社会・経済・文化の動向や、それに伴って生じる人々の出会いは、これまでと異なるかたちでの古典へのニーズを生み出し、さまざまなデジタル技術がそれらを満たすために活用されている。古典をめぐる新たなニーズは、古典に対する新たな意味づけが行われつつあることの証左でもある。また、ニーズを満たすために創りだされたデジタル・ツールは、それ自体が、また新たなヒト・モノ・コトの関係性を編み出していく原動力ともなる。

デジタル時代になって生じている、これら日本の古典作品とデジタル技術との相互的な関係性を見ていくことで、私たちは否応なく、新たな古典の世界へと導かれていく。今や、古典に触れることは、過去に（のみ）目を向けることを意味しない。むしろそれは、古典を通じて、過去／未来はもちろん、日本／世界、文系／理系、遊び／仕事（学習）など、これまで「当たり前」に受容されてきた二分法を乗り越えていく創造的な営為なのだ。デジタル時代における古典の拡張は、古典そのものの拡張のみならず、私たちが生きている現実世界の意味の拡張そのものを孕んでいるのである。

あとがき

横浜国立大学の同僚や、大学院教育学研究科修了の教え子たちと、古典に関する本を出したいと、最初に計画が持ち上がったのは、私の還暦に合わせてということで、気が遠くなるくらい前のことだ。そのときから、教え子の武内可夏子さんが勤めているという関係で、勉誠出版から出させていただくことになっていた。日々の忙しさや、古典文学に対する思いは強くてもそれをどう発信すれば良いのかなかなか形にならないまま、あっという間に定年の年を迎えてしまった。さすがに退職記念講演会に間に合わせる予定で、一年前から本気で準備を始めた。すてきな本の名前も武内さんが付けてくださり、執筆してくださるメンバーも確定した。後は原稿が揃うだけという体制が整った。締め切を守って執筆してくださった方が多かったのだが、全部は揃わず、私自身もたくさん宿題を抱えたままで（これが一番いけない）、講演会当日を迎えてしまった。本のチラシだけやっと配布できたに過ぎない。それが二〇一九年二月二三日である。

未完成のまま持ち越された仕事は、期限が過ぎてしまうと見捨てられるのがオチだ。私自身がいつまでに出さなくてはという強い決意を失ってしまい、そのまま月日だけが空しく流れてしまった。けれども、幸いなことに、武内さんと勉誠出版は、見捨てずにいてくださった。この春、秋には出そうと、言ってくださったのである。

執筆してくださった方々はもう諦めておられたのではなかろうか。突然初校が届いて、びっくりされただろう。さぞかしあきれ、不快にも思われたに違いない。どんなお叱りでも受ける覚悟でいたのだが、皆さん快くまた作業をしてくださり、出版されることを喜んでくださった。

今高等学校の国語教育のあり方が大きく変わろうとしている。この時期に古典文学についての本を出すことは、大変意味があると私は感じている。

改めて皆さんの原稿を読ませていただき、文学研究者、教育学研究者、大学で教員養成や、文学教育に携わっていらっしゃる方、高校や小中学校の現場教員など、それぞれの立場から古典文学の魅力を語ってくださった。「この魅力は、今の学校や一般社会に伝え切れていない」という残念な気持ちと、「だからそれを伝えたい」という熱意が感じられる。アプローチは様々だが、高校までの学校教育では体験できない新鮮な切り口で、熱く語ってくださっているので、どれも面白い。

執筆を引き受けてくださり、長期間辛抱してお付き合いくださった執筆者の皆さん、実務の一切を担当して、超人的なラストスパートを掛けて完成させてくださった武内可夏子さん、出版をご快諾くださった勉誠出版に、厚く御礼申し上げます。

二〇二一年六月二六日

三宅晶子

執筆者一覧

【編者】

三宅晶子(みやけ・あきこ)

※奥付参照。

【執筆者】

岡田香織(おかだ・かおり)

藤沢市立鵠洋小学校教諭。

長島裕太(ながしま・ゆうた)

神奈川県立舞岡高等学校教諭。専門は軍記、室町時代物語。

主な論文に「義経伝説の研究――人物造型における笛の役割」(修士論文)などがある。

髙梨禎史(たかなし・さだふみ)

千葉県高等学校教員。専門は近現代文学。

府川源一郎(ふかわ・げんいちろう)

日本体育大学教授、横浜国立大学名誉教授。専門は国語教育学。

主な著書に『私たちのことばをつくり出す国語教育』(東洋館出版社、2009年)、『明治初等国語教科書と子ども読み物に関する研究――リテラシー形成メディアの教育文化史』(ひつじ書房、2014年)、『「ウサギとカメ」の読書文化史――イソップ寓話の受容と「競争」』(勉誠出版、2017年)などがある。

鈴木　彰(すずき・あきら)

立教大学文学部教授。専門は日本中世文学、特に軍記物語、説話。

主な著書に『平家物語の展開と中世社会』(単著、汲古書院、2006年)、『いくさと物語の中世』(共編著、汲古書院、2015年)、論文に「文芸としての「覚書」――合戦の体験とその物語化」(『文学』隔月刊16-2、2015年)などがある。

菊野雅之(きくの・まさゆき)

北海道教育大学釧路校准教授。専門は国語科教育学。

主な論文に「「敦盛最期」教材論――忘却される首実検と無視される語り収め」(『国語科教育』第55集)、「文範として把握される古文――明治期教科書編集者新保磐次を通して」(『読書科学』第55巻4号)などがある。

武田早苗(たけだ・さなえ)

相模女子大学学芸学部日本語日本文学科教授。専門は平安時代の和歌文学。

主な著書に『和泉式部　人と文学(日本の作家100人)』勉誠出版、2006年7月)、『後拾遺和歌集攷』(青簡舎、2019年2月)、『平安中期和歌文学攷』(武蔵野書院、2019年12月)などがある。

笠原美保子(かさはら・みほこ)

神奈川県立横浜翠嵐高等学校教諭。

主な論文に「転用される『国語表現』:高等学校国語科に『話すこと・聞くこと』指導が根付かない理由」(『国語科教育第65集』全国大学国語教育学会編集、2009年)、「身近な大人のライフストーリーを聞き書きする」(『月刊国語教育研究』386、日本国語教育学会、2013年)などがある。

岡田充博（おかだ・みつひろ）

横浜国立大学名誉教授。専門は中国古典文学（唐代）。

主な著書に『唐代小説「板橋三娘子」考――西と東の変驢変馬譚のなかで』（知泉書館、2012年）、論文に「唐代の「魚腹譚」――元稹・王昌齢の逸話をめぐって」（『白居易研究年報』第19号、勉誠出版、2018年）などがある。

高芝麻子（たかしば・あさこ）

横浜国立大学教育学部准教授。専門は中国古典文学。

主な著書に『柳宗元古文注釈――説・伝・騒・弔』（共著、新典社、2014年）、『杜甫全詩訳注（一）』（共著、講談社学術文庫、2016年）、『大沼枕山『歴代詠史百律』の研究』（共著、汲古書院、2019年）などがある。

德植俊之（とくうえ・としゆき）

大東文化大学准教授。専門は中古文学・和歌文学。

主な著書に『道信集注釈』（共著、貴重本刊行会、2001年）、論文に「『焼野のきぎす』攷――その淵源と変遷」（『国語国文』2010年5月）、「藤原長能の和歌――その歌風形成と特質について」（『国語と国文学』2010年10月）などがある。

高木まさき（たかぎ・まさき）

横浜国立大学教授。専門は国語教育学。

主な著書に『「他者」を発見する国語の授業』（大修館書店、2001年）、『国語科における言語活動の授業づくり入門』（教育開発研究所、2013年）、『国語教育における調査研究』（共著、東洋館出版社、2018年）などがある。

一柳廣孝（いちやなぎ・ひろたか）

横浜国立大学教育学部教授。専門は日本近現代文学・文化史。

主な著書に『怪異の表象空間　メディア・オカルト・サブカルチャー』（国書刊行会、2020年）、『〈こっくりさん〉と〈千里眼〉・増補版　日本近代と心霊学』（青弓社、2020年）、『小説の生存戦略　ライトノベル・メディア・ジェンダー』（共著、青弓社、2020年）などがある。

山中智省（やまなか・ともみ）

目白大学人間学部子ども学科専任講師。専門は日本近現代文学・サブカルチャー研究。

主な著書に『ライトノベルよ、どこへいく――一九八〇年代からゼロ年代まで』（青弓社、2010年）、『ライトノベル史入門『ドラゴンマガジン』創刊物語――狼煙を上げた先駆者たち』（勉誠出版、2018年）、『小説の生存戦略――ライトノベル・メディア・ジェンダー』（大橋崇行との編著、青弓社、2020年）などがある。

藤原悦子（ふじわら・えつこ）

放送大学・横浜高等教育専門学校非常勤講師、詩人（中島悦子）。専門は国語教育・日本近代現代詩。

主な著書に『マッチ売りの偽書』（思潮社、2009年、H氏賞）、『藁の服』（思潮社、2014年、小熊秀雄賞）、『暗号という』（思潮社、2019年）、論文に「「おおきくなあれ」で語彙を広げる――詩歌の読みから創作へ」（『情報リテラシー』明治図書、2009年）、「書き換え学習でつくる詩の授業」（横浜国大国語教育研究33号、2010年10月）などがある。

渡辺寛子（わたなべ・ひろこ）

元横浜市立小学校教諭。

石田喜美（いしだ・きみ）

横浜国立大学教育学部・准教授。専門は国語教育・読書教育。

主な論文に「大学図書館における情報リテラシー教育の可能性――現代社会におけるリテラシー概念の拡張と「つながる学習（Connected Learning）」」（『情報の科学と技術』第66巻10号、2016年）、「ゲームとして経験を語る場における過剰な意味の創出――ＲＰＧ型図書館ガイダンス・プログラムにおけるグループ・ディスカッションの会話分析」（共著、『認知科学』第25巻4号、2018年）などがある。

編者略歴

三宅晶子（みやけ・あきこ）

奈良大学教授・横浜国立大学名誉教授。

専門は日本中世文学(特に能楽)、古典教育。

主な著書に『世阿弥は天才である―能と出会うための一種の手引き書』(草思社、1995年)、『歌舞能の確立と展開』(ぺりかん社、2001年)、『歌舞能の系譜―世阿弥から禅竹へ』(ぺりかん社、2019年)などがある。檜書店「対訳で楽しむ能」シリーズ刊行中、「能の現代」(『花もよ』)連載中。

もう一度《いちど》読《よ》みたい日本《にほん》の古典文学《こてんぶんがく》

編者 三宅晶子
制作 ㈱勉誠社
発売 勉誠出版㈱
〒101-0061 東京都千代田区神田三崎町二―一八―四
電話 〇三―五二一五―九〇二一㈹

二〇二一年七月三十日 初版発行

印刷製本 中央精版印刷

ISBN978-4-585-39001-5 C0091